乾嘉詩文名家叢刊

張寅彭 主編

郭麐詩集

中

姚蓉 鹿苗苗 孫欣婷 點校

人民文學出版社

靈芬館詩三集

卷一

後移家集 甲子十一月起乙丑五月止

嘉平之月，復自賣魚橋移居東門之江家橋北。水光盪戶，塔影入窗，田畦稜稜，殊有野意。蓋來魏塘六年，至是始買宅定居焉，爲《後移家集》。

天長寺坐雨同霽青作

天涯聽雨又僧廬，牢落情懷破夢餘。青眼還爲吾子望，白頭未肯酒人疏。江湖寒影催征雁，節物清秋媚老漁。一樣綠牕紅燭底，此時定憶病相如。

題趙雩門蟬蛻庵

秋蟲無夏聲，秋士無春情。同居泥滓內，獨飽風露清。達人觀物化，鯤鳳隨變更。有形固爲累，委蜕豈遂貞？吁嗟楚三閭，自潔苦近名。生遭椒蘭妒，死與日月爭。離騷二十五，嗷嗷鳴不平。何如古漁父，委蛇遂其生。今君名此室，取義竊未明。將謂學道損，去贏存其精。君乃好涉獵，圖史陳縱橫。將謂棄身世，内重則外輕。君亦多嗜好，弈博兼媌娙〔一〕。或云厭污濁，避世而遺榮。逝將入深山，遠與松喬盟。君又喜徵逐，閭左紛豪英。文章雜嘲戲，絲竹羅杯觥。不聞同川浴，忽復譏裸裎。況欲自薦達，騎驢入畿京。王城萬人海，側肩趨其閎。名爭蝸角觸，聲極蟲飛薨。君乎厠其間，恐益顔面赬。我今一言貢，處世勿世驚。世驚我何得，徒見小器盈。一勺自澄澈，只可儲瓶罌。一人既不醉，何不解衆酲。老氏固鄉原，靈均亦狂傖。士生貴有濟，豈必傳獨行。蜰身龍蠖屈，吐音鸞凰鳴。蛣蜣一丸抱，妄謂九轉成。君無廢此語，以銘此庵楹。

【校記】

〔一〕『弈』，底本作『奕』，誤。

題玉環出浴圖

不用黄金買侍兒，玉荷葉底見凝脂。華清宫殿蓬萊島，一樣梨花帶雨時。

陳秋堂豫鍾屬題其祖半村先生臨蘭亭縮本一首

昌黎木彊人，姿媚輕羲之。托言老道士，人間書不知。居然呼阿買，八分書其詩。吾黨有陳君，好古自得師。漆簡别科斗，石鼓搜蛟螭。落筆皆篆籀，下亦漢魏碑。今來手一軸，云自皇祖遺。二字見李習之集。規摹右軍法，仍以己意爲。天門見龍騰，蛇蚓徒倡披。我聞晉人書，古意猶未漓。蘭亭乃書聖，後世誰敢訾？況乃手澤在，精神見須眉。范研及魏笏，永永與後垂。我生止流俗，於古無一窺。爲文不識字，詎免昌黎嗤。偶能記名姓，便詡沙畫錐。辱君索題句，挂名慚汗滋。聊塗俗書俗，請學奇字奇。

送朱椒堂孝廉爲弼入都

制器能銘又能賦，當今作者紛無數。槃槃誰是大雅材，眼中之人庶一遇。眼中無過當湖朱，嗜古與世酸鹹殊。心靈所照科斗活，意匠欲到龍蛇驅。湯盤孔鼎今餘幾，記載存之有名理。不然但解記姓名，何用祖辛父己字？如君肯作薛尚功，學古以古爲心胸。偶然下筆自古色，何必詰屈人難通？我生事事皆流俗，文愛韓歐詩蘇陸。經談鄭孔恨太繁，字說商周苦難讀。見君雖晚聞君早，一昨逢君未知好。辟如入手古尊罍，滌器者誰酒家保。豈知君意殊相親，謂我小異尋常人。酒酣以往互握手，自匡而返能傷神。方今中朝古學重，幾輩天門一時扛。長眉廣額縱不屑，略作時妝已驚衆。送君行矣風滿窗，覼縷莫笑言多哤。旂常鍾鼎好相待，不識字箠猶如杠。

贈青士即送其計偕北上

早聞君名未及見，長安市上伯勞燕。張侯設酒偶識之雲藻，片語未通如不面。表忠觀裏群飲俱，主人折簡煩招呼。天寒萬事不暇問，但能痛飲皆吾徒。是日狂生醉幾死，眼底無人可知矣。髣髴茫茫平視中，有此翩翩一公子。去年作客極潦倒，難得天涯酒人好。酒人相聚或談詩，贈我一篇風格老。天風蕭蕭木葉黃，邀我策杖登韜光。雪落霏霏街鼓絕，同我醉歸踏寒月。十日五日頻過從，願長得酒長相逢。妻孥待米都不記，忽忽遂已當嚴冬。屠生琴塢磊落查生梅史狂，二潘吾亭、紅茶陳曼生范小湖何堂堂。居然入座皆弟畜，自顧頗覺須眉蒼。平生怕入少年社，鄉里小兒足嘲罵。老儒先達亦見嫌，倔強嗔渠不相下。諸君知我君尤善，自憾知君識君晚。空洞還能王導容，汎濫已知奉高淺。努力男兒早致身，臨歧有語獨傷神。功名富貴尋常事，來歲長安足酒人。

後移居詩四首

移居記己未，此行最無端。如鳥非擇木，聊避射與彈。常憂鵝鴨惱，恐失鄰保歡。比來已六載，舉動稍便安。童僕入市慣，不愁木橋難。親朋放舟來，不慮溪水乾。謂此雖偪仄，居然足槃桓。忽復舍之去，此舉又可歎。人生處世間，何者爲苟完？既免被迫逐，乃更求其寬。何時成獨往，一把香茅團？

移居在何所，乃在東門東。門前一溪水，中有塔影紅。三間爲草堂，兩架爲前榮叶。有樓峙堂後，窗側塔影中。有屋倚堂左，水流與前通。屋傍何所有，有地可十弓。土墻繚繞之，計種韭與菘。家具已見少，盍簪亦足容。顧此豈夏屋，於我良已豐。祭竈煩竈妾，請鄰來鄰翁。一翁扶杖嘆，敬告主人公。當時造此屋，曾見板築功。其餘不復論，請君視垣墉。成此不卌載，後嗣如飄蓬。君今入此屋，畜眼豈意逢？我聞未及答，書以示阿桐。

屋傍有古冢，其來不知年。面勢若避之，想在置屋先。叢蔓棘其穴，跛牂登其顛。有樵縱野火，無後挂紙錢。我來爲太息，酹酒贈之言。人處爭奪内，事事求安全。築室慮不廣，築墻慮不堅。何曾計此日，寂寞委荒阡？想當處華屋，聞此定不然。今我見壘培，爲戒儼目前。爲君飭家人，縛竹爲其籓。爲君戒兒童，勿驚君長眠。匹如比鄰住，豈論德與怨？嗚呼冥漠君，聽此雍門彈。

我家自秀水，播遷來蘆墟。力田而孝弟，秀者仍讀書。數傳家中落，老屋爲鄰租。我祖竭心力，乃復還其初。始吾來魏塘，豈輕去鄉閭？偶成高鳳志，遂卜靈均居。邇者屋已賣，即歸欲何如？辛勤營一廛，奉親安妻孥。視舊雖閎敞，念故增欷歔。古人重堂構，先疇必菑畬。一椽亦舊德，蒼然百年餘。已既不克荷，望後寧非愚？永惟先壟在，有港名澄湖。地接吳越界，旦暮舟可挐。少待兒輩長，脫身得樵漁。因樹以爲屋，即墓以結廬。著書送日月，餘事勿白吾。

病中聞梅花開七分矣

潑眼韶光小病餘，偶聞好語倍愁余。撫床不覺春來早，顧影俄驚燈上初。人日草堂已今昔，花枝藥裹有親疏。山妻也向相如問，可儗無聊賦子虚？

贈壽生即用其題丹叔村夫子圖韻

讀書苦不多，著書苦不勤。徒令妄庸子，坐役中書君。墳塋待勒石，旂常望銘勛。苟無經世略，爲學亦有聞。方今好古學，以古與古分。識字聊爾爾，博物徒云云。譬如一力士，亦足雄三軍。營門列萬騎，勢必統一尊。無如蹶張輩，超距殊紛紜。吾黨有潘子，獨昭恥衆昏。說詩陋匡鼎，與元嗤劉棻。謂將入其室，必且檜先巡。謂將發其覆，先去羃與巾。衆言既洞曉，然後自著論。烏乎古之學，豈必求皇墳？立言但足用，大雅自不群。世方糟醨醊，槽然有餘醺。君何不自憙，乃更數爵頻？比者熠少熄，已若日就曛。即彼利祿路，久亦同環循。勿爲貴人惑，勿愁俗儒嗔。冥心博千古，努力忍一貧。

正月廿日同退庵父子壽生丹叔飲芝亭墨檀欒室踰月壽生有詩相寄諸君皆和之芝亭持以見示亦同其韻

生平萬事皆偶然，坐偶須几臥須榻。家累真成負蝂蟲，積書何異聚沙塔？邇來嗜好總屏黜，處仲體疲便開閤。惟餘一病去未能，美酒入脣先欲呷。勇如季路夫豈敢，一醉劣能傾十榼。去年期君君不來，枉費封書一丸蠟。已煩妻子具尊罍，但共村鄰結膢臘。今年君到欲告行，謂達黄河浮沸漯。聞言未免作然疑，落落知君本難合。法言真摯能無從？賓戲荒唐未妨答。目中冠蓋徒紛紛，眼底乾坤空納納。風漢何勞上策陳，怪民詎可金門蹋？君聞吾語亦喟然，君年近卌吾逾卅。干將既謝躍冶祥〔一〕，南郭何堪隱几嗒。立春十日遠蓬蓬，昨夜徹宵風颯颯。耐可此客轄先投，莫問何門屨容趿。汪生好客意更殷，遣僕招邀腳三匝。投壺六博百戲爲，卷白打紅五組雜。過時追想真墜歡，往事重摹比響搨。和詩失笑不成章，顛倒天吳補殘衲。

【校記】

〔一〕『干』，底本作『千』，據民國本改。

疊前韻寄壽生

齊門有竽吳市簫，蓋公之堂周璆榻。怪我十年辱在塗，看人千佛名題塔。言無可采但求田，過不能思慵閉閤。余髮已種手自搔，我舌猶存味能咂。王侯將相等浮漚，果蠃螟蛉笑挈榼。男兒自是可憐蟲，言語略如無味蠟。漫誇著作齊詩騷，那有糟糠供伏臘？如君本是青於藍，類我何殊河出漯。絶學思將一髮懸，奇窮直欲雙符合。十盪十決乃無前，五稱五窮孰能答？上書自薦金已盡，入貲爲郎粟難納。群兒裘馬自輕肥，幾輩蟾蜍巧騰蹋。得時豈必風論萬，相去何止里踰卅？暮喈朝唏不可當，行愁坐歎何辭嗒。今年譚蓺極雄奇，比日投詩不衰颯。儒冠未遽頭顱知，大筆猶能腳指跋。感慨無端太息三，暌離遽爾一月匝。和愁劇韻言多哤，胸有煩冤説仍雜。何時孤憤書告成，他日辨顛帖爭搨。不如乞食從歌姬，尚有雲山舊時衲。

雲藻明府索和詠物四律

詩筒

問誰裁此碧雲寒，日暮吟成句未安。之子遠行少鴻雁，美人贈我有琅玕。百回不厭開函讀，一笑真成束筍看。傳語松陵酬倡侶，待歸留取伴漁竿。

酒帘

錯認花幡與畫叉，見來林角復檐牙。薄寒城郭占風色，微雨人家出杏花。草草長亭人駐馬，翩翩大字墨塗鴉。春遊已分鷫裘典，行處尋常未要賒。

琴囊

古錦方花裹陸離，誰憐爨下此材奇？能含栗里無弦意，想見昭文不鼓時。中有咸韶聽恐倦，世無夔曠出何遲。年來兼袖南風手，一任箏師與笛師。

碁奩

文楸暖玉各縱横，爭地如君置不爭。偶爾胸中分白黑，蕭然局外見輸贏。裼裘客到薑芽歛，清簟人閒酒榼并。數著未終殘刦在，旁觀著眼尚分明。

送春詞四首和蘭泉先生

粉澮煙輕十四樓，烏衣群屐足清遊。傷心幾度秦淮綠，地下少年應白頭。余舊有秦淮送春曲，最爲秋農所賞，今秋農及其弟子仲芙皆已沒矣。

滑笏湖光潑墨天，水仙祠畔餞春筵。奚生死去吳郎別，回首跳珠已八年。戊午春盡日，蘭雪、曼生、夢華雨中同集湖上，鐵生作西湖餞春圖，并書諸人之詩於上。

擘箋題句肯匆匆？老愛嬉春只此翁。記否前遊瑪瑙寺，貓頭笋白鼠姑紅。謂蘭泉先生。

漁莊傳唱送春詞，落拓江湖有所思。略話當時惆悵事，不知小杜鬢成絲。

得閒集 乙丑六月起十月止

五月以前，屢牽人事，且妄欲致力於古文辭，故詩絶少。六月臥病，幾死者至再至三。匝月始能彊起，看書則目眩，爲文則氣弱，未忘結習，呻吟中時有所作。東坡詩云『因病得閒殊不惡』，勞人草草，於此求息，亦足慨矣。

和退庵見示韻

支離病骨夏如秋，藥裹茶爐丈室幽。閒爲晝長看野馬，心知事過等虚舟。有時得句還慵續，往日書成尚待修。真覺近來多道氣，了無六鑿只天游。

伏枕時還一據梧，閒因病得亦良圖。故衣半減腰間帶，朝鏡驚長頷下鬚。鶴夢涼知天夜旦，雞皮潛換玉肌膚。極思孤艇西湖去，獵獵水風戰綠蒲。

病起懷人詩三十首并序

臥病一月，瀕死者再，中間旬餘，惛然如夢。時惟壽生一來看視，稱藥量水者，吳季子獨遊、余弟丹叔而已。虛堂偃息，稍復似人。痛定思痛，念幾與諸故人不復相見。伏枕呻吟，顯顯在目。又少時始得起坐，拂拭几研，聊復試筆，滴藥汁和墨，一食頃得絕句三十首。獨遊、丹叔取而讀之，憫其勞而喜其能不廢此事也，爲鈔錄存之。意到即成，亦不更次第云。

欹枕鰥鰥到夜闌，月痕漸淡燭光殘。若非病骨孱如此，那識虛堂六月寒？

一病無端兩鬢斑，寄聲故舊好開顏。多應尚爲諸君住，天上才多又放還。

詩壇兩浙魯靈光，老愛塡詞亦擅場。唱遍康王新樂府，紅橋絲柳半斜陽。吳穀人祭酒。

尺書旁午使交馳，尚戀朋歡欲去遲。六月火雲君莫怨，卸裝正好荔支時。陳曼生明府。

此人未許點朝班，驢劵匆匆下第還。一笑憐才元自有，只除紅粉便青山。許靑士孝廉。『紅粉能憐倘是才』，靑士句也。

懶向長安市上眠，封侯骨相負鳶肩。世間那有此風漢，尚要還山讀十年。屠琴塢孝廉。

驚蛇飛鳥僧懷素，斗酒彘肩劉改之。不宦不婚情味惡，看他閒過少年時。范小湖秀才。

旖旎風流自可憐，蘭苕翡翠句新鮮。無端催爾渡江去，博得番番贈婦篇。殳積堂文學。

如願拌償十斛珠，牙截圍住萬蟫魚。莫言狂疾無靈藥，新得佳人未見書。何夢華上舍。

絹素紛紛乞字來，談天炙輠亦須才。知君長夏能消遣，濃墨三升酒一杯。高爽泉上舍。

江郎短視目如星，下筆能分粟米形。多病年來思學道，煩君細楷寫黄庭。江聽香秀才。

幾曾鍾乳媚間房，幾見傾身障簏傍。學道難成謀食拙，不如依舊著書忙。袁湘湄徵君。

白日飛書夜斫營，丞哉天子獨知名。只憐聽遍伊涼笛，不及連床聽雨聲。爰笛生少府。

議論縱横似大蘇，笑談軒豁見眉須。諸公衮衮金華殿，有此村夫子也無？朱鐵門秀才。

劉蕡李郃從來少，卻恐成名在我先。一笑虎頭太癡絶，十年漂泊孝廉船。顧竺生孝廉。竺生不赴會試，人問之，曰：『待頻伽同行耳。』可一笑也。

傲然長揖見王公，牛僧漿家盡與通。投牒天南有奇氣，如何閉置肯車中。尤二娱明府。時客浙江學使者幕。

跨鶴揚州瘦骨輕，群公爭向下風迎。不知風雪楞伽下，何日重聽折竹聲？王鐵夫國博。

平生金石真成癖，昨得刀圭製更精。一樣無兒兩伯道，何時五嶽采真行？錢同人茂才。時以漢刀圭拓本見示。

梢頭繭栗在揚州，共笑年來只近遊。秀澤單椒圖畫裏，妬君飽看鵲華秋。陳竹士茂才。

兩爲秦贅客天涯，張儉飄零未有家。安得洞庭千樹橘，招他夫婦種胡麻？張淥卿上舍。洞庭，其故居也。

尻高首下叩頭蟲，談藝依然氣若虹。旗蓋三分吾豈敢，不官不死不英雄。蔣伯生少府。伯生常言平生服膺三人，黄仲則、張船山及余耳。

此君豈是襏襫人〔二〕，小見東方乞米身。紈袴兒郎多傲睨，須防酒後筆如神。查梅史孝廉。

潘岳溫溫玉不如，萬人海裏自紬書。傳聞只似西湖住，不見門前一輛車。潘紅茶太史。

渺然江海不相聞，去燕來鴻各斷雲。只有樊南無藉在，高樓風雨憶司勛。吳蘭雪國博。

醉倒壚頭晚不醒，累君屯守到天明。年來故舊音塵絕，慙愧紅兒記姓名。金仲蓮舍人。前在京師，多酒人之游。昨友人自都中歸，仲蓮無書而伶人有問訊者，故戲及之。

報國書生匹馬驅，希文窮塞尚吳歈。清霜髡盡邊城柳，認得當年張緒無？張子白明府。

螭坳侍從中州守，不接音書幾載強。我比延年異通介，五君詠不廢山王。鮑覺生侍講、王儕嶠太守。

遠道難期近易親，黃公咫尺在東鄰。惱他一月北窗臥，一任人過不詣人。黃退庵上舍。

銷夏西湖願肯乖？料量行笈莫相催。待儂先向閒鷗說，約得風標公子來。潘壽生明經。時約同爲西湖之行。

墨汁相和藥汁濡，吟成病榻慰羈孤。天風鸞背煩相待，玉骨新來一把無？

【校記】

〔一〕『繖』，底本作『撒』，誤。

續懷人詩十一首

班馬文章老更成，遺經獨抱教諸生。佳兒好在青箱學，底用人間淡墨名？姚姬傳先生、根重孝廉。

第一功名世豈知，詩龕著述富當時。有人遠道三千里，傳說昌黎薦士詩。法時帆先生。梅史書來，云先生盛稱麐於鐵制府，足可感也。

卷荷雖塞筆能通，白髮多情只此翁。三百年來楊鐵史，送春詞比少年工。王述庵先生。

嶺南花月擁籃輿，聞說豪情尚未除。只少桃花米廿石，有人爲廣絕交書。龍雨樵先生、劍庵公子。

衣冠了鳥髮披倡，笑口開如掣電光。不向長安娶宛若，狂夫畢竟未全狂。何相文水部。

抉摘微情入渺茫，閬仙丁卯重三唐。時人莫漫輕前輩，此是當年盛孝章。方子雲布衣。

韓稱持正歐師魯，奇肆矜嚴各一家。莫學震川歸太僕，自安筆研放朝衙。陳白雲明府。

好古奇情博物才，新詩贈我字雲雷。漢廷辨鼎無餘事，好向章臺拊馬來。朱椒堂兵曹。聞將迎眷屬入都。

亭亭玉立出雞群，藹藹詩情態若雲。一種神仙偏小謫〔一〕，腳韝手版可憐君。程沅薌進士。時召見，以知縣用。

清羸叔寶不勝衣，小病無端誤試期。記否池中鷺君丈，獨拳寒雨立多時。楊蘭漁孝廉。鷺君，君池中石也，余爲作銘。

但教有酒得如淮，那肯低頭計吏偕。想見摸魚歌歇後，素馨花滿九雛釵。張墨池孝廉。

書畫風流骨有仙，諸侯上客儘堪憐。病中留得君詩在，吟到吴江楓冷天。嚴四香上舍。

【校記】

〔一〕『謫』，底本作『讁』，誤。

閏六月初四五六日大風雨不止

三日狂風雨不止，谿童走報谿流長。跨湖略彴半齊腰，隔岸人家已平磉。東鄰茅苫卷三重，後港纜船漂百丈。水車犖确暫蛻骨，秧馬低昂如病顙。往時入夏見未曾，去歲遭荒吁可想。更愁積潦成江湖，又恐平疇變泱漭。方今玉燭調金鉉，豈有水毀侵木穰。九重旰食念齊氓，萬斛紅鮮運吳榜。深憂民力竭東南，何意流亡猶負襁。天心仁愛尚如斯，社鬼龍神我安仰？病夫臥病一月餘，翻喜新涼體骨爽。號空老樹有怒容，鬧雨殘荷無定響。幸逃鬼伯蒙哀憐，欲訟風師何崛強。自有囊中辟穀方，杖藜去拾空山橡。

次韻退庵過靈芬館之作

腰腹清羸懶按摩，門庭蕭寂喜經過。酒人入夏涼先健，詩思如泉雨後多。腳軟徐行疑有鬼，身閒偶病本非魔。只愁風急横江櫂，欲采芙蓉奈晚何。

將之西湖先寄諸故人用前韻

客遊四載居武林，寓公忝作西湖長。諸君雅好無枘鑿，如戶有樞柱有磉。歐陽極口聖俞兄，子厚低頭退之丈。少年意氣吐成虹，顧我衰殘泚生顙。今年半與計吏偕，尺五長安勞夢想。籠中垂翅望翺翔，灘畔沉舟歎渺漭。豈知大謬失所望，那有同畦異凶穰。途窮書劵賣騎驢，客病尋醫理歸榜。惛然六月擁重衾，悶若啼兒不離褓。幸而汗出氣浸淫，起坐疲癃聊俯仰。遠煩寄語慰龍鍾，臥想前遊殊颯爽。閒中正苦少親知，安得呼之應如響？辭家行矣辦急裝〔一〕，不顧妻孥嗔木強。諸君倘復載酒來，乞屏羶葷飣栗橡。

【校記】

〔一〕『辦』，底本作『辨』，誤。

約過友漁齋仍用來韻奉柬

已臠湯飲只消摩，更約鄰翁遲我過。試看扶行來得得，不須治具辦多多〔一〕。淺斟齊物供清話見楊誠齋詩，小設養和款睡魔見皮日休詩。即事詩成煩速和，要留後日見羊何。時獨遊未去，壽生約即來。

【校記】

〔一〕『辦』，底本作『辨』，誤。

十二日風雨復作書以遣悶再用前韻

腹搖鼻息手頻摩，又是顛風挾雨過。四序平分疑夏短，一年強半苦陰多。援琴欲治幽憂疾，鍊句愁來下劣魔。只有兒曹言可用，深杯持勸飲亡何。

退庵以詩來堅新秋過訪之約再疊前韻答之二首

輕敵偶然壁壘摩，果煩嚴陳遏師過。鬬奇各訝穿楊好，脫稿俄驚束筍多。風定調刁聞地籟，病餘歌舞謝天魔。新涼明日惟宜飲，瑑腎雕肝君謂何？

褦襶紛紛肩背摩，此中豈有異人過？直須陌上紅塵少，始覺眉間黃色多。況有雄詞能愈疾，匹如巨壁寫降魔。新居幸免嚴城隔，衝黑從知吏不何。

久熱得雨志喜同壽生作二首

苦熱經旬久，灑然快雨逢。風情高柳得，雲氣外湖濃。白見翻雙鳥，青仍出數峰。天心憐病骨，散髮且疏慵。

溜溜響殘雨，殷殷轉薄雷。涼思新酒命，喜極小詩裁。便可幽尋去，還招勝侶來。起看斜照外，濕翠亂成堆。

送朱荔生文琥謁選入都

手版斂腰韡在腳，身學籧篨口唯諾。紛紛竿木競登場，不識官人有何樂。生平嘗笑張釋之，薄宦減盡賢兄貲。亦復不解馬長卿，免歸乃向臨邛行。晚爲廷尉有何好，便作富人恨不早。才人循吏尚如此，何怪出山多小草。吾黨朱君澹宕人，性情與世疏不親。田園劣可具饘粥，圖書得意時橫陳。賦格詩圖不離手，六草三真腕底有。如何謹厚亦復爾，一笑長安向西走。自言脱然家累無，年力尚足供馳驅。虎牛爪角會有用，但取戾契何隆汙。書來告行且爲别，賢者從來不可測。狂奴往日好大言，老守蓬門竟奚益？方今仕路無遺賢，進士半列瀛洲仙。下分墨綬亦八十，吏道何必憂多端。況君便便足文史，勉爲卑官一雪此。群公未要相疵瑕，孝廉聞一定知幾。前言戲耳無所苦，努力相看振毛羽。他年我是結襪生，但勿尋求茂陵女。

偕鐵門壽生納涼紫雲洞題壁

合沓群峰擁一亭，陰森絕壑置疏櫺。瀾迴大海深深紫，影倒中天閃閃青。臥冷只愁黏薜荔，氣嚴或恐蓄雷霆。驕陽門外猶如火，且借蒲團坐諷經。

裘椒雪春湛訪山行腳圖

尺三辛苦插黃廛，結願名山定夙因。未免周妻何肉累，可能徑作打包人？咫尺城闉隔往還，輸儂日日對孱顔。不妨攜取紅藤杖，先踏西湖湖上山。年來世味薄於雲，布襪靑鞋肯後君？他日倘蒙岩訊及，一圓蒲地要平分。

柬周松泉士乾索畫病起懷人第二圖

虛堂老樹早涼時，爲寫支離病鶴姿。一事居然矜兩得，索君妙繪補儂詩。懷人詩中偶未及君。

懷知小草記前賢，零落生存共一編。感舊因君忽振觸，又從圖畫見蒙泉。君許以鐵生畫見惠，故及之。

《懷知小草》，祝京兆詩也。

智果寺尋明女郎楊雲友墓不得

誰向琳宮訪蛻仙，西陵松栢澹秋煙。紅心草尚臙脂色，含笑花如輔靨圓。踪跡定隨雲外鶴，丹青不駐畫中禪。蕭條異代風流恨，一杵鐘聲又惘然。

七月十三日夜月色朗然同鐵門壽生放船由斷橋出外湖入西泠沿孤山以歸五首

葑田菱汫太縱横，開處青山忽倒生。可惜水風多薄相，要他摇盪不分明。
風急生衣漸覺單，迴船涼露篛篷溥。黄皮塔影如人立，老秃齡渠不道寒。
近如星點遠如煙，夜夜老漁撐釣船。一笑湖光詫坡老，本來非鬼亦非仙。
瑪瑙坡前葛嶺頭，風回萬木響颼颼。諸天入定群山睡，蟋蟀數聲荒寺秋。
長年難得舊相識，濁酒先沽老瓦盆。畢竟閒人如我少，僧房山店早關門。

訪蔣村玉蓮庵歸路乘月至斷橋小憩而返同壽生作

西湖本無夜，夜色在城闕。薄暝訪所知，歸途見圓月。沿堤避囂塵，傍樹驚鴉鶻。墳多草蔓深，細路但一髮。亮非徑深幽，無奈行倉卒。誰更窮冥搜，岩岫探突兀？行行腳力疲，得得清興發。斷橋俯空明，衆峰倒滑笏。南山暮靄横，西嶺急雨歇。此時裏外湖，盪漾待一汨。水風戰菱芡，老漁時出沒。星星隔浦鐙，來往見飄忽。東坡詫湖光，此景足驚咄。晚翠良爽肌，新涼已砭骨。呼友急歸飲，莫待露承襪。

十七日夜大雨和壽生

晚見雲容已太驕，臥聞急雨響深宵。壞牆高學顔公筆，孤枕驚疑伍員潮。身世舊愁殘酒醒，江湖遠夢一燈搖。客中差幸忘岑寂，試和商歌勝獨謠。

追和姚别峰士陞西泠感舊元韻

明湖只合住西家，門外長堤一道斜。春院畫圖開蛺蝶，秋宵更漏急蝦蟆[一]。聰明情性工吹葉，嬌小年華記折花。安得成都千斛酒，燒春壚畔足生涯。

寒碧森森護小軒，兩三家住不成村。問名怕滴銅仙淚，助媚偏留獺髓痕。文杏畫梁巢已换，香苔圓屧印猶存。玉梅死去小桃盡，孤負連宵月到門。

那得璇宫竊上清，烏絲闌㪣失前盟。從來幺鳳難同命，不信雄鳩巧問名。名士傾城殊負負，才人廝養誤卿卿。傷心病榻重逢日，猶望銀河理玉笙。

重來客鬢滿塵沙，舊日垂楊已暮鴉。怨曲翻成古訣絶，風情好在小人家。畫簾暗想扶頭起，粉壁昏曾點筆斜。自有青衫兩行淚，不關中酒聽琵琶。

【校記】

〔一〕『蝦蟆』，許增本以墨筆改爲『蟆蝦』。

同韻奉答琴塢柬同鐵門壽生之作兼寄丹叔

旅人如社燕，偶記舊巢痕。客滿三間屋，書叢兩板門。别來相見得，病後此身尊。尚有盈觴酒，詩成與細論。

故國平居感，京華悵望同。江湖重話雨，議論尚生風。業有千秋獨，才難一代空。諸君應舍我，衰病易成翁。

朱老動驚俗，潘郎不入城。是皆無世故，久頗近人情。一見然疑作，多君心眼明。故鄉鷗鷺侶，遥爲訂新盟。

吾弟君曾識，來游欠此人。湖山供跌宕，詩筆定嶙峋。夜雨連牀夢，秋風一箸蓴。曰歸能共否，倚櫂鸛湖湑。

題畫扇有寄

從來團扇是愁端，誰把幽姿畫與看？同向春風各顦顇，水仙寒殺玉梅酸。

自題病榻勘書圖

景純幾欲賦仙遊，扶杖居然強下樓。一笑儘教爾疋注，流螢乾死蠹魚愁。
偶著丹黃破睡餘，偶分甲乙不盈車。諸公目錄休相問，一部都無宋板書。
少日麤疏老更荒，不矜考証與偏旁。無心檢得閒書札，中有仙人服玉方。
非無朋好與書通，通脱猶慚似蔡雔。誰識病夫心力在，燈花淺碧墨痕紅。

題秦敦夫編修恩復梵寄小像

四句旁行換五車，只愁結習未全除。世間善本猶難得，何況西方貝葉書？
相逢杜牧證三生，曾向揚州載酒行。廿四橋頭二分月，吹簫時節大光明。

和丹叔見寄六首同壽生作

了了群山分外青，爭迎短棹此間停。西湖可似銀河闊，只著中間一客星。
芙蓉的的滿芳塘，讓與眠鷗占夕陽。散髮闌門君信否，只貪一味竹風涼。

朱老歸時游興減，薛公死去酒人無。此來輸與閒潘岳，吟徧外湖還裏湖。

惺然非夢亦非真，誰識婁公夙世因？樹下跏趺頭似雪，卅年行腳是何人？記夢所見。

載酒連船共拍浮，諸君年少本無愁。客歸夢醒月光上，自起呼燈賦感秋。

萬壑松濤急怒飈，病身如葉望秋凋。養生近覺聞根斷，朝聽鐘聲夜聽潮。

同吴思亭修壽生游金鼓洞

谽山顯晦蓋有時，此洞後出人不知。正如雁宕亦奇絕，謝客未入游山詩。得非山靈自祕惜，恐鑿混沌窮幽奇。偶撞金鼓驚愚衆，寶此一掬藏虯螭。前年我來記春晚，野花夾路紛離披。森森叢篠並澗曲，時有新笋穿疏籬。今兹正逢殘暑退，萬綠一色濃須眉。稍疲登頓得小憩，況有石鼎泉邊支。山中道人頗好事，欲搆雲屋東西枝。行廚林表昔所誚，若別位置我敢譏？自憐腰腳已非昔，病鶴照影驚褵褷。何當羽服此終老，得脱世網離塵羈？道人但釀白酒待，題句何必煩榴皮？洞有回道人書『野鶴飛來』四字於壁。時道士方輯洞志徵詩。

爲思亭題紅板橋圖圖爲樊榭堇浦諸前輩讌集題詩而作輒作二絕附其後

方袍圓頂盡能文，想見主人雅不群。此地若存儂欲借，一園占得水三分。

垂楊髡盡路榛蕪，指點猶憑主客圖。頭白鷺鷥煩借問，群公杖屨見來無？

倚醉送爽泉入都

看人富貴子爲羈，也向京華染素衣。臨别忽驚殘酒醒，征帆落葉一時飛。

桂樹復花旋雨詩以歎之

連蜷想像小山篇，零落重開倍可憐。露葉自明無月夜，風簾猶卷已寒天。石家墜處珠成斛，吳苑歸來玉似煙。僢與招魂與招隱，不勝淒冷對娟娟。

思亭以所藏蘀石翁蘭竹索題上有竹汀先生題字引東坡題文與可詩爲言感歎不足即用蘇韻一首

先生孰云亡，真氣至今在。作畫乃其戲，已足驚稚昧。幅紙僅三尺，氣溢尋丈外。因循未一見，此恨平生最。筆墨想風流，太息不我待。懷古聊繼蘇，題句請始隗。

西湖買月歌爲思亭作

白日可繫山可移，青春不暮水盡西。人間快意果若此，北斗自比黃金低。青天萬古一明月，問誰有此太奇絕。當時李白無一錢，失笑將身試蛟窟。湖州長史盜故紙，來換滄浪好亭子。笑渠只費四萬錢，六一詩成嘗惜此。謫仙子美今已無，月亦似比前時孤。滄浪采石不留照，清影忽落金牛湖。湖邊從此不知夜，可惜無人問高價。沿流素舸誰得之，今有吳生昔樊榭。『千金不買湖月白』，樊榭句也。白蓮堂前水接天，北山雲氣南山連。雲煙散盡天水合，上下一色冰壺然。吳生此時喜欲顛，手持酒杯腳叩舷。醉來思摘星斗墮，歌罷或起魚龍眠。浩歌大醉殊未央，吾儕何必無樂方。少營官職老歌舞，過眼亦復如風狂。有錢買月還買酒，無錢可買百年壽。明年倘復來西湖，持贈請君一揮手。

過訪朱梓廬丈休度墻下小軒出仙家詩意圖屬題圖以乩仙詩命意詩曰茆茨零亂兩三家挑菜歸來日已斜洗腳湖頭春水活鬢邊脫下碧桃花因和其韻四首

范湖只合住朱家，臥柳紛披略彴斜。多謝老漁先指示，當門一片水葓花。

也作官人不作家，圖書叢雜屋欹斜。小軒只在東墻下，黃蝶亂飛野菜花。

老筆槎枒自一家，病餘風帽任渠斜。看來自有神仙骨，不用更簪三朵花。

多煩濁酒過鄰家，堅坐談詩到日斜。明歲定知腰腳健，試扶笻杖出看花。

題陳古華先生廷慶五十學書圖

我聞東坡言，書乃不學可。臨池與畫被，作計得毋左？先生破萬卷，下筆故自超。胡爲苦用心，羲獻爭秋豪。自道爲學晚，五十方自始。達夫稱詩年，希古亦聊耳。大幅羊家裙，小字蠶眠紙。鐵敝兩門限，墨盡一池水。蕺山開講席，沓沓生徒來。修羊雜絹素，酒材兼襪材。先生笑而應，作字還賦詩。明燈照凹研，此樂曾不疲。是間知詩少，亦未皆知書。欣然滿意去，謂但晉唐如。人言先生謙，我言先生傲。紛紛出薑芽，老未見堂奧。達官易得名，俗目易得妍。市倡雖夭冶，無奈塗朱鉛。要知千秋事，必有一心得。苟非甘苦深，童耄等不識。我來爲乞書，謬許以詩換。抵鵲用連城，裋褐易錦段。四十嘆無聞，長句那能好？勉率吐荒言，匆匆未遑草。

卍香上人憇寂圖

無勞孰爲憇，有寂已識喧。阿師意云何，落此有漏禪。檜鵲噪浩浩，磨蟻行團團。衆生不知息，亦其心所安。前堂揖賓僚，後院起吹彈。榮華兩儀塞，歌舞百戲殫。問渠何所樂，頗亦願息肩。一朝門羅雀，忽忽殊不歡。誰能一動靜，澄澈返内觀。阿師持此說，砭俗良已賢。不如去聲聞，平等視世間。

打包即行脚，洗盞仍住山。天空奏音樂，人定忘風旛。貴人自耳鳴，作勞時亦然。鏡湖湛深緑，栖霞照煙鬟。雲木足疇侶，鷺鷗相往還。此中本非寂，人世自不閒。他時我留宿，茶瓜共清言。同依木上座，一聽松濤翻。

雨中自越州歸投宿琴塢舊廬琴塢適補竹於庭乞爲長句

天風蕭蕭海雨急，客子入門衣袂濕。主人揖客開口笑，君與此君一時到。青鸞翛尾百尺强，離立庭下比我長。爲言舊竹作龍蜕，新養其孫補其位。又言待君君不來，風雨渡江何雄哉。呼童點燈照竹影，見我蒼寒毛髮冷。紙牕淅瀝風颼然，竹亦似喜來我前。乞我作詩以畫易，君畫我詩世難識。槎枒之態兀傲詞，筆端忽復風雨馳。嗚呼空山獨立君應悟，竹新不及故人故。

琴塢僕鄒坤援梅史白雲兩君之例乞詩二年未之應也近復堅請爲作一首並呈琴塢

屠郎倜儻真我友，有僕愛才出其右。屠郎賢我理固然，僕亦我賢世無有。我生落拓酣杯酒，奴視公卿如馬走。貴人見怪庸人譏，乃獨稱之不容口。清平山頭郎讀書，山中賓客時八九。我來咄嗟飭中廚，數數提壺下岡阜。今年十月我渡江，泥滑水深衣露肘。肯來送我上江船，歸路昏黄星見斗。如余亦是行路人，倚爾真如左右手。往時乞我贈一言，意未深然雜可否。查髯有句誇離奇，陳侯用意頗深

厚〔一〕。我言豈遂能過之，縱復有言難不朽。君不見世間輕薄自紛紛，勉待西川作留後。

【校記】

〔一〕『侯』，底本作『候』，許增本以墨筆改爲『侯』，是。

即事

三更呼酒飲，酒盡蒙頭臥。待渠酒醒時，已是五更過。

卷二

邗上雲萍集 十一月起盡一年

冬暮重遊邗江，假館於安定講舍。舊游新好，昕夕過從。酒賦琴歌，暇豫間作，獲是倡酬，遂忘羈屑。得詩如干首，集爲一卷。張君子貞曾爲作《邗上雲萍圖》，因即名之。

新豐舟阻乘獨輪車至京口作此自嘲

不戀新豐酒入脣，斑斑又促小車輪。亦知涉世奇難偶，多恐勞生賤作薪。後輊忽驚如走坂，坐危失笑類乘人。羞顏怕被兒童見，略墊風巾障路塵。

宿陳小筠參戎京口官舍時小筠以官事赴新豐留此爲别

到門聊暫解征衣，歲晏風寒落日悽。數語未終排馬去，一燈無焰照雞栖。有兵可用酒可飲，此水

欲東我欲西。才子爲官贏亦好，終勝乞米走輪蹏。

夜坐書懷呈轂人先生二首

深杯聊復款更闌，酒醒無端集百端。一寸燭隨鄉夢短，二分月爲旅人寒。江湖滿地聞新警，時清江水決壩口。鴻雁遙天憶故歡。遮莫家家弦管沸，可知張女有哀彈？

寒月虛堂深復深，城笳巷柝各沉沉。途窮牢落千秋想，氣短低徊一飯心。下榻周璆蒙顧遇，望門張儉費沉吟。撫時冷抱懷知感，並入長宵恐不任。

轂人先生出示六十自述詩感舊陳情敬呈一首

桃李有榮落，松柏無冬春。問其何以故，所恃惟一真。前哲日以遠，先生今其人。憶昔識面初，泊舟長淮濱。司馬敬愛客歷亭，廣席方圓陳。少年廁座末，含意未克申。側聞議論餘，吐辭醇乎醇。越歲入京邸，妄希觀國賓。草野自坦率，輩流多喜嗔。果然垂翅返，爲我太息頻。自後渺湖海，相望如雲蘋。俄聞遂歸養，孝治容乞身。蘐從北堂樹，蘭向南陔循。維我客於越，往來走踆踆。先生亦時出，道富家仍貧。有時兩值遇，呴濡悲窮鱗。今年秋八月，初度逢佳辰。諸君爲置酒，薄采西湖蒓。賤子適病起，奉觴立逡巡。先生逾神王，酒酣氣彌振。揭來迫歲莫，駝裘抗沙塵。枯桑與海水，入門誰爲親？

先生自無氈，招之坐重茵。說詩極款款，論學無斷斷。示我七篇作，其言何懇諄。上言國恩重，早列侍從臣。文章詎云報，庶幾無緇磷。中述祖德厚，慈母尤艱辛。幸今在膝下，色養逾兼珍。怡怡及諸弟，雝雝偕和嬪。熙然一室中，聚此羲皇民。世間達官多，峩冠拖長紳。歡華雜咎責，外愉中嚬呻。亦或競夸奪，望氣趁金銀。惛焉役心智，形在亡其神。他時閱史冊，二豪俱泯泯。班揚已千載，序傳今如新。又況德充符，上壽理必臻。談笑及飲噉，與昔所見均。雖添鬢須蒼，未覺顏面皴。而昔末座者，問年幾四旬。禿頂戴宣髮，左車穴空齦。願以蒲柳姿，攀附依靈椿。未敢恨遲莫，略欲齊亨屯。將兵延陵季，祭酒蘭陵荀。祝延嗽古義，不覺傾倉囷。

和韻答子貞

病裏誰知作越吟，天涯何事有驚禽？酒酣未減狂奴態，歲暮難爲獨客心。新曲聽翻連瑣玉，故人贈比錯刀金。看余渡江去復去，問爾入山深不深？

與劉芙初孝廉嗣綰別四年矣頃間相見出前歲挹青樓見訪不值之作兼辱贈題靈芬館詩奉酬一律即用見訪元韻

白蓮堂外雨初晴，出水芙蕖照眼明。偶爾一尊成聚散，落然數語見平生。別來風雪皆窮鳥，是處樓臺尚囀鶯。莫惜壚頭同醉倒，隔江山色解逢迎。

蓮裳愛吾吳青芝山之勝與賓谷都轉廉山大令有卜居之約船山侍御爲作青芝山館圖以寄意蓮裳自題五詩其上爲次其韻

書生足可笑，往往誇相宅。名山滿天下，豈惜爲爾擇？故鄉亦復佳，煙蘿日以碧。惆悵買山人，棲棲遠行客。

遠遊亦無定，相逢酒壚傍。癯然野鶴姿，已逐風塵蒼。手指一幅紙，是中有草堂。賢哉張侍御，無貲爲君償。

神清歐陽記，海山樂天居。我希文徵仲，嘗作神廬圖。鄉從亡何老，銘摘桄榔書。有山尚有待，此段恐不如。余有神廬圖記。

人言謝幼輿，身合寘丘壑。吟嘯對王公，此面了無怍。從來脱韝鷹，不羨乘軒鶴。何時把茆團，作園名獨樂。

男兒生無家，死或能食廟。蒼茫七歌堂，異世感同調。紛紛甲第高，朽者過之笑。期君千秋心，仰屋且埋照。

寒雁篇同穀人先生蓮裳芙初甘亭金手山學蓮顧芝山麟瑞江鄭堂藩蔣秋竹知節儲玉琴潤書作銷寒第一集

北風颭雲雲似墨，倒轉青天作黄色。黿鼉奮迅魚龍驕，駕鵞鴚鵝飛不得。此時寒雁安所之，欲往無家去無食。毛羽摧落疇侶稀，就死何須弋人弋。徘徊黄鵠東南來，見之惻愴中心摧。願銜汝去苦無力，誰能聽此鳴聲哀？哀鳴夜夜起澤中，請爲寒雁陳始終。陽烏雖凡翮〔一〕，亦知向背知春冬。憶昔堯年一丈雪，水沃十日滔天洪。離居蕩析無處所，時有聖子纘黄熊。庚辰手授支祈鎖，大書典冊銘厥功。自後攸居更千載，族屬流離室家改。中興板築康王孫，獵碣岐陽有光彩。邇來幸值太平時，南來北往無差池。菰蘆叢深稻粱積〔二〕，得食久已忘安危。豈知禍機發所忽，冬十二月冰流澌。漸磐漸木苦不早，爲蟲爲沙安可知？蟲沙猨鶴皆由命，不怨風師河伯横。只憐微命脱波濤，那有餘糧待還定？吁嗟寒雁且忍寒，陽和已轉嚴冬殘。天心仁愛豈遺汝，旭日行照霜毛乾。君不見紇干山頭凍死雀，飛去尚思生處樂。鳳凰鸑鷟在雲霄，肯使汝輩填溝壑？又不見有客天涯自側身，吟成寒雁獨傷神。江湖滿地風霜苦，顧影燈前亦旅人。

【校記】

〔一〕『烏』，底本作『鳥』，誤。

〔二〕『粱』，底本作『梁』，誤。

甘亭見贈五言詩五章感離念舊悲往傷來友朋之重情見乎詞累歎不足輒走筆如數答之其卒章兼題余靈芬館圖故僕亦有結鄰之約並示蓮裳芙初手山陸祁生繼輅

三年一相見，會合亦不遲。一朝欲傾吐，君殊未之思。伯勞謂飛燕，我爾久差池。引吭對以臆，恐非他人知。春秋異時節，南北多路岐。誰能亮君意，永永矢不移？請君聽我言，君亦盡君詞。如何兩無語，淚下垂綆縻。

少小輕魯連，謂習縱橫術。蹈海固空譚，存趙亦未必。即非無忌賢，六王尚難畢。差喜有高氣，千金笑而叱。聊足傲三千，食客如蟣蝨。嗚呼士氣申，爲名不爲實。玉貌乃有求，先生此言失。

大鈞果何物，混沌一積塊。果蓏癰痔耳，有問豈能對？劉柳俛仰人，發憤多感嘅。姦窮雜巧黠，反舌補其喙。人生憂患多，疾病不在内。鬼伯縱披猖，一死那復再？留之歷奇窮，毋乃懲大憝？今年遘癘疫，魂魄已遊岱。生還我偶存，薄譴君亦貸。猶然苦詞費，偃蹇仍故態。豈知天人間，了了異憎愛？君病中作《廣問大鈞賦》，極奇麗。

眼中二三子，愛我樂與劉。示我一尺稾，訪我三層樓。失意互尉薦，得句相獻酬。一別已四年，一乃歲逾周。喜極但握手，欲語哽在喉。坐定問無恙，頗復能飲否？寒齏佐凍釀，逡巡羅觥籌。女几有辛老，食必元李謀。老飢抗窮骨，醉倒忘慙羞。金生氣豪邁，陸弟情綢繆。應能恕醉人，拉雜言無郵。

男兒志四方，然必營室廬。杜陵縱漂泊，客居亦有居。我生之老屋，偪迫償鄰逋。七年兩移家，今始香茅誅。水西即船步，墻東足畦蔬。此屋即未見，見我靈芬圖。樂生志頗大，買山謝弗如。維君賃人宅，廡下攜妻孥。作計幸早決，卜鄰非區區。魏塘鰕菜賤，薄田亦可租。相期結保社，垂老歸江湖。有時乞米出，兩家通有無。倘能飽喫飯，閉戶同著書。

題甘亭題襟館記後

一夢揚州到已遲，十年書記鬢成絲。知君雅擅蠶眠字，乞寫當時播揩詞。

酉陽愛博述奇聞〔一〕，古色斕斒略似君。文體爭誇三十六，無人論定杜司勳。

【校記】

〔一〕『博』，底本作『愽』，誤。

廢畦

搶籬攲倒屋西東，稜稜依然地十弓。早韭晚菘前處士，兔葵燕麥又春風。桔槔綆斷泉流咽，苜蓿槃開菜把空。獨倚鴉鉏長太息，不知老卻幾英雄？

斷橋

遥見前村出酒旗，荒荒野水柱還支。趁墟船小抽帆過，喚渡人閒倚杖遲。拳足鷺多寒意思，空腔柳剩舊風姿。只憐難踐鄰翁約，隔岸疏梅已著枝。

寒燭同芙初作

簾輕幕重護風侵，對影幢幢坐夜深。雙翦蹴紅呵凍指，一花綴粟抱冬心。高樓刀尺霜初降，餞歲槃筵酒細斟。苦憶照人沉醉處，海棠庭院正春陰。

十一月二十四日銷寒第二集分詠題襟館所藏畫卷得冷謙細柳營圖款書

『龍陽子爲三丰遯老作』，後有三丰跋云：『冷謙自號也。』

連營鼓角開風雲，皇帝敬勞真將軍。旄頭前驅豹尾後，萬柳披拂旌旗春。條侯踞坐何持重，縱紋入口眉稜動。髣髴傳言開壁門，天子改容侍臣悚。大李小李誰見之，圖者協律尤瑰奇。丹青偶然作狡獪，俗工如山能爾爲？僉名自署龍陽子，云爲三丰始寫此。仙人一障是名心，遯老殷勤重跋尾。我聞泠仙踪跡略可攷，早學浮屠晚入道。匿形公遠柱中逃，棄官梅福吴門老。紛紛白雁横天來，故人運策牙旗開。七條竟换只孫服，一秃羣推佐命材。當日知君避何地，飽閱干戈看人世。定應失笑觸與蠻，棘門灞上皆兒戲。因思後來邋遢張，物色真主驚高皇。燕子飛從帝畿入，冥鴻久向雲霄藏。革除遜國堪悲悼，入繼幾曾宋昌報？昔年悔識劉秉忠，此日何來姚廣孝？兩人先後一百年，何時結此翰墨緣？登真度世且莫耳，靈跡尚足千秋傳。煙雲過眼難搏控，歸棹荒祠片帆送。只須丹訣乞中黄，將相王侯久無夢。秀州有泠仙祠，祈夢最靈。

題李賓日寅熙秋門草堂詩鈔

想見吟情苦，京華旅食偏。名從身後得，詩可篋中傳。翡翠蘭苕月，離騷廿五弦。功名定何物，恡惜送華年？

窮達原由命，沉埋豈足哀。居然能此事，何不老其才？謝夢猶生草令弟介庵，江花已落梅謂其師曹種梅學博。因君重感舊，卻棹酒船回。

以石刻梅花道人墨竹奉贈賓谷都轉並示題襟館諸君

道人昔住春波里，晚向鸛湖弄煙水。胸中奇氣老不消，竹石如生道人死。一圓蒲地埋荒碣，不記羊年兔兒月。老梅瘦竹墓門寒，楳是詩魂竹詩骨。壁間八幅淋漓極，傳是當年得意筆。一朝豪奪壓歸舟，夜半何人殊有力？墨刻先爲縣令取去。俗工刻畫不足觀，邇來忽見真琅玕。神明煥發跡完好，六丁雷電能追還。題襟館前竹數竿，託根得地何檀欒。鐙紅酒綠隔牕見，那不移向堂中看？堂中何有三萬軸，客與主人俱絕俗。主人凜凜節爲秋，座客森森立如玉。天涯風雪滯歸程，夢裏平安故國情。相期各保歲寒約，壁上墨君同此盟。

快雪忽晴有作

初看黯黯結愁雲，旋喜霏霏糝玉塵。一臘正須三見白，今年最好兩頭春。陰晴不定真奇夜，哀樂無端是怪民。徧野蜚鴻寒到骨，監門圖繪問何人？

銷寒第三集分賦淮海神弦曲五首

仙女祠女道士康紫霞於夢得仙

銖衣夜降嬋娟子，鸖背珊然佩環起。一絲風裏楚魂涼，夢雲不動流霞紫。迢迢秋老紅芙蓉，家在東陵東復東。青溪水淺白石爛，尺書悔託微波通。金泉山中謝家女，水翦雙瞳隔煙語。平明別淚飄寒空，鴛瓦疏疏響殘雨。

蕭梁公主祠俗名眼香廟，祈目疾有驗。

老公成佛維摩死，一代風流竟如此。漂搖北渚雲旗翻，渺渺神光來帝子。愁雲卷雨開煙鬟，隔江如夢南朝山。青絲白馬幸不見，溧陽十四嘑痕斑。邗江女兒識蕭字，曼淥騰光相斌媚。回眸盼斷隔簾人，偷翦紅綃聚紅淚。淚滴寒江江水淺，歲歲女兒洗啼眼。

露筋祠

貞魂一絲骨一束，天地爲鑪試寒玉。百年血肉同銷亡，白鳥青蠅究誰酷？叢祠山木飛鼯鼪，白蓮花落棲餘馨。小姑含涕大姑笑，黃河自濁淮流清。紛紛少婦羞遮面，碧紗幮外流螢見。

繡女祠南宋宮人得仙去

裁雲作片雨作絲，春風繡出千花枝。揚州女兒爭乞巧，繡得花枝春已老。楊花李華開旦暮，玉鉤斜上草頭露。買絲須繡胥與種，颯颯靈風送歸去。

英烈夫人廟妓毛惜惜端平二年罵賊死

天狗舐地使星死，水沸長淮三百里。愁雲毒霧華筵開，美人意氣如虹起。太尉非賊可保家，賊耳那用爭齒牙？有手可斷吻可裂，豈能度曲彈箏琶？安耶全耶闞如虎，我戴我頭爾何怒？口脂淺澹血痕紅，賊面何曾直我吐？章臺之柳奇松姿，小朝廷乃無男兒。髫童丱女爇香拜，此非舉舉非師師。冬青樹青髑髏白，精衛飛來尚銜石。女中自有雷海青，江上依然天水碧。

銷寒第四集伊墨卿太守秉綬招飲六一堂賦贈

十年前客長安陌，衮衮群公齊動色。北溟未化蹭蹬鱗，南飛遂塌差池翼。春鶊秋蟀華年換，乞食時時去鄉縣。故舊都無書尺通，江湖能使文章賤。先生當日官京師，駑駘頗辱孫陽知。小忘憂館北堂北，尚有硬筆懸冰斯。十年不見一麾出，管領揚州二分月。雲泥何意通殷勤，折柬先招後投謁。洪厓吴質翩來遊謂桐生、穀人兩先生，一時賓客皆名流。燈花含笑酒波暖，寒色不上蒙茸裘。昔時年少今衰醜，鵷鷺前頭牛馬走。遭逢意氣一軒眉，慙愧姓名長在口。題衿館主耽風雅，況有先生來五馬。賢豪長聚世所難，前望古人後來者。古人今人將毋同，醉翁去得蘇長公。七百餘年歎銷歇，平山堂上無春風。眼看群公濟時了，我輩升沉何足道。酒半請歌主客行，可憐依舊能潦倒。

題墨卿太守所藏邢太僕手札後

翰墨緣真結墨卿，千秋嘉話客相矜。不知南董東邢外，別擅南唐法撥鐙。太守小字皆懸腕。太僕書中有『與墨卿周旋』語，覃溪跋之。

手札番番入弆藏，來禽館裹墨痕香。他家更有天人姝，試覓簪花字幾行。

寒宵四詠

鐙影

亦有中宵夢，還留半焰餘。解衣憐婉娩，照局笑空虛。邊塞猶傳燧，風簾正勘書。狐鳴與篝火，吟望轉愁予。時聞宿州有警。

雞聲

風雨已如此，爲誰鳴不平？夜分攜劍舞，曉色見人行。兒女猶同夢，荒寒或二更。那知天際雁，嘹嚦尚孤征。

霜華

一夕城頭角，能令客鬢蒼。天心方肅殺，畫手雜丹黃。月冷鴛鴦瓦，泥乾碌碡場。何時能穩睡，朝日到匡牀？

鑪火

寂寂簾幃密，騰騰榾柮過。十年誰宰相，一夕得陰何。凍腳憑伊軟，衰顏不酒酡。夢中兒女小，撩亂火堆多。

銷寒第五集秋竹寓齋分得凍豆腐用樊榭山房菽乳倡和韻

寒齏不成羹，乾魚難爲鯖。誰傳淮南術，不遣門生評？窮冬足冰雪，凌澤時敲鏗。黎祁乃仙骨，滓去麤益精。蚺蛀亂石疊，空洞邃窩並。茅檐哀玉挂，其釜瀊湯澄。疑割蜜脾黃，可配魚尾赬。貧家禦冬畜，濁酒同盆盛。豪門侈火食，亦與五鼎烹。儒生有寒相，腐也同嘉名。請看體骨瘦，是亦憂患生。爛胃夢羊蹴，冷炙饕蝨行。何如服玉方，肺腸飽虛清。惜其尚軟熟，不能堅府城。老女面已皺，猶復誇嫭娙。羈窮客異地，百縮無一贏。即如說食口，亦作號寒聲。南山歸種豆，庶免升斗營。

連夕奇寒穀人先生出佳釀醉我疊前韻爲謝

朝趨郇公廚，暮飽婁氏鯖。但取快嗢噱，何暇知譏評。長筵賓客諳，廣坐牙齒鏗。爲壽樂上樂，治具精益精。歸來啜苦茗，冰炭腸中并。先生澹世味，止水久自澄。曩時善食酒，百觥面不赬。邇來喜人飲，旨酒謀一盛。分甘到北果，凡和皆南烹。羊羔雜菽乳，骨董東坡名。毚鼎火取活，雉膏斟宜生。歡然文字飲，譚讌逾三行。即此見儒行，不溽乃得清。奇寒鍊窮骨，薄醉攻愁城。那知紅燭底，肉屏圍衆娙。販脂有奇羨，灑削有奇贏。請看燕與雀，浩浩多歡聲。傷哉飢鳳凰，目作四海營。

寄素君越州再疊前韻

花猪間白羹，方法傳涷鯖。膢臘供歲饋，酸鹹任鄉評。往時客於越，瑟琴鼓方鏗。羹湯新婦作，特較廚孃精。曰歸共齏鹽，六載甘苦並。竈閒或暫暖，井勤不長澄。歲暮相勞苦，客顔爲之赬。今年送歸寧，盎少餘糧盛。猶煩念塵甑，有魚誰爲烹？我生無所得，所得皆虛名。養母樂我志，視汝如友生。汝歸既眷眷，我又重行行。即歸未即見，煥室仍凄清。東鄰秦氏女，夫壻夸專城。開筵羅酒漿，作使皆嫈娫。貧賤亦何傷，傷此離别贏。炰羔佐斗酒，空復能秦聲。斑斑林間鳩，一巢何時營？

夢回

鐙影幢幢夢不成，夢回鐘動已三更。玉輪生魄非圓夕，錦瑟危弦是别聲。縞夜虛疑衣袂斂，紅冰終遣唾壺盛。兩重江水人千里，誰與迢遙寄此情？

銷寒第六集飲鄭堂齋中即題壁間金粟道人像

烽煙御酒張王殿，先生日日開文讌。九五龍飛九四死，先生乃爲中貲徒。有明開國嗜殺人，功臣殺盡還文臣。白衣宣去老秀才，可憐竟活楊鐵厓。玉山主人亦幸耳，儒衣僧帽青山埋。青山埋骨不埋名，至今圖畫傳其形。蒲團兀坐癯而清，長須風吹如有聲。江郎奇才雅好古，漢唐以下不足數。如何座右懸此圖，得非有意其人乎？我生只愛孔文舉，座上賓朋雜龍虎。才疏意廣無成功，陋史乃以輕英雄。人生論學先交友，好客亦當傳不朽。不然妄一富家翁，淮南賈是何雞狗。江郎江郎空復奇，幸值天下承平時。尊空客滿自不給，草堂欲待何人貲？回頭笑語珠簾秀歌者雲珠，明日買絲煩汝繡。

和忠雅堂集中消寒雜詠十三首

寒鐘

犍椎喚起思無端，深擁重衾覺尚單。山寺風霜孤艇夜，妝樓金粉六朝寒。鶯聲花氣尋前夢，蠟照鑪熏失舊歡。終儗清涼作行者，不辭掃地過冬殘。

寒岫

歷歷牕中試眺憑，欲騎瘦馬怯凌兢。獨撐天地支離極，豈是冰霜刻畫能？雲裏老人蒙絮帽，風前玉女見衣稜。雷霆深護龍蛇蟄，對面呼渠恐不應。

寒樵

綫路縈紆鳥道長，已看微逕蹋嚴霜。若耶谿畔野風急，翁子墳頭落日黃。萬竈炊煙猶汝待，一肩風雪爲人忙。平生不信神仙事，要睹棋枰及夏涼。

寒潮

起蟄鞭龍病未能，胥前種後尚飛騰。澤中鴻雁都無宅，天上黃河忽有凌。自笑殘年猶北固，誰傳寒信到西興？團圞明鏡同朝夕，莫遣啼痕凍作冰。

寒罾

澤腹初堅未可刳，千絲何處覓漁租？曬來屋角斜陽影，畫出江干欲雪圖。傳語鮫人收涕淚，須然犀火照珊瑚。長橋其下澄湫水，赤手能屠事有無？

寒帆

獵獵風蒲淰淰寒，祝渠無恙我平安。浮沉人海歸何晚，蕭瑟江天畫亦難。空際懸來離別影，客中抽及歲華殘。呼童急打船頭鼓，已到吳江釣雪灘。

寒鴉

平疇盡處黑雲封，髡柳疏時墨點濃。落日歸帆齊閃閃，孤村流水隔重重。渡頭冰合爭漁艇，牛背風寒讓牧童。忽憶當時轉戰地，啄瘡病馬太龍鍾。

寒雞

便無風雨亦蕭辰，誰肯柴荆剝啄頻？粥粥散隨初出日，膠膠偏喚不眠人。登場爪距凌霜怯，入世雌雄得食馴。一笑老夫忘得失，深缸倒盡甕頭春。

寒犬

寂歷千村共掩扉，豹聲隔水聽依稀。冰落有月還花影，深巷無人正雪飛。爲我寄書憐太遠，笑佗食客轉能肥。壯心欲臂蒼鷹共，明日天山去打圍。

寒燈

那有金蓮蜜炬高，短檠昏澀照牛毛。何人五夜傳無盡？伴我三冬讀太勞。隔院機聲悲杼柚，叢祠篝火戛弓刀。悠揚正作還家夢，自掩重門挂壁牢。

寒鑪

密下重幃厚列茵，更煩良友送烏銀。貍奴閒後同叉手，獸焰微時得直身。豆子一星參古德，芋魁半箇啗何人？天涯苦憶田園樂，品字柴頭坐欠伸。

寒蔬

百甕何嘗食籍空，何郎莫笑庾郎窮。客聞壺項疑爲鴨，詩出齏腸或類蟲。翦韭園丁剛夜雨，登槃菜甲又東風。長鑱託命空山雪，可少荒畦地十弓。

寒研

青氊同伴苦寒吟，冷面年來似臼深。湯沐可曾相暖熱，火耕聊覺氣蒸淫。三更尚滴蟾蜍淚，千古難磨冰雪心。到底石交能耐得，又煩秀句答知音。

贈黃寧廬別駕祖香

清晨有客闖然到，見謁賙眙見面笑。入秦張祿本故人，當日黃童尚年少。瞥眼一晌二十年，我鬢生頷君童顛。君官待闕我謝舉，二十年來事如許。君言作吏殊可羞，尻高首下爲面柔。此官況又衆所易，周旋賈豎如朋儔。猴騎土牛鮎上竿，綈袍仍作前時寒。生平珍玩若性命，一半略已供朝湌。我如拘囚去不得，君亦何爲此閒客？昨從候吏見姓名，知向轅門一長揖。諸侯賓客年來賤，聞説長卿已遊倦。當時意氣劇飛揚，豈知不共淩雲薦。君詞未終淚如雨，人世升沉那能主？白衣蒼狗只須臾，漂零不見延令武。謂武蘭圃明府，君與予同適館延令縣齋。飲君之酒爲君歌，更二十年知若何。天涯相見亦偶耳，嗚呼哀樂何其多。

六製詩儗沈休文作

含芳嚥豆蔻，吐霞嚼檳榔。停辛與貯苦，共此一寸腸。攤書茗椀後〔二〕，坐愁漏點長。念郎病消渴，爲郎製荷囊。

温暑無清風，那得披襟袂？垂金嫌廓落，束素猶褦襶。稜稜骨一把，妾抱不在外。知郎瘦腰襻，爲郎製羅帶。

紅蠶破繭出，化作雙蛾飛。憐取同功心，緜多絲何微。吴綾與越綺，儂無鴛鴦機。愁郎黑貂敝，爲郎製棉衣。

舟車造何人，萬里在門閾。遂令踏山川，況乃歷冰雪。與郎非一身，何用擬蛩蟨。聞郎將遠行，爲郎製征襪。

近别言之愁，遠别聞已怕。夜夜夢中身，四支軟無藉。投懷不敢嘑，百真暫一假。見郎枕函濕，爲郎製綃帕。平生印方寸，溫玉含華滋。其文刻古碑，獨角鱗之而。豈無綢繆字，脱落恐參差。與郎合分支，爲郎製朱絲。

【校記】

〔一〕『椀』，底本作『舛』，誤。

四索詩廣休文作

昨夜春風來，夢魂極顛倒。紅羅四角旛，婀娜自言好。蒲葦紉磐石，此意終皎皎。人間無蹇修，從郎索鴆鳥。

華裾來燕燕，襳袿去蟲蟲。三生亦有石，四面豈無風？如何婉孌子，等彼妖冶逢。水清石自見，從郎索守宫。

庭前忘憂草，羅生忽已齊。堂中玳瑁梁，海燕將雛栖。誰憐未分明，背面時含嚏。愁佩蘅蕪香，從郎索麝臍。

素以織縑故，玉以衝牙鳴。洗紅固常態，白頭亦人情。往時膠漆契，何爲水火爭？洗手作羹湯，從郎索倉庚。

六憶詩補休文作

最憶憐時事，忽忽不自持。脱簪爲理髮，對鏡教掃眉。矜莊見同伴，流盼如有思。傍人豈敢言，其如阿母疑。

最憶嗔時事，不知何因由。頩顔暈生霞，曼睩淚盈眸。時攜畫燭起，亦下曲瓊鉤。十問無一答，終已不回頭。

最憶醉時事，宛轉腰支弱。嫌茶還擎甌，憎燭猶開幕。重衾蓋忽驚，小語答仍錯。侍婢不敢去，未肯脱紅屩。

最憶病時事，他人皆逢怒。擁衾時舉頭，下牀欲故步。鐙明望顔色，意動成寐寤。猜度甘苦心，含葯敢輕吐？

最憶小時事，窈窕倚一憨。唾絨塗粉蜨，剝繭看紅蠶。埽黛忽嫌闊，施朱微疑酣。鏡奩素女圖，轉側能懷慙。

最憶夢時事，郎如楚雲癡。五紋見窮袴，百和熏中衣。迢迢漏壺水，沉沉喘息絲。今夕知何夕，相思長相思。

咏芸香

伴月難遲月馭回，尋常閨閣雜冰臺。不登秘省寧非福，肯傍書籤定愛才。聞説蝨魚還食字，只愁鼂藻易成灰。非雲非雨渾如夢，惆悵芳名喚夜來。

縴版

背負一繩直曹言純種水，肩隨十里遙。艱難船上水郭麐頻伽，顛倒笏横腰。亦有勞薪嘆種水，伊誰擊櫂謠。居然憑尺木頻伽，雲路若爲招種水？

櫓簑

剡木還金笵頻伽，無妨活脱裝。動摇看不定種水，伊軋遠相望。失笑竫人短頻伽，榜人呼爲櫓人頭。哀音隻雁長。未須驚客夢種水，迢遞落横塘頻伽。

篷腳

歷亂將何繫種水，孤根儼自牢。絲綸歸掌握頻伽，蹤跡轉波濤。一峭隨風勢種水，微生託汝曹。年來舒卷意頻伽，此柄豈人操種水？

柁牙

遠遠湘江鼓頻伽，稜稜怪石磨。孤鐙船尾見種水，一綫水痕拖。指極杓回斗頻伽，開帆更轉鼉。最憐晚飯處種水，樓底出紅鞾頻伽。

張鑪

炙手群爭熱，連天舊有名頻伽。熏堪沉水試，製勝博山精種水。攏袖遲朝沐，擁衾滯宿酲頻伽。多應慙冷況，攜伴笈中行種水。

甕壺

黃割嬀皇土，紅蒸句漏砂種水。製憐精婢得，買向慧山誇頻伽。舊入都籃少，新宜具列加種水。文園消渴甚，潑乳正當花頻伽。

雞缸

洗手花枝活，將雛翅羽連頻伽。碧傾吳市酒，青奪越窯天種水。入夜奇兵鬭，當場勇爵先頻伽。翻憐茶字醆，清供醮壇前種水。

雁鐙

獨夜江湖侶，金釭照影來種水。短檠尋手札，長信久煙煤頻伽。離夢隨人遠，春花卜信回種水。銷磨陽朔字，銅狄不須哀頻伽。

山塘雨中

闕樹重重暗，谿流淰淰平頻伽。山形隨寺盡，塔影過橋明種水。簾幕晨妝出，魚鰕亥市爭頻伽。半塘春事早，已有賣花聲種水。

胥江夜泊

戍鼓中宵急，寒潮徹夜聞頻伽。低篷同聽雨，危堞自連雲種水。浩盪從鷗沒，江湖得雁群頻伽。吳孃歌罷後，襟袂惜還分種水。

水仙聯句

久客急歸榜頻伽，小住纜石矼。何來雒神遇種水，瞥使鄉心降。與余目成獨頻伽，悅此情能雙。呈肌見冰雪種水，碎佩鳴琤瑽。弟兄山礬梅頻伽，先後杜若茳。嫁晚羞市倚種水，塵囂苦言哤。聘之水衡錢頻伽，注以蒲澗淙。紛然銀蒜顆種水，側若金荷釭。駢頭玉丫叉頻伽，疊石山崆峣。泠泠瑤瑟彈種水，緩緩寶鼎扛。輕裝載殊麗頻伽，靜影翹虛牕。畫愁子固惱種水，曲恐成連愯。西湖記祠宇頻伽，卝妙搖旛幢。

寒風逼晏歲種水，古梅發枯椿。沿緣愜幽賞頻伽，彳亍驚孤跫。迷離衆仙隊種水，縹渺神弦腔。後遊約鷗鷺頻伽，乘興浮艓艭。新詩淡益佳種水，野服涼不厖。采香或尋徑頻伽，渡鏡還上瀧。珠想漢皋贈種水，玉肯鴻門撞？投詞豈弔屈頻伽，栖隱當從龐。含意對高潔種水，眯眼甦昏曨。如逢女嬋媛頻伽，彌覺形胮肛。聯吟月墮水種水，一笑天橫江頻伽。

小除夕竹士過余度歲風寒氣嚴雪意欲成與竹士家弟同賦靈芬館催雪詩倒用東坡聚星堂韻二首

金烏吐金貘食鐵[一]，九百虞初皆小說。天公自具大神通，玉戲只須煩一瞥。靑要玉女鬬身手，一臘見三猶不屑。但教宿麥望如雲，何必春江皺成纈。昨朝氣暖臂欲袒，今日風寒肘先掣。眉間黄色忽浸淫，天外白衣殊變滅。故人一笑叩門來，節似此君亦稍折。雖然倔彊自性生，豈不飢寒坐癡絶？幢幢鐙影半焰紅，活活鑪灰一寸雪。明朝旭日照檐牙，莫放風帆開葉葉。啄木丁丁觜如鐵，百鳥殷勤巧言說。春風鼓盪亦偶然，過耳感人忽飄瞥。年來與世殊參商，以舌媚人況不屑。未論啅雀畫吳裝，愁見寒雲如蜀纈。題詩只恐研生凌，作字先知管能掣[二]。平生故舊非他人，袖裏三年字難滅。極知愁陣酒可攻，豈有謻臺柬容折？居然投止尚有門，未信窮交便宜絶。三白之酒三九鮭，勉爲吾曹此一雪。雲天倘欲鬬奇兵，筆底颼颼蠶食葉。

【校記】
〔一〕『烏』，底本作『鳥』，誤。
〔二〕『掣』，底本缺，據許增本補。

文君當壚圖

壚畔春風吹玉琴，雍容夫壻自知音。可憐不識錢刀重，也要人間取酒金。

除夕同竹士丹叔過飲友漁齋分韻得阿字

今夕閒人少，吾儕作達多。望門來此客，得酒即高歌。託命惟長鑱，防身倚太阿。勞生三十九，彊半惜蹉跎。

卷三

雲蘋續集 丙寅盡一年

是年，主講句餘。住不匝月，夏五遊邗，重九始返。其間故友之離合，人事之變易，與旅次之屢遷，感物撫序皆不能無慨於中，所作較多，仍以『雲蘋』命之。丙寅除夕記。

元日偕竹士丹叔探梅至長生庵設伊蒲之饌留贈庵主

野岸疏梅未破春，閒房青豆款閒身。笑辭大酒肥羊社，小結天花丈室因。窗網篆紋縈縷縷，盆池怪石供粼粼。四禪不隔人天界，解辟風寒已辟塵。是日奇寒。

楊陸譚詩圖爲退庵題

一老霜鬢據几坐，以肘憑几目視左。一老傾聽手捋髭，似搔癢處笑在頤。捋髭者烏坐者霜，誰歟

走官錦廬僧。租亦客天朝湖西，居日歸車使非得。昂低無格詩如亦，等相略齒年老二？楊爲誰陸爲
馬尚，豪縱江湖未免形容癯。兩篇題稿語鄭重，極言絕世詩名無。豈知傾倒亦復爾，自道我不誠齋如。
其旁一童卷手持，意或爾日雲龍詩。烏丸玉版答縞紵，錦囊傾盡千珠璣。黄公學詩無不有，尤于二老
極俛首。能參活句江西禪，愛説閒居劍南叟。瓣香乃更審厥像，坐睨神骨氣先王。尚嫌未獲接語言，
屬我題詩補其上。我詩拙率不及君，劣能門戶除紛紜。得君印可且快意，一笑二老還應聞。

題金韻山銓荻廬問字圖

俗儒競識字，說文讀千徧。忠孝但兩言，眯目未曾見。歐家瀧岡表，蘇家范滂傳。平生教子心，豈
止了瑟僩？金生媚學人，孤子能有見。行且就服官，九流待銓選。無忘折荻勤，竚看牽絲善。他年西
征賦，勉視北堂饍。庶幾遠大期，用慰孤嫠眷。紛紛注蟲魚，此事毋所賤。

朱夫人澄聽秋圖

秋聲不在紙，寒意自難任。重以閨中怨，工爲楚客吟。風霜寡鵠操，天地候蟲心。想見牽蘿屋，蕭
然落葉深。

曉起見雪示竹士丹叔

春鳥不鳴曉寂然，開牕縱目茫無邊。當門塔影界畫畫，隔樹水色光音天。酤酒愁赤老婢腳，擁爐對聳詩人肩。四民月令懶占驗，一笑尚有叉頭錢。

六日集墨檀欒室分得寄字七言

入春日日春寒利，風壓頑雲雪花墜。今朝細雨爲調人，略作溟濛破寒意。開門欲出怕沒脛，仰屋微吟聊擁鼻。放船折簡不憚煩，畜雨慳風豈爲戲？就中賓客孟公豪竹士，酒半低徊十年事。草堂高會隔存沒，人日梅花應憔悴。靈辰重聚何可偶，此集群賢不容易。只憐已束越中裝，未許還來甕邊醉。詩成即席不暇書，驛使回時折花寄。

上元

風斜雨細曉如昏，不許天公作上元。長夜應無再圓月，人間元有未招魂。幢幢鐙影真疑漆，慘慘鴉啼又到門。兩袖龍鍾三十載，可憐無處著新痕。

渡江約同人設祀徐文長于青藤書屋時陳十峰在吳門其昆季辭焉作此柬諸君以博一笑

獵獵風帆吹不已，七年再渡錢江水。彘肩斗酒亦何爲，不訪今人訪古鬼。古人雖鬼才絕奇，今世無此嶔崎姿。平生作事多可笑，千里命駕寧非癡？當時曾共種梅老曹學博秉鈞，爛醉藤陰互傾倒。醒來走筆寫長箋，筆勢與藤共夭矯。主人好事兼好客，作賦猶能述祖德。後世誰知我定文，詩歌綽有唐賢格謂其祖無波詩集。揭來重到謝不通，爲言窗戶皆塵封。古藤自青天池碧，可憐閉置如車中。作詩笑謝諸同人，古人非故還非親。有酒且酹種梅老，或恐此老聞之嗔。

與夏十四晴壑清和別七年重逢話舊雜成四章

浩盪鷗盟劇可憐，相逢意氣尚如前。鑑湖春水耶谿月，一瞥分明已七年。

官閣題衿笑語溫，七年往事試重論。青衫莫道龍鍾甚，留得當時舊酒痕。

織縑織素總能嫻，錦瑟吟成淚尚班。一等人間埋玉恨，草心紅上卧龍山。

少游歸隱復登壇，老去仍爲本分官。又見查髯題壁句，不禁遮日望長安。謂小峴先生、梅史孝廉。

送金蘭畦丈由山左方伯應少寇召入都兼爲六十之壽四首

青壤初聞衣繡行，百城已聳下車聲。諸侯暫領東方長，維帝知爲天下平。白髮還朝前侍從，朱衣舊吏半公卿。請看此日懷甎俗，父老殷勤送使旌。

朝天歸第正籠街，灑落依然見素懷。墨會靈簫仙眷屬，芝蘭玉樹謝庭階。門生能載陶潛酒，繡佛聊開蘇晉齋。甚欲祝延陳致語，只愁文弱易成俳。

雍容簪筆記螭坳，屢擁軺車出帝郊。早歲詩篇詠紅藥，一時文體變黃茆。風裁永叔昌黎後，制誥元和長慶交。記取丹山雛五色，九重留與鳳凰巢。

回首京華旅食年，麤疏潦倒劇堪憐。曾蒙國士無雙譽，敢悔南華第二篇？别去深知丈人厚，重來多畏後生賢。他時草就長楊賦，終待吹嘘送上天。

皐亭道中見桃花落盡

行盡香溪不見人，愔愔小雨黯如塵。青衫留得零星淚，來共流鶯哭莫春。

零落芳魂委路旁，山平水遠獨回腸。東風只短桃花命，薺麥青青野菜黃。

訪古華太守于蕺山書院出近作見示次韻二首

客星自笑等浮槎，又向天涯送落花。雲屋有人來剝啄，鏡天如畫展丫叉。筆縈蛇蚓書無敵，語帶煙霞氣自華。好向蘭亭求妙跡，他年闌檻不須誇。

汎梗偶然值斷槎，繡茵何意著飛花。朅來入座驚朝沐，到處關門守夜叉欲訪青藤書屋不果。投轄孟公還意氣，墊巾居士感年華。題詩聊博尊前笑，只解人嘲敢自誇？

次韻答晴壑喜之姚江之作

沉沉深夜倒深卮，一醉何曾百罰辭？久別重逢影亦好，故人難得老方知。還尋舊雨連牀約，尙說春風倚棹遲。應笑此行不無謂，待儂來定卷中詩。

車騎雍容已倦遊，更無好句爲君酬。極知到處皆鴻爪，不分而今各白頭。月墮雲中惟子見，三年一笑爲誰留？爾來自覺風情減，不夢盟鴛夢狎鷗。

旅舍早起聞隔墻書聲用東坡聞鄰舍兒誦書韻

曉夢呼不醒，屋角驚山禽。似喜宿雨歇，相命爲清音。索居念疇侶，起坐還披衿。隔墻聞應和，鄭緩時呻吟。默然自嘆息，頻歲北與南。往時布穀口，瘖啞遂自今。老懶見書怕，相避如商參。此時吾廬好，樹大虚堂深。欹枕聽兒課，取酒與婦斟。思歸未可得，怊悵撫素琴。

渡曹娥江寄青士琴塢用六日墨檀欒室韻

生平嘗笑曹吉利，進人加膝退淵墜。小兒德祖亦可憐，誇識外孫齏臼意。我來正值春水生，船似吳牛穩浮鼻。中流默禱婆娑神，隔岸紛陳傀儡戲。人生通塞皆偶然，但得安流了無事。村娃豈解孝娥悲，浪兒肯弔湘纍顇？此行百里水陸兼，跋涉舟車良不易。黄紬被底已高眠，烏篛篷中猶宿醉。故人倘復問郵籤，明日打碑并書寄。

再用前韻寄丹叔獨遊

世間擾擾趁名利，長繩不繫金丸墜。忽聞鷤鴂怨芳華，未許蟪蛄鳴得意。遥憐牡丹紅破頰，更想叢蘭香撲鼻。雖無好事載酒過，定抱添丁折花戲。我來句餘已十日，除卻食眠別無事。長紅小白皆不見，那識榮華與顦顇？依人作計事大難，與春無負談何易？延陵季子倘未歸，試讀此詩同一醉。急須行樂惜流光，人生万事真如寄。

端居悶極三用前韻自嘲

出門攸往利不利，辟如風花任所墜。高懸絳帳豈敢當，閉寘車帷亦不意。屋低起立軒碍眉，牕暗攤書墨生鼻。披風聽鳥作越吟，弄筆塗鴉等兒戲。模山那得虎頭癡，好飲略無犀首事。有時合眼夢西湖，何異姬姜換蕉萃。悠悠未識客何爲，鬱鬱始知居不易。飢而求食飽可憐，醒不能狂飲輒醉。江頭倘見南飛鴻，試問愁心可容寄？

續游仙詩十七首并序

羈旅無聊，又值春暮，鳥啼花落，海思雲愁。句餘並海無百里，隱然三神山，仙人不死之藥在焉。有招予者，褰裳從之。惜乎蟪蛄時命之不待也。啼笑雜陳，悲愉間作，託詞元怪，廋語荒唐，見者諒無譏爾已。

歷歷星榆好墓田，似聞弄玉又成煙。簫聲吹徹離鸞曲，腸斷人間沈下賢。

素節霓幢夾道排，飈車隱隱過蓬萊。如何海水三清淺，不見西飛青雀回？
小別重過阿母家，蛾眉蕭颯鬢絲斜。碧桃開落三千歲，終是瑤臺短命花。
移得明河作鏡臺，梳成三角髻雲積。阿環愛話當年事，曾見垂髫覆額來。
夜半依俙降玉真，尚留紅淚滿羅巾。是誰聽得弓弓屧，雲路原無剗襪人。
六曲屏風一面僿，沉沉寶篆夢雲香。九華帳外無人見，睡殺桐花小鳳皇。
亦知鳥爪是真仙，笑擲丹砂尚少年。一種閒人還背癢，不防使物有神鞭。
一水盈盈機杼停，斷槎何意接青冥？笑渠略到銀河畔，已被靈臺奏客星。
火棗天姻事近誣，漫言靈匹與神夫。青溪小妹無郎好，不入陶家位業圖。
持履無方亦可憐，纖纖細步見生蓮。麻姑裙幅如胡蝭，始信能留未是仙。
霧閣雲牕有小顰，尋常杯杓不濡脣。多應難禁裴郎勸，一盞瓊漿醉一春。
小劫無端也斷腸，天風吹得玉肌涼。雲籤秘笈都零落，卻向龍宫覓禁方。
病起還爲弱水行，空中微度佩環聲。侍兒扶上青鸞背，玉骨深憐一倍輕。
耦意齊心亦大難，青天碧海恨漫漫。素娥不是羈孤極，肯許寒簹伴廣寒？
封詞千萬小心風，不信紛紛謠諑工。到底劉安無道氣，帶他雞犬住雲中。
瞥然一念十年留，畢竟蓬壺是故丘。人世青山無限好，只能埋玉不埋憂。
羅浮殘月墮黄昏，縞袂仙人有淚痕。夜半巫陽傳帝勅，春風先返玉梅魂。

謁王文成祠

命世才難偶，乘時亂易戡。膚功憂患得，心學釋儒參。祠宇依山峻，文章見海涵。陽明巖洞在，容許異書探？

登龍泉山

昔賢講學處，遊子獨來時。江與城交讓，山如馬不羈。泉甘新火活，風定落花遲。便儗窮幽勝，誰賡皮陸詩？松陵倡和有《四明八詠》。

立夏日集蕺山講舍聯句

旋歸猶及春，中塗序已夏。因緣締新賞頻伽，契闊尋舊社。墊巾客突來古華，掃榻館先假。醉歌斫地頻王彝舟學雲，行腳得門寡。柈蓿棼尾酣釋卍香，班草科頭野。險語鬥孟韓頻伽，高文儷揚馬。賓戲復客嘲古華，談天兼炙輠。蘭浴逸少池彝舟，柳覆中散冶。入山睥睨包紀雪生珩，一鑑玦環瀉。淥淨曲曲添卍香，青峭稜稜寫。彭鮑肩可齊二山名。頻伽，王謝臂如把。雲書古宛委古華，佛臥阿蘭若。名仍采蕺餘彝舟，宅以布金捨。磨厓見古今雪生，拾級疲上下。亭高圍檀欒卍香，樹老裂豁閜。緬惟經人師頻伽，能媕大小雅。傳鐙太乙藜古華，遺研香姜瓦。劉念臺先生海天旭日研，今爲古華太守所藏。先生嗣風流彝舟，數子極瀟灑。詩捷敵溫叉雪生，酒豪角劉疋。賀髻梅子圓卍香，樊口櫻桃妊。摻摻簳龍兒頻伽，白白江魚鮓。時還一中之古華，誰說無生者？朋難雜華梵彝舟，圖可施粉赭。豪氣未除陳雪生，苦吟欲鑄賈。二客奚遁巡時陳箭樓、商葬亭先去。卍香？五詠互撏撦。擲簡月漸高頻伽，睒睒燭花灺古華。

題孫閑卿女士雲鵬木芙蓉

騷人木末意深長，不識江南有拒霜。想見西湖似明鏡，自臨秋水寫紅妝。

濯足榑桑圖爲陳竇摩學博石麟題

雄雞未鳴海宇黑，萬家夢囈昏於漆。忽然飛上金老鵶，紛紛人事來如麻。衆人各有尺三腳，一插紅塵幾時濯？蓬萊仙人笑向予，那得祖洲不死藥？廣文先生陳孟公，鼻息呼吸爲長虹。低頭一官不稱意，青衫老作枯蓮蓬。胸中奇氣消未盡，欲浮溟渤鞭魚龍。此間坐見滄海日，咫尺帝座能相通。便可從此竟歸去，倒景下視榑桑紅。胡爲偃蹇弄狡獪，狎侮海若如兒童？老蛟驚立大魚起，曼衍百戲爲君容。君不見世人蹋浪如蹋土，海思雲愁那知許？不如北牕跂腳睡足日高時，讀我郭璞遊仙詩。

項孔彰畫酒甕中桃柳爲思亭題即次其韻

後庭花落金甌碎，燕子春鐙等兒戲。豈知世有醉鄉民，尚作承平舊時意畫在乙酉。月波樓頭清若空，時亦小滴真珠紅。連瓶餉客定不俗，乃以破甑留胸中。畫甕與真了無異，更得流傳歸好事。柳枝桃葉不解飲，請入此中同一醉。吳生落拓稱酒人，可憐釜底常生塵。愁來且抱畫甕臥，夢尋浩盪郊原春。

鵲尾五月一日

鵲尾鑪香供佛熏，人天杳杳斷知聞。春歸空記花生日，夢短真疑月墮雲。遺恨網蟲留畫扇，傷心蔟蜨失羅裙。入關齋罷三生了，自寫東陽懺悔文。

思亭以奚鐵生畫卷見贈題句其上

奚生衆謂狂，其狂乃其僞。苟遇出己上，俛首每至地。作畫真詣微，詩有事外致。以之凌轢人，實自善標置。冠蓋貴遊驕，歌舞鹽賈熾。白眼酒坐中，逡巡半引避。爰有耳食徒，見斥恚生愧。翻繆爲恭敬，於衆示小異。兼金購尺幅，嘖嘖誇妙繪。裝池詑朋交，曰生不我棄。生亦頗自喜，聊爾徇其意。高名與厚實，一罵獲兼二。然於心所親，款曲敦氣誼。横圖及長卷，有索無不遂。同時得方千薰，畫手接前輩。爲人特醇謹，詩筆尤贔屓。尹邢不爭妍，引重去嫉忮。此幅昔寄方，慘澹極能事。規摹王叔明，蒼老更密緻。題詩何鄭重，論畫真臭味。居然見平生，相契若莊惠。吳郎真可人，脱手爲贈遺。恍如對故交，二老坐譚藝。方君我所敬，奚則所兄事。當時看等閒，死益知可貴。方畫存無多，奚詩嘗論次。心許墓石文，因循至今未。念欲傳其人，豈必在銘誌？千秋見性情，生卒皆辭費。濡豪題卷端，顯顯告來世。九原生或聞，一笑應破涕。

同韻答退庵二首

竿木隨身百事輕，何妨鄉里得狂名。閒尋靑豆房中坐，笑逐紅禪隊裏行。意氣陵人無賴極，男兒作達可憐生。只嫌高座雄譚處，醉語還令醒後驚。

瀟瀟猛雨下寒廳，頓遣連宵宿酒醒。野水平疇殊散漫，新荷高蓋自伶俜。開襟人座傾三雅，束帶迎門候五經。退庵餉酒。此樂家居原不少，軟塵紅處又長亭。

重五日退庵見招不赴次來韻柬之

家居常少惜勞生，草草頻年節物輕。懶縛絲筒沉正則，偶思石鼎對彌明。先約集瓶山道院。歲時何用紀三楚，兒女偏能志五行。勸我來朝門莫出，安榴花妥午牕晴。

門無剝啄不須扃，座有圖書安用銘。妻勸先開太常禁連日茹素，客言莫學次公醒。家如傳舍難常住，身似奔輪愛小停。頗費宿舂三日計，此行已建屋山瓴。

端五日分題靈芬館中是日所懸畫幅得鍾馗晏客圖同獨遊丹叔作

一鬼軒軒持謁入，百鬼紛紛布几席。滿堂鬼火青幽幽，鬼馬鬼車雁行立。馗乎敬客先趍風，深雍韡大緋袍紅。不知此客定誰某？子虛烏有亡是公。山鴞作羹人作鲊，彳亍夔魖學嫺雅。婪酣大肚能監厨，應是當年肉食者。長筵廣席矜豪奢，軍持亂插山榴花。紙錢百萬供一箸，豈知餓鬼紛如麻？君不見王家石家皆塵土，不及老馗作鬼主。可憐魚腹有靈均，飢向蛟龍爭角黍。

題鍾馗畫鬼圖

郭麐

終南山中鬼淵藪，只有新故無妍醜。屍行肉走各猙獰，略遣老馗飽饞口。老馗畫像人間留，謂渠疾鬼如疾仇。云何點筆妙游戲，戴草寫此枯髑髏？陰天紂絶此何地，呼鬼來前貌同異。眼光射鬼鬼欲愁，肥瘠恐渠同一視。解衣磅礴意殊快，頰上三豪礫如薑。揶揄之態狡獪情，恐爾能知不能畫。爾能畫鬼窮陰姦，不能畫此終南山。樓頭小妹拓窗坐，鏡奩自寫雙眉彎。

題鍾馗賣劍圖

吴[illegible]

我來魏塘才浹旬，瞥見安榴幾花吐。故人情深不放歸，留我齋頭作重午。家貧好事絶可憐，只有圖書尚撑拄。壁間横幅聊應時，幅幅新裁不師古。終南山人老佷伉，鬼伯鬼雄視如鼠。蒯緱一劍雖缺齾，聊怖群魑我甚武。如何一旦輕脱腰，萬鬼揶揄掌爲撫。人生利器那可假？恐一失之爭笑侮。方今聖治如天中，盡掃妖魔膏質斧。廟廊文酒自雍容，吏治循良皆卓魯。高冠襜具定何爲，說劍談兵了無取。九幽儻有田可耕，急買烏犍及新雨。

即事聯句仍用前韻並柬退庵父子

疏簾清簟午風輕獨遊，酒借離筵便有名頻伽。兩度煩君來得得謂獨遊。丹叔，此番送客重行行獨遊。懷中刺字還依舊頻伽，篋裏衣裳已換生丹叔。太息光陰如過鳥獨遊，對牀夢好奈頻驚頻伽。

三間老屋第三廳丹叔，泥飲何曾許客醒獨遊？詩出離懷殊悵惘頻伽，書隨行笈亦伶俜丹叔。貧能好事應無偶獨遊，老說求名恐不經頻伽。可惜黄河遠上句丹叔，不來賭酒共旗亭獨遊。

五月十日出關

吳門一過三日留，觸熱而出何所求？青山送人兀在眼，明月爲我來當頭。鄉里小兒自高會，洞庭張樂誇俊遊。塔影漸遠滸墅近，兩岸吠蛤疑涼秋。

雉堞不圍涼已應，朝如執熱夜飲冰。水光盪月分數道，帆影帖山衹一層。漁父正與舟子語，山歌忽遣船孃應。此時頗憶水閣好，歷亂野螢升降燈。

去年

去年今日亦客裏，昨夜伊人來夢中。有生合與情俱盡，已死難言色是空。愁極依然眉黛碧，淚多偏不枕函紅。一千里路兩江水，辛苦弱魂乘遠風。

舟中讀黎簡民簡五百四峰堂詩竟用其讀黄仲則集韻題之

美人有重封，畸士而高官。千百偶一遂，已使天力殫。所以絕代人，風鬟切雲冠。孤悲兼獨笑，世人詫無端。黎生產海隅，胸虧大海瀾。冥心入百怪，老氣横兩閒。寧爲歷口欖，不作脱手丸。遂爲數子知，不知非所患。羈窮走荒徼，百駡得一歡。生平服黄童仲則，意不若是班。淳情吐澀語，庶幾錢老頑謂籜石先生。珠香象犀外，生是良亦艱。舟行三日雨，掩篷不見山。豈知入巉峭，登頓了不閑。敷詞效其體，哀玉參和鸞。

雨行常潤道中

梅雨浪浪重復輕，低篷瑟縮睡難成。一生屋不蝸牛負，盡日舟行吠蛤聲。劍賣思耕陽羨水，艣摇心識吕蒙城。薄遊便覺故鄉遠，淺醉翻令旅夢驚。

雨中見新荷

江南復此見田田，湖上年時拾翠鈿。生小愁風不愁水，情人如玉已如煙。能同甘苦非無意，若待長成更可憐。欲寄梨雲渺闊絶，不勝梅雨忽琅然。

道上新冢纍然默念此中何人

犖犖青山黯夕曛，纍纍黄土蓋秋墳。多應世上嬋娟子，一例人間冥漠君。蕙帳蚊幮還入夢，槐根蟻穴尚書文。西泠橋畔明年路，判有紅心宿草薰。

次韻雲臺先生珠湖草堂圖

珠湖本無珠，天水自不夜。驪龍狎緯蕭，抱寶睡其下。竹西歌吹地，相去止一舍。蕭然故將軍謂招勇將軍，得此物外暇。韜鈐見魚鳥，約束入臺榭。稜稜田有秋，渠渠屋宜夏。先疇念高曾，代緒陋王謝。所恐許國身，未易遂息駕。展卷爲沉吟，潑眼湖光瀉。

寇白門小像

柔腸俠骨掌中身，不櫛朱家此替人。舊侶叢殘多入道，神仙容易見揚塵。腰間寶玦王孫淚，馬上桃花故國春。欲問煙華南部錄，爇香試與喚真真。

題羅介人允紹畫梅二首

最愛小長蘆論詞，疏花空裏著横枝。忽驚照眼緐英好，不覺低頭老杜詩。

京華曾識丈人行謂兩峰，太息郎君筆力強。夢向西湖尋老鐵，孤山墓冷月荒荒。

臧孝子詩

毘陵臧孝子，禮堂者名和貴字。從兄受訓詁，奉親居鄉里。家貧父沒母在堂，隨兄負米來浙江。麻衣如雪坐校書，往往血淚迷丹黃。父沒母在堂，兄遊嶺表暨朔方。一朝母病劇，誰與同扶將？持刀祝天頭蹋地，此一塊肉母命寄。藥盌模糊藥汁膩，鬼伯逡巡趣引避。生平讀書萬卷外，不讀昌黎鄠人對。兒身母身死奚懟，況兒不死母則生，兒死乃以他疾嬰。嗚呼此事人不知，已死妻始痛哭爲之明。妻胡入門母不悅，傷孝子心幾欲出，亦其死後妻爲說。兄從朔方歸，拜母哭弟中心哀。偏求文章表厥志，懷中盈此千瓊瑰。方兄之遊書諫之，千言娓娓皆可思。當時不能聽，至今涕漣洏。我今紀實爲作詩，徵諸其兄無溢辭。兄爲我友字在東，鏞堂昔名今名庸。

旅中雜感

蕭蕭長雨又闌風，五月披裘訝此翁。雲漢尚煩留使節，宣房幾見築離宮？横流長短真瓜蔓，隱語周章託鞠藭。笑問群公班范筆，河渠溝洫可從同？時輯廣陵圖經。

朱丹車轂走班班，高議雲臺自不閒。三版孤城懸孔亟，千金虚牝擲無還。江淮終合東南水，雞犬深愁大小山。安得庚辰好身手，教然犀火照神姦？

去歲冰霜寒雁苦，今年風雨夏蟲愁。平分四序都無暑，疑誤三農尚有秋。天意暫教小麥熟，河身欲與大江流。行廚鰕菜登槃少，一笑聊分肉食憂。長官皆素食祈禱。

底事頻年作客頻，久居不去問何因？便無瓶裏三升粟，尚要車中七尺身。動地風聲攙歌吹，壓城水氣冷金銀。此時輸與老同叔謂丹叔，穩坐苔磯下釣綸。

題汪容甫中雜文

詞多偏宕孔文舉，意主悲哀庾子山。蒼涼野哭行歌外，俯仰名倡劇盜間。有怪何嘗非物病，無官畢竟是天慳。河東激贊梁邱據，要使群公一汗顔。

寄覺生視學河南

強鞭蹇步逐驊騮，出入京華再不謀。往日文章高大歷，祇今河嶽在中州。似聞袖有三年字，那得帆開萬斛舟？怊悵俊遊如昨夢，鍾山一老雪盈頭。謂惜抱先生。

寄王儕嶠蘇太守

朝端已重伏蒲名，五馬仍爲衣繡行。丞掾未須哀老子，文章豈復厭承明？封侯我久忘前夢，招隱君還用故情。治行吳公應第一，雒陽年少可憐生。

題程孟陽山水扇面酬思亭

風帆阿那挂江干，想見鄉心共客還。畫出秣陵天樣遠，幾株衰柳不多山。

詩有微情畫與俱，不師子久不倪迂。故人愛用松圓墨，如此蕭寒得似無？鐵生有『用松圓墨』小印。

吳郎久擅詩中畫，就我還求畫裏詩。如水春愁如帶水，分明湖上送君時。

題張老薑鏐印譜

吾趙久不作，文何亦云亡？老程強駊騀穆倩，鈍丁窮微茫敬身。眼中所及見，無過雙井黄小松。蟠胸蝌蚪活，奮臂龍文扛。時得象外意，亦復稜中藏。後生不善學，虛表徒膖肛。吾友有曼生，餘伎千夫降。偶然雕蟲魚，腐肉齒銛錵。丰容入堅瘦，姿媚仍老蒼。恨其神太雋，逸驥無留繮。苟非具神解，但驚形諜光。張君性違俗，自號稱老董。物辛不因地，歷口多參商。畫手已棘澀，詩味殊甘芳。苦抱金石癖，欲捕龍蛇僵。尤更自矜慎，曲折爭豪芒。以之視曼生，合在暴弟行。人生有奇氣，辟若錐處囊。遇隙必一見，精神爲飛揚。一伎至微末，足覘其生平。可笑齷齪士，尺寸相裁量。杜陵老詩律，不廢王與楊。坡口不善書，乃復嗤素張。舉世皆說文，一丁群言哤。刻印必繆篆，朱老膠故常。高談侈黃農，不若法後王。黃童今已矣，庶與陳子詳。題詩忽滂葩，故態狂奴狂。

用后山集中招黃魏二生韻題陳月墀增閉門索句圖

正字逸足真追風，偏師直欲黃童攻。聲如飢鳶閉門出，人巧極處天無功。六百年後老孫子，五七字句皆能工。九京有知應失笑，留此詩筆遺之窮。光顔阿耋那用許？甲第萬礎粟萬鍾。且須秀句慰寒餓，任渠自飽三斗葱。

兩峰山人羅聘鬼趣圖并序

圖凡八幅。其一滃墨黯昧，隱隱有面目肢體，諦視始可辨。其二一鬼短衣僂而趨，一鬼奴而從。嬴上體以手拄腰，骨節可數。其三鬼衣冠甚都，手折蘭花，攬女袂，女鬼紅衣豐鬋，昵昵語，旁鬼搖扇側耳聽。其四一矮鬼扶杖據地，紅衣，一小鬼捧酒琖就矮鬼吻，吻哆張。其五惟一鬼瘦而長，垂緑髮至腰，左手作攫拏狀，右手循其髮，手長與身等，足布武越數丈，腰腹雲氣蒙之，身純作青色，自云焦山寺中所見也。其六長頭而僂者一，鬼身不及頭之半，頭之前鬼二，一銳上，一混沌然若避若指且顧。其七風雨如漆，一鬼俛首疾走，一鬼張繖其後，一鬼導其前，一鬼頭出繖上。若依倚疾走者，昏黑淋漓，極惶遽奔忙之狀。其八楓林古塚，兩髑髏齒齒對語，白骨支節，巉巉然也。圖中先達名流，題句幾滿。分詠者蔣心餘侍御七古，張船山侍御七律，皆八首。汪劍潭司馬《沁園春》詞八闋，丙寅夏六月山人嗣君見訪樗園客舍，出此屬題，爲分賦三四五七言古今體詩，别書一紙，因并識其情狀如右。六月望日鐙下。

吁黯慘，來零丁。澹欲無，微有形。目窅窅，愁星星。逝者魂，朽者骨。獨何能，不磨滅？宏演肝，萇叔血。

不坐而趨，不袴而襦。前行娖娖，後行趺趺。噫彼藍縷，豈窮之徒？豈無妾馬，爾驅爾娱？曰其生前，高冠大車。

山阿含睇宜，子夜悲歌苦。采蘭問遺君，幽咽不得語。凄然一絲魂，癡絕相爾汝。月照退紅衫，上有清淚古。

瓠壺腹大口就盌，群鬼苦長汝苦短。凌兢抱甕怕酒冷，群鬼苦飢汝苦醒。劉伶先埋阮生夭，日見人間酒人少。侏儒侏儒且飽粟，酒盡忽聞鬼夜哭。

月冷魚龍靜，天高魑魅長。喜人忽身手，笑爾只尋常。九首飛空捷，連鼇下釣忙。惟應滅燈燭，莫與共爭光。

一尺桑生面，攬鏡自言好。人間將相材，莫笑此頭腦。
彳亍精靈瑟縮寒，九幽風雨極漫漫。人間儘有泥塗辱，地下依然行路難。荷葉淋漓油傘破，楓林慘澹漆燈殘。江湖滿地參人鬼，可許監門畫與看？
同是狐狸貒貉餘，不知南面樂何如。曹蜍李志奄奄甚，那有嶙峋骨似渠？

黄孝子聖猷詩

曰孝本庸行，平平自無奇。神明在其心，一氣能通之。世降俗日薄，內行多乖離。鬼神爲悲憫，報一儆衆蚩。婁東黄孝子，出自田舍兒。代親踐更卒，父母相怡熙。父沒克盡禮，擗踊皆無違。一朝母病噎，不得共哺糜。群醫視束手，曰疾不可爲。引刀刺臂血，籲天天聽卑。延年一千日，乃迫泰岱期。比鄰鬱攸作，焰焰逞虐威。兩棺在中堂，人力不及施。痛哭願身徇，融風爲返吹。長吏及閭鄰，嘆息相嗟咨。至今越百載，名並黄童垂。其事皆可徵，其實理則夷。天地亦父母，誠至豈我遺？不然金縢册，亦是巫祝辭。有請不我拒，亦非孝子知。孝子所不知，神明所不疑。

子貞山居賣篆圖

山不生禾只生石，山人住山不得喫。以石作紙筆作刀，俯首此中欲求食。妻嘑兒號未遑惜，中夜布衾指自畫。平明側肩一閧市，此物還能幾錢直。拳身科斗倒披蓰，持與屠酤换鰕菜。李斯程邈笑向人，吾輩何曾見常賣。山骨泣訴天公嗟〔一〕，劖削混沌驅龍蛇。奇窮阨汝未快意，使汝眼底生空花。不如閉目空山忍朝饉，自佩黃神越章印。君方病目。

【校記】

〔一〕『天』，底本缺，據許增本補。

樗園雜詩

林宗一宿地，灑掃即吾廬。曲尺窗三面，彎環月半渠。但教居有竹，敢道食無魚。移得管寧榻，翛然臥讀書。

吾生真散木，辱爾似愚溪。客任科頭揖，詩從刺尾題。藤纏枯樹媚，蘚印石梁低。來往供疏放，胸中物已齊。

夢聞竹外雨，瑟瑟復蕭蕭。醒見牀前月，枝枝葉葉搖。孤懷生遠思，萬籟入深宵。早有秋蟲語，空階不自憀。

不信緜華地，居然丘壑宜。園荒蟲鳥怪，客久僕僮疑。誰載門前酒？時成枕上詩。如聞漳濵臥，亦未羨南皮。

客裏移居易，閒來結夏成。欣然見鼠跡，復此聽蟬聲。樹密疑山暗，櫺疏受月明。浮蹤竟何得，惆悵故園情。

去歲攜奩具，依人住道南。纏綿憐病婦，顛倒夢宜男。疫鬼爭新故，眠蠶起再三。書來知好在，解索蜜犀簪。

回思猶可怕，同病劇無悰。幾檝長沙鵬，真成藥店龍。漂零能飯健，命分合書傭。終儗爲行者，清涼山打鐘。去年病愈後有出世之志，仍不能也。

虛堂耿無夢，殘夜最能幽。萬戶同分月，一生先得秋。微吟驚睡鵲，涼影颭牽牛。又放流螢入，疏簾未下鉤。

婉孌陵苕蔓，因依古柏枝。纏綿欣有託，榮落不同時。玉刻三生恨，香埋絕代姿。涼風吹女急，太息有情癡。

山館條猶綠，孤亭石尚蹲。雨添新竹色，泥失舊巢痕。亦有書連屋，誰同酒一尊？懷人兼憶事，落月滿吳門。鐵甫舊館、綠條山館、十二峰亭額，皆其所書也。

幽事無人共，消閒亦有名。驚蛇爭草勢，布穀學書聲。日午花頭妥，雨餘荷蓋傾。晚涼留一磯，好待月朧明。

正有西湖夢，故人書札來。眼前疑舊雨，別後此深杯。白鳥閒何闊，蘋花寒未開。多煩好相待，莫棹酒船回。得琴塢、積堂諸君書。

乾鵲語音好，飢鳥行步工。蜂房仍木處，蟻穴亦堤攻。熠燿宵能照，蠨蛸室已空。平生矜磊落，一笑注魚蟲。

下邑魚苗長，高原龜兆存。空占月仰瓦，未見雨翻盆。一鬨群爭市，三家劣作村。未妨凍雨灑，聊洗濁河渾。

風雨中元夕，宵深又月明。香燈紛鬼節，歌哭各人情。婉娩尋前夢，蒼茫隔此生。無眠數更鼓，腸斷在蕪城。

命駕兩相值，分襟五見秋。依然弟兄意，同此旅人愁。官許文資換，名猶市藉留。飛揚看年少，爾我總悠悠。沈五蔗畦至自袁浦，時以鹺事訟繫，故云。

口尚傾壺注，家仍似磬懸。依人無壯士，傷逝況中年。兒女憑摧我，功名莫問天。橋邊逢日者，多恐識鳶肩。蔗畦有簉室之悼。

落拓張公子，時時一叩門。貧知好書貴，野失故人尊。字許先秦識，詩從兩宋論。告歸何太早，病眼怯黃昏。子貞。

羈旅悲同病，艱難慰固窮。五千手抄在，三九食鮭空。未契群兒外，初心失路中。連朝話鄉訊，望斷北來鴻。種水將歸禾中。

江郎真澹宕，來此興能乘。天意河如帶，鄉心酒似澠。同聲聽吳語，分影坐秋燈。未是無家客，肯隨乞食僧？江鄭堂擕襆被同居。

始到竹新長，將歸桂已馨。從容送佳節，孤迥立危亭。澹日下春白，遙天一握青。不知何處鳥，去意極冥冥？

題賓谷都轉賞雨茆屋卷即用卷中自題韻

高瀑急雨勢，歸雲抱山心。松濤響半壑，水碓喧前林。江湖助回薄，巖洞爭晴陰。翛然此中人，一何念之深。平生澤物意，聊試高張琴。豈無南風手，謳謠變呻吟。要知達者志，高寄匪自今。懷哉杜陵屋，獨破情何任？

晚楳圖爲墨卿太守題

孤花凌春先，冰雪自矜邁。芬芳非競時，晼晚豈有待。辟如少年場，猶得見前輩。獨立桃李中，娬媚有餘態。使君今廣平，真賞不自外。偶然吐妍辭，鐵石究何害？蕭寥坐官閣，萬象回春藹。四十稱醉翁，歐九良亦隘。非無遲莫心，八九不蔕芥。他時金槃實，天意殊有在。莫學負鼎翁，鵠玉工附會。

夜起來

墮月縈窗葉打門，雞聲喔喔燭昏昏。褰幃瘦影追前事，別樹羈雌斷故恩。噩夢回時還制淚，離憂盡處忽招魂。天涯存沒均堪念，衾壓山肩重不溫。

旅食十首

羈禽無修羽，羈客無好容。明鏡不識秋，而與清霜逢。男兒昔壯盛，桃李爭昌丰。豈知不轉瞚，蕭颯如飛蓬。平生誇遠志，動足無留蹤。及兹迫晼晚，顛頷成衰慵。安能出薄伎，以受時世傭？中夜忽起坐，百感撞心胸。常開鰥鰥目，少待星星鐘。

明月欲何適，流光忽我前。自我别鄉里，見汝四迴圓。重汝故鄉來，見我昔所歡。所歡不在側，安得我好顔？殷勤肯委照，如汝亦復賢。逡巡徹猛燭，窈窕開華軒。有酒不汝酌，有琴不汝弦。竊窺汝顔色，亦較前時寒。人生在天涯，何物不可憐？

朝出城東門，暮出城東門。樓船載妙伎，畫榼傾芳尊。明星粲燈火，歌聲猶遏雲。山中桂華發，水上殘荷翻。爲樂不少待，忽然白日昏。請看白紵衣，零露何其繁。

四瀆誰所名，曰瀆使是獨。後來資輓輸，揚清激其濁。居高乃就下，欲泄先藉蓄。奈何尻益高，横潰勢奔蹴。盪決千金堤，固非一蟻伏。浮沉十萬家，換此一餐粥。中澤鴻嗷嗷，下田魚育育。紛紛鼠渡河，纍纍燕巢木。當年翟子威，萬死豈足贖？秋風群潦乾，庶幾陂當復。

黄河天上來，豈曰星宿海？當其人事窮，未測天意在。沉璧楗芻薪，百吏安敢怠？蛟蜃逞妖患，一怒氣常倍。豈惟緣堤民，四邑實云殆。高郵、寶應、鹽城、興化。帝心軫其咨，曰故道當改。先天天不違，舊禍亦宜悔。河伯縱不仁，受職豈辭辠？嗚呼非常原，此事良有待。小蠢行鯨鯢陝西，長鯨待菹醢浙江。虛牝擲黄金，吾將訴真宰。

娟娟良家子，瑟瑟行路衢。婉婉誰家郎，玉雪好肌膚。呑聲一錢乞，遑能鼓嚨胡？非無身上衣，湘綺紅羅襦。非無槖中裝，列券皆上腴。未作河伯婦，且隨羅敷夫。今爲溝中瘠，昔爲掌中珠。行矣善相保，何處無窮塗？

塗窮非一塗，窮亦非一狀。萬石五鼎食，中有乞兒相。算緡計錐刀，簿錄到醯醬。娖娖守廉隅，謂不速官謗。豈暇歲與民，殷勤問無恙？

崆峒紆帝駕，析木昭天津。周制十二年，殷國乃時巡。允維八紘暘，坐見六合春。黄童與白叟，萬頸延莘莘。惟士乃民秀，先望屬車塵。鏗訇三大禮，自獻及此辰。平生薄相如，作賦稱大人。諷勸苟百一，綺麗何足陳。承明諸侍從，峩冠紞長紳。力能頌聖德，何待草莽臣。小臣雖求進，亦念所致身。

一簪不著身，乃想萬間屋。一飽諒有數，乃念諸溝瀆。倉黄路歧多，身世涕淚足。一不自霑灑，云爲蒼生哭。功名戾契難，稍欲發其覆。無資困遷延，遇時仍縮恧。吁嗟此何人，自計良已熟。半生長羈旅，一世了局促。

百蟲耿夜長，群烏爭曙早〔一〕。爾鶴獨何爲，長鳴戛昏曉？食料分稻粱，刷羽在池沼。主人之於爾，意厚不爲少。籠鸚與韝鷹，慧舌好觜爪。終年作近玩，與爾同一飽。胡然鳴不平，此意極了了。嗚呼萬里心，惜哉今已老。

【校記】

〔一〕『烏』，底本作『鳥』，誤。

寄家人

作意秋風八月寒，天涯倦旅思漫漫。飄零江北魚鱗損，偃蹇淮南桂樹殘。别後風花真泡影，夢來涙眼是波瀾。清輝莫負閨中月，雖隔山河尚共看。

費盡

費盡聰明誤盡癡，燕臺詩句柳枝詞。人間容有雙雙至，地下終無了了期。三月桃花紅釀醋，八蠶繇繭老抽絲。幽通冥感渾虚事，償得空幃臥見悲。

再題黎簡民集

軒天負地才不世，能自樹立亦其次。柳開穆修本尋常，特爲卑冗埽餘氣。男兒可憐一墮地，自愛此生得無意。功名偃蹇富貴難，滴一寸血畢吾事。前人已遠後不來，萬古傍皇入肝胇。僅陷廓清或未暇，磔卓開張那容易？藥之偏疢性之近，藺之自序了無愧。近人軟熟於言詞，聞此生語笑且詈。或云於古匹杜韓，徒驚形諜非真契。我爲反覆尋其源，士也非常良有志。或毁或譽皆失之，笑且詈者彼早計。嗚呼身後誰子雲，他日鄙人勞位置。

欲築一小閣名曰翦淞乞墨卿太守八分書牓而貲固未具也以詩紀之

三榆八柳門前種，其下木芙蓉可花。若築深深臨水閣，便令遠遠見吾家。谿田活碧分叢灌，塔寺蒸紅出斷霞。一笑此錢未天付，先看硬筆字棲鴉。

早寒憶敝居門前木芙蓉作花矣

已有涼煙未有霜，孤情易感是孤芳。眼明略遣風標見，憐絕仍施黯澹妝。虛幌風泠人斷夢，秋江潮熟雁思鄉。蕭蕭旅鬢寒無藉，的的殘缸夜許長。

題子屏書窠圖

書生作事吁可怪，凡不能償付之畫。園池亭館及美姝，往往丹青善狡獪。敧傾數間屋，叢殘幾帙書。是區區者既余卑，忽復轉眼成空虛。生來便腹十圍大，學劍學書無不作。尤耽癖嗜在縹緗，百軸裝完一家餓。衾裯斗米寧論直，捻向東家那容惜？亡去真同楚國弓，還來不是秦城璧〔一〕。畫師刻意譏天公，令汝舊觀還眼中。依然充棟復連屋，屋角離立三長松。長恩歡喜獿人疑，只有胍望仍苦飢。朵頤土炭定痼疾，何不問藥求良醫？嗟我無書差有屋，君但有書意亦足。明當火急餉一甁，來向君家畫中讀。

【校記】

〔一〕『璧』，原作『壁』，許增本以墨筆改爲『璧』，是。

十月十六日同琴塢集友漁齋飲罷放舟偕霽青過宿靈芬館即事同作

新霽開重陰，節候已淒緊。廣除散夜筵，寒月澹相引。小艇坐延緣，谿曲路不近。天水忽迷濛，渺然失畦畛。遠漁燈撒星，高塔尖露筍。篙艣響始知，略彴過已隱。林梢望舒圓，輕若翳抹眹。奇景惜須臾，翻恐路易盡。到家茶正熟，微竅鼎鳴蚓。深譚夕無永，薄醉寒可忍。二客快新知，對面得邢尹。連牀不成寐，且欲琢肝腎。老我如窮龐，斫白怕孫臏。未渠三舍退，聊助一笑听。

題墨卿太守重書朝雲墓銘用東坡原韻二首

萬里投荒逐所天，定知蟬鬢不前元。一聲河滿天涯淚，四句金剛病裏禪。異代蕭條重弔古，多生文字結深緣。揚州仍繼前賢躅，肯向雷塘問絳仙？

不合時宜不問天，任渠鵠白與烏元。能同九死孤臣命，便是三乘最上禪。金石又添新著録，湖山應有舊因緣。樂生銘志煩同揭，要草新宮或此仙。蓮裳有銘文極工。

題胡飛濤畫鷺絲册子爲胡瘦山金題

曉色熹微落月遲，陂塘寒意滿枯枝。世人只道風標好，誰見蒼茫獨立時？

弄珠樓即事

野水縱横自亂流，登樓有客話前遊。閑鷗頭白無情思，不爲斜陽記許愁。
前游當日共徐熙江庵，扶病猶能手一巵。傳語鄰人莫吹笛，少年今亦鬢成絲。
歷歷帆檣到海東，長橋横亘氣如虹。不知泉底鮫人淚，滴盡魚龍曼衍中。
蛟射鯨騎亦費才，茫茫此外海如杯。緯蕭可是無身手，只待驪龍睡稳來。

舟中獨酌卻寄霽青芝亭

獨客親孤燭，離悰數舉杯。已無酬倡共，聊欲影形陪。浩渺浮江意時將過錢江，縱横雜霸才。眼中二三子，辛苦且塵埃。

石門道中寄訊丹叔

因汝病不出，還延逾一旬。余生原鹵莽，此別最艱辛。藥石遲終效，妻孥慢莫嗔。憑將珍重意，還爲路歧人。

十一月十日同霽青芝亭瘦山屈弢園爲章蔣秋舫澐泛舟東湖登弄珠樓遊棲心寺小飲十杉亭別去作四律卻寄

又放東湖棹，難逢數子俱。親人魚鳥換，爲客歲年徂。俯檻聞高詠，臨流照故吾。惜無王宰手，蒻水作新圖。

出郭沿緣近，分曹意思閒。市聲多在水，竹影遠浮山。湖海生空闊，天風想佩環。如逢弄珠女，月出未須還。

招提知隔水，鐘遠聞星星。繫纜風日澹，入門松竹馨。研凹僧眼碧寺有聖祖賜借山鴨淥硯，殿冷佛燈青。亦欲從蜚遯，來繙止觀經。重喚沙頭酒，還停渡口橈。斜陽分別袂，小語立危橋。鷗鷺多求侶，雲龍可待招。故園梅信近，相待款寒宵。

靈芬館銷寒第一集詠暖盌得湯字二十韻

制器矜新獲，槃盂笵錫良。鼎先三足立，羹共一杯嘗。盎盎燒春注，微微活焰藏。火攻翻借酒，沸止乃揚湯。寒夜留賓好，初筵下箸忙。蒙頭發巾冪，逆鼻飫羶薌。秃幘來庖偃，當壚倩蜀孀。厭厭樺燭換，的的漏壺長。正喜入脣美，何愁炙手僵。鑪明灰陷雪，簾烱月飛霜。俄頃逾三爵，逡巡饋五漿。醉猶呼白墮，炊未熟黄粱。徹俎遲應得，行厨遠不妨。流涎嗤黿羹，染指或鍘孃。舊儗槃游製，形差骨董強。粗宜斟享雉，劣許爛刲羊。恒苦衣翻汁，終嫌炭置腸。潛然同暖熱，濟猛驗柔剛。爨蠟原凡俗，飲冰失故常。應憐杜陵老，冷炙劇悲涼。

丹叔病起至靈芬館有詩見呈喜而和之

鶴骨支離病更輕，喜看扶杖下樓行。關心藥裏思前痛，見面親知慶再生。話久正須兼坐臥，詩成未要苦經營。兩年俱脱昆嵐劫，留作他時老弟兄。

小除日爲退庵題茅屋擁鑪卷二首

一任樹頭吹箄簗，未妨袖手笑都盧。研池冰泮鑪灰活，寫出銷寒詩句無？

杜陵茆屋半蒼苔，小築新成避債臺。猶勝去年小除日，雪花如掌渡江來。

十二月二十八日作

簫鼓送西家，驚心換歲華。春難回地下先一日立春，恨不隔天涯。香積營清供，孤梅散冷花。惟餘兩行淚，重灑畫蟬紗。

除夕聯句

貧家守歲極清歡頻伽，燈影幢幢梅影寒。避債無臺驚剝啄丹叔，祭詩添我坐團圞。人生除夕閒難得獨遊，我輩論交老莫寛。相約白頭兄弟在頻伽，年年來此共椒槃丹叔。病起居然得此生丹叔，歲寒容易結鷗盟。林烏櫪馬爭喧寂獨遊，社燕秋鴻管送迎。埽地燒香無俗事頻伽，殘年飽飯亦人情。只消祝取長相見丹叔，石鼎詩聲久不爭獨遊。

卷四

剛卯集 起丁卯正月盡一年

前歲一病幾殆，去年余弟丹叔遘疾，自十月至十一月不愈，而家之人尊稚老弱，病者延綿無已。藥券山積，甚厭苦之。發春獻歲，庶幾百疫剛癉，莫我敢當乎。歲陰在卯，乃以剛卯冠首，亦吉祝之義。頻迦居士書於吉祥雲室。

元日即事示獨遊二首

朝日東南出，勞生四十過。春非一家物，人有百年歌。曉沐蒼華笑，餘酲勝帖訛。兒童任啁譗，老子自婆娑。

喜有同鄉友，能爲不速賓。疑年驚往事，數上日各羈人。漂轉煩君念，麤疏畏我真。請看縣簿外，並不換門神。

人日坐雨得坐字

宿酲忘朝飢，美睡成我惰。如聞疏滴微，似雜濕雪墮。遲徊起盥櫛，有客已在坐。靈辰合並難，獻歲酬酢夥。蕭然話清晏，作計詎爲左？喻復占羲爻，留種度劫火。兩年脫鬼手，得此笑口哆。我聞之董生，雞狗逮蟲裸。一雨回春陽，甲坼到百果〔一〕。人於物最尊，化豈不及我？三命其康彊，庶疫定剛癉。西方淨洗兵，南漕穩浮柁。尸祝此區區，自笑太幺麼。

【校記】

〔一〕『坼』，底本作『拆』，誤。

二十日夜被酒有作

四十無聞分已休，蹉跎過此更何求。百年偶爾逢今日爲余生辰，千載邈然生古愁。劣有文章供世用，漫將出處與人謀。士龍笑疾嗣宗淚，若到窮途可自由。

埽地燒香獨坐時，春風禪榻鬢如絲。誰知前世盧行者，即是三生杜牧之。花月荒唐成老境，文章微婉有危詞。分明自贊東方朔，說與旁人總不知。

秀州舟次錢恬齋太史昌齡見過兼懷子修

不論臺閣與江湖，閭里相望各自孤。差有梅花伴幽獨，並無書札問潛夫。鴻軒未必全防弋，馬老何曾盡識塗？待約歸尋雞黍局，不知吳質定來無？

舟過石門灣放鐙正盛登岸尋遊歸後有作

落鐙風起遠遊初，歷亂帆檣晚市餘。鐙火江湖如夢寐，鄉村風物自華胥。紅褌錦髻兒能語，春帖金泥戶擅書。應笑鴟夷太窮薄，扁舟今夜意何如？

題孫古雲均上冢圖四首

三十辭官事太奇，重來丙舍有深思。過家上冢諸朝士，半是君家帳下兒。

布襪靑鞋白練裙，道旁爭看故將軍。生平不識王懷祖，底用區區誓墓文？

促席明鐙話夜闌，有人西笑問長安。怪他肘後黃金印，肯換西湖一釣竿？

甲第平泉半草萊，卜居勸爾莫徘徊。他年我是徐元直，入室先呼作黍來。君方有相宅之意，余勸其卜居魏塘。

香鑪峰

衆山朝禹陵，如執萬玉帛。甸侯綏要荒，公侯子男伯。行列相後先，奔赴齊絡繹。是峰獨巍然，頗以遠自隔。知非防風頑，無乃務成僻。往時怯登陟，高矚已辟易。今晨大賈勇，疲敍不暇惜。輿丁前致詞，兩板代雙屐。稍從獨岡腳，陡上諸嶺脊。綫路懸虚空，唐梯快騰躑。滑澾首鼠疑，淩兢背牛瘠。老鼠蹋、瘦牛背，皆最險峻。十里小息肩，一望尤動魄。百級裁數武，兩趾無半尺。瘦竹稍外闌，大石忽中坼。若蟻曲穿珠，如影倏投隙。倘逢是山蠱，危不此身石。過險猶餘悸，升高有新獲。平頂真如巓，四山皆在腋。下爲三足撑，旁豎兩耳磔。端嚴坐聞思，相好極婉嫿。遂令三月，奔走到巾幗。我生亦何爲，微命賭一擲。靈境固在險，世路豈不窄？回首來所經，煙靄忽已積。蒼蒼俯圭稜，歷歷指松栢。太息會計年，芒芒此遺跡。

七佛洞

上嶺邅迴下嶺易，一折蜂腰路轉細。山桃山杏笑迎人，吹落東風滿衣袂。峰凹盡處天爲開，石屋呀然不容閉。山靈此腹大空洞，何止容君三四輩。洞前絶壑洞後泉，石鼎茶聲雜松吹。山僧勸我此小憩，石氣侵肌凛毛戴。亟穿樹杪出前坡，回見藤蘿裊空翠。

青林精舍

到眼忽幽秀，賞心皆畫圖。巖深低結屋，泉遠細通廚。木葉山花雜，禽聲梵放俱。如何布金者，不此老圓蒲。

靈雲樓雅集圖三首

十年所知交，西湖最爲故。微波肯留人，輒作數日住。今茲將越行，一舸纜河步。邂逅孫仲謀，殷勤緇衣賦。面此孤山孤，同作寓公寓。一時同調人，先後各來赴。辟如春空雲，好風爲之聚。湖山與主賓，兩美合有數。堤柳新荑抽，山桃小紅注。及時共流連，芳華易遲暮。

草野望朝廟，疑若登天然。豈知金貂客，夢落江湖邊。弱冠富平侯，侍從先皇年。四姓群趍風，七貴爭交歡。旄頭豹尾間，袍帶真神仙。謂取將與相，五屬還十連。一旦忽請急，臣病宜歸田。此意人不識，此誠能通天。嗚呼主恩厚，終始爲成全。許從鷗鷺侶，益信天地寬。

同數茲晨夕，無若高與蘇爽泉、淳齋。倪殳閒過從子同、積堂，屠許時歌呼琴塢、青士。江郎留一宿，忽去如飛鳧聽香。既去仍復來，久者無如吾。賢豪得長聚，此事理所無。但保歲寒心，久久庶不渝。又念吾黨中，此集不克俱。陳郎困手版雲伯，查生辱抄胥梅史。一爲利名役，遂使手足拘。高歌當招隱，何日歸西湖？

二月廿三日同琴塢訪秋白小湖于藕橋冒雨放舟至桃花港歸宿别墅琴塢作圖余爲長句以紀

春陰作紙花作墨，小借春風作顔色。下鋪羅縠上青螺，天公落筆迷濛極。甘墩村中萬樹桃，倒影入水爲紅潮。川原遠近都不辨，但見白板浮輕舠。輕裝急爲看花束，十日往來曲江曲。山中故人巖訊來，道是藕橋柳全緑。出城十里登君堂，雕胡飯熟松醪香。雨斜風急不暇顧，短櫂已逐驚鳧翔。一里半里不見花，三點兩點雨撒沙。人家盡處略彴轉，隱隱澹日烘朝霞。朝霞漸紅水漸碧，中有横雲一痕白。桃耶李耶雜莫分，大半已被前谿隔。青裙老嫗能摇艣，招手青山共鷗語。尋常幾見看花人，不愛看晴愛看雨。疏簾畫榼清歌發，白日青春去超忽。城頭月出更鼓鳴，急管繇弦一時歇。豈如我輩任意行，雨且快意何論晴。無心避俗乃得好，此遊亦足誇平生。歸舟摇兀春寒重，亟命山廚擊春甕。更煩生絹作新圖，試與天公鬭豪縱。

秀州道中

細柳生枝桑努芽，小寒食節客還家。灣頭新水嫩於草，樹杪流雲明似花。淺醉未嫌村酒薄，欹眠時任幅巾斜。故人應遲歸來晚，昏黑柴門尚可撾。謂恬叁。

别古雲後卻寄

三十華年四姓侯，角巾談笑見風流。男兒我識孔文舉，鄉里人疑馬少游。座上佳賓傾鑿落，閨中少婦卧箜篌。西湖縱好歸思切，爲有倚閭初白頭。

上巳曉起

忽聞唬鳥聲，起坐等天明。短夢喜重複，深牕疑雨晴。忙常過令節，病不減閒情。側想湔裙水，鷗群正目成。

題張芑堂燕昌石鼓亭

白髪草玄揚子雲，愛搜獵碣證前聞。人生如汝方爲壽，後世有誰能定文？金石一編娛老眼，海山四面護皇墳。察書倘許碑陰署，載酒來同話夕曛。

牡丹正開適止酒自嘲

朝雲彩筆爲誰傳，醒眼看花絶可憐。未肯當春便顚頷，又緣小病負嬋娟。扶頭略借輕陰護，纖手煩教苦茗煎。輸與貍奴風味好，薄荷酣後午晴圓。

入瀧

青山一折江一綫，船轉山腰如擻旋。山中十日雨奔渾，坐使清江急於箭。舟未入瀧先戒嚴，十夫環腰牢曳縴。盤渦瞥過意思閒，招手前舟後舟羨。群山蒼蒼青一片，後舟不見前舟見。長年捩柁莫踟躇，前舟又被山遮斷。

過釣臺

群峰如龍爭掉尾，片石巋然自孤起。江山有意出此奇，留著羊裘一男子。東臺鬱嵂撐高寒，西臺崱屴而巑岏。得非當時竹如意，一擊能使殘山殘。垂竿何必無漁艇，晞髮那須凌絶頂？咄哉留此千秋名，何異逃虛仍畏影。船頭酹酒首徒仰，溜急風顚未能上。高歌自笑亦狂奴，聊與山靈助撫掌。

瀧中歌

朱老昔爲瀧中吟竹垞，今我更作瀧中歌。瀧中洵佳絶，佳處夫如何？山靡靡以四合，水迢迢而增波。我來正值新雨後，清流激急成渠渦。邪許進瀧口，舟小差可拕。瀧流淙淙舟緩緩，石級高高牽絲短。舟行雖緩亦不遲，時見青山逐船轉。青山一轉水一曲，前山蒼蒼後山緑。幾群白鷺衝破煙，百道飛泉亂鳴谷。飛泉斷處炊煙横，東臺日射西臺明。山中芳草未及歇，已有鶗鴂爭先鳴。同年小妹殊輕盈，含嬌命態爲新聲。爲君酌酒彈哀箏，能使山水皆有情。瀧中歌，歌止此，有風無風皆可喜，莫問瀧中路幾里。

七里瀧口號

複嶺重岡曲折開，心疑造物亦須才。青山若不隨船轉，便恐江流自此回。
看山最愛坐船頭，四月時光冷似秋。準擬此中作漁隱，只愁物色到披裘。
高厓豁處響濺濺，一道飛流樹杪縣。總向江湖作新漲，憐渠原是在山泉。
雨過炊煙出每遲，眼明沙觜見茅茨。野花兩岸黄胡蜨，高樹一行白鷺鷥。
春來遊遍若耶谿，又向桐江一櫂移。莫怪禽言解相笑，子規嘑後畫眉啼。

已負湘湖蒓菜早，尚嫌京口鮆魚遲。此來口腹真成錯，不見銀刀出網時。瀧中鰣魚最美，以水大無漁者。

贈沅薌明府

邐迤青山江上來，孤城如斗枕江隈。一毛易感黄門賦君方悼亡，十日同傾河朔杯。不作詞臣應有恨，便爲循吏亦須才。歸帆相約過闌暑，待看荷花繞郭開。

七月十九日徐斗垣明府午招飲寓齋即題其臨江閣用原韻四首

蹤跡更番滯浙東，片帆忽趁馬當風。少年時早輸王勃，男子人爭説孔融。賸有閒情圖蛺蜨，可無注目賦雞蟲？江天小閣依稀認，待倚危闌望遠空。

屏除聲利斷知聞，小築居然遠市氛。無意乘風聊弄水，不消拄笏但看雲。腰支暫爲登樓折，花藥猶勞運甓勤。挂起西牕了無事，一簾香篆繞湘紋。

逭暑翻教觸熱來，多煩河朔一尊開。天涯落拓逢今雨，詩味清醇似舊醅。澤國何因成赤地，糟丘差不近愁臺。小園便是臨江宅，可少江關作賦才？時方憂旱。

生還絶塞路悠悠，白髮西風一篴秋。莫訝參軍作蠻語，曾隨都護共邊籌。田園竟老徐高士，鄉里終思馬少游。也有蘙淞小閣好，只慙到處賈胡留。

螺墩即事

曲折廊腰高下樓，沙回渚斷一螺浮。蓼花不管禾苗死，滿意西風作好秋。
近水軒牕三面檽，尚愁曦景漏疏林。可能便與西山約，商略明朝半日陰？

遲仲蓮舍人不至呈中丞丈一首

半載京華無所戀，只有故人時夢見。尋常書札動隔年，何況十年肥瘠面。忽聞請急來西江，丈人持節擁麾幢。因緣亟思一握手，牀下便拜襄陽龐。飄然遊興不可遏，片帆徑溯嚴陵瀧。知君祖發有期日，妄意先後來吳艭。豈知到此已兩月，日向郵亭問郵卒。錯疑打鼓或回帆，見說臨書猶待牐。又言山左久望雨，銜尾千檣一時阻。更傳京口水亦乾，雲陽曲阿無舟船。此間亦復苦鬱蒸，小雨略濕東西塍。書生豈暇論康濟，微軀未合供蚊蠅。官居室處尚如此，況乃行路舟車仍。念此對案不能飯，直欲毛翮淩風乘。嗟余命分薄可憎，往往足累於友朋。將無天心妬會合，致令寸步生崚嶒。作詩欲寄不可待，歸夢路熟相逢應。

聞絡緯有感

雨過星河逼二更，疏籬時有暗蟲鳴。一年草草秋何急，兩鬢蕭蕭老漸成。檻外風霜遊子淚，鐙前碪杵故園聲。何當更與啞鴉約，金井銀牀徹曉情。

鐘聲

見來依約別來難，一杵鐘聲五夜殘。荷葉自喧通夕雨，楓根又犯早秋寒。故裙冷蔟雙飛蜨，墮鏡愁回獨舞鸞。肯滴鮫珠留別淚，此生長向唾壺看？

嘆鶴

牙門且莫喧鼓角，忽聽遼天一聲鶴。萬里煙霄會有期，五更風露偏先覺。燕雀啾啾烏嚄嚄，嗟爾何爲此棲託。明當放爾凌風飛，橫江直到西山西。

感鶯

高館蕭寥綠陰重，朝起時聽百鳥哢。偶然樹底來間關，重喚沉沉一春夢。秋來春去曾幾時，落葉哀蟬知不知？條條疏柳章江上，不是遼西底不歸？

久不得家訊獨酌有懷

留滯章江近十旬，尺書迢遞阻文鱗。山川信美登臨懶，親愛都疏夢寐頻。秋老鶯啼如怨女，夜涼螢火是單身。濁醪未是消愁物，引睡聊須遣入脣。

七月廿九日連得家中先後兩書用前韻

同日書來計隔旬，鐙花如粟酒生鱗。熟知門戶支持苦，尚爲科名問訊頻。伏櫪馬無千里志，不材木要百年身。即歸那暇羞垂橐，一任譏嘲微反脣。

寄王儕嶠衛輝

人生知己果爲誰，知而不盡如不知。與君何止十年舊，有不相悉敢瑕疵？爾來略識所施設，與昔所見無參差。奮髯抵几走百吏，高居下首羞群雌。肯媚上官作唯諾？時注下考爭孤嫠。去年水患此州被，振廩聊捄遺黎飢。書來自咎兼自矢，此段久不君爲疑。書生作吏縱無狀，寧至牟奪朘其肌？二千石俸於爾厚，潔己詎足稱陪裨？要知存心自惠愛，定有生意回凶災。願君持此貫終始，爵高名重無缺虧。方今治術尚綜覈，結輩數公殊自奇。杜陵野客雖窮餓，放筆能和春陵詩。吁嗟銷縮迫憂患，四十已過霜生髭。少年庸有當世志，今其老矣須何時。山林鍾鼎各異趣，賤嗜所貴陳我私。著書窮愁且已矣，草野倨侮當知之。

題元人臨韓幹十四馬用東坡韻

金羈初脱新鑿蹏，意欲歷塊無燕齊。紛紛萬馬喑不吐，看渠振鬣當風嘶。黃金如山邀一顧，歎息奇姿心口語。何由不遣地上行，坐令騄耳疑虛聲。韝上飢鷹笯中鶴，低首隨人爲飲啄。世間自有真飛龍，只無際會來雲風。我言喻馬亦非馬，何暇區區更論畫。可憐俯仰昌黎韓，苦將駑驥相量看。

寄丹叔用蘇集初秋寄子由韻

是身如孤雲，無著任來去。云何逐風翔，不復記來處。念初別君時，新荷茁盆中。曰歸及徂暑，一尊指此同。門前所移樹，清陰漸遮牖。略刪蒙茸條，歸時見招手。朅來變時序，書中多然疑。謂我何所戀，以致不及期。生年過四十，幾何不衰老？轉蓬語驚飈，別離無乃早？君書不可答，我詩不須成。天風吹長歌，或聞此商聲。

謝程西泉廷泰餉酒用蘇集蜜酒歌韻

公孫脫粟穆生醴，慙愧昔賢頗有泚。平生口腹苦累人，往往強顔託負米。道逢麴車口流沫，但得斗升亦能活。胸中萬慮長皎皎，一醉棄置那須撥。感君見人時寄聲，家有越釀醇而清。連瓶索取我不惜，知與李白關死生。古來筦庫有奇骨，好事如君已難得。千金一飯良悠悠，寄食那有淮陰侯？

寄霽青省試用蘇集催試官考校韻

卅年蹋槐花，一第世云好。可憐擾擾塵土中，何異蟻蠭望三島。時來孟郊未要忙，死後方干嗟已老。蹉跎漸知悔，壯志今亦無。未免見獵心尚喜，得雋何必關老夫。況君神勇我所服，袖有鐵椎如狗屠。世間萬事皆難必，亦有曹劉暗中得。知君夜珠炳如燭，誰其云者兩黃鵠。

麪茶用蘇集豆粥韻

空腹隆隆走車軸，無米全家常食粥。乞蜜敢嗤蕭老公，徹饋徒悲魯穆叔。漿酒藿肉抛青春，豈知世有蒙袂人？物類之飢且爲甚，浮屠老鴟真絶倫。辭家作客一食寄，那有三杯供卯醉？翻匙溢盌如玉塵，始信飽來無至味。不如逕往尋菰蘆，茶竈穩著漁舟孤。區區口腹良易足，雕胡炊飯羹土酥。此身不是無歸處，但恐得歸仍不住。何時多收十斛麥，鬻餅賣漿從此去。

逢朱荔生培元用蘇集逢三同舍劉莘老韻取末二語意以諷其歸也

垂綏惰游冠，人呼諸侯賓。手版韡兩腳，名不挂搢紳。天涯一相值，對面各主臣。因果那可信，落花無墮茵。何不保初志，雞犬洽比鄰？姓名變張祿（君原名文琥），感歎吾故人。今吾亦非故，漂流喪其真。狂飆激衝波，哀此魚尾莘。方來步益窘，既往跡已陳。勞歌非古風，發發驚蕭辰。

寄徐石谿明府麗生索茶用蘇集謝山谷雙井茶韻

我爲食客常無魚，君已作吏猶傭書。塵埃誰更識奇士？被褐自寶衣中珠。近煩年少勸腹腴，又愁太飽瓠壺如。要須爲致三百片，夢渴直欲吞江湖。

寄懷故鄉一二故人用蘇集秋懷二首韻

行年四十一，豈復別離時？回思平昔歡，並作此日悲。逝者不可作，淒風卷空帷。夢中見髣髴，窈窕乘文貍。存者無十數，病葉栖殘枝。願言永相保，庶幾雲龍追。江湖各浩渺，誰能記前期？千里有命駕，恩愛生怨咨。風塵坐太息，見事良已遲。

新涼已作寒，薄陰不成雨。曉起坐盥櫛，唧唧銅瓶語。家居負東郭，開戶面百堵。喜有鄰家翁，斗酒時勞苦。就爾或捻書，過我時作黍。書鐙明遠林，拄杖響隔浦。此時定攜榼，助饁到南畝。倘復一相思，含哺應爲吐。

秋意欲深歸思浩然用蘇集和穆父新涼韻

竹梧抱虚警，蛩蜊吟清怨。三秋未逾半，衆竅已吹萬。畏景忻乍脱，離緒乃滋蔓。前歲骨支牀，山積叢藥券。去秋客荒園，孤羆坐深圈。猶能事詩酒，尚不廢寢飯。今年最蕭寂，歸駕不待勸。横刀一長揖，豈惟董公健？天風江上寒，木落山容獻。但乞十幅帆，此外無他願。

作家書未寄夜中風雨淒然不能成寐因念子由彭城二絶坡和詩而不和其韻蓋感餘于言不成聲之義也輒和子由韻二首寄丹叔

一千里外今宵雨，知爾牕前同此聲。聊欲中宵尋舊夢，還如無睡在蕪城。去歲在揚州過中秋。

故園何有餘松竹，往事都空似雪泥。惟有别時渾不忘，孺人嬌女各淒淒。

八月十二日夜小病獨酌招同署姜劉朱三君同蘇集獨酌試藥玉船韻

我生固多病，消渴寔自欺。恨無玉色手，捧此縹碧甆。江河入港汊，豈復論浩瀰。生平喜詼諧，往往疑微詞。廣漢古獨行，痛飲亦我師。明鐙百函發，今復見穆之。齡石是其匹，務同乃棄奇。諸君皆可人，爲我來施施。鶴鳴悲天高，雞唱愁日遲。試傾齊物論，一醉須及時。

酒惡致困少睡更酌戲用大醉臥寶覺禪榻韻

老瞞善用師，冒楯幾中箭。猶誇更事多，一挫勝百戰。酒兵利剛鈌，所忌在媚軟。辟如孃子軍，足使敵人眩。號令忽一新，光彩爲之變。莫哀曳足觀，依舊免冑見。

觀宋徽宗畫鷹用牛戩鴛鴦竹石圖韻

藝成妙入神，運去嗟已晚。蕭然粉墨痕，不與亡國剗。閒情到花石，餘事足編簡。惜哉重瞳光，不及老鶻眼。啖月紛群蟗，何止一妖戩。狐鼠互城社，鸞鳳遭發遣。健兒竟颺去，反噬更通顯。倉皇城下盟，此事真大舛。可憐酒行懷，寧比缶擊澠。遂令八哥歸，小作江左薾。戰士猛虎縛，朝臣反舌卷。誰哀紈干雀，凍死不復煖。興亡過羽迅，變滅畫圖展。至今葛嶺旁，猶吠田舍犬。空使拜鵑人，攬涕紀禁扁。

采庭中石榴佐酒用食荔支韻

空齋拘繫如若盧，僅可酌醴供焚枯。雞頭菱角隔鄉土，安得地縮山爲驅？園中阿醋紅裙襦，生子亦是絳雪膚。一囊自盛漢殿粟，十斛可聘梁家姝。物何貴賤視有無，手敲珊瑚碎座隅。便覺甘芳溢齒頰，地栗微澀池蓮麤此間止有二物。我生正坐口腹累，輒以苡薏爲明珠。天教砂牀産箭簇，養此仙骨癯而腴。東家能釀白面酒，故國正有紅顋鱸。歸時回老肯題字，不用五嶽真形圖。

以當歸龍眼浸酒用桂酒韻

乞得田家老瓦盆，井華初洗瀉微渾。燒春未免嫌消渴，服散何妨敬舉尊。蜀使函開無遠志，荔奴骨醉亦承恩。分明解造逡巡醖，已覺茆柴氣味村。

余日食不及一合諸人少之作此爲解用吳子野絶粒不睡韻

蜩化空枝未是仙，鼹期滿腹亦隨緣。自知食少恒妨壽，近覺宵長並廢眠。下箸萬錢真乞相，破鐺一飯定枯禪。先生别有登真訣，秀色忘飢酒作年。

屢過西泉寓齋見其以東坡聊欲跏趺看此心句爲額用原韻奉題一首

誰知國士在淮陰，寓食年來意念深。傾蓋各逢千里面，買鄰已費百金心君家楓涇。不妨掾史能三語，妙解金絲奏八音。君奉黃柑吾乞米，他年留與硬黃臨。君解音律工書。

和東坡謫居三適詩

旦起理髮

束髮即遠遊，未安一畝宫。垂白念少休，已偃十丈松。是身如蓬轉，誰能怨驚風？我髮自公道，何暇知窮通。隨身一老櫛，相攜不匆匆。爾來齒牙脱，尚逐行重。髡頂煩羲髻，鶴毳參馬騣。迎暘晞新沐，始覺有異同。老櫛語我言，與汝均遭逢。不見彼都士，黑頭早三公。

午牕坐睡

厭聞俗客談，欲起那復肘。臥讀一卷書，此物吾賴有。悠然羲皇初，去我未云久。俄而到佳處，合眼書墮手。空齋一牀支，旁置兩甕酒。寢食二者間，庶用保年壽。太息卷中人，已與骨俱朽。欲舉此觴屬，老盎不解受。醉既泯賢愚，夢亦無淨垢。只恐攖蓬人，還來叩莊叟。

夜臥濯足

今年夏苦熱，獨臥蠲衾裯。杷搔困積垢，轉側成煩憂。恐來棲座鵬，那作撮蚤鷗。丁寧一斛水，時遣中廚留。揭喜逼秋分，快聽涼風颼。辟如沸鼎魚，忽作清泠投。又如霜空鷹，逸翮欲離韝。捬肌告螽蠅，我爾生俱浮。行將藥樹身，又令蟣蝨瘳。聊須濯兩腳，捷歸爭猱猴。

家中桂樹有十姊妹巢其上別來桂當著花巢定無恙作詩寄丹叔用五色雀韻

嬰兒徹環瑱，獨行苦無徒。後來宋五女，同時洗脣朱。貞靈訴上天，王母憐賜符。許同紅雁序，不作雌雄烏。庭前桂之樹，偃蹇如高梧。翩然命疇侶，上下與我娛。我家兩弟昺，裘緩皆業儒。可卜舌耕熟，得見姑射膚。可憐庭中人，與爾同孤雛。定巢勿相猜，當爲友生呼。爾來桂已花，應怪不見吾。豈知倦飛羽，倏倏殊不都。

中秋寄丹叔用中秋見月和子由韻並示霽青

微雲卷盡天高高，飛蟲滿院分纖毫。非無華鐙照長檠，亦有翠甕開春濤。悄然不樂者誰子，獨發高歌淚如水？引吭欲吐一生愁，動色相看四座起。空中自跳宜僚丸，不照胸中之鬱蟠。但能照見頭上髮，風前脱帽蕭蕭寒。二水交流如泗汴，我來坐閲流年變。故國豈無屋一椽，歸心已逐船三版。滕王閣前横西山，江流欲撼山城堅。自有此閣有此月，幾人寘酒登此看？江山長在月長好，此閣曾經幾荒草？忽有蒼茫萬古哀，不知顛頽天涯老。離家何如在家貧，左攜稚子右孺人。閉門看月愼勿出，鄰家恐有歸來客。

甘亭赴金陵試雲藻分校浙闈有懷其人兼感夙昔用呈試官韻作此兩寄亦灼艾分痛之意也

糠秕與精鑿，導擇乃入廩。玉礏珠蚌胎，生已具異稟。孕爲山川光，穫待年穀稔。虞贄薦六器，周庖用五飲。見非能察豪，得亦猶拾瀋。窮士無憑藉，俗人尚流品。三年待科舉，百歲幾苒荏？孝弟不力田，作計良未審。井泥致雲霄，變化亦太甚。所以老邱遲，不復炫殘錦。久甘歷口棄，有若已吐磣。誰能泣血明，強作獨足踸。吾黨有老彭，孤冷見之凛。下筆決江湖，浩汗仍清淰。翕然變六朝，鴞音好桑椹。尚隨白袍子，袒裼解襟衽。豕雞時爲帝，力命誰識朕？果能此戰霸，亦可作歌諗。張侯古易牙，知味肯失飪？誓然水底犀，欲照暗中沉。張如緯蕭翁，一鍛伺甘寢。彭也不溝斷，終復爲人鋟。平生泯得喪，旁睨翻齗噤。呼童問黃粱，未熟且支枕。

再用前韻

大盜非竊鉤，下策乃發廩。紛紛雀鼠爭，誰復相咨禀？偉哉貞觀初，監彼昆吾稔。英雄入彀中，射石詩羽飲。庸流安命分，蠅蚋嘬餘瀋。自此用一律，先後八九品。將爲大厦支，亦用柔木荏。科條備百端，考較慮不審。待之以盜賊，用意良已甚。高選乃祕書，垂老或製錦。豈無玉粒收，半恐雜沙磣。因之開他途，夔蚿爭踔踸。遂令屠沽兒，面作獄吏凜。清渭混濁涇，九流一淰淰。書生坐無資，采拾到橡椹。塞氣死掘穴，噉詞敢敷衽？古來書變法，事必先兆朕。民窮士益賤，此意可誰諗？方今競復古，毛血變烹飪。兔園盡許鄭，蟲篆陋任沈。學校與貢舉，高議未可寢。何當復制策，陳義去雕鎪。狂言得世駴，欲吐口已噤。吾徒且扶犁，廊廟方高枕。

陳笠帆廉使預以其先公塞垣詩見示用蘇集次韻張安道讀杜詩韻一首奉呈

太息余生晚，吾邦失俊豪。傳聞自耆舊，餘事及詩騷。往者從三策，髫然記兩髦。文心驚綺麗，筆舌卷瀾濤。意欲問奇字，時先賦畔牢。余年十七應癸卯試，始讀公程文。雁書橫塞遠，馬骨出關高。絕域悲孤戍，沉舟閱過艘。上公寬禮數，逐客豈逋逃？作賦嗤棲鵩，投竿想釣鰲。千詩無鬱怒，一字有誅褒。遼海終歸管，禖祠已用皐。慈烏仍白項，孝筍似青袍。跌宕從吾好，身名笑汝曹。俄乘白雲去，恨未故鄉遨。才子今鸞鶴，奇逢得燕勞。浪遊隨汗漫，出使樹旗旄。鄭重遺編示，沉吟佳處遭。成連應在海，惠子不同濠。老矣思前輩，歸哉就濁醪。雲霄付公等，祗合臥蓬蒿。

江西道中屢見水碓欲作詩未果頃讀東坡博羅香積寺詩序有可築碓磨之語用其韻補作二首

山迴水複逢一鄉，疏星煜煜鐙射芒。蕭條知是百家聚，灘潭疑渡十里黃。豨尾隆隆自舂穀，山腰稜稜方插秧。一隄聊障急流折，百步乃倒迴瀾狂。群猨聯飲股腳結，老鶴俯啄意思涼。轆轤宛轉響金井，竹箭壓疊成宣防。青裙朝汲愁抱甕，白髮夜守還然糠。此中大半飽雀鼠，或亦時作蟲魚香。作紙亦用碓。

我來正屆麥秋候，到處乞食兼乞漿。端能食新意已足，不怕二鬼來膏肓。

我家江南真水鄉，遙村遠樹如鍼芒。每看孤帆入浦黑，時見落照依山黃。平畦方罫在屋角，曲港一色連青秧。平林小聚結甍舍，隆隆雷轉麞風狂。攜歸杵臼勞婦子，冬日破襖如秋涼。豈知此間借天力，迴斡迅流成曲防。風輪孰使自旋轉，河伯能與揚秕穅。長腰已作雪霜色，入鼻便覺餅餌香。水於人世利最博，不惟灌溉兼酒漿。此巧又出常智外，人病元氣真膏肓。

寄小姪概用東坡虎兒韻

五丈夫子星連珠，各負猛氣非畜菟。一雛最小毛骨異，騰踏意已無蟾蜍。書窗涴壁嗔不得，時復登滕來挽須。群兒清溝映汙渠，深叢孤羆走犴貙。老夫弄筆東西塗，百年垂盡供貉狐。得此足慰莫問餘，將傳吾學夫豈徒？

旅中無書廉訪陳公以新刻東坡集見借輒和其韻得三十首自約更不復和作此書後并寄丹叔

歎玉嘶風萬里材，逸群天馬自天來。故人久别成新獲，熟讀微吟餞舊醅。依樣偶然圖鳳閣，無譏應不挂烏臺。歸時合遣子由引，窮達區區儋與雷。

觀蘇集注中引老學庵筆記李定母事戲作

大兒能了出世法，小婢亦是傾城姿。莫恨貴人不持服，腹中那得寧馨兒？

再寄丹叔

閉門埽軌幾經旬，談有機鋒腹有鱗。列子故應譏數數，楊生那復歎頻頻。高歌自是狂奴態，獨往常嫌衆裹身。聞道廬山正奇絶，已判兩腳扣船脣。

秋感二首

旅人如懶婦，適然始一驚。時往有留跡，候凜無和聲。來日方首夏，歸期約長贏。荏苒百事廢，迢遙十旬盈。涼燠亦已變，裘葛行將更。此來問何事，千里訪友生。欲去何所急，垂老念弟兄。平生快行意，不復計途程。豈知有歧路，進退迷縱橫。緣知盛意氣，靡不遭顛傾。秋蟲真我師，乃肯先我鳴。

悲秋始騷人，其意亦近古。心隨時序警，意與風霜苦。江湖采蘭茝，蟋蟀促機杼。倘非具憂患，何以異兒女。飄然謫仙人，逸興自霞舉。晴空送落日，爽氣見眉宇。一爲天姥吟，夢寐走風雨。匡廬待頭白，此事我無取。人生坐因循，決計誰能沮？但竊半月糧，只費一雙屨。似聞五老翁，雲中已傴僂。

同金希安話及伯生淥卿有感卻寄二首

百結何妨遊白社，千金那復散青樓。偶傳譚笑須眉活，不覺驚呼歲月遒。豈有揚蛾能倚市，似聞養馬半封侯。蘿莊已鬻虞山在，頭白歸來萬事休。寄蔣。

痛飲西湖袂便分，十年流落斷知聞。夢迴瘦影顏如月，醉後新詞態似雲。秦贅已成江海客，山靈還待洞庭君。東萊定有真奇士，爲寄當歸莫厭勤。寄張。世居洞庭山，時客萊州。

閲查注蘇詩北渚群鷺一條偶作

水鳥不木棲，此疑我亦然。鉛山見樟鷺，乃信坡老言。又徵諸朱老，粵行有新篇竹垞。此來爲物色，夏木含蒼煙。上爲高高嶺，下有漠漠田。飛來片片雪，遠入冥冥天。巢居不可識，鶻鵃鳴空山。往時遊瓦梁，真州所往還。徒御困炎暍，息影松杉間。時見玉色羽，忽上蒼皮顛。留題寄嘲弄，清絶難攀緣。忽焉二十載，衰髮無昔元。江湖少棲宿，寒雨時一拳。誰能事箋疏，追逐時世賢？終當就伴侶，浩蕩菰蒲邊。

夜半起坐有作

一榻蕭然萬籟虛，明鐙照影夢回初。前生省記爲禪客，往事尋思似誤書。故國未歸殊了了，妄心已盡自如如。煩他老鶴空階外，清唳時來一起予。

重九不出

鯤鵬徙風九萬里，鳩鷽搶枋亦自喜。巨鰲首忭一釣連，兩角紛紛門生死。人生何處分低高，螘垤未遽慙嶽喬。孟生偶爾覺小異，劉郎那用稱詩豪？去年重九夜抵關，杖策獨上吳王山。千人坐上簫管歇，片月冷照生公顔。豈知今年更遠客，新婦閉車囚複壁。平生通脱自可憐，作戲天公一何劇。昨宵列礮如雷轟，當街走報千佛名。老夫病臥了不覺，晏起忽有蒼蠅聲。摩挱兩腳疑有鬼，欲往匡廬行復止。眼前咫尺不得到，方丈蓬萊可知矣。長房術士未必仙，仙者豈屑遊人間。但令萸囊鞠醆會兄弟，撥棄世故差猶賢。

次韻酬舒白香夢蘭

官寺度長夏，儻若拘圜扉。合眼夢廬山，日夕含清暉。野麋受羈羇，沐猴苦裳衣。夙聞山中客，出入窮煙霏。將毋遠公是，不悟柳子非。君有《廬山日記》，甚工。冰雪困雕鎪，猨鶴供嘲譏。兩瀑鬥琤瑽，五老高崔巍。欲尋靈運去，恐作揚雄揮。山梁有文雉，不羨朝扇翬。惟求嚶鳴友，思逐高下飛。秋來忽十日，殘暑力向微。輕飀動纖幕，涼露垂明璣。駕言訪幽躅，庭卉芳菲菲。碁罷未冷局，釣歸猶暖磯。得非仙之人，示我善者機。歡然一執手，盼睞生光輝。上客梁苑馬，世冑彭城韋。胡爲甘寂寞，抱書守絺幃？嗚呼千秋名，不救百口饑。徘徊路歧中，遠望那當歸。相哀同出處，願引以纆徽。微言吐竅要，解者亦已稀。此邦方貢士，英髦登皇畿。積然兩禿翁，嘐嘐何所希。徂歲悲蟋蟀，空房感伊威。庶與共飢渴，寧得異瘠肥？行且束急裝，驅此四牡騑。我衣自煸爛，何用紫與緋。見晚目已擊，別早心猶依。他時倘入山，巖訊莫我違。

得仲蓮道中書

待君君不來，倏忽一百日。聞君已將屆，川陸尚跋涉。作書故惱君，亦自寫鬱勃。答書何款款，自敘行曲屈。恐我竟幡然，一旦去倉卒。辟如家人婦，夙昔久約勑。豈有垂白卌，乃更易其節。感君意諄懇，書俟一笑發。

魏齊妄庸人，豈識天下士？范叔何能寒，久矣入橐裹。匍匐就功名，志士所深耻。知人自不明，馬食固其理。似聞乞食者，不索陶胡米。推宅與指囷，不復謝知己。非君與鄙人，當世誰語此？區區一綈袍，相期保終始。君先爲製寒衣。

墨卿太守以新得甘泉山石刻見示阮中丞翁學士定爲西漢廣陵王殿石率題二首即送還閩中

新得甘泉石，定爲西漢文。蘚苔迷篆隸，魚鼠證知聞。用本傳。著錄群賢審，摹書十手分。應疑顯陽殿，容有郭昭君？

物必因時出，非公孰爲來？使皆如此石，豈復有遺才？去國舟同葉，横灘浪激雷。鬱林還楮墨，鮫鱷莫相猜。

仲蓮第二子昭元十齡生日作此贈之

京國相從歲乙卯，懷中小鳳初文褓。别後三載得君書，報我已舉第二雛。風華漂轉流年逐，一笑西江手同握。不須對影認鬚眉，試看兩雛齊立竹。小兒今年十齡足，聞説誦書如布穀。病起遲迴未見我，出拜蓬頭無不可。乃翁蹭蹬功名場，四十未滿三十强。爾輩要須騰踔早，好在骨格森開張。功名亦是秋豪末，經笥楹書那可忽？君家世德宜有人，老我眼前無此物。娟學劬書好成就，作詩祝渠兼自壽。他年牀下兩龍鸞，記取山中一耆舊。

西江留别詩

金蘭畦中丞丈

抗首論知己，平生只有公。鑒裁餘子外，感歎此人窮。少日狂多迕，閒居闞自攻。惟應藉華實，庶以答春風。

金仲蓮舍人

跛扈飛揚日，風塵老大時。交情仍弟畜，往事各師資。氣短論文怯，心孤入世疑。雲霄好自愛，恐又十年離。

金近園上舍勇

當日無君輩，少年有古歡。離離數言合，草草欲行難。老合從湖海，淺猶見肺肝。何時來問絹，留當尺書看。時已歸里。

徐斗垣司馬

夙有論文約，當君謝事餘。鳥魚官下熟，詩酒客中疏。薄宦柳州柳，卜居漁父漁。臨江高閣好，見我挂帆初。

舒白香居士

青蓮非狂士，狂乃世無倫。偶作諸侯客，自稱澹宕人。古賢已高蹈，之子亦天民。應笑白鷗侶，煙波難竟馴。

程西泉大使

千萬鄰初買，尋常債每逃。相逢天下士，乃是里中豪。小住留鴻印，微官似馬曹。歸時牀下拜，指說此綈袍。君惠裘一領。

朱滄湄比部文翰

欲往從之久，相逢乃路歧。傾心論絕學，極口賞新詩。蔬筍清齋共，江湖去國思。多慚元晏意，努力謝交知。

周雨亭明府澍

客裏友朋意，還于骨肉親。心期比交舊，顔面各風塵。悃愊無華吏，崎嶔可笑人。因之念酒客，歸與問陳遵。曼生，君中表兄也。

有贈二首

繡戶愔愔不見人，珍珠爲唾玉爲塵。前生不合吟飛絮，罰作漂茵墮席身。

同是天涯見恨遲，章江門外柳如絲。成名羅隱何須問，珍重雲英未嫁時。

舟中同竹士聯句

落漲寒雲放棹遲頻伽，江天渺渺畫相思。三杯卯酒微醺後竹士，十索丁孃小别時。已老紅蠶眠又起頻迦，好傳青鳥信先知。昨宵恐有天涯夢竹士，澹月如煙風似絲頻迦。

弋陽道中曉發

逆浪衝風夢未安，擁衾愛忍五更寒。竹篙水碓同時響，又過今朝一箇灘。

樓頭盼斷月纖纖，座上歌殘昔昔鹽。那不此身倍珍惜？有人兩地數郵籤。

至日鉛山道中

日至今朝是，天涯獨客難。灘聲喧語笑，山影照團圞。仄㬢愁仍永，寒雲畫不完。遥知老親意，手綫祝平安。

坐江山船入三衢舟中閲白香龔漚舸鉽歸舟雜詠盡食頃和畢二十首即書寄西江故人十二月一日也

淹留半載挂歸帆，駝褐匆匆换葛衫。送老江湖終不悔，贏他萬壑與千巖。
初放江船眼便開，浙東山似故人來。清流較比前時漫，應許披裘上釣臺。
灘行真欲緩歸船，别夢依依兩處牽。人使順風儂順水，此心無地着君偏。
午餘睡起茗鑪香，小展烏絲寫二王。過舫何人偷著眼，不知是否是同鄉？日書《心經》三卷。
水程髣髴記前遊，山色依然繞柁樓。何與風標公子事，灘邊癡立看梳頭。
除卻梅花不當春，客中還作别花人。此行孤冷君休笑，贈答居然形影神。
天涯乞食定非夫，此去真當老鑑湖。一合桃華供一飯，先生那用羨侏儒？

去日寒鴉來日蟬，昔時人柳自高眠。問渠閱徧千帆過，可有蓮舟太乙仙？

收殘烏臼賸枯槎，小白離離尚水涯。何處飛來雙雀豹，笑他也認早梅花。

一年詩稿不曾刪，聊欲斑斑記往還。荒略意多金碧少，正如畫到澍中山。

不病柔情比病多，蘭香親說要消摩。歸時好拭盤龍鏡，瘦削知伊更若何？

楊花開瘦鯉魚肥，三復新詞雨淚飛。一代才人半黃土，人間能有幾張機？時讀蘭村《捧月樓詞》，中悼錢謝庵一闋尤佳。『楊花開瘦鯉魚肥』，謝庵句也。

犖确崚嶒又一灘，世間何路不行難。不知故里分湖水，清到門前今幾竿？

箇儂放誕自風流，送客相逢蘆荻洲。若使渺然從此去，何人不道五湖舟？

終須雙槳爲伊迎，但祝長條似舊青。桃葉柳枝都絕世，安排生色畫金屏。

舍人廣樂夢鈞天，此事終推下水船。但到天門高絕處，可知平地有神仙？仲蓮將赴會試。

家住城南丁卯橋，送行還待晚來潮。路人傳語翻愁絕，爲報郎君舊姓蕭。宜園有所約，不果，故調之。

誰更中原角鼓旗，伯符介馬許同馳。斑然墮地龍文豹，記向管中時一窺。謂近園。

多煩青眼向花看，生近棠陰地不寒。樂府爭歌徐孝穆，始知張女有哀彈。謂斗垣。時以花事相屬。

平生蔕芥絕胸襟，冷抱如何鬱至今？醉後一揮五百字，可憐終竟自沉吟。

三衢阻灘

我舟發西江，已過七十灘。鉛山換四艙舟名，始得至玉山。往往清夢破，鑿鑿響竹竿。篙師邪許牽夫歎，船底犖确如將穿。常山買舟舟小寬，略置筆硯可盤桓。豈知前灘更迫隘，帆檣歷亂行不前。常山到三衢，不遠九十里。九靈一灘隔，坐待兩日矣。大舟如山推不動，小舟如箔嵌石縫。來者空張半葉帆，去者枉勞十夫送。前船沙沙小作聲，後船賈勇皆牛鳴。千篙萬篙一齊舉，進無只尺仍留渟。我生生命本多阻，行路區區無足苦。舉杯小酌仍哦詩，人厄天窮聊笑侮。我聞龍門八節灘瀩堆，黃牛白狗浪如雷。一灘一丈高不數，失勢便與蜆桓迴。此間但苦阻滯耳，不關性命何憂哉。若教斥去百水碓，何至水石相喧豗。嗚呼此灘雖艱不能險，人心畢竟比天淺。何時安穩臥吳篷，一幅吳淞手親翦？

紀遇四首

顤頷題詩筆，沉吟感遇篇。玉琴三歎息，團扇五流連。鴻鵠同中道，鶯花厄小年。尊前與鐙背，聲影總堪憐。

湘竹脣初動，霞潮臉欲分。歌長欺定子，游倦識文君。燕壘新營得，鳩媒莫與聞。好將求女意，鄭重問靈氛。

辛苦章江柳，絲絲繫别情。自憐青眼在，又送玉山行。濈布知縫未？新縑待織成。回波與子夜，悵望有同聲。

見面翻成恨，傾心未是遲。琴言金不换，酒坐玉交巵。欲去期還諱，垂成意轉疑。迢迢二千里，不斷是相思。

潮落效義山體

潮落江寒月半陰，一層鐙影一層檣。未應擁檝歌河激，翻遣當心怨水深。繡被有香閒寂寂，金蟾無鎖自沉沉。義山悔詠燕臺句，又累枝孃恨不禁。

蘭谿

清絕蘭谿水，能如客子心。綫痕浮柁直，圓影没鷗深。白石纍纍粲，寒林矗矗森。還思采芳杜，日暮若爲尋？

桐子灘

前灘齒齒皆石子，此灘全石以爲底。石底盡作胡桃文，亂織回波如縠起。山根刻露鳴哀湍，山骨出没如魚黿。中流一道無尺半，百艘爭此相吐吞。對面戛磨差一綫，脱手忽然弦激箭。我船已復蹋平波，矜視他船尚洄旋。傳語黄頭莫多口，捷足能先事原偶。前灘坐待兩日餘，即是今朝好身手。

曉起戲作

青山喜闚人，曉起先入窗。朝陽作膏沐，爲君發容光。澹澹散宿霧，微微烘餘霜。煙痕與水態，媚此高鬟雙。多生好色心，百折不自降。尚於行役中，結想成明妝。失笑爲此詩，歸示妝臺旁。

釣臺夜泊

片石已千古，我來還繫舟。裘茸冷風色，星影亂江流。漁唱聞前浦，奔瀧憶昔遊。分明見仙侣，煙際髾鬟愁。

桐廬道中

灘到瀧中盡，潮從江口分。時時見鰕籠，往往亦鷗群。艤意忺平水，山容帖斷雲。平生足遐想，采藥問桐君。

靈芬館詩四集

卷一 戊辰

旅逸集

江右歸，頗倦行李。然或故舊牽率，重蹋陳跡，或缾罍告罄，彊顔載塗，羌無定所，儵往忽來，一以爲儵〔一〕羽，一以爲逸翮，意非翫世，詞取會吟云爾。

【校記】

〔一〕『儵』，許增本以朱筆改爲『倐』。

花朝前二日雪中小集惺泉有詩次韻酬之

雲護重簾玉作闌，人天此集見應難。扶頭酒力銷還在，點額梅痕墮未安。花月從來關聚散，神仙終竟愛清寒。歸時仍擁羽衣坐，珠斗斕斒禮石壇。

花朝同人集碧城仙館分韻得暗字

旅人如虛舟，已放不可纜。偶然風水值，吹聚時亦暫。故鄉見故知，飢渴獲飲啖。歡然一握手，皆各弛負擔。快雪喜時晴，百卉欲坼含〔一〕。鵝柳漸舒黃，鴨桃已露紺。薢茩成良辰，聚散有餘憾。横海舟引還雲伯昨自海上歸，迴帆鼓撾摻積堂先回武林。及此共尊俎，那暇問石甔。群生嬉榮華，吾輩事冷澹。猶勝蝨書蟲，生死了點勘。好春來蓬蓬，甕盎先汎濫。莫辭扶醉歸，新月破花暗。

【校記】

〔一〕『坼』，底本作『拆』，誤。

雲伯以前年唐栖道中題靈芬館集詩見示依韻奉答一首

縹緲海上山，綽約雲中君。騏驥有逸足，鸞鶴無卑群。平生文字契，世外骨月親。甘醲八月酎，深湛三人纁。因緣袂重把，記憶手乍分。當時謂落落，別後殊勤勤。始從嫏嬛館，得識圭璧珍。參語間伯仲謂曼生，一器無蕕薰。佳人自絕代，卿子原冠軍。瑤華異凡豔，珠唾皆奇芬。汜人詠漢廣，勞者歌汝濆。《汝墳》，郭璞以爲《汝濆》，見《詩疏》。契闊十年久，蕉萃百慮紛。風塵人遠夢，京洛遲歸人。書憑去雁寄，意與冥鴻殷。藏身桂玉國，失意櫻桃春。甘從百僚後，聊免群兒嗔。官人皖江去，使者河堤巡。許陳買讓筴，豈藉君卿脣？江南號佳麗，水味皆清醇。逢人半舊雨，出岫如還雲。鄉國見了了，江湖通沄沄。承歡人子羡，此樂天倫真。高堂雙鶴髮，小婦百蜨裙。兩行官燭灩，七種春槃辛。作吏良不惡，故人還相聞。辟如布一尺，敢較繡五紋？居然見推讓，此道久埃塵。感舊忽覼縷，報章慙清新。詩成月灩灩，酒暖波鱗鱗。

山塘紀事四首

問訊遲回貫月槎，仙山樓閣又移家。一星天上張公子，千媚城中蕚綠華。簾柙有風飛柳絮，鏡臺無月落梅花。滿庭殘雪春鐙照，認取尊前帽影斜。

隨分春遊不作難，全家上冢泊溪灣。微波澹寫驚鴻影〔一〕，新月低闚墮馬鬟。石袖唾花餘紺碧，玉壺淚點賸斕斑。神光離合無從記，略記眉痕似遠山。

一層芳樹一重門，別院深深種合昏。公幹疏狂許平視，文通身世易銷魂。能描瘦骨惟華影，肯浣征衣爲酒痕。頻典肅爽應不惜，海棠風裏正微溫〔二〕。

歷歷高榆接桂芬，綠槐搖影蹋繽紛。星明河畔原名女，人在雲中合是君。百福香奩花並蒂，九張機杼字迴文。竹竿魚尾尋常事，賦就長門莫遣聞。

【校記】

〔一〕『微』，底本作『溦』，誤。

〔二〕「微」，底本作「溦」，誤。

春陰效玉谿生體

望斷香塵油壁車，一樓春恨鏁文紗。煙雲北苑浮嵐色，桃杏南唐落墨花。蠟照只依金屈戌，畫簾誰控玉丫叉。分明見傍闌干立，更著垂楊萬樹遮。

蘆墟舟中和丹叔韻

全家上冢早行船，最好時光近禁煙。隔箔鳥聲如喚起，醮波柳眼似初眠。人情熟愛重遊地，客意恢逢新霽天。咫尺墓田丙舍在，老烏銜紙重潸然。

白桃花

此生只合住瑤池，鶯燕年華冰雪姿。短命原無施粉意，不言又值洗紅時。漂零國色同輕絮，冷澹生綃畫折枝。寒食棠梨原上草，一般淒斷有誰知？

清明後六日同獨遊丹叔郊外步屧即目成詠得絶句六首

十日微陰一日晴，春禽喚我遠郊行。此來試驗新腰腳，欲出城時先進城。

城外春波正泊堤，村村步屧不霑泥。東風連夜催刀尺，綠得桑秧一翦齊。

佳人命薄卻忘機，白足如霜禮佛歸。羅綺一生從不識，門前稜稜水田衣。小憩東明尼庵。

碌碡場寬牛矢堆，溝塍雨過綠生苔。老翁袖著扶犁手，閒看兒童鬭草來。

菜壠黄稠麥隴疏，紫荷花襯豆花餘。下田誰種蓑衣草？老我江湖政要渠。

岸幘披襟一杖撘，歸途迂曲步遲遲。酒帘何與行人事，無奈好風著意吹。

木芍藥始花風雨橫甚感物悼懷遂有此作

錦帷繡幕護芳年，綠怨紅愁損舊妍。龍漢刦多逢六十，馬嵬人去失三千。亦知泉客珠爲淚，不分吴宫玉似煙。大有埋香銘志在，夢中彩筆爲誰傳？

澹日微烘已不勝，可堪風雨怯淩兢。便無蠭蝬來三匝，也要簾櫳障一層。八寶好修將闕月，九枝重點未收鐙。通明殿上陳封事，但乞新晴或尚能。

大風與芝亭兩舟並帆

昨朝檥艇遲同發，今日揚帆共遠征。莞爾莊生齊物論，泠然列子御風行。江湖未飽華年暮，山水緣深性命輕。試叩兩舷歌小海，始知吳越不相傾。

初十日自碧浪湖放舟遊道場山三首

春湖不没陂，一塔立平野。回頭一浮圖，俯視出其下。我舟行當中，拱揖勞右左。沿緣度谿橋，始見焕巍峩。連峰合沓來，勢若注阪馬。中途忽回策，縈拂極閑雅。雖云乏濟勝，短筇聊可把。況有二子賢，譚笑起慵惰。紅墻出碧篠，半露琉璃瓦。欣然竟忘疲，微雨任飄灑。

夏首雖清和，山行亦已暄。奇絶此好雨，蕭蕭不能繁。松梢稍淅瀝，濕衣無留痕。薄雲相往來，時露朝日暾。新篁間老櫟，叢雜圍寺門。高厓走疊浪，濕翠不可捫。清池屋下出，不知來何源。偶尋上山徑，脚底鳴潺湲。幽禽向人啼，啼歇飛翩翻。未能逐汝去，且坐槃石溫。

小登頓頗覺勞，回塗復入寺。正思得少休，急雨忽然至。疏疏跳池波，颯颯戰松吹。裌衫已復輕，小榼更宜試。居然餞春盤，櫻朱竹萌翠。跌宕山水間，一醉似有味。吾生多乖迕，萬願無一遂。此行遇風雨，多恐敗人意。豈知變陰晴，乃爾巧位置。薄靄晚亦開，日脚已在地。

峴山窪尊亭

一拳枕坡陁，孤亭翼然起。名同元次山，人比羊叔子。當年賢太守，燕客常集此。浩歌漁父詞，抗懷葛天氏。想見諸賓僚，雝容到文史。平生忠義心，腕底龍蛇字。惜汝不能言，堅頑獨不死。我來坐其踆，嗽齒掬谿水。安得碧浪湖，化作春酒美？

月夜上佚老堂故趾弔孫太初

畸人遺老亦仙才，舊碣摩抄問綠苔。東海朝霞看意氣，西湖明月冷尊罍。憑陵千古人如在，寂寞荒山鶴不回。殘甓斷垣俱可念，黃昏鳥雀未須哀。

立夏日遊白雀寺用東坡與胡祠部遊法華山韻

蒼官赤熛誰分界，如與禪宗別支派。豈知夏淺絶勝春，一徑松風意殊快。老髯怒吻張之而，潛虬鼓鬣舞滂湃。雲開時見人影斜，路平不覺溪橋隘。菜畦麥隴間青黃，稜稜盡作僧衣壞。到門始信佛日涼，聽經定有仙禽怪。香廚泉清鉢初滌，危亭石古衣從曬。欣然爲我具槃飡，略煮筍蔬屏葱薤。卻看題字紛蚓蛇，偶有名心便機械。壁上多遊人題句，即有嘲之者。欲乞山中一勺泉，淨洗幽巖壁間疥。埽空百鳥喧啾聲，留此孤鸞毛翮鎩。坡詩石已碎，存者萬曆間重刻。山僧莫笑習氣深，未脱多生文字債。

法華山望湖亭同汪吴二子作

疊浪排空翠作堆，披衿側帽客登臺。路從碧篠叢中轉，眼到浮雲盡處開。斜日微明雙鳥下，亂山忽斷一帆來。憤王祠廟今何在？祇有松濤萬壑哀。

儗前谿曲

郎愛顧渚茶，儂愛烏程酒。不是共酣時，那能開笑口？湖人酣音如歡。

迢遙道場山，曲折餘不水。儂船少篙艣，無歡肯來此？

下箬何所有？篔簹與簵簬。怪郎不知竹，卻愛前谿筍。

白苧縫衫薄，茴薌約髻低。送春兼送別，前路是前谿。

答楊澥薌夔生見贈詩回用前韻并呈尊甫蓉裳先生丈兼寄竹士雲伯

鄧林無卑枝，渤澥無纖鱗。豈惟門地舊，自有詩聲新。往者兩陳子，先後京洛塵。歸來誇所見，古錦皆異紋。逌然雲中鶴，清唳時一聞。百蟲與百鳥，啾啾徒悲辛。又言軟紅中，日夕聯屐裙。通懷接後生，亦惟丈人真。燕吴隔迢遞，江海浩奫沄。每於一寸胸，停此萬里雲。今春始獲覯，酣若飲我醇。美人雖老去，娬媚在靨脣。惜哉各道路，分張極逡巡。月黑許重過，僕怨輿夫嗔。聞子侍行役，同探三衢春。望望不得見，跡阻心彌殷。渺然念吾黨，落落止數人。或隨計吏偕，得失百慮紛。或緣宦遊隔，瓜步西江濆。惟子得灑落，嘔噱含奇芬。能于父子間，拔戟成一軍。至音無攫醳，仙骨非沐熏。如何嗜昌歜，妄謂齊八珍。合并西湖頭，晤語寒飂勤。高桐灑疏雨，一鐙牀前分。情性既款洽，素帛能爲纁。要有千古契，不緣數面親。此膝久不屈，拜紀今爲群。因詩託繾綣，并以詫兩君。

秋白餉鰣魚春茶以詩報謝

鼠姑開謝始出遊，楝花又落西湖頭。一年光景此可惜，石首上市蔞蒿抽。行廚湖上去城遠，略具乾魚供水飯。便有香泉酌白沙，那得露芽分北苑？故人知我病初起，遣餉鰣魚白尾尾。又愁飽食或腐腸，三百月團涼沁齒。去年正下嚴陵瀧，七里以内無魚矼。江西酷熱那可説，救暍但喫酸梅漿。此間小住意已足，累及故人緣口腹。杯空放箸一事無，手擎花磁飲山淥。

五月一日月璘葬畢弔之以詩

寂寞幽扃閟豔姿，滿山梅雨細如絲。誰知鬱鬱埋香日，剛是娟娟墮地時。玉唾壺盛千淚點，紅心草護一花枝。騷人怨女原同例，合遣招魂續楚詞。

南湖有感

卵色天開魚尾紅，落帆亭外月如弓。樓頭玳瑁無歸燕，湖目鴛鴦有故雄。銀蠟幢幢歌暮雨，粉蛾帖帖死屏風。新愁舊恨均難遣，都在蘅蕪一夢中。

重五日靈芬館分賦得五毒符

跂跂脈脈善緣壁，蜿蜿蛇蛇鬭風疾。周身百足彊扶持，密網千絲巧羅織。麗然獨踞中央坐，四蟲幺麼一蟲大。可憐乙骨走群妖，留向午時作奇貨。五行志傳何人作，荆楚歲時多寄託。千秋那得孟嘗君，六代誰如王鎮惡？角黍須盛五采筩，蛟龍波底泣孤忠。六丁六甲符安用，且避人間蠆與蠭。

妙香室即事

青豆閒房靜可憐，細看鵲尾裊餘煙。四禪天上無風到，尚有殘紅落杜鵑。
記曾一瓣爇心香，成佛生天事渺茫。那及破家唐後主，繡旛僉字並娥皇？

題芝生畫

小雨娟娟爲洗塵，新篁鸞尾石龍鱗。吾廬那有尋常客，慘綠少年古丈人。

題水仙竹石用山谷韻

翦水作衣雲作襪，中有湘江古時月。世人莫認娉婷姿，玉骨冰心兩奇絶。誰與侍者爲管城，奇礓雖老呼以兄。可惜江梅未相見，遣走一梢其旁横。

題獨遊分湖茆屋卷子以四字爲韻

移家近十年，家難緣紛紜。所幸壤地接，未遽吳會分。故鄉吳與潘，歲必一見存。敝廬問無恙，并及墓與墳。潘生昔最近，來往無夕昕。吳居較少遠，晚渡時喚津。然皆傍分湖，老屋依水瀕。前年值上冢，偕潘詣吳君。依依認墟里，脈脈懷榆枌。故鄉豈不戀，况復此故人？邇者再遷宅，百金非買鄰。此意出無奈，往事應所聞。披圖忽振撥，知者感斯文。

雖云半畝宮，乃有十頃湖。墻南竹千挺，門外柳五株。牛宮間蟹舍，浴鷺兼飛鳧。朝隨田歌田，宵逐漁父漁。仲生論樂志，此境今則無。我聞管子言，四民各有初。君能習一藝，食力不願餘。申屠爲漆工，梁鴻爲傭奴。上以保身名，下以養妻孥。苟全鄉里間，安此宅一區。無爲慕林宗，栖栖靡所如。

人生非空桑，各有一把茆。辟如鳥出㲉，先自安其巢。八紘豈不廣，只尺分關郊。四海豈不遠，勺水限堂坳。登高望喬木，上枝齊卑梢。一爲烏鵲占，彼此爭啾嘲。北胡與南越，初生易其胞。他時話風土，寧免相譏嘲？無奈人之情，習貫不可淆。故居以爲居，故交以爲交。小人乃懷土，聖言亦太膠。

君家我曾來，野水到門淥。我家君屢經，危壁支一木。君村我近市，傭販雜漁牧。蕭然兩窮子，白板無剝啄。自遷魏唐居，堂宇較恢廓。然苦少遠趣，夜夢時在目。繚垣周以廊，稍欲蒔蕉竹。君肯爲面勢，曲折窘邊幅。誰貽給事資？徒就詹尹卜。念欲逐君歸，敝廬不可復。墓田在澄湖，丙舍終當築。何時君來過，突兀見此屋。

和芝亭詠端午節物四首

茭糉

尊俎添新色，蛟龍咽古涎。事原從楚俗，形或類秦權又名稱錘糉。雲肯沉菰米，乾愁到渚田。還憑弔屈意，呵壁問蒼天。時方憂旱。「角黍新茭間尊俎」，放翁詩。「渚茭原茅」，見柳州文。

蒲酒

三投開宿醞，九節產山家。是處難忘酒，人間未見花。醉嫌書字大，老怯鬢毛華。新得引年訣，陶然一笑譁。

石首

渤澥雖多事，黃魚上市仍。麤疏參海錯，護惜斲冰凌。頓頓可無肉，時時或集蠅。祇應作乾鱐，四兩饋山僧。

枇杷

夏首春餘好，來禽青李俱。黃同梅子熟，品笑橘官麤。指爪時教試，糖霜或偶須。文園消渴甚，肺病賴渠蘇。

新造一廊形若磬折遂以名焉甚苦勞費喜于垂成作此柬退庵芝生

杇者梓人紛雜沓，木屑泥塗共狼籍。問君豈造五鳳樓，笑指廊腰如曲尺。六間兩架櫛而長，面勢亦不中庭方。正如管子善補救，略遣蕉竹依東墻。後園自有一叢竹，移種三竿兩竿足。來禽青李亦易致，不必橘栽共榿木。明朝閏五月之朔，此屋垂成惟黝堊。名字先教長吏傳雲藻來問廊成否，形模恐被工師學。漂泊天涯得此身，欣然負手畫檐巡。匠人告去酒人至，郭解此其家不貧。

磬折廊落成邀諸君和

一弓隙地拓墻陰，小曲翻令意窈深。移竹覓榿那暫緩退庵許送梧桐，巡簷繞柱已微吟。真成有室如縣磬，豈爲無弦不鼓琴？廊置栞磚一琴，實不解此也。可惜胸中萬間屋，未曾斷手到而今。

曲廊新成好雨時至夜飲酣適紀之以詩

疏疏涼雨與風俱，睡起欣然命酒壺。檐淺泥痕如點筆，瓦新響急亂跳珠。琴詩酒可從容約，蕉竹梧應取次蘇。垂下湘簾上鐙了，不知能入畫圖無？

留獨遊用昌黎贈張十八韻

我初移家來，君先憑水窗。交知比蛩蟨，同室翻羿逄。脫身若遠竄，遷客如樂邦。時時過譚藝，小鳴答洪撞。往往進苦語，弱力肩豐扛。豈無故鄉友，情單少能雙。餘者乃欲殺，危不戈矛摐。六載再徙宅，誅茆得臨江。當門塔聳聳，暎水鐙幢幢。君復佐胥宇，裹飯行徒杠。辛勤到泥水，提挈兼缾缸。自後頻見訪，夏帳還冬釭。相期成久要，終始無涼厖。齊年四十二，奇氣久已降。那復事年少，結股連腓肛。今茲住最久，高談劇紛哤。新葺方丈地，老此苦節龐。回廊繞新曼，遠木撐空腔。簾疏款遲景，霤低急奔瀧。惜少修竹間，立石危崆峵。願君勿遽歸，纜繫門前樁。同聽十日雨，茅檐響淙淙。

小暑即事

十日淫霖不放晴，天公大似病餘酲。今朝已過黃梅了，喜聽新蟬第一聲。
焙畫薰衣有底忙，東軒日景射西廊。不辭半月梅黰甚，展得蕉心一尺長。

仲蓮偕朱野雲鶴年過訪魏塘留一日時泊舟城南有女郎素雲將往西湖邀同尊俎野雲畫即景於扇頭爲題六絶句其上

薄攏雙髻自調笙，低亞篷窗最有情。道是今年春不去，蕭蕭梅雨坐流鶯。

掠削新妝掩冉香，家常愛著白衣裳。不辭擁檝歌河激，怕斷吳兒木石腸。

司勛書記漂零日，昭諫江東下第年。同向天涯話顑頷，四弦裂帛一潸然。

水西門外即旗亭，小緩驪駒聽渭城。除是張騫能鑿空，客星傍有女星明。戲調雲藻。

歡場無奈是怱怱，偶轉驚蓬得好風。一笑相逢圖畫裏，流虹橋外月如弓。先于虎阜識面，邂逅于吳江。

同行且暫慰羈孤，送爾輕帆西子湖。却憶章江門外柳，長條還似舊時無？

擬李商隱燕臺夏曲銷夏第一集

玉池萬柄鳴暄雨，午夜鴛鴦靜聞語。韓馮寂寞臥荒原，黦骨嫣魂作黄土。琤琤細佩幽幽涼，冰紈留影桃鬟長。高樓故釘今亦失，蛛網亂罥珊瑚梁。瓊魚液潤一寸舌，同坐露臺邀素月。水精眠夢不相逢，汗粉紅香帶珠泣。西湖直接西江水，别屋重簾住孃子。長絲不續長命人，一番衰杨兩回死。

合醬三十韻銷夏第二集

籩豆周官重，卵魚内則諳。食齋醬用八〔一〕，執饋老尊三。數典和羹得，齊民近製參。重羅麪如雪，轢釜豆留泔。溲作牢丸大，烝成餺飥甘。黄添雲子色，藉用白茅函。曝處分窶藪，先時滌石甔。吳霜飛暑路，新水汲澄潭。汎溢波初沸，浸淫味已含。三投比麴蘖，幾宿自沉酣。盎盎疑無滓，霎霎慮有渰。斗杓投木杼，圓蓋像筠籃。醲郁緣沉浸，清深或澹涵。食單元異劑，列器各分坩。利用群生徧，稱名異物覃。椒辛來自北，蒟美遂通南。烏鰂登槃暫，黄梅消渴堪。胡麻研瑣瑣，勺藥和醃醃。間及嘉蔬漬，能令下箸貪。薑芽紅斂指，玉版綠抽篸。蔓實餘瓜果，谿毛擷藻蕈。均分鹽法志，足使醢人慙。邇者桓寬議，爭先榷酤探。高官司操剌，大賈飽酣婪。編戶常忘味，海氓竊負擔。井疆區晉楚，迫逐互戈錟。地本鹽官接，人皆淡食妉。趁虛聊裹箬，覆瓿孰盈罎。隸事非徵博，陳風當劇譚。酸鹹君辨否？有味亦醰醰。

【校記】

〔一〕「醬」，底本作「醫」，誤。

招涼曲銷夏第三集

大火西流漢案戶，櫛櫛銀雲濕天宇。高樓正有不眠人，手卷疏簾隔煙語。簾輕幕重鎮長縣，永日遲遲似小年。不知暑退歸何處，但問涼生在那邊？涼生先是深宮裏，水殿芙蓉香不已。露寒宮外月初生，太液池頭天似水。露寒太液沸笙歌，奈此長門永巷何？拋來團扇流螢入，掩卻金鋪蟋蟀多。徘徊團扇迴含悽，別有人間宕子妻。三重珍席裁文象，四角羅幬鎮蜜犀。犀帷象席何曾展，欲拂流塵淚痕滿。轆轤不喚遠行人，夢醒啞鴉忽驚散。此時節候近新秋，此際新涼轉益愁。關山萬里悲鴻鵠，閣道中天界女牛。豈知游子賦長征，跳跋黃塵盡日行。馬嘶瀚海晨流血，日墮長河夜見星。行行只望新涼早，幾度新涼人已老。橫笛從教塞上吹，哀碪一任閨中擣。紛紛哀樂總無端，何處招涼最可憐？短檠鐙景虛堂上，長簟冰文水閣前。我欲招涼不待招，一尊獨酌自長謠。明當赤腳乘楂去，看取星河影動搖。

新秋即事銷夏第四集

虛堂病起卷簾櫳，一枕新涼淺夢通。澹雨微雲剛近夜，織羅細葛尚當風。人能無意憐歸燕，天已將心到候蟲。報答流光消底物，茶爐初沸酒初中。

落佩欹冠過幾時，曉來衰櫛忽如絲。不辭廩廩催年急，轉愛蕭蕭與病宜。萬籟即今從此起，一生多事爲伊悲。分明身是高梧葉，才著秋風便得知。

如夢如煙杳莫分，淒涼時節最思君。下爲管籥同聲賦，邈若山河歎逝文。海底華星沉替月，風前羅袖薄行雲。如何一臥楓根下，落葉哀蟬總不聞。

津鼓旗亭送客行，歸來默默數征程。潮從伍相祠邊熟，月在嚴陵瀨上生。夢醒歌聲翻水調，夜涼風色動銀箏。登山臨水無窮意，并作天涯兩地情。

荷花生日詞 銷夏第五集

葑谿谿口棹歌催，水佩風裳次弟開。傾盡明珠三百斛，鷺絲頂上洗頭來。

江南江北盡田田，子夜何人獨叩舷？采取荷華并漓載，看渠明歲幾時蓮。

清淨根因妙諦成，諸天色相偶然呈。衆香國裏無來去，不向百花生日生。

淩葉高高芡葉低，後池流水入前池。阿郎只替鴛鴦祝，開到渠儂頭白時。

靈塔庵小集即席同賦五律二首 銷夏第六集

活港通池曲，高荷出葉開。應門雙鳥下，俯檻一帆來。老愛依初地，清仍撥舊醅。招涼須入夜，莫聽櫂歌催。

荒陂埋亂石，傳自昔園林。風雨遺銘失，龍蛇蜕骨深。水田僧衲壞，風柳薜衣侵。何用感興廢，寥哉一笑心。

分詠七夕故事得柳州乞巧 銷夏第七集

插竹垂綏瓜犬牙，再拜稽首額塌沙。下土賤臣敢陳乞，幸弭絳節迴雲車。臣有大拙所不化，方心沓舌遭揄揶。仿佯局束世詬病，睢盱偵伺群紛拏。王侯門高狴犴怒，平地咫尺生隆窊。琵琶箏笛方競奏，獨抱古調驅淫哇。致令投足竟無地，不及垤螘負殼蝸。側聞帝女擅天巧，組織星緯裁雲霞。願分棄餘及蟣蝨，與世諧際無齟齬。陳詞未終若有告，堅汝所操毋卑汙。初悲後懌守我拙，賦命一定難增加。爲文譎詭吐憤懣，令我伏讀生咨嗟。嗚呼柳子豈其拙，直以巧故成瘢瑕。蚤歲出手得高第，乘時捷足乖青緺。棋工待詔要人望，驟拔茅茹連蒹葭。八司馬者皆俊桀，奔走故老如麇麚。豈知一跌各不振，流落瘴霧游黿鼉。爾時退之號愚戇，陽山被召猶羅遮。君如同時一言去，何至失足隨群邪。豈非巧宦乃成拙，徒自怒罵尸蟲蛇。尚憐文章足千古，牢籠漱滌言非夸。此文庶幾近知道，追逐屈宋驂勒差。知人論世有深慨，狂詞不覺傾滂葩。推書撲筆女隸笑，河鼓奕奕連匏瓜。

爲琴塢題小檀欒室讀書第二圖并寄梅史

重檝粉本寫幽居，妙手王郎奚老如。指點當時相送處，滿身槲葉下山初。圖爲王椒畦孝廉作。

眉山作記李公擇，湓水題詩元裕之。眼底昔賢如不遠，風流恐有後人思。

僧寮修竹自平安，乘興還來一倚闌。出處何關猨鶴事，依然只作故人看。

京華留滯謫仙才，捧檄區區未可咍。只恐黃塵烏帽抗，匡山何日始歸來？

趙倢伃玉印歌爲文後山鼎作印方一寸，鳩紐。文曰『緁伃妾趙』。

營室熒熒白光起，長安宮中生禍水。許家衛家並衰歇，一燕飛時木門啟。避風高築三成臺，無方留得仙仙回。空聞長信白華怨，不道昭陽赤鳳來。主家初幸君恩重，姊弟翩躚召連踵。不知妾趙定何人，同向柔鄉拜新寵。蒼龍據腹虛懷娠，藥裹赫蹏問王舜。箋奏應僉臣妾名，封題卻用中丞印。奈何妾薄命，端遇竟寧前。史書自工文絶妙，旋收璽綬遭棄捐。班姬辭輦如樊姬，能誦窈窕褒閻詩。惜哉此玉色瑩潔，不爲大家蟠朱絲。七出菱花靚相對，穿以絲繩祝連愛。褎邊唾紺欲爭妍，掌上身輕定長佩。血漬菭侵跡已陳，子于一傳最悲辛。勸君莫遺紫芝印，防有鐙前擁髻人。

秋葵

石角墻根離立長，不矜顏色不聞香。閑同酒客傾杯欒，淺作宮人入道妝。一院亂蛩喧瑣碎，雙飛小蜨弄悠揚。晚寒莫遣花房斂，留待廊腰月澹黄。

同丹叔夜坐聯句

露涼風細月微明丹叔，茶熟香温夢未成。小坐便添秋意思頻伽，聯吟聊破夜淒清。新來鴻雁催離别丹叔，此去湖山管送迎。紅葉黄花富春渚頻伽，好憑詩句記郵程丹叔。

題汪丈小照

不改觀河性，能傳隱几神。鱸鄉寓遊跡，鹽筴混高人。膝上王文度，眼中井大春謂令嗣選樓。何時牀下拜，親識葛天民？

六和塔曉發同壽生韻

夜聞疏雨響孤篷，曉聽拏音逐斷鴻。雲影橫山見單複，霜痕著樹雜青紅。渡江風色潮初熟，去國心情酒半中。別緒閒情君莫悵，觥船且要百分空。

富陽道中

霧起城迷三里，日高山可一窗。怪底曉來寒重，昨夜扁舟大江。
人家一重一掩，霜葉半青半黃。白鳥去邊遠水，烏犍歸時夕陽。
網挂撈鰕船出，耞抛打稻人閒。出田分我二頃，茆屋著渠三間。
船孃出金齒屐，估客臥木棉裘。料理月明風定，今宵吹笛杭州。

曉過桐廬

隔岸見樓閣，人聲時一聞。霧光開蜃市，水氣作魚雲。著錄神仙事，采真鸞鶴群。我將問匡俗，先擬訪桐君。

蘭谿

清江帶城郭，萬瓦列參差。山木榜人曲，神弦聖女祠。掠波雙槳急，含雨一帆遲。歲晏叢蘭歇，將何遺所思？

灘行聯句

江行值秋深麐，舟上溯流逆。數里有小灘潘眉，淺瀨無半尺。奔悍織韡紋麐，蹙縮闖魚脊。白點爛銀潑眉，黃團撒沙隔。激爲淙淙鳴麐，成此寸寸阸。一瀉勢難遏眉，雙流忽復坼。環環繂繫腰麐，齒齒石穿屐。篙觜竹木兼眉，刺手肩背亦。盎中牛鳴牟麐，船底肉聲砉。助以十幅蒲眉，張若六鳥翮。峭或翻槃盂麐，濺乃濕巾幘。將前色喜賀眉，少退面數責。犖确車上坂麐，藺單駝伏磧。指揮左右亂眉，爭競尺寸惜。未到預戒嚴麐，並進尤偪仄。相摩若驂靳眉，相助若肘腋。相傾若吳越麐，相倚若虞虢。怵先類好名眉，呼朋冀將伯。俄然出坎窞麐，倏焉坐辟易。捩柁比握符眉，奮棹如奪柵。常年困邪許麐，重險赴絡繹。危坐背亦汗眉，小立臂須掖。端能仗忠信麐，焉用代指畫？犯寒頗思飲眉，過卯亟浮白。柚橘酣霜紅麐，菱稜翦雨碧。然穅芋可煨眉，縛蒲蟹堪擘。惜無纖纖手麐，彈箏勸行炙。聊對遠遠山，修眉埽廣額眉。重遊異氣候，即事感今昔麐。念彼行路難，悵茲羈旅客眉。征途忻舊侶，險語快新獲麐。聊用記郵籤，亦猶賢博弈眉。

三衢夜泊

群灘爭月色，孤艇卓江心。靜覺水風響，寒知橘柚深。倦遊無倚著，永夜此沉吟。時復能高詠，何人解見尋？

衢州橘枝詞

一水前灘隔後灘，霜痕兩岸作新寒。不辭打槳過灘去，嫁得檀郎是橘官。
摘取雙頭袖底藏，自憐指爪有餘香。歸來重與低徊看，一半青青一半黄。
橘子深紅橘葉青，採橘竹梯高伶俜。風鬟雨鬢阿儂慣，不用傳書寄洞庭。
破曉千林似翦裁，平明小舫布帆開。餘杭估客能多事，別販塘栖蜜橘來。
福州別種如梡大，閩客過山盛篛籠。那及此間好風味，同年小妹擘輕紅。
橘枝詞勝柳枝歌，酒客尊前喚奈何。霜後日嘗三百顆，勸郎休食玉山禾。

常山道中

卯飲何辭酒一中，又披茸帽抗西風。蜜橙黃淺能攙橘，烏柏紅酣欲鬬楓。野店賣漿蓬沓古，山行爭道擔夫工。前途正遠休相問，江水西流未欲東。

又口占二絶

午雞啼處兩三家，時有青裙喚喫茶。何似盤塘江上路，土墻茆屋紫荊花。

日暮解裝前店住，縈窗素練照孤清。不知顧影殘鐙下，可有人間張惠卿？《清波雜志》：常山道中女郎張惠卿詩：『迢遞投前店，颼飀守破窗。一鐙明復暗，顧影不成雙。』

玉山旅次同壽生作

危樓臨江郊，高若絶壁架。開窗數帆檣，俯視得臺榭。倦客先望門，眷言聊息駕。樸被阻中途，僕御頗猜訝。稍欣酒可酟，糟牀隔鄰醡。猶幸吾友偕，語笑互尉藉。人生多窮塗，何事足悲咤。蕭然兩浮屠，桑下一宿乍。犇灘迅洪流，勢與亂石下。天風助之鳴，嗚咽喧終夜。遠遊莊生貧，年饑列子嫁。

早知羇屑愁，甘受妻孥罵。明發又長征，一鐙耿旅舍。

上三板船口號

才卸鈴駄復上船，山程水驛苦延緣。長年相識似相笑，此客風塵又一年。

路無一里不逢灘，居者安知行者難。高臥篷窗聽水碓，有人還作畫圖看。

上饒道中

下水已云好，還教得順風。偶然慰客意，果爾未天窮。斗絶山如笠，淵漩水似洪。鸕鷀群飽食，終愧信天翁。

上饒至鉛山即目有作

水名之夥無如江，或爲長流或奔瀧。桑經酈注久滋惑，坐令駮議加紛哤。此江欲與萬流異，一折而西少留意。千山百灘爲鬲之，落落孤行有奇氣。我行但欣私計便，下水穩放三版船。來船銜尾苦牽挽，若蟲負蝂若鷺拳。人生順逆皆偶值，無奈快意爭目前。中流歔歌倚酣適，兩岸群山來絡繹。一山何罪遭天刑，獨著赭衣髡道側。少人多石理豈無，鍾美乃出蔣心畬。詩成爲雪山靈辱，嘲謗不羞查與朱。竹垞、初白皆有嘲鉛山詩。

弋陽

葛谿暝色澹煙嵐，野店茆柴濁勝泔。從此客懷牢落去，更無水調似江南。

貴谿

邑小名偏著，當由勝國時。神仙五斗米，宰相兩青詞。赭石鞭山似，西流釋水疑。推篷望蕭颯，寒日故遲遲。

風雨夜泊用韓孟同宿聯句韻

遠遊天所許，忽被風伯譖麐。境非向若洋，勢埒稽天浸眉。篙工早袖手，懷此晏安鴆麐。掩篷既苦昏，喧流未容枕眉。途窮慟何益，坎止運亦任麐。破寂書易奇，澆愁酒豈禁眉？支版成匡牀，蒙被得美蔭麐。灘鴨聚相惱，村牛鳴半噤眉。譚劇或雜諧，詩苦恐成讖麐。昨暖綿方卸，驟寒裘欲賃眉。擁衾有時濕，移鐙照所滲麐。鑪爇潤宜熏，茗香渴須飲眉。無由數更籌，那復占煇祲麐。睡鄉難云甜，夢境亦偶闒眉。狂飈神魂驚，冷滴胇腑沁麐。將成殷浩咄，頗類項羽喑眉。掎摭贏成章，緯經慙織紝麐。

龍津驛

蕭條水驛駐孤篷，風景重來略不同。茇舍新扶餘燼後，楓人都老夕陽中。同舟幸有李元禮，對酒恨無陳孟公聞竹士先一夕去。回首故鄉千里隔，也應天末數征鴻。

瑞洪晚泊

疊石高爲岸，依流淺作梁。就船鰕菜賤，趁市鹿車忙。水手醉取鬧，村伶圓看場。多煩候吏警，一笑只空囊。

渡鄱陽湖示壽生三首

立冬及一旬，野宿寒已重。曉聞風水喧，臥覺篙艣動。涉險夢爲驚，夙駕神早悚。私喜水手強，若遇大敵勇。帆張鳥翼傅，牽曳馬駕覂。須臾廿里過，未起被猶擁。試聽估客歡，隔舫歌囉嗊。

鄱陽三百里，厥浸雄東南。九江助氣勢〔一〕，七澤通渟涵。鹿分漢將奮，龍戰元雄戡。此間乃百一，如人特其頷。欲見腰腹大，測蠡能無慙？潘子善嘲諷，滑稽騁高譚。名高每遭謗，即事嘆息三。離家九月初，指日又改朔。局促篷牕中，若鳥足爲鋜。始溯上水船，又奮下水濯。擠灘灘邅迴，過山山犖嶨。林宗何栖栖，禦寇仍數數。自此可剋期，歡然笑一握。猶勝韓昌黎，七日住鹿角。

【校記】

〔一〕『勢』，底本作『埶』，誤。

題西河竹垞兩先生合像

六才子最毛公著，三布衣誰朱老齊。二士相逢聞說法，令人長羡鄭芝畦。『二士相逢必說妙法』，見《内典》。圖爲兩先生同遊昭慶時作。

八紘天網一時收，向後升沉可自由。不奪渠儂官七品，江湖那見此風流？

靈芬館圖酒杯歌并序

近園以諸人亭館之名圖於酒器分贈，爲余作此。二十餘事製極精好，作詩爲報，酒闌感概，情見乎詞。

書生作事誠無難，靈芬之館人爭傳。有堂有室有亭榭，不煩班爾煩荆關。豈知乃復累陶氏，特於摶埴施雕鐫〔一〕。杯高二寸徑稱是，平底無足稍殺焉。範橅山水若畫壁，位置屋宇同回環。秘色不數官汝定，異采雜傅黃朱斑。某爲某作凡十字，細書如蠆文於邊。英山公子今第五，名與驃騎相後先。好奇愛博出新意，刱此爲贈充賓筵。舉觴入手忽失笑，毋乃助我爲欺謾？自離故土已再徙，始買老屋才三間。前楹厪足置茶磨，後谿劣可容漁竿。去年奔走事乞貣，要建一閣臨風湍。草堂之貲謂麤具，歸與妻子償飢寒。今年作廊名磬折，略施檻楯圍紅闌。覓愷乞果事在外，已費質庫八萬錢。守門顛當未欲出，負屋蝸殼行先乾。朅來遠遊豈得已，歸夢時見團蕉團。老親倚閭婦歎室，書簏生蟲琴無弦。此時百感正交集，痛飲不到壺中天。萬間廣廈一杯酒，言念身世爲淒然。何況流傳資攷訂，定遭惡語叢譏訕。酒闌洗琖亟藏弆，莫令對此懷家山。

【校記】

〔一〕「摶」，底本作「搏」，誤。

送笠帆廉使之黔中方伯任

去年六月來西江，喜公衣繡臨此邦。平生鄉里慕耆舊，下拜如見襄陽龐。溫然晉接不我鄙，亦似空谷聞音跫。奇書秘冊許相借，寸筳時復洪鐘撞。重來未暇數相見，忽聞寵命移麾幢。黔中自昔爲阨塞，西極卭筰南冄駹。馬卿持節喻關徼，葛亮出師通舽艭。花苗木狫滿谿峒，好人怒獸言紛哤。邇來聖化久沐浴，盡變獷悍開愚惷。正須王人爲撫養，要使四野無驚尨。方伯連帥古節度，威風文武公誰雙？能簡節目持大體，一還淳厚除奇厖。坐看地利齊險易，豈止雁戶皆耕䅉。朝陽洞前初日出，照見文筆峰如杠。詩書疋化治所本，其氣自足銷戈鏦。弓衣合許蠻女繡，銅鼓或遣獠奴扛。中和樂職好宣布，一洗跳月侏㒧腔。方今聖人闢四窗，行見玉佩彤墀瑽。只憐分張太匆遽，愁聽津鼓聲逢逢。漂零蹤跡亦無定，安知不繫牂牁樁？天南萬里倘相訪，鉤藤酒熟煩開缸。

挂帆有日忽風雪交作流連諸故人酒坐口占留别仲蓮宜園近園三昆仲

天涯牢落忽殘年，才上章江門外船。青女孟婆都好事，一齊排比作離筵。

倚閭日日數歸程，未是臨歧别袂輕。不管歸思强留客，石尤應愧故人情。

青山觀打魚歌

山形斗絶水交會，一里無灘勢已大。未到百步聞呼號，坐覺魚龍氣先隘。什什伍伍爭分曹，熊蹲虎伏尻益高。引繩漸直網齊撒，在前之艇推其豪。初爲常山後圓陣，長圍合處如墻進。蚰蜒廣塹一時横，鵝鴨軍聲忽然振。群船戢戢頭相直，赤腳船頭一夫立。不知號令是何神，能使千夫一心力。面山背水别置軍，亦或時合時能分。此時鯤鮞豈暇避，水氣上結爲愁雲。昆明教戰古所尚，横海祇今方選將。馬援揚僕定何人？莫謂中無食肉相。

章江柳枝曲并序

湘霞女子姓謝氏，吴人，而豫章居。意不忘歸。以余吴人，又嘗讀靈芬館詩，將爲帷幕之徵，既成言而違。邅迴抑鬱，卒非其所。閔彼自傷懷不能已，取玉谿生柳枝意爲此曲八章，亦無乖於雅云爾。

落絮飛花可自由？章江門外此重遊。相期原在春三月，其奈攀條是九秋。
流落天涯見一枝，如何欲折更遲遲？多應寒食春城句，不及韓家侍御詩。
湘水湘煙盪暮霞，臨江高閣慣藏鴉。何人爲剔斕斑竹？箇箇苔文是淚花。
密字真珠手自題，封完猶有萬行嗁。尋常不分三青鳥，都與浮沉弱水西。
花命雖微亦未輕，千金真肯買傾城。『可是春來，花命未輕微』，原詞句也。只嫌嵩岳遊仙夢，不稱人間衛少卿。
霍奴容易酒壚旁，依倚將軍亦太狂。即事也應輸道藴，不如天壤有王郎。
恩怨都空了夙因，蕭然禪榻鬢絲新。白頭已遣閨中賦，不負新人負故人。
曾聽琵琶淚一潸，從今漂轉各江關。博山鑪畔湔裙水，惆悵詞成李義山。

卷二 己巳至庚午九月

旅逸集

入新正匝月矣未從事筆研意境可想勉成二律索丹叔和之

獻歲發春剛一月，柴關終日掩莓苔。貧無餘恨惟賒酒，老覺多慵并減才。野外好風初擷鷂，樓頭橫笛已驚梅。今年節物怱怱甚，更遣長堤柳色催。

潺潺急溜響檐端，擁褐焚香到夜闌〔一〕。選夢都隨春後短，判花便向雨中殘。此生正坐有情累，合下先忘非意干。禿髮蕭然對鐙影，分明畫出一阿難。

【校記】

〔一〕「闌」，底本作「蘭」，許增本以朱筆改爲「闌」，是。

寒食集青琅玕館分韻得有字即題小檀欒室讀書弟二圖

客中節序忘，忽見插楊柳。春風若相告，良時去已久。山桃綴餘妍，木筆脱老醜。荏苒惜芳華，佳約安敢後。胡君本舊交，小范尤所厚。陶然談笑歡，醉我可無酒。中席乃感歎，言念平生友。清平一角山，丈室僅如斗。維時五君子，若耕合其耦。年來出處分，南北限官守。縣令雁鶩行梅史，史公馬牛走琴塢。酒人半在亡，豪興減八九。殳基謂可留，昨亦別其婦。落落數知交，此集能共否？因出所繪圖，面目識誰某。乞我更一言，永永期不朽。烏乎世尨涼，倫紀日以苟。或者升青雲，倏忽變蒼狗。那能恃故情，一節到皓首。諸君非所論，聚散乃其偶。但當存息壤，白賁庶無咎。得時銘旂常，失意解印綬。還我讀書身，享此千金帚。他時君顯達，莫忘此苦口。我老分江湖，扁舟時落手。春耕綿上田，雨蒻故園韭。終古以爲期，小別復何有？

和桂堂先生寒食雜感四首

客裏逢寒食，淒然先隴旁。馬醫皆上冢，鴻爪獨殊鄉。麥已漸漸秀，花仍稜稜黃。極思諸弟姪，含涕奠椒漿。

客裏逢寒食，埋香新墓田。非雲非雨地，乍暖乍寒天。翠羽夜嘑月，紅心春隔年。柳州雷五志，或許後人傳。

客裏逢寒食，故人能見招。貓頭新筍大，雉尾早蒓驕。一飯從知己，平生重久要。江南與燕北，吟望兩迢迢〔一〕。憶梅史、積堂、曼生、青士、琴塢、紅茶諸君。

客裏逢寒食，歸來獨上樓。漁鐙火不禁，山影冷如愁。嗚咽餳簫歇，蒼涼香市收。天涯感令序，身世太浮游。

【校記】

〔一〕「兩」，底本作「雨」，許增本以朱筆改爲「兩」，是。

清明後四日招小湖閑泉李白樓方湛蘇公祠看牡丹并上月璘之冢歸飲湖舫即事有作呈秋槎丈

濩落天涯尚有身，看花又是餞餘春。春光太短過寒食，花命能長託酒人。蔓草欲封前印屐，貍奴偏認舊歌茵。不妨烏帽臨風側，見我星星白髮新。

别院已教繡幕張，嬉春此老爲花忙。湖頭祠儗添名媛，地下埋應痛國香。縱有文傳雷五志，愁無字識謝三孃。道旁貞木墳前碣，更爲料量酹酒場。秋槎欲種冬青二株于墓前，且立圓碣。

送近園隨侍入都即題清玉山堂看子

此中大好掩松關，嵐翠清蒼照玉顏。君自趁庭我乞食，可憐一樣別家山。

題鐵樹山房圖

莊樗惠瓠全無用，瓊樹瑤林迥出塵。材不材間君自擇，只須風骨似前人。

新晴餘姚官舍作

夢覺鳥聲樂，心知宿雨收。窗光先盪帳，竹影對扶頭。羈旅隨年倦，陰晴與病謀。明當試要脚，攜筇上龍丘。

題四香詩詞近稾

綺懷那復似當年，宮體猶摹沈下賢。一例江湖同寄託，落花風裏與參禪。

殘編零落付炱煤，老去君還苦費才。傳唱江南腸斷句，豈知賀老鬢如梅？僕近詞爲人傳刻，失去十之八九。

立秋日集長春道院以槿榮芳園蟬嘯珍木分韻得榮字延秋第一集

掩關過僧夏，似若無所營。勞生暫暇豫，歲序忽崢嶸。志士每嗟惜，四時苦敚爭。胸中畔牢賦，不待墮葉琤。契闊約同志，觀化觀我生。城西有琳宇，水竹頗深清。陂陀戴石髮，曾記屐齒經。婆娑桂之樹，偃蹇皆老成。其一右偏枯，突兀空枝撐。茍懷齊物意，何用分衰榮。雷雨倏冥晦，天風助鏗訇。如聞異人至，四座爲之傾。時運更變易，我心自和平。調弦發三歎，莫謂假物鳴。

集妙香室分詠得苕花延秋第二集

跃蔓因依亦後凋，不分露葉與風條。每從老樹查牙見，時有疏花寂歷嬌。山鬼衣裳多薜荔，玉人姓氏半煙霄。依稀記得荒園夢，斷盡柔魂不可招。揚州樗園有苕花，甚古，見余《樗園雜詩》。

輞師榭分詠諸家所藏物得明武宗豹房銅牌延秋第三集

威武將軍自神武，驂駕六龍御虓虎。離宮別館盈三千，直向大同指宣府。宣府由來是家裏，周廬宿衛如雲靡。不須虎圈問嗇夫，别築豹房養勇士。牌文『隨駕養豹勇士官軍懸帶此牌』。懸牌新鑄赤堇銅，刻爲文豹蹲當中。虎符麟節差堪比，想見八校爭豪雄。黄塵漲天萬乘集，百戲紛陳六宫入。屬車豹尾定何人，劉孃一笑當熊立。東南老濞方舉事，猰貐跳踉雜猩狒。豎子已坑天子來，棘門霸上真兒戲。汝曹坐食羽林粟，寇至應教麇鹿觸。爾時竊柄印如斗，若輩區區何足録。土花暈碧三百年，清淚尚漬金銅仙。試翻一曲豹房引，并入南巡樂府傳。

來雨齋分詠得蚱蜢延秋第四集

斯螽及蟋蟀，物候紀豳野。螟螣賊蟊儔，食苗詳爾疋。之蟲俱未載，族類實幺𪄳。形同筆頭尖，聲比蟬翼啞。跳躑滿溝塍，勢若風雨下。東家黄口兒，掇拾輒盈把。持賣祝雞翁，群雌口爭哆。我聞捕蝗蝻，有令畀炎火。爾於物無傷，何罪賈此禍？殺機滿世間，物生遂乃寡。得失雞蟲間，太息區區者。

馴鹿莊分詠得布機延秋第五集

織作憑何巧，能成吉貝功？橫安牀曲局，直貫轂當中。突兀茅成闕，翩翻烏相風。當胸輪轉急，垂足蹋搖工。削版平支榻，漚麻密結緵。尻高千縷閣，手語一梭通。經緯分初定，流黄製略同。光明鋪地錦，束縛在檠弓。軋軋鳴聲續，絲絲入扣融。星辰渺河漢，兒女怨房櫳。土物傳吳地，精良勝越篛。斜因成側理，薄或類方空。布有斜紋、水紗諸名。屋角星猶磊，街頭鼓尚逢。涼仍侵夢蜨，懶已警鳴蟲。側坐聞長歎，縣鐙射小紅。惟應望成匹，那復感飛蓬。差喜民風樸，翻愁智力窮。九張雲燦爛，百鑷錦玲瓏。世謂新人好，吾將大布終。寄聲蘇季子，十上莫匆匆。

華潭精舍分詠魏唐古蹟得丹丘延秋第六集

雲東逸史筆有神，詩篇書格皆清新。振衣亭高風浩浩，貫月虹去波粼粼。當日風流難再得，從來絕伎能千春。方君先逝奚生繼蘭坻、鐵生，太息眼中無此人。

月玲瓏軒分詠閨秀畫卷得顧横波畫小青像延秋第七集

白霓爲裳雲作扇，照影低徊斜領見。分明絶代傷心人，鏡汐鏡潮猶在面。倉庚不療嫉妬腸，曲房窈窕囚孤凰。人間薄命有如此，安用早嫁東家王？眉樓占斷秦淮春，琉璃研匣長隨身。中心豈有不平在，肯爲思婦傳其真？想當小住西湖日，尚書半臂多情極。同弔孤山埋玉墳，教試深閨畫蘭筆。寵辱區區亦偶然，專房怨耦盡堪憐。好將一碊梨花汁，同供慈雲大士前。

七月卅日夜俗例點地藏鐙以紙鋌納寺庫爲他生資愚妄可笑酒後戲作一首

萬百千鐙并一炬，幽幽鬼火青如雨。人間那識那落迦？頗聞中有幽冥主。盂蘭盆會佛所傳，始自弟子目犍連。七月卅日夜鐙火，攷於彼法無有焉。天龍人鬼趣殊别，未卜他生安所適。紛紛翦紙筦庫來，陰天純作金銀色。四輪持世地何藏，地藏乃亦稱爲王。可憐琰摩擅威福，時復鐵汁鎔其腸。我生坐破米汁戒，墮地生天不蔕芥。但願探支張説所鑄之横財，先爲今生償酒債。

題秋史寒碧軒圖

山廚燒筍促開筵，不到梨湖記六年。莫訝此君成老大，舊時兒輩已參天。

離居每感尺書稀，想見開軒坐息機。我亦年來常絶粒，不知鶴骨定誰肥？

書來有約放扁舟，壯士何須痁疾憂君時病瘧。也種三竿兩竿竹，待君把酒對新秋。

秋葵將花余又他出不能無詩

徑曲籬疏好護持，扶頭初見一枝枝。騷人顦顇生何晚，寒女神仙嫁亦遲。不分西風將夢斷，要留澹月與心期。臨行豈惜千回繞，多恐寒蛩瘦蝭知。

是花生命是秋心，待到將開恨不禁。淺澹玉容剛病較，紛披珠露已寒侵。四圍窠石鳴蟲亂，一面闌干夕照深。合向海棠話腸斷，更無紅淚與霑襟。

秋陰一首

羃羃深深黯黯疑，曲房一任竹簾垂。秋陰不比春陰重，時有斜陽照露葵。

二娱之亡爲文以祭未往奠也八月九日舟泊西湖中夜入夢歡如平生且言爲小寒山之行夢中似識其地者覺後悲不自勝作二詩以紀當焚以告之

存沒驚呼一月強，忽從旅夢見容光。喜言惡耗傳訛極，亟出新詩共讀忙。未必平生魂果是，可憐習氣死難忘。小寒山好知何處，兜率蓬萊各渺茫。

憶從袁浦初譚藝，別自京華始離群。鄉里由來足嘲謗，朱袁皆各斷知聞。人間世大還容我，海外山奇或著君。同輩相過知不遠，莫困猿鶴勒移文。

意有未盡復作一首

從宦無功爲買山，歸來幾見掩松關。交多容有屠沽雜，世隘且居夷惠間。五嶽遊先衰兩鬢，六如偈恐負雙鬟。向來頗欲從容及，到此惟應涕一潸。

呈康茂園師二首即題其紀夢詩卷

仕宦升沉亦偶然，夢中說夢果何緣。漢廷舊識王尊勇，趙將終思李牧賢。聞道河渠書未就，請看郡國志先編。公時方輯《晉乘》。鯫生也有平生事，只是雕蟲誤壯年。二十年前師弟親，名場世路各邅屯。千秋公論歸三黜，四海虛名愧半人。公嘗謂某與楊叔溫一人有半，以某不爲應舉文也，故用彥威事。出處未防隨遇樂，米鹽難說在家貧。孟郊尚待昌黎薦，鯁頷天涯濩落身。

十一月廿六日招同人作銷寒之會分韻得四字

升堂來嘉賓，風雪三日滯。老友獨久留，情親見交契。十七日爲吾母壽辰，諸君皆留三日，鐵門尚未去。是時河冰膠，風色更凜厲。相對各聳肩，高吟亦擁鼻。劇思康駢談，雅欲周顗醉〔一〕。倉卒具食單，且須屏肥膩。霜鱸斫四顋，稻蟹烹八跪。湯泉分雙池時新製暖盌，蒸餅裂十字。篚納亦復佳，鼎養又何啻。平生慕孔融，好客與酒二。艱難得一歡，貧士良不易。痛飲至夜闌，高坐猶論議。豈知竈下養，竊竊雜笑詈。壁間甕已空，瓶中粟難繼。食客未出門，已作乞食計。我生誰所窮，非六亦非四。諸君皆吉人，此輩必引避。明日槖筆行，文章大吉利。歸來約諸君，高會酒重置。

【校記】

〔一〕『顗』，底本原作『覬』，誤。

芝亭餉臘酒以東坡餉字韻詩索和同韻酬之

殘年出遊歸逼除，勞者作歌若春相。縱然矢口應宫商，要是窮愁之所釀。歸船卻載一經程古雲遺虞山酒一大器。薏苡翻騰伏波謗。餅師酒負持券責，淩雜米鹽紛簿帳〔一〕。多君好事見情親，遺致五齊兼泛盎。只愁空腹劉穆之，慙愧檳榔滿槃餉。

【校記】

〔一〕『簿』，底本作『薄』，許增本以墨筆改爲『簿』，是。

芝亭詩來酒未至早起雪作戲用前韻奉柬

條侯餓死鄧通貧，不信荀卿論非相。平生秀句出飢寒，正賴天公相醖釀。今朝飛雪忽漫空，腹雖能誹口難謗。極思浮螘對簷花，絕勝炮羔擁氊帳。新詩先到酒未來，已汲井華洗瓶盎。煩君火急遣長須，故事烏銀可同餉。

以水仙花虞山酒送芝亭仍用前韻

果州寒女謝自然，玉骨珊珊有殊相。偶然化作此花身，略帶春愁爲誰釀？豈知世有昌黎公，調笑神仙苦嘲謗。琴川水味皆酒材，佳者乃出孫郎帳。古雲所贈。花能説魂酒醉魄，位置宜分盆與盎。英雄兒女兩絶奇，此真可助齊眉餉。

以芝亭所餽臘酒瀟客所送橘分遺退庵四疊前韻

世間事事重虚名，失瘦失肥同一相。書傳老社無故枝，臘記漢家有新釀。平生不受耳食嘲，損惠聊分口語謗。割甘轉餽雙井黄，奇策我能運帷帳。幽燕差可暖寒瘃霽青新自北歸，汝潁劣能消甕盎〔一〕。作詩失笑微生高〔二〕，乞諸其鄰亦名餉。

【校記】

〔一〕『潁』，底本作『穎』，誤。

〔二〕『微』，底本作『溦』，誤。

元日立春〔一〕

元日立春不易逢，此語我聞百歲翁。我生何幸乃再見，他時差可誇兒童。春於四序爲歲首，聖產萬物居全功。元於四德爲善長，闔闢一氣相沖融。二者和合見元會，奇祥異瑞餘難同。我皇御宇十四載〔二〕，純以惠澤蘇瘝痌。廟堂金鏡握仁壽，薄海照入春臺中。皋夔稷契滿朝右，此意豈不知宸衷。扶持元氣在寬大，敢以谿刻明小忠？野人作詩比擊壤，或俟木鐸來采風。

【校記】

〔一〕許增本于『元日立春』下，以墨筆加『庚午』二字。

〔二〕『四』，許增本以墨筆改爲『五』。

友漁齋夜集同詠積雪分韻得表字

天人重玉戲，試手劇夭矯。三白一臘中，于意尚云少。又愁春風來，所過跡如埽。遲回勒餘寒，留此素質皎。南榮聽微滴，北戶望猶皓。淺仍閣沙觜，遠或栖樹杪。庭心可一方，日炙乃逾燥。凜然塵寰中，照我不貪寶。豈慮素衣化，惟惜玉容老。吾黨三數子，寥寂冬心抱。翻喜銷釋遲，目作晏瑱飽。寧爲苦寒吟，不上獻瑞表。陽和轉陶鈞，力足起枯槁。何知人間世，乃有郊與島？明日蠟屐過，披風聽春鳥。

河東君畫月堤煙柳爲紅豆山莊八景之一前有蒙叟一律黄皆令山水乃爲河東作者後有蒙叟書所作贈序合裝一卷古雲出以屬題即用蒙叟韻二首

天寶遺聞話昔遊，秦時月尚挂梢頭。山莊風景思前度，南國黨魁惜勝流。故殿靈和終有恨，大堤煙雨不勝愁。蘼蕪滿地琴川路，一例銷魂似玉鉤。

鴛湖鴛侶舊同游，見說鴛鴦易白頭。詩筆不教留閏集，閨人無奈作名流。明珠翠羽前生夢，賸水殘山異代愁。我是江南斷腸客，試拈紅豆爲藏鉤。

即事

簾疏鐙暗影蕭蕭，才近黄昏酒已銷。閒臥風檐聽哀玉，人生難得是無憀。

南澗草堂圖 方鐵珊亡友楊春自畫，鐵珊屬題

方元英老有才子，楊補之亡無替人。畫手分明接前輩，遺縑殘墨一傷神。

梧桐鄉裏曾三宿，記有徐熙共載過江庵。渠亦能詩兼善畫，酒壚各自邈山河。

和退庵小山園落成之作

豈學淮南續楚騷，先生隱矣又何招？英雄老去尋僧侶園在寺後，樹木陰成莳藥苗。安石莫愁兒輩覺，孝章且讓少年驕。風流來往知吾便，對酒無爲獨酌謠。

題張淥卿詡潭西捉醉圖并寄伯生

十年不見張公子，每到西湖憶舊遊。想見豪情渾未減，一杯遥酌鵲華秋。
蔣濟平生不願醒，必逢知己眼能青。如何奎壁光芒在，搖落江湖作酒星。

雲伯訪得河東君墓脩葺立石焉作圖以紀爲題三絶句

柳宿光中見女星，滄桑誰復感漂零？絳雲紅豆都無跡，只有蘼蕪似舊青。
小碣鼉眠表墓門，一抔新土舊香魂。南朝江令能知否，紅粉從來不負恩。
遺事重尋拂水莊，叢殘野史一亭荒。盛妝高髻元無夢，卻笑同州老遂良。

蘭雪以憂歸里相見吳門奉贈二首

同是麻衣雪涕年，窮途相見各淒然。讀書山好歸難得，賣賦金空客可憐。刷羽秋風悲病鶴，閉門深屋坐飢鳶。伯通廡在皋橋側，真合論交杵臼前。

太息平生遇略同，燕鴻蹤跡馬牛風。十年才作一分手，萬事今成兩禿翁。風雨高樓懷杜牧，江湖滿地別文通。也知總被虛名誤，潦草酬詩未要工。

秋涼憶館中秋葵海棠玉簪木芙蓉皆將花矣各寄一詩

淺澹宮衣染蜜檀，愛披曉露不知寒。亂蛩一逕喧新雨，誰蹋苔痕到曲闌？

春人身世是秋孃，嬌極分明有淚妝。莫便膽瓶輕折取，生紅滴下斷人腸。

幽姿清絕妙香聞，纖手搴來玉不分。底事客中頻夢見，搔頭斜嚲一緺雲？

淺水平沙落漲天，騷人孤櫂愛延緣。不應輸與能言鴨，帖帖寒波自在眠。

張琳峰琪仿古作錫茶盃製極佳作此爲銘

朱家銀槎張家爐，黄家後出爲錫壺。朱提赤堇利剛猛，煎錫和柔去頑礦。百年此製見不數，我有酒鎗八其角。琳峰似閔衆皆醉，獨鑄茗壺仿古制。形方蓋作蘇模稜，底如合瓦欹不傾。谷簾自有泉水活，方口時作松風聲。嗜酒嗜茶同一癖，好事流傳已能必。我詩豈及蘇長公，知君不屑爲周穜。

過德生庵追感秋槎先生二首

卅載西湖老寓公，全家都傍梵王宫。谿翁漁父名皆熟，俠客才人剌雜通。佛火閒挑臂鷹手，鴨闌還挂射蛟弓。而今頓覺風流盡，不道回車是路窮。

鴨腳黄邊夕照紅，頻年尊酒記曾同。貧餘書籍從捻賣，老憶家山苦餉空。恩怨未忘猶意氣，死生能了亦英雄。白蘇祠屋經營舊，配食吾思著此翁。白、蘇二公祠，皆先生親視版築，雜植花木。

水涸不得過西泠橋

葑沽茭畦接柳堤，裏湖水淺劣於池。憑誰寄語天孫道，見否銀河流盡時？

十月十二日退庵招集小山園看菊即事

菊花開日即重陽，語妙坡公極不忘。老友招邀寬禮數，小園詞賦自江鄉。塔鈴解説彌天法，麈尾居然晉代裝。數上日行看促征客，煙波塵土各茫茫。霽青將入都，余亦有真州之行。

卷三

江行倡和集 庚午十月起盡一年

查君伯葵雖故舊相好，然未數晨夕。冬十月，同訪孟昭明府于真州，同至邗江，同回吳門。舟行所作，賡唱極夥，都爲一集，以志韓孟雲龍之誼云。

丹陽舟次同梅史韻

瓦盆盛酒不嫌渾，漸遠吳門近白門。臨水女墻積作岸，經霜人柳老成髡。南朝事與空江去，北府兵從異代論。略記阻風中酒意，一篷寒色燭昏昏。

江行即事用前韻寄琴塢

荻蘆瑟瑟水渾渾，遙指帆檣下海門。風雪未來先訪戴，江山如畫欲留髡。扁舟難得人同載，尊酒何妨詩細論。傳語長年好看客，莫愁雲物變朝昏。

行抵鑾江再疊前韻示琴塢二首

難黔竈突井長渾，只合幽憂自杜門。已變形容緣患難余與梅史皆居内憂，雖甘傭保未顆髡。關心百里能爲政，旁魄三都不復論。却笑故人還結習，短檠相對目眵昏。

千丈何如一尺渾，誰分縣簿與高門？醉餘倦眼還能白，病禿顛毛豈自髡？老矣猶思尋舊侶，卑之那更愛高論？相逢未免增多感，秉燭看君正定昏。后山詩：『信有千丈清，不如一尺渾。』

湘靈峰用東坡雪浪石韻并敘

石在真州城西，榮園故物也。舊名小四明，俗呼美人石，雲臺中丞爲易今名。嘉慶庚午中冬，余與楳史偕往訪之，嘆其流落不偶，各紀以詩。

孤雲一角飛不屯，雲中之君嚴而尊。東皇太乙自肅穆，女蘿山鬼愁黄昏。湘江群峰青歷歷，偶爾墮落來荒村。三石犀蹲本海眼，一箭筈路通天門。嵜嶔歷落善窈窕，問誰招此靈均魂。洛陽名園繫興廢，平泉草木窮株根。佳人獨立已遺世，舞袖尚記春風痕。萊陽使君豈俗吏，其世合與今殊論。相傳園爲如農先生厭過客而廢。我來欲以杯酒酹，惜無老瓦田家盆。臨風俛仰三嘆息，古來原有不亡存。

琴塢新葺縣齋將移此石于中顔曰湘靈館疊前韻以落之同梅史作

過江諸山如戍屯，岡阜綿蔓無卑尊。拳然此石乃自見，太白配月參横昏。塵沙流落縱不偶，人世尚說明妃村。使君雅有泉石癖，偶綰墨綬辭金門。見之欲下米老拜，謂是玉骨兼花魂。十弓開地可位置，移山差喜雲無根。中丞太守皆好事，劖刻先著鴻爪痕。墨卿有題名于上。何如有力竟負去，奇礓大小安足論？琴塢舊有小奇礓石。當邀此君堂號墨，更遣兒戲池埋盆。明年請客我定到，香甜酒煖相溫存。

琴塢觴同人於湘靈館醉後作歌三疊前韻

伯仁醉矣諸公屯，不識主謝人門尊。吾黨結交比金石，縱復沉湎非淫昏。朅來更得世外友，縞衣獨立羅浮村。天寒日暮在空谷，肯與粉黛同倚門？九華易名古有是，謫仙不返靑山魂。四明雖小通地脈，萬牛欲挽排天根。滄桑尚餘此老物，灰劫一洗雷火痕。人間銅狄亦多有，無計子勛誰與論？滂葩狂語醒不記，但見落月如金盆。藐姑仙人應一笑，相與目擊而默存。

綯雲石圖爲伯葵題四疊前韻并敘

石爲恪順吳將軍贈查伊璜先生者，舊在樸園。園廢，石亦爲人所有。伯葵屬曼生作圖，以爲他日汲易之券云。

燕犀冀馬來千屯，軍中但聞將軍尊。豈知韓侯胯下日，肉眼皆似重瞳昏。塵埃物色者誰子？頹然一老居山村。哀王孫耳豈望報，海鷗乃亦遊朱門。男兒恩讎最所重，失路往往悽心魂。千金歸裝何足道，直遣力士移山根。一拳上有知己淚，血色漬入苔莓痕。煙雲變滅良可歎，才人廝養應同論。迴斡造化有筆墨，奪還故物如翻盆。偷兒寄語休入室，子敬只此青氈存。

題琴塢雙藤老屋圖

屠郎僦屋長安街，黃塵跐跋愁風霾。眼明忽見老藤樹，日夕愛玩如吳娃。一官江南別之去，爲作圖畫留詩牌。豈真寓物尚留物，才人從古爲情差。我居魏唐已十稔，敝廬僅似焦先蝸。頗思得地營別業，選勝往往拖芒鞋。中綱埭有古藤二，拔地騰出如龍乖。之而髟蔓怒夭矯，婁絡七株守宮槐。我時見之叫奇絶，便約黃九友漁齋。紫纓絡樹先署榜，桄榔摘葉書折釵。豈知已犯造物忌，無故忽爲人所柴。七株槐者色枯槁，辟若老去無朋儕。迺知得名非美事，莊櫟何必輸孔楷。此藤本非我所有，奪去那復縈胸懷。因君此圖觸我感，亦有至理非優俳。

琴塢招同人遊北山寺用壁間王逢原韻二首

客來日下苟鳴鶴，我老彌天釋道安。芒屩招要尋郭北，荔墻依約出林端。分題合索青山笑，舊約肯教白社寒？文酒雍容魚鳥熟，邦人莫作長官看。

仙人去後廣陵絶，惟有老竹猶平安。偶爾詩篇留壁上，逌然鸞鶴來雲端。南山田好遺集在，北顧嶺隔空江寒。我題佶屈不可讀，或許執拗荆公看。

黄海樵孫燦招飲復用前韻

歲宴天涯不歸去，本非懷土況懷安。貧如百衲終無補，愁似連環那有端。年少人稱仲容器，老來詩學孟郊寒。谿南辛敬飢頻抗，一醉惟應元子看。

夜過半矣復與梅史海樵沈小宛欽韓重酌四疊前韻

主客詩圖成舊例，僮奴筆研已先安。詼諧有類臧三耳，去住竟成鼠兩端。夜永翻愁鐙易跋，譚深頻怒酒長寒。客中此樂真難得，歸去莫教兒輩看。

酒間送小宛入都仍用前韻

一州斗大專城住，也遣群公容膝安。任昉文章歸沈約，少陵交道得蘇端。歲晏華子聊作達，天風吹女定奇寒。匆匆分手休怊悵，留待他時秉燭看。

題子貞後塢村居圖

往時常笑孫無言，一別黄山不歸去。却從朋輩索詩篇，但以空言託毫素。子貞亦是俛仰人，已向揚州卅年住。故山杳杳入青蒼，三十六峰定何處？後塢之村如沈尤，穲稏百稜分田疇。殘年但得飽喫飯，兒解驅雞翁飯牛。何爲躑躅立道周，眼看估客皆輕裘。作詩作畫百不讎，空腹朝起聲咿嚘。兩耳缺齾如蟲鏤，作村夫子還堪否？責君我亦兼自責，是栖栖者何所求。

邗江行館次伯葵韻二首

慷慨能原十六衛，風情還賦杜秋詩。十年重作揚州夢，不是當時狂牧之。

醉題翠竹如風柳，老對青裙似夢華。減盡綺懷笑詞客，笛家不付付漁家。

將返吳門示伯葵

老去友朋倍憐惜，同來仍與泝長江。朱雲東閣欲相吏，白鳥滄洲本自雙。兀奡翻嫌詩律細，頹唐先受酒人降。已應預想歸程樂，纖手吳孃爲繫樁。

聽香同行曼生亦約繼至再用前韻

此行了無恨別意，卻有能賦文通江。買酒青銅賸三百，受釣白魚時一雙。陳同甫赴越帥約，劉長卿爲偏師降。聽香堅不作詘〔一〕，故以此挑之。爾時老顛或發興，定見生意回枯樁。

【校記】

〔一〕『詘』，許增本以墨筆改爲『詀』。『詀』，乃『詩』之異體字。

讀梅史和作有感三用前韻

故人落落江南北，牽率老夫屢渡江。喜怒朝三還莫四，重輕雁乘與鳧雙。千金不博牛心啖，一醉翻令龍性降。自笑真堪充水手，纜船遥識舊時檣。

舟中望金山用東坡妙高臺韻

記我别金山，聿歲在甲子。不見已七年，命駕又千里。同舟得故人，歌嘯聊爾耳。近看蒼鶻蹲，遠見白鷺起。江山不改容，我非昔隱几。觀河感皺面，漱井怯冰齒。坐閲平生心，念念如逝水。牽率名利場，百非無一是。終當結團茆，半偈了生死。

昔渡江之金陵與湘湄鐵門偕行湘湄爲作便面事隔廿年矣湘湄已歸道山鐵門近客淮浦死生契闊畫然於心再用前韻

此山峙江心，意若無餘子。豈知焦先宅，相望如鄰里。當年兩故人，交結輕餘耳。魯肅通有無，孫筴同臥起。秋賦來金陵，三肘同一几。聯吟雜嘲諷，有若唇倚齒。黄公邈酒壚，伯牙嘆流水。夜夢山靈言，君言定非是。人生見交情，豈復論生死？

真州訪柳屯田墓不得舟中感歎及之梅史有作再同前韻

疑冢笑阿瞞，九京懷武子。有知與無知，何翅三十里？人生一抔土，差足埋骨耳。立石與摸金，長臥終不起。當年大晟樂，編録進玉几。倒景露華寒，清唱發皓齒。前有秦微雲，後有張春水。竹西歌吹地，魂魄應戀是。定有淚如鉛，一滴草心死。

海昌詩人鍾半人大源貧病且老梅史作詩丐同人爲助次韻

能詩杜仲通，善畫董啞子。其名傳千秋，見輕于鄉里。鍾君少年日，秀才號三耳。忽爲天所厄，痿者已忘起。才華那可憑，譬若折足几。食粥長兼旬，豈爲口無齒。薄少亦足分，旱苗資勺水。諸君皆仁者，望報寧有是。旨哉昌黎言，一簞能救死。

揚州送鐵珊入都三首

歲暮何爲者？相逢客路中。短衣隨計吏，長揖謝群公。世有才華盛，人言行步工。青雲應自致，一節看初終。

客裏故人聚，送君魂黯銷。功名猶晼晚，家室尚漂搖。孤露翟方進，三同劉孝標。竹西歌吹地，相對話無憀。

憶昔元英子，曾蒙小友呼。江山供點筆，鷗鷺入新圖尊甫蘭坻丈曾爲余作盟鷗圖。君自傳家學，吾今亦老夫。贈言非聊爾，珍重且斯須。

吕城歸舟示梅史

又放雲陽下水船，江城風色倍蕭然。頻欹帆似飢鷹側，相對人如宿鷺拳。儘有新詩能過日，不知急景欲凋年。歌成河上真同病，尚誤旁人望若仙。

梅史有卜鄰魏塘之約詩以堅之

艑郎唱艑夜行船，東舫西舷各悄然。酒對故人誇大戶，詩當勁敵張空拳。明春於是閏三月，今歲仍逢小有年。定約結鄰爲亞旅，買田何必羡坡仙？

不寐同梅史韻寄丹叔

天涯眠食弟兄心，不寐并無夢可尋。千里聚糧殊失計，全家食粥恐難禁。可能夜冷頻賒酒，長定燈殘尚擁衾。共憶去年此夕事，重泉遥寄淚痕深。

閒愁疊前韻

自有姮娥夜夜心，青天碧海恨侵尋。背燈煙語輕輕熟，中酒風情慚慚禁〔一〕。西畔樓曾憑翠袖，南唐夢不暖羅衾。鹿盧百丈銅瓶響，持校閒愁孰淺深？

【校記】

〔一〕『漸漸』，底本作『慚慚』，許增本以墨筆改爲『漸漸』，是。

次韻梅史訂明春見訪之作

先屬高齋一榻安，年來未要貴人干。齊盟狎作西湖長，聯句敢輕東野寒。無長物存鸜鵒研，任諸公著鵔鸃冠。相逢一醉無餘事，醉倒從人拍手看。

十一月廿有三日會飲百一山房走筆呈古雲梅史爽泉

客子懆懆慘不樂，何爲將歸復棲泊？天寒日莫不還家，來向君家倒桑落。一揖之外無他辭，但道痛飲真吾師。上堂拜母出踞榻，奔走僕從如家兒。查髯怒吻張之而，高子滑稽如鴟夷。郭解雖老尚任俠，弟畜劇孟兄爰絲。天邊酒星此焉聚，入手只訴杯行遲。天風蕭蕭霜滿野，慷慨悲歌不平者。酒酣以往旁無人，醉筆淋漓壁間寫。君不見東家甲第高于山，大冠長劍相往還。何人愓息望門閥，有刺在手汗在顔。群兒紛紛恣狼藉，大好家居足可惜。又不見東鄰寂寞故侯家，坐中乃有非常客。

題秋白移居圖次小湖韻五首即送其計偕入都

少壯任豪俠，老大厭枯槁。曾爲吳市卒，亦作宜城保。播遷非無因，中别有胸抱。豈不懷此邦？被褐本無寶。因君多居安，試言吾廬好。

吾家本吳江，四民亦居二。讀書兼力田，豈敢與世避？無奈不諧俗，故鄉翻如寄。徐君本事傳，潘老初衣遂。謂虹亭、稼堂。後生日厖凉，開口只言利。家庭況多難，恩怨寧復記？惟思脱網羅，亦復盛氣誼。黄公真可人謂退庵，妄與吾家事。移居此始末，知者惟予季。

吾家好兄弟，有若大小山。無奈兩頭屋，突兀惟三間。城中紛浩穰，一例高髻鬟。忽聞漁翁招，夢落前溪灣。丹雞與白犬，屏當殊不閑。篋中竹葉符，奔走驅神姦。桃花流水外，去矣何時還？

藺橋我曾到，距今已七年。雖苦山犖确，差喜居安便。決往意已勇，選勝情屢遷。初脫杏子衫，遂上瓜皮船。申屠與小范，挹袖還拍肩。泥甕春酒熟，石銚新茶煎。沿洄曲港曲，飛棹如折旋。其時山桃開，雨雪相後先。歸來凍欲僵，敝裘裹寒氈。頗復出秀句，落紙成長篇。詩成夜已半，呼酒還擊鮮。今年復相過，款語追從前。比鄰忽不戒，烈焰從旁穿。事定相勞苦，白曉生列錢。

山頭紇干雀，樂乃在生處。屋上丈人烏，旦莫見來去。百年傳舍耳，何獨是官署？匆匆閱人多，流光亦云遽。人生惟無作，作即有毀譽。杜陵亦可憐，貲望給事助。問舍與求田，一得冀千慮。君方爲時出，天路看叱馭。願爲廣厦心，勿作兒女語。

送梅史積堂還里兼呈古雲次梅史韻

諸君直諒我所友，枉道那須論尺尋。欲雪未成雲黯黯，將行且止酒深深。臨歧勉盡平生語，殘歲同傷去住心。寶劍龍文揮手贈，旁人妄意直千金。

夜半飲酒丹叔已堅臥不起以詩嘲之

小別家園已六旬，歸來兄弟倍相親。禁方自合求龍姥丹叔方學醫，酒德那須問婦人？雲物昏黃燈似墨，詩章潦草筆如神。要君顛倒披衣起，梅蕊山礬正好春。

示丹叔用前韻

漢上題襟近浹旬，天涯朋舊比交親。高談似是徐無鬼，殘歲如聞道少人。酒券尋常推債帥，文詞兀奡論錢神。逼除百物難賒取，但要商量麫米春。

岳氏銅爵搨本

背嵬軍散銀瓶墜，三字奇冤黑沉地。當時誰酹賈宜人？一德格天高屓贔。朝廷只似金甌小，有志中興孝宗孝。老奸已斃精忠昭，白日重爲覆盆照。金陀孫子能文章，追述祖德言琅琅。玉楮編成珠玉字，銅爵不逐金銅亡。流傳數世歸家廟，翠墨摩挲見形貌。一物分明忠孝俱，集古豈惟聚所好？君不見長腳範金作祭豆，銘撫師旦刻史籀。琅嬛館中雖弆藏，唾罵千秋笑銅臭。秦檜銅豆今藏雲臺中丞所。

卷四

皋廡集　辛未正月至十月

守吳令刺史秋塘，十年之故，招余至止，而下榻於古雲之百一山房，賃春廡下，有愧昔賢，爲《皋廡集》。

風雪懷人各賦一律皆窮交也

朱鐵門清江

再到江淮失舊期，危城獨擁一皋比。經年不見定相憶，殘歲未歸何所遲？短尾無弓能惰羿，長頭有問每嘲師。有感近事。先生且是豪情斂，但說尋常句讀知。

查梅史海昌

英雄誰復使君如？橫槊臨江意氣麤。豈爲文章歸末契，了無涕淚灑窮途。夢尋前事如逋客，笑對寒梅稱老夫。畧待剡谿雪晴後，抽帆來問永安湖。

范小湖殁積堂錢唐

范丹下第依人舊，殁史罹憂乞食難。白日當天貧女老，黄金如土慇孫寒。勞勞又別兩黄鵠秋白入都，慘慘相望幾素冠梅史、青士諸君。想見山肩聳瘦骨，落然寒事滿門闌。

亡友袁湘湄

徵君老去窮逾甚，途轍都妨一慟休。空有千詩賞高閣，只餘四壁立危樓。孺人稚子貧何藉？阿大中郎僅自謀。朱老客遊小鄭逝海山亦逝，此間重過不須留。

和丹叔元日小病之作

孤群百鳥任喧啾，酒德琴心事事幽。新葺一室，名曰『琴心酒德之齋』。貧起草堂難斷手，老尋拄杖欲過頭。菰蘆人士誰同病？虀菜賓朋尚少留。容易兄酬兼弟勸，只除賒酒百無愁。

穀日即事寄梅史

迎年冰雪兼旬久，穀日春陽始覺和。積雪雖銷還替月，殘冰欲泮已微波。路遙或可拏舟訪，泥滑仍妨步屧過。同擁深爐不相見，草堂詩寄意如何？

探中秋詩并序　補舊作

八月八日夜，小飲薄醉。靈芬館月色皎然，因念上巳、端五、重陽皆爲令序，此獨以望。東坡有言：『月色佳時即中秋，菊花開日即重陽。』似此良夜，何可孤負？女兒阿荼曰：『何不呼阿叔先作中秋詩乎？』欣然應之。昔人後節曰展，先于節曰探，可以義起也。各作長律一首，并約退庵、子未、芝亭、壽生同賦云。

杜門長夏治幽憂，暫訪西湖亦近遊。容易家居三五近，相將酤酒十千酬。膝前嬌女頗解事，醉後狂奴不識愁。叢桂已馨小蟾日，商量排日作中秋。

壽生卜居魏塘輞棣丹叔有詩同韻二首

東野何須更借車，輕舟一櫂發蘆墟。竟成杜老南鄰約，合有詩人北郭居。身世窮如避風鳥，生涯拙比上竿魚。酒壚犢鼻移來否？免笑長卿四壁虛。

旋除苔逕啟荆關，三數交知得往還。已覺故鄉無可戀，只愁此客不容閑。請鄰招我嚼復嚼，結伴同君山上山時約同之江西。回首十年前事在，鏡中贏得鬢毛斑。

曼生令嗣呂卿寶善新婚索詩爲贈

冠禮人道成，昏禮父道始。近古一尚存，可不敬乃事？閒關鞏之章，德音言有旨。例諸三加辭，命意亦如是。陳郎好少年，風骨極粹美。見其總角時，性已愛文史。今春受室初，芳華耀桃李。怡然索贈言，厚意烏可已？我與若翁交，異姓實兄弟。視汝猶子行，豈尚詞綺靡？祝汝琴瑟和，良友視牀第。願汝孝愛篤，既饋翁媪喜。望汝力媚學，鏡臺即書几。規汝節燕私，日夕親正士。棄汝童幼心，成人正謂此。竊附古祝詞，勗哉名父子。

春陰和芝亭韻

年來一倍惜光陰，隨分吳歈與會吟。客裏忽驚春盎盎，飲中常覺夜愔愔『愔愔夜飲』見《韓氏章句》。未妨花事遲經眼，祇恐歡悰漸去心。太息元賓有何感？新詩成後病先侵。

舊曲吳孃又一聞，香鑪容易換斜曛。依然人面明于月，無復詩懷靄若雲。黯澹年華尋昔夢，懵騰身世愛微醺。多情賴有汪倫在，十斛春愁許共分。

春盡日作

送去春光又一年，持杯強酹百花前。薄雲斜日慘將別，乳燕鳴鳩靜可憐。儌倖閏年無月小，尋常急雨更風顛。韶華已分匆匆過，垂老江淹倍黯然。

曉夢

曉夢不知數，昏然時一醒。禽言欹枕熟，樹色對窗青。積惰成吾老，忘機與物冥。阿奴諳藥石，何以制積齡？

春莫雜感四首

閏月逢春春已多，春餘夏首問如何？風光忽到木芍藥，月色正照金叵羅。胡蜨花開能作隊，鷺鷥藤蔓欲牽蘿。庭前恰有三竿竹，竹外芭蕉長幾窠。

剩竹彈蕉判斷春，春光容易得知聞。到門水影涼於月，撲帳楊花熱似雲。南國連枝盡紅豆，西陵芳草是羅裙。東風別有三升淚，灑上青青蘇小墳。

當年文史足嬉遊，善謔能追楊與尤。琴裏草泥行郭索，尊前風味有蝤蛑。（記與二娛謔詞。）笑譚已是三生過，婚宦都成一味愁。階下櫻桃花又放，香溫酒熟定來不？（謂福生。）

頻年欲別難爲別，此日將行猶未行。海水天風游子恨，山丘華屋故人情。明明往事追前諾，顯顯遺文託後生。只有南鄰朱老在，早能詠史識袁宏。（將欲鐵門同定湘湄遺文。）

和芝亭網埭看藤花留飲壽生齋頭之作

我歸春亦歸，春去亦欲去。及此戀餘芳，眷言得素侶。網埭占城隅，雲水雜煙樹。槐西老紫藤，夭矯如拗怒。高槐既已拔，藤遂折其股。尚有老幹存，還見數花吐。辟如世畸人，遭遇極艱苦。猶能支離中，摛詞照千古。佳遊忽感喟，即事一仰俛。潘尼家只尺，掃軌恒閉戶。打門驚起之，茶甌潑新乳。

況復羅酒肴，一壺兼四俎。忻然共斟酌，醉矣忘賓主。連陰積旬餘，新月更媚嫵。扶攜躡月行，雁鶩紛布武。到家力已疲，街鼓報夜午。猶夢臥藤陰，當面瘦蛟舞。

木香

生憎絡格紫藤長，不分荼蘼占晚芳。澹沱和風來隔院，繽紛碎月滿迴廊。餘生賸有屏帷福，淺夢遙聞醇酎香。忽憶當時惆悵事，朱紅棚底水侵塘。

陰寒二首

陰寒全部似春餘，颯颯驚沙撲綺疏。簷外白雲如鳥墮，竹間蒼蘚作蟲書。鄰家樹老遮空暗，古塔鈴高破夢初。頗憶長安酒人在，風埃慘澹定何如？

澤國那須憂旱乾，長淮濁浪尚漫漫。斷無瓜蔓先時漲，多恐魚龍噓氣寒。遼海雲帆譚豈易？東南杼柚力俱殫。端居卻抱園葵感，溝洫河渠一再看。

網戶

網戶將明尚未明，枕函倭墮玉釵橫。烏龍去後貍奴臥，誰觸槺櫳第一聲？

樂府新翻起夜來，九華燭影九雛釵。領雲胸月都尋徧，只少牀頭獨見鞋。

長夏愛樹齋即事用吾鄉陳狷亭黄門山靜似太古日長如小年韻十首

城居苦無水，村居苦無山。園林或兼得，又苦身不閒。賃舂獲所願，有石瘦不頑。更喜池水渾，未能照衰顏。

顏衰志氣衰，諸妄銷一靜。主人亦忘世謂古雲，逃日惡其景。翛然坐長夏，爾我亦何幸？不見束冠裳，衮衮滿臺省。

查生磊落人伯葵，高子湖海士爽泉。離合皆偶然，骯髒略相似。有杯不同傾，有筆不同泚。俗物乃溷公，紛紛唾猶滓。

虞樵本樵人蘇丈，豈可課殿最？作吏旋歸山，爲樂母已太。短身隱坐中，長髯蓋杯外。黽勉少年場，跌宕真率會。

王維老畫師椒畦，落筆勳成古。束修自曾閔，契分在支許。爲我圖神廬，缺陷笑譚補。從今買山錢，不必姹女數。

奴隸皆華堂，我門能無篳？未能事天下，且復埽一室。草堂費經營，斷手知何日？酒德與琴心，聊用託紙筆。

醉鄉本無始，一氣接混茫。後世日以漓，借曰憂可忘。醉者自不醒，何用返魂香。醒者不肯醉，惜無長繩長。

芙蕖出淥波，大者槃盂如。或欲耳目翫，一盎殊有餘。豈無升斗水，能活橫海魚？莊生齊大小，斯理良有諸。

砌蟲知夜闌，庭鳥知天曉。旅人眩早晚，起見列宿皎。池延樹影長，牕逼鐙光小。眷然思吾廬，墻陰搖綠篠。

讀書忽有感，不解何以然。試問鉛與槧，何似金石堅？以此貽後人，或笑或見憐。傷哉媚學子，太息無窮年。

再用前韻十首

惡詩多得官，好詩多抱山。東野太褊淺，校量好惡間。我詩取適意，無用驚群頑。若以干名位，恐汙李杜顔。

群生日擾擾，觀化於其靜。陰陽生殺機，水火內外景。飛蛾拂何辜，儵魚樂何幸？以此悟養生，憬然持自省。

何來兩好鳥？有類自好士。於人已熟習，慮患尚疑似。翩然浴盆池，顧影弄清泚。奈何思濯纓，展轉混囂滓？

堂隅一古井，利用功實最。湛然不虧盈，奚患旱即太？此中有真源，恃內不恃外。勒銘旌其闌，物亦論時會。

中庭兩松樹，離立毛髮古。相對各嚴毅，意氣互矜許。其旁石崚嶒，空以小梅補。餘卉如兒曹，瑣細不足數。

造車輪始椎，啓山路猶篳。美哉此堂堂，百年遞入室。公子獨懷賢，愛樹兼愛日。齋有嚴道甫贈秋帆先生楹帖云：『勳名今古輝鸞掖，壇坫東南接鳳洲。』古雲仍而不徹，以寓思人之意。古今同不同，留待筆則筆。

低頭勘朱丹，而視已茫茫。一篇反復觀，掩卷忽已忘。智慧日銷鑠，辟如欲爇香。朂此秉燭光，勿謂來日長。

燕齊苦旱暵，千里赤地如。穀種不入土，穅覈皆無餘。頗聞膴膴原，乃有育育魚。雨暘既愆若，神明其恫諸？

冰蠶與火鼠，物理不可曉。我性最苦夏，愁見赤日皎。豈無屋渠渠，難著此身小。安得化鳴蟬，滄風隱叢筱？

無事可忘暑，我意殊不然。此心要有寄，寄之于攻堅。鐫脾琢肝腎，未用老子憐。不見卷施草，拔心還長年。

水車詞并序

今春雨澤頗多。入伏後，稍稍望雨。聞燕、齊、楚、豫間赤地千里，窮氓惡子，或起而爲盜，爲縣官憂。閔我農之勞而幸其安也，爲水車詞以相作苦云。

扛得彎環蜕骨龍，田溝如沸土如烘。車水進田儂不怨，車田出水愁殺儂。謂九年大水。
大兒十八把犁鋤，小兒十三能蹋車。莫道不如黄犢健，前年水牯賣還租。
西村忽起礮車雲，一陣風來腥氣聞。來船載得蓑衣去，不信真從牛背分。
喚起渾家去莫遲，田頭夜半有風吹。電光亮處流星亂，一笑天公正弈棊〔一〕。
莫辭辛苦唱山歌，見説淮黄瓜蔓多。牛女一生耕織好，斷無風浪只天河。
休倚兒郎身手強，山東河北麥全荒。安分明年留口喫，生泔酒白麫條香。

【校記】

〔一〕『弈』，底本作『奕』，誤。

偶感

遼遼不作五噫篇，寂寂真成尚白元。貧覺故人皆厚禄，老逢兒輩欲忘年。笙歌兩部官蛙鬧，機杼三更懶婦眠。一笑都無喧靜在，蘧然木榻自安便。

偶感三首

凶歲例多暴，振古已若茲。司牧爾何人？曷不先事治？生民日惰窳，不留隔宿貲。長官既割剝，習俗亦繁靡。一旦遇緩急，倉卒竿其旗。嗚乎良民吏，平日坐若尸。翻乘擾攘際，以爲梯榮資。一水飽魚腹，一旱屑木皮。劫奪聊自救，又戮如鯨鯢。

書生喜談兵，我獨服小杜。罪言十六衛，鑿鑿可建樹。嘅焉序孫武，不顧朝貴怒。假令一障乘，當不手無措。奈何命世才，卓犖縱天步。託身侍從班，蒿目戎馬路。作爲諷諭詩，琅琅金石吐。一朝擁百城，小有竊發慮。回皇亂五色，妻子託無處。吾鄉中丞公（陸朗甫先生），先受青土付。狂寇正憑淩，登陴十旦暮。生平性篤孝，定省不愆素。問官何事忙？亂定始知故。

世儒競漢學，馬鄭可接席。詁訓文字間，于治有何益？漢制之最良，莫如二千石。生殺既得專，兵戎亦所責。平時惠利之，拊循到蠶麥。有急援桴鼓，手握尺一籍。堂上老嫗坐，桓下惡少磔。不見萬黃巾，盧君埽無跡。有位無其權，志士所歎息。勿嗤劉景升，爾亦坐談客。

連理桑歌爲曼生作

天風蕭蕭吹不枯，墻陰兀立桑兩株。珊瑚碧樹世希有，眼中忽見瑞應圖。一株拏攫秋空撑，一株稍稚亦弟兄。相逢喜欲攬環佩，老幹中貫如橋衡。相傳金鵶銜自東海東，墮此仙茎來空中。或云搏桑大帝偶駐駕，右攜玉女左金童。此間仙吏人中鳳，歷歷繁星皆手種。人間桃李不足當，老物離奇萬牛重。我來道逢田父言，有禾百本生田間。一本七穗穗百粒，粒粒皆作明珠圓。可惜長官不好事，自謂無德何以致。不然貢之白玉堂，白鹿黄龍此其次。我爲田父言，此事聞之久。以政不以怪，卓哉柳州柳。蝗飛虎渡亦偶然，如汝長官今安有？凡物之生觀其時，爲妖爲祥人主之。但令農夫紅女不寒亦不飢，此桑與禾何必爲人知。

題聽香所藏方蘭坻丈山水

山静居中人，意與山俱古。荆州習彦威，全人不足數。自稱老畫師，工良心益苦。無奈坎壈纏，依人隨仰俛。新婦閉車中，鄰姥面不覩。是以寡流傳，一縑抵百楮。此幅來朱家，江郎今作主。雖無姓氏題，煙墨自能語。試看蒼潤處，餘子能爾否？我昔交此翁，忘年辱稱許。爲我畐鷗盟，清溪響柔艣。我意尚少之，更欲生綃補。邈然隔山河，一别竟如雨。親逢揚子雲，容貌了無取。後世想望之，渺若出天宇。江郎愼守矣，豪奪亦勿與。

題邁庵爲犀泉所作江南煙雨卷子

出横螺子水魚鱗，澹寫傷心一段春。那不高樓懷杜牧，江湖同是十年人。

題傅青主遺墨

皆雜書《漢書》傳三條及付其子之訓。爲曼生所藏。

大鹵真淳地，畸人公之佗。壺中靈草活，兒背石經馱。薈蕞書何意？叢殘字未訛。霜紅龕縱好，只是夕陽多。

醉後爲汪小迂鴻畫石次日題之

昨暮真大醉，礧砢忽一吐。枵然空洞腹，復此出齟齬。四明開玲瓏，九華力掌拄。蓬萊山戴三，方寸嶽起五。此石誰得之？汪迂米顛伍。爲言杖山遊，褰裳涉深塢。桃花紅一潭，樗蒲紛可數。赤足偶蹋之，不仰取諸俛。持用詫朋交，潑墨如潑乳。生平所石交，皆不在纓組。落落磊磊中，意氣自近古。汪君更可笑，嶄削彌刻苦。我爲圖其真，落筆若牛弩。有人欲得之，歲爲致雞黍。不然待雙荷，添丁生付與。

龍池

犖确始知細路彎，每臨清澗照衰顔。夕陽慣畫蕭寒景，松影滿身人下山。

朝泊祝陵

曉色生篷背，青山來喚人。叩舷歌小海，行店買燒春祝陵酒有名。鷺侶鷗疇熟，山紅澗碧真。佳游趁妍暖，不用墊風巾。

自祝陵至善卷洞偏探水旱三洞回寺小憩得詩四首

放船及未明，艣聲兀殘夢。推篷見遙青，拱揖若相送。是日天微溫，積陰埽寒霿。芒屩既已輕，木棉裘不重。循谿得略彴，濺水鳴石縫。定知來處高，崖際側石甕。舉頭望孤亭，紅霞隱飛棟。小坐身已聳，翩然可騎鳳。

過寺不入寺，遵塗先問塗。仙人不可即，巖訊來樵夫。上巖石壓疊，下巖水平鋪。層累積瓴甓，宏敞開闉闍。片片雲母切，庚庚筍皮麤。傳聞歲在卯乾隆六十年，夜半崩其郛。兩石横絶徑，中通僅如窬。同遊俱好奇，曲作蟻穿珠。俯疑黝黑處，有物雄牙鬚。我欲剩天瓢，舀此牛蹄枯。以身入其腹，或者通仙都。

水洞固已奇，山洞奇更絶。山靈秘惜之，綫路藏曲折。槃回忽呀豁，天光射寥泬。朗如屋百間，矗乃覩雙闕。一石蹲當門，威重不可褻。鍾乳皆雲垂，五色光明徹。或如仙翱翔，或如佛寂滅。或赤如施朱，或黑如積鐵。孰居造化初，無事此施設？其下水淙潺，三洞分一穴。何能通灌輸，中夜擘列缺？始知真宰心，特爲利物切。豈以誇偉觀，而取我輩悦？

山寺藏幽深，於路乃先到。終朝苦登頓，茗飲亦所要。回塗一延緣，徐歷領其妙。未及上翠微，高遠但展眺。顧視來所經，明滅有鳥道。人間太迫隘，人事日繳繞。入山恨不深，出世恨不早。

碧鮮庵是祝英臺讀書處

春雨疏疏解擇冠，秋風淅淅戞琅玕。美人不見鳳子去，零落碧雲生暮寒。

國山碑

燕齊迂怪越吳機，正是降王奓忲時。靈絜神鼉典引陋，黄旗青蓋辨亡遲。尚餘詰屈先秦意，差足追隨詛楚碑。離墨山空雷篆失，寒雲無際草離離。

題松泉長江無盡圖

問君寫此意云何，疊疊青山渺渺波。怕見當中一帆影，十年朋舊别離多。

貞義女祠

天生英雄不輕死，中道生此奇女子。窮途一飯亦偶然，掩子壺漿竟沉水。人生一死有重輕，心許何必留餘生。盤洲所記或有説，畸士原不論常情。《周益公集》有言：『貞義，已字未嫁者。』伍君恩怨最所校，此意千金詎能報？淮陰漂母尚不屑，波底貞魂應失笑。嗚呼楚蹶吳顛皆天意，兒女乃關家國事。苧蘿亦有浣紗人，白紵歌殘屬鏤賜。

瀨陽多奇石皆花石綱故物也曼生屬松泉圖其九戲題一首

使君骨相太清寒，驅使煙雲到筆端。五岳又從方寸起，一拳都作丈人看。袖中有海攜原易，石上無禾養大難。乞與囊中烹玉訣，異時好爲問加飡。

同聽香小迂松泉晴厓犀泉午莊遊茭山一名巧石濱

神羊一群鞭不起，走向寒潭臥煙水。是何意態劇不馴，骨骼嶄嶄角嶷嶷。我不能學初平叱，又不願作秦皇驅。披裘策杖坐其下，絶似北宋畫苑考牧圖。茭葉已刈茭根枯，花鴨唼唼浮滿湖。樓臺十里今安在？但有破寺兀山觜。老衲曬穀當場鋪，世間興廢亦何有？謫仙之人骨已朽，不如席地幕天飲我一杯酒，石不能言各點首。

孟東野射鴨堂

好人無高官，賤士有遠名。寒酸一縣尉，力與卿相爭。當時鄭與張，勢足升天閎。局束就下吏，公等愧實盈。昌黎亦窮子，薦士詩鏗鍧。八珍一簞犒，其言哀且清。江南蹋浪子，蹋土曾不驚。非無桃枝弓，欲射鯢與鯨。世事尚憑藉，身後知重輕。請看此堂下，雞鶩方縱橫。

酬史恒齋炳見贈原韻

匆匆人已過中年，久別重逢此有天。老境積唐餘食酒，故交斷續似流泉。未須河上憐同病，且要尊前共放顛。試看洮湖湖畔柳，又舒青眼送歸船。

中溪阻風寄瀨水諸相知

雲日微茫澹遠空，茭塘蘆汫泊孤篷。雙鴛生命原依水，六鷁前程只畏風。略數郵籤途已半，不禁鄉夢酒初中。故人應啟疏櫺望，天際遼遼有斷鴻。

太白樓前人送遠，銅官山下客愁思。百年怅悼長如此，中道徘徊欲待誰？繡被無香消夜渴，空倉有雀苦朝飢。回頭官燭團圞處，可念今宵酒醒時。

古雲以苦瓜和尚畫冊屬題本有題句其上意有所感各書四十字

萬壑千巖路，三年飽見聞。風雷禹王石，羅綺美人雲。因有苧蘿約，翩同鸞鶴群。披圖重太息，鯁頳老夫君。邪溪山水。

官閣梅開日，去年曾此留。邑人驚重客，江路得清游。蘚剔湘靈石，帆開紗帽洲。紀行詩卷在，吟諷轉含愁。真州。

此日靈芬館，庭梅應已開。如聞夜鶴怨，不見主人回。老幹欲掃瓦，舊遊誰舉杯？祗憐寒月上，翠袖獨徘徊。梅花。

我識阿師意，荒寒寄託深。山空餘古物，人老入冬心。天地風霜苦，江湖歲月侵。萬牛回首處，群木自森森。寒厓古木。

最憶西陵路，春深見一枝。風華三月夢，鶯燕兩心知。殺粉那能貌？比紅曾有詩。祗今寒食節，誰與酹芳巵。墨桃花。

阻風中酒事，不奈牧之何？浩盪白鷗意，徘徊黄鵠歌。同舟仙侶別，兩岸亂山多。查老明春到，長江此溯波。瓜步渡江。

西湖几案物，也算十年兄。繫纜黄妃塔，烹鮮宋嫂羹。多煩禪老憶，記共榜人盟。及此渺然去，待他春水生。西湖。

吳根連越角，十載此移家。時復別之去，蒼茫雲水涯。洪濤萬木亞，斷岸一船划。何日成漁隱，相將理釣車？江村小景。

重題劉哲文濬寓槎圖即送歸海昌

客中相見逈含愁，顧影鐙前各白頭。豈有參軍欲成佛，安知我相不當侯？尚教人海頻年住，端爲天孫一笑留。安穩好將浪婆拜，蒲桃酒熟且歸休。

題汪心農穀守梅山館圖

老樹如老輩，世遠日就凋。樹木如樹人，孫枝久益高。桐木既識韓，青楊亦名蕭。苟能祖德述，不在華胄遙。汪君生貴族，處盈謙不驕。平生一畝宫，聊欲遠市囂。種梅繞其屋，插竹爲其牢。咸仰高隱風，謂但林逋曹。豈知有深意？明發心忉忉。當年清白吏君尊甫臨江太守，卜築于山椒。疏花皆手植，對之忘飢枵。辟彼三逕菊，知屬千秋陶。何期人事改？不能禁牧樵。嘅然復其故，結構增岧嶤。又念欲永久，必託素與豪。力求好畫手，慘澹皴生綃。離離粉墨痕，古香發堂坳。嗚呼世薄惡，倫紀日以淆。奉身美室宇，計後爭錐刀。中庭牡丹大，後院羅綺嬌。圖書與杯棬，視之等一毛。一笏徽魏蓍，一研知范喬。如君此段意，良足儆偷桃[一]。所以穀人老，作記言嘐嘐。賤子命窮薄，舊里移新巢。又緣衣食迫，出走如萍漂。歲晏不歸去，心作風旌搖。階前手種梅，當已著數梢。非無老鶴守，乃使驚猿嘲。披圖爲太息，睠彼三重茅。

【校記】

〔一〕『桃』，底本作『佻』，誤。

心農試研齋圖

芭蕉葉大樹欹斜，位置新交合是家。此樂旁人應不識，病風手定出薑芽。

雨潤琉璃小匣開，眼明鴝鵒碧於苔。只愁旁有雙鬟妬，一日摩挲幾徧來。

潭水深情見蹋歌，天涯倦旅意云何？歸家也滌生冰研，與試君家一斛螺。君以自製墨見惠。

當酒

當酒忽不樂，四筵皆悄然。孤窮悲往日，絲竹感中年。幼眇中山對，淒緊蜀國弦。如聞夜闌語，蠟淚滿階前。

得甘亭訊奉寄并呈雲伯古雲

朔風勳野暮雲寒，悵望天涯有所歎。那得一簞爲裹飯，可無雙鯉問加湌？男兒未免錢刀重，此子原知衣食難。用顧榮傳語。多少人間謝仁祖，寥寥真作古人看。

寄曼生溧陽兼柬一二相知

忽有天涯意，歸思不可收。殘星明太白，孤月逈高樓。金瀨事已古，芰池水漫流。一歌猛虎曲，兒女盡含愁。

淮海元龍氣，當官不厭麤。千金隨手散，此病與生俱。好客座恒滿，論交心自孤。明明如月意，欲語若爲呼？

擁楫歌何豔？回帆鼓不驚。好山離墨瀋，寒水畫谿平。燭淚堆殘夢，星心促短更。枕函屏六曲，都署鄂君名。

哀怨李商隱，疏狂杜牧之。湔裙若叔是，載酒我儂遲。夢短雲如水，歌長木有枝。夫君工寄託，芳草總相思。

卷五 辛未十一月至壬申八月

皋廡集

十月中寓愛樹齋酒半無聊與梅史共和陶公飲酒詩余得八首梅史得七首後各罷去歸自溧陽端居丈室風雪蕭然時一命酌因續前稿成之所謂辭無詮次者已

端居既不樂，出門將何之？衝飆語驚蓬，欲去今其時。凋年景已急，安能待來茲？況與故歡值，傾倒不復疑。分湖有蟹胥，曷不手同持？

帝女欲填海，愚公思移山。人生貴立志，安見成空言？精誠貫天地，假我以歲年。勿謂賤士賤，一專皆能傳。

君子有所惡，所惡不近情。劉伶本辟禍〔一〕，妄以酒自名。嵇生實迕物，乃欲論養生。大阮最佻巧，越禮使衆驚。咄哉皆自爲，遂使習俗成。

蜀山不群峙，孤雲不族飛。黄鵠在中道，徘徊何所悲？偶逢烏與鵲，啾啾訴無依。豈無六翮健，銜女使得歸？欲一告鳳凰，鳳凰德之衰。回頭見蝙蝠，昏旦方自違。

一默息百喙，一寂泯衆喧。遼哉杜康德，中正無頗偏。醉耳瘖驚霆，醉目迷太山。吾友揚子雲，鴟夷相往還。尚恨不克終，艱澀爲法言。

世人所共非，安得以爲是？萬口交譽之，後時已成毁。人事日新新，佳語聊爾爾。古詩不我欺，飲酒被紈綺。

靈均去我久，千載無落英。手種一株菊，歎其有古情。奈何霜霰早，枝葉皆欹傾。陰蟲伺元化，得氣爭先鳴。眷言離憂子，使我百感生。

慶霄有異彩，含譽無定姿。熒或時退舍，祥桑忽枯枝。聖人不語怪，俗士多好奇。唐都雒下輩，挾書何所爲？燕齊迂怪士，牛馬同一羈。

孤帆無根柢，天風吹之開。即去非得已，欲往增離懷。男兒日行路，人事苦好乖。寄聲郭林宗，胡爲此栖栖？答言有良友，分不隔雲泥。貽書屢見招，寧與薄俗諧。荆溪清波闊，善權寒雲迷。吾將從樵夫，入山不復回。

出關未一舍，獰猋扇北隅。繫纜村舍旁，聊住不問塗。仰視空中雲，走若連山驅。俛闚缾中酒，常恐無復餘。深塹多牛翁，閉門得安居。

吾友洮湖長，廣矣太丘道。交結皆名流，一半已蒼老。大木喜蔭人，不計此身槁。昨過田父飲，嘆息長官好。紛紛塵土中，忽見不貪寶。豈知素交心，此段非意表。

諸賢後先至，適及我到時。快哉盈觴酒，持勸不復辭。良朋會合難，所樂實在茲。豈復論形跡，亦不生然疑。心交自心許，面朋多面欺。我不諸賢從，舍此將安之？

人生倘不飲，遂無適意境。人好酒亦佳，陶陶忘醉醒。高譚出縱横，妙語得要領。有時酣嬉餘，驅使到毛穎。主人何退然，塞淵心獨秉。

鄰邑山水佳，一宿即可至。曛黄攜襆被，質明滯殘醉。松風卅里長，杉柟亂無次。已諳樵牧心，不知名位貴。掬水漱復嚥，純作醍醐味。

逸事徵傳聞，空岩留古宅。雖無理妝人，尚有讀書跡。永懷嬋娟子，相去世已百。就令能駐顔，相思亦頭白。飛仙難與期，不飲足可惜。

隱淪即神仙，其事非不經。脱屣視天下，學道無不成。肯以外物累，而使初願更？穹然洞戶開，鴻朗如金庭。琤琮石乳滴，丁東搗藥鳴。始知買田客，惓惓難忘情。

奇女不惜死，萬古留英風。行行拜祠下，一士來蘆中。昔賢繫興亡，今我悲窮通。驚蜚見曲木，哀哉此傷弓。

皎皎長庚星，下爲蛟龍得。奇士世久輕，妖冶君易惑。夜郎與金鑾，何足較通塞。偶然墮咳唾，一樓兀酒國。立言可不朽，來者何默默？

處窮厭乞貣，故交多入仕。聊爲升斗求，餘潤或及己。生平兀敖氣，磨滅至不恥。抗手别知交，低顔見鄉里。荏苒道路間，已復月窮紀。百事集一朝，漏盡夜行止。唯餘六從事，一醉猶可恃。

好酒量不大，然能識其真。聞香别吳越，到手知漓淳。飲苦不飲甘，飲陳不飲新。南醪笑媚武，北釀比劇秦。頗煩故人念，時沃囟中塵。兩孫餉已夥，汪老意彌勤。秋塘、古雲分餽越酒四罎，汪心農以六年陳者見惠。鱗差列座右，是我平生親。醉鄉去人遠，誰能逮其津。惟我略識路，時遣柴車巾。歸來魂夢適，不復知勞人。

【校記】

〔一〕『伶』，底本作『靈』，誤。

反止酒詩用陶韻

仕宦名位高，漏盡行不止。金玉已滿堂，聳肩錢孔裹。四海皆臣僕，乃慕赤松子。生年上壽齊，說死每不喜。既盲不忘視，既躄不忘起。有限追無窮，世寧有此理？惟有一杯酒，於學實爲己。與人無所爭，沒身而已矣。酒星長光輝，酒泉無涯涘。他年杜康祠，兩廡或從祀。

和陶擬古九首

忘形會指天，喪我肘生柳。區區百年間，於物詎爲久？籧廬是主人，著我乃賓友。衰遲四十五，華筵已半酒。緬惟造物初，生是何可負？張眼見千古，此意良亦厚。勖哉秉燭光，去日不我有。

大鈞斡元會，一氣相始終。雍雍禮讓際，已伏兵與戎。時來有屠販，運去無豪雄。所以高世士，蜚遯揚清風。往古不可紀，後來方無窮。眇眇此一身，蝨于今古中。

相馬相其輿，觀室觀其隅。良驥非局促，廣夏安以舒。我有萬間屋，自命爲神廬。欲招天下士，比戶而同居。獿人既不作，梓材日疏蕪。積然四壁立，著書老相如。

歲莫休棧車，好樂亦不荒。天公愛玉戲，夜半翻龍堂。登高爲四望，平野何茫茫。時於煙火際，遙識農圃場。如薺出林木，若防堆嵩邙。魚鱗萬家瓦，遠近相低昂。豈無羈窮士，尚在天一方。得歸閉門餓，商歌何足傷？

東海有老彭甘亭，大璞善自完。笠澤有朱家鐵門，任俠仍儒冠。一甘抱甕居，終日悲顔顔。一爲饑驅去，水越三重關。掉頭念巢父，長歌思蘇端。非無招隱曲，凍指難爲彈。百鳥各有託，漂泊在鳳鸞。憂來望天末，颯颯驚飈寒。

對酒苦難酌，古歡不在茲。空山掩斯人，寧有再起時？當年固久要，素質無蝨淄。豈無流言聞，恃此了不疑。如何十年中，先後與我辭？逝者不可作，默默行自思。幸其各有立，足證我不欺。文章原薄伎，傳後必藉之。終當爲收拾，幾卷叢殘詩。

寒士骨不媚，寒女顔不和。晨風雞鳴詩，亦是勞者歌。含情既云久，吐辭良不多。婉婉陵苕蔓，懸作空中華。天風吹女急，後時將奈何？

魚龍動風雨，壯士思出遊。如聞禹所序，不得爲九州。龍伯一舉足，弱水皆絕流。三山何纍纍，皆是墳與丘。云此列仙骨，莫辨爲商周。有娀無佚女，周流何所求？

庭中有華芝，三秀聿可采。本無桃李容，寧爲霜雪改？生平出世志，寤寐眇雲海。美人期不來，晼晚欲誰待？太息楚靈均，九死猶未悔。

抵家後雨雪彌日故交不相往來用陶歲暮和張常侍韻寄退庵壽生芝亭

窮子悲靜樹，風人歎軌泉。各以淒凜意，出此危苦言。凋年迫歲除，日夕愁雲繁。猶喜理歸榜，及此期未愆。胸中積不平，重疊高於山。政賴諸酒人，歌呼時往還。陶公乏清酤，便覺百慮纏。脫贈三萬錢，賢哉顏延年。我有一石醪，賣賦非貿遷。能來可同盡，缸面方湛然。

和陶連雨人絶獨飲

人言我孤冷，自謂殊未然。雖非雅俗具，亦在通介間。廣筵厭抑抑，屢舞恥僊僊。又不耐獨飲，白眼仰看天。邇來厠賓席，謬忝一飯先。恒覺少酣適，少壯不我還。今歸對妻子，歡然餞殘年。舉觴分勸之，金盡不足言。

計容齋舉子用責子韻

嘉禾必晚秀，仙果必遲實。人間微螽斯，安用閒史筆？計君晚舉子，側生非其匹。定興絡秀家，能繼潛夫術。衰門望後嗣，此意十六七。想見文褓中，美璞光縝栗。發春我當來，磨頂試英物。

風雪初晴開卷命酒意欣然樂之而索逋者如雲而起家人復以米盡見告用陶貧士詩韻以自廣

衆生何所住，大都食是依。地肥久已盡，光音無餘暉。或言噉松柏，身輕自能飛。誰見丁令威，千年復來歸？仙佛兩不成，所得惟忍飢。我本異此輩，固窮何足悲。

盈尺雪已霽，初日明南軒。森森數竿竹，起立于中園。蒼苔積餘潤，靄然生微煙。即此見造化，物理可窮研。生機斡死氣，天地亦何言。簞瓢自可樂，未遽回也賢。

陶公罷官歸，無弦尚有琴。偶爲乞食詩，不作噍殺音。戹窮非天付，彼豈能相尋？政如嗜酒客，甘苦時一斟。我貧我不逐，人富亦不欽。澹然與相忘，庶幾安此心。

舉世皆目睫，眇然思離婁。國士困一飯，或有千金讎。通財非友道，其道本難周。甫償東鄰責，又增西顧憂。束晳《貧家賦》：『債家至而相敦，乃取東而償西。』久知指囷事，此賢非爾儔。他年立佳傳，莫怪千斛求。

士賤亦云久，挾策無可干。衣食已難得，何論爵與官。無怪妻孥恚，日夕謀槃飡。有道得佚樂，得此長飢寒。見誚不致答，乾笑彊其顏。諒無裹飯人，日暮且掩關。

束髮走四方，男兒志桑蓬。豈意功名阸，化爲牋記工。飛書老阮瑀，作奏去葛龔。隨人仰與俛，能無桔槔同？徐公本如常，世人以爲通。初心愧多矣，安能首陽從？

無食思樂土，無衣思南州。悠悠天下是，欲往誰匹疇？羈窮迫衰莫，日月馳若流。如何壯士懷，長作旦夕憂？歌辭出金石，獨倡難爲酬。千秋逸民傳，闕略吾當修。

人日招退庵壽生子未過飲用退庵元日韻

細韭新椒作意香，青州紅友粲成行。雨餘未可閒雙屐，貧甚還能饋五漿。老大詩才如地縮，平生酒債有天償。杜陵不諱疏狂態，自許終篇按混茫。

新莽契刀錢笵歌爲古雲作

五威使者將符命，銅炭紛紛一時禁。炎劉已失卯金刀，老秃方持威斗柄。錯刀契刀製作殊，直千直百分錙銖。九府圜法尚不屑，十布乃仿周官書。土花淒淒暈生碧，上有銅仙淚痕浥。篆文屈曲誰所爲？投閣子雲定能識。紫色鼃聲不足言，典刑猶見赤符前。桓譚馮衍不讀讖，白腹黃牛亦偶然。

臨安府行用銅牌古雲屬賦

銷金鍋裏笙歌沸，十萬金繒買和議。當時國用日倉黃，那有銅山供歲幣？牌如帶胯櫥以長，上有圓穿貫可繫。皮幣之後寶鈔前，直百當千此遺意。汴州父老來臨安，入手摩挲定流涕。金牌已召岳家軍，難見太平興國字。

清明日山塘即事

今春甲子雨不絶，蕎麥青青亦未生。只有堤邊楊柳色，爲人兒女作清明。

瀟瀟暮雨黯魂銷，又泊山塘斟酌橋。乞食乞漿君莫問，小桃門巷合吹簫。

靈旗社鼓説迎神，長吏同班露冕春。一例折腰手板内，那知張翰與王珣？

穀石齋分詠古錢得招納信寶

朝廷已小金甌碎，江外人民置如棄。誰將三品金銀銅，鑄出中原父老淚？楚州殘破屯承楚，撻懶怒吻如虓虎。遷延淮上德與瓊，何異蕭孃與呂姥。淮東宣撫爾何人？一軍月費千萬緡。差能招納收離散，款附契丹來女真。吹篪老嫗登樓嘯，不及錢神有奇效。御羅酒税給軍興，似此區區詎云報？韓家岳家來酣戰，曷不同仇赴國難？奇兵總有無赤心，空賜寇恂賈復傳。格天閣比淩煙高，萬壽觀使聊逍遥。河朔生靈歸望絶，誰爲爾納誰爲招？嗚呼銀蓋白袍好顔色，恢復亦知非爾力。史臣他日書臣功，失笑真成一錢直。

將之瀨上留别諸同人并送古雲入都寄都中舊知一首

江南春老奈春何，忽忽離家二月過。花事已知今後少，風情始覺鄉來多。淒迷厭聽吳孃曲，慷慨還思燕市歌。若問當年郭翁伯，平生俠氣半銷磨。

舟過望亭

南望亭連北望亭，風蒲水荇滿迴汀。朧朧只得半丸月，照見那邊楊柳青。
西南風緊已兩日，到晚劣能摇水波。聽得長年笑相語，四更打鼓到黄婆。皇甫墪，俗呼黄婆墩。

連雨苦寒今日始晴暖有春意泊舟書所見

春江拍拍春蒲短，風急波流不容緩。篙師繫船著沙尾，閒立鳧翁看人飯。乍晴鳥雀有新歡，已落李桃帶餘忿。蕲蕲麥穎未沒隴，疏疏菜甲初被畈。牧童攜饁牽犢來，破笠欹肩午陰暖。

夜泊中谿不寐

數星隔岸火，照我煙際宿。弦月隱餘輝，濛濛幾家屋。舟子作勞餘，倒枕睡已熟。鼾齁鼻息聲，自奏蚓竅曲。過舫偶觸舷，吠犬屢驚柝。蕭然萬籟中，群動已此伏。當年聞雞心，不待同伴蹴。邇來念念灰，身固如槁木。豈感羈旅多，但悲懷抱獨。默坐候窗光，呼童滅殘燭。

義興道中二首

曉發陽羨城，群山似犇馬。連翩掠岸來，逸足放平野。我船挂高帆，意頗不相下。浩浩洪流中，百里快一瀉。俄驚山在前，拱揖袂可把。有限追無窮，動豈如靜者？此心本無爭，萬事等飄瓦。愚公與夸父，夫我則不暇。

群山已在後，我船亦云遙。平原樹如薺，高見鸛鵲巢。陂塘眇千頃，中流截緯蕭。鰕籠及漁具，往來利輕舠。春波弄窈窕，綠上新蒲梢。平疇低帖岸，二麥抽長苗。髣髴吾水村，物色來相撩。昔賢隔鄉國，買田出無憀。我家近只尺，何用心煩勞。歸時約同叔，我漁子其樵。

嘲舟師

跛腳呼風一味驕，來舟羨爾太逍遙。不教昨日交相見，政復環環似汝腰。

三月十五夜太白樓望月

參差雉堞壓平湖，濃澹魚雲覆麗譙。夜月自知千里共，楊花誰遣一春飄？樓頭列宿原名酒，波面長虹合有橋。説與仲宣休作賦，江南極目最迢迢。

楊白華

春風無情如有情，楊華吹白楊枝青。楊華茫茫不知處，江南七十五長亭。長亭能長不能短，楊華能飛不能遠。溧陽公主清明過，淚滴春江夜潮滿。香臺錦檻芙蓉紅，局腳牀障頗黎風。銀河未落銀葉冷，中有鴛鴦魂夢通。青溪小妹嬌無力，黛蹙春痕掩閨泣。攀條折枝心口語，何日楊華飛上樹？

題種榆仙館第二圖聯句

神仙而官府，忽然墮人海。一邑絲初牽麐，萬里風斯在。忠信輕濤瀾，曼生初守江，步青令贛榆。文章助光彩。才人爲政妙張鏐，詩境與地改。早卜種德深高日濬，先若樹木待。戴星芒庚庚孫延，耕煙石磂磂。謫居猶蓬萊麐，雜佩必蘭茝。讀書傍松桂步青，賡詩歌葛藟。淙焉衆流歸鏐，渺矣一壑滙。拔宅劉安曾日濬，移家葛洪每。夢游尚依俙延，靈貺豈欺紿？新宮銘勒山麐，舊句題始隗第一圖頻伽有詩。嘉名適合符步青，妙語若貫琲。緬維託絹素鏐，亦已歷年載。重圖比輞川日濬，真跡得王宰圖爲王椒畦畫。豈惟景色變延，足使聲價倍。此邦地最古麐，于役風可采。雲臺矗青蒼步青，仁頻綴蓓蕾。角澥靖烽煙鏐，危檣倒鋈錞。夷亶來奇琛，番舶入好賄。瀛寰接混茫延，波路通款乃。神弦驚夏統麐，武庫森裒頠。金薤披琳琅步青，石室更爽塏。臥遊亦復佳鏐，牖納自無悔。駟連子貢騎日濬，劍佩勝之櫑。昕夕此逍遥延，士女胥樂愷。信非俗吏能麐，肯爲塵容浼？隸事徵縹緗步青，聊吟矜藻綵。陳詞效古處鏐，逸韻姤僚寀。聊爾盤蚓蛇日濬，誰歟辨豕亥延？

同人東郊看花八首

姑惡聲中過禁煙，裌衣初試最輕便。各扶殘醉出郊去，正是春風啜茗天。

袍紫鞓紅是處誇，才過僧寺又人家。荒灣野水三叉路，落盡紛紛枳殼花。

報恩寺裏三叢紫，黃氏祠中一朵紅。等是榮華有遲莫，可知不盡屬春風？

紅泥亭外水鱗鱗，青粉墻低貯好春。輸與貍奴無一事，午晴如綫臥苔茵。

三椽老屋小亭偏，獨立娟娟倍可憐。霞帔霓裳分十隊，誰知寒女是神仙？

當時桃李已成蹊，稜稜桑塍界麥畦。多謝流鶯似相識，綠陰如水盡情嗁。謂滄嶼廢園。

古井依俙認李唐，苔花蝕徧字偏傍。銀缾綆斷轆轤拆，誰問當年惠一孃？報恩寺有唐元和六年井。又有宋沈公井，邑令沈瑭爲其亡妻惠一孃造，有刻字。

侹侹石街平似砥，重重嵐翠遠如環。角巾微側支筇立，獨障斜陽看燕山。

小迂種蕙草數盎約同人詠之用禁體

疏花幾箭澹春容，合遣輕紗護一重。姊妹五家殊窈窕，菖蒲九節自丰茸。空山草木都無麝，近水簾櫳忽有蜂。曉鏡乍收妝合斂，玉釵側畔鬢雲鬆。

窠石莓苔從點綴，琴心畫手與將迎。花花草草同三月，脈脈愔愔過一生。隔院鑪熏先已徙，傍檐珠露曉逾清。不知人世閒桃李，卻怨春山鶗鴂鳴。

題山堂石墨冊并序

二石印，一曰『磨兜堅室』，一曰『世尊授仁』者，記其旁四面刻字皆滿。此杭州蔣先生仁手自刻畫者也。先生性孤冷，而篤于交誼。書法篆刻，妙絶一時，而不以自名。家至貧，時不舉火，所居老屋兩間，欹危殊甚。琴書竈井，咸在其間。山妻小女，欣然忘貧。雖古之天民逸士，未能過也。此印雖一時興到之作，然其序述祖德，皈心竺乾，玫其言以求其人，亦庶乎可想見矣。石有瑕處，皆以刀出之。孔如蟲蝕，字小僅如蠆尾，而波磔宛然。先生沒後，展轉歸吾友曼生，珍惜甚至，遂印其文，并摹拓其旁字，合爲冊，屬余題志。余舊有寄先生詩，先生亦有和作。言念疇昔，不勝邈若山河之感，仍用舊韻題于後云。

記到杭州最初見，西湖之外一先生。論交如我早心識，含睇與誰獨目成。一别遽爲終古恨，五窮能立不磨名。鐫華石墨摩抄看，渺渺黄壚鬱鬱城。

信天翁與物無爭，金石圖書畢此生。老矣何心作兒戲，居然妙手得天成。唾盂象笏思遺澤所刻有記其先世所藏書畫及詠漢玉磨兜堅詩，茶版香鐙禮淨名。雙璧煩君好珍重，莫教容易換連城。

題新羅山人書畫册二首

畫如敬仲釘頭矗，書學河南蠆尾森。留得叢殘幾番紙，良工已苦一生心。

來往西湖廿載强，每因懷舊劇悲涼。蔣侯先逝奚郎繼山堂、鐵生，誰續南豐一瓣香？

恒齊以野茶見餉用東坡和錢安道惠建茶韻以謝之

春山茶事處處新，獨有野者稱佳茗。政如三絶鄭廣文，不逐群公上臺省。雖經留落作癯儒，尚播嘉聲滿清聽。後來造作亦勝前，磑磨終嫌損天性。爲徵方志辨土宜，百物先須一名正。陽羨晚出獨冠時，作貢未免江路永。山靈自効川澤珍，豈有誅求苛政猛？況先鹽鐵爲破除，更見仁風銷悍獷。我來瀨上穀雨過，百草千花困春冷。水芹菜白初努芽，土步魚肥已生鯁。燒羊大酒匪思存，一壑風煙夢諸嶺。故人昔住光音天，憐我低頭食地餅。要使兩腋能風生，不惜百團如月炯。平時睡足便匡牀，自後養生倚丹井。買田有願未易償，説食無憀已多倖。可憐此瘕猶橫胸，何異犀通木之癭。

同人集桑連理館試陽羨茶疊前韻

我生口腹寡所營，尚有一二惟酒茗。每緣過度生疾疢，苦被旁人勸裁省。水淫難禁酪奴嘲，酒德那能婦人聽？二者去一皆不可，少遠麴生恐伐性。蓼蟲寧復知徙甘，受命固然非獨正。邇來廢書喜客至，又爲不眠愁夜永。譚諧時藉舌本澆，煎喫仍須火力猛。晨起徵求竈婢惱，宵分呼喝獠奴獷。嗜之既久別精麤，若飲水自知暖冷。尋常臭味睪差池，入咽欲下先有鯁。側聞日鑄東適越，要點雲龍西踰嶺。生平往往誤虛名，一笑真成畫地餅。此間紫筍本肩隨，王後盧前見楊炯。已令陶氏作時壺，更遣水符調唐井。月團拜賜獲我求，雨前得到徼天倖。細思一事真少恩，甕邊棄置酒瓢瘦。

約同人游善權張公諸巖洞用東坡青牛嶺韻

去冬孤櫂沿寒塘，善權洞口菖蒲香。目力所到有諸嶺，聞說張公更深靜。萬事一見勝百聞，待來不來山笑人。明日眇然從此去，是我當時極目處。

余不到西湖兩年矣春物向暮眷然有懷時坐中諸君有乍别者有曾到者物色相召咸在目中同用東坡懷西湖寄晁美叔同年韻兼示武林故人

良朋聚首時，未必知其賢。往往見瑕疵，舉動輒求全。契闊不相見，始覺輕棄捐。何況天下士，朗然出九天。西湖我故人，識來二十年。自詑有心得，頗異世所傳。園林與臺榭，旦夕爭新鮮。萬古不改色，依然此雲煙。至今雖荒廢，巧鞶有餘妍。所願爲閒鷗，長占圓沙眠。是身如膏火，百事相熬煎。塵土方待汝，安得放自便？春風六橋柳，繫纜無由緣。寄聲諸相知，毋遽釀酒錢。

贈爲沙壺者楊彭年

其人有絶伎，於世必奇窮。物外寄嵚意，手中搏挖工。茗柯皆實理，罨畫此遺風。能爲坡公製，休將石銚同。周穜非端人，東坡後嘗劾之。

送春二首同子貞聽香小迂作

客裏逢春春已稀，送春客尚未言歸。即看蛺蜨游蜂懶，待得櫻桃蠶豆肥。

春來春去憑誰問？花落花開可自由。偏管人間惆悵事，東風只是一生愁。

題小迂畫櫻桃春筍蠶豆便面

燕子來時初去國，流鶯啼老未還鄉。此時火急放歸棹，已是村村煮繭香。

無題效玉谿生四首

白塔紅亭管送迎，一番風雨暗春城。吹香波面皆魚𩻛，索妃琴心愛蟹行。山遠漸如眉曲折，燭偏時有淚縱橫。即看芳草長堤路，處處先聞𪀚鳩鳴。

一船何必一家移，入畫人宜住畫溪。薛夜來過紅雨亂，祝英臺近碧雲迷。錦裙掩斂從拖水，羅襪生成不染泥。遮莫女墻人柳外，昏黄惟有夜烏栖。

片帆已送窈孃堤，一櫂初回新婦磯。三十六鱗書鄭重，百千萬恨語依微。游絲落絮來何暮，水盼蘭情見亦希。到底銀河波浪少，填橋鳷鵲總雙飛。

不分茶寮可館娃，何煩亭角爲提鞋。亦知緣自多生合，豈必人真絶代佳？昨夜星辰猶在眼，舊時月色又投懷。他家故事應能識，誰餉盤龍七寶釵？

爲曼生題黄小松墨竹

秋庵秋影已如塵，留得琅玕是古春。紙上墨君應有語，他年襲隗定何人？余與小松定交，未及相見也。

西氿道中

三鼓下船酒力微，城頭落月有餘暉。觽搖夢醒不知處，格格野禽水面飛。

曉色熹微野色蒼，天容水態總茫茫。一痕界得青山住，出水蘆芽二尺長。

鄉音輾轉恐訛傳，仄出曾聞是氿泉土人呼氿如九。不解當時命名意，翠奩平拭水如天。

漁榿蝦籃錯落間，舟回不覺閣荒灣。卻因阻淺從容甚，看殺溪南十里山。

十二日雨中自中溪放舟越日至錫山雜成數首

曉發中溪霧雨淒，荆谿幾折入梁谿。青山都作傷春態，一路低鬟掩面啼。

風緊時教櫂一停，小蠻畫榼倒湘醽。客中情味渾難解，坐即瞢騰睡即醒。

幾簇人家住悄然，蠣墻板屋曖生煙。門前閒殺垂楊樹，讓與行人來繫船。

衾輕篝小篆香溫，酒力消時燭影昏。莫道韋莊無好語，畫船聽雨最銷魂。

兔甌初試小旗尖，喚起教將妝合拈。窗外波光窗内影，分明一桁水精簾。

野塘漫水接平蕪，入麥黃花取次無。姊妹一叢荆棘裏，春風狼籍美人圖。

繞郭煙嵐碧玉環，酒泉茶戶好家山。此時卻憶楊夫子蓉裳，細雨疲驢客劍關。

聞梅史至吳門

三月相望兩地情，喜聞倚棹闔閭城。秋鴻社燕逢中道，落日長江數去程。薄宦未愁銷意氣，離筵那得盡平生？明年準蠟雙游屐，來蹋黃雲海上行。

爲思亭題越州石氏真草陰符經拓本

唐人多自褚虞出，風骨蕭疏自老成。未必羽流能辨此，請看當日寫經生。江鄭堂疑道流所假褚書。墨香茶熟坐清閒，辨論縱橫壹咲間〔一〕。甚欲硬黃臨小本，遂良即日鬢鬚斑。

【校記】

〔一〕『咲』，底本作『关』，誤。

阻風鮓谿不寐

荒江午夜轉蕭森，搖兀孤篷起擁衾。烏鵲夢驚風力大，蝦蟇更急漏聲沉。邇年酒病先侵肺，往日故人多上心。同是江南歸總好，一爲獨客思難任。

再題小迂畫扇

櫻桃春讌不思他，生計家園儘足誇。此度判教兒女笑，筍成青竹豆烏芽。

歸家即事

掃地焚香暫不忙，簾櫳如水午風凉。階前新筍成清閟，窗外疏梅漸老蒼。料檢昔時金石例，搜羅朋舊倡酬章。月團三百青州六，已辦今年過夏糧。

隙駟匆匆又外除，傷心庭樹宿慈烏。更無阿孾呼名字，從此恒言稱老夫。婚嫁待渠禽向畢，羔豚足我歲時需。百年鼎鼎多如此，此計商量得遂無？

得霽青編修所寄游仙詩知其意有所託戲和其韻

臉暈朝霞不是酲，從來位業看來輕。多生早證楞嚴果，十種中間肯署名？
玉女三千侍紫房，尋常爲樂亦多方。昨朝又累群真賀，新得雙魚篆吉羊。
蕩蕩天門闢帝庭，莊嚴鴻朗集明靈。一時列宿奔如的，不動中央處士星。
天上河源沒處尋，人間木石變浮沉。上方新賜青藜火，別飭劉更生鑄金。
陽臺白道遠如期，升降群仙又一時。不信天曹詩默記，有人還覆仲宣棊。
常笑紛紛志與蜍，而今廉藺竟何如？兔園冊子休輕看，一入嫏嬛號寶書。
圜則重重那可望？竫人淺笑意難量。鈞天廣樂魚龍戲，冷眼從旁作看場。
天上原無老叚干，尚容蜚遯海山寬。世南臂痛多時了，斂手薑芽説畏寒。
好從三輔記黃圖，但博冰條署玉壺。不及人間仲長統，只論樂志不論都。
懸河一瀉不能收，觸諱明知爲轉喉。應亮盧仝是蟣蝨，讓他地上好優游。

梅雨書悶

拓落胸懷濩落身，非群離我我無群。連宵苦雨難賒月，一室焚香欲臥雲。潦倒何人悲此老，參差誰子望夫君？也應未短英雄氣，憑仗毛錐與策勛。

喜芝舟至〔一〕

蔣侯三年不相見，入戶闖然喜欲旋。未解袍帶且免冠，不及寒暄先看面。山肩如削爲破癰，帶要猶繩知未練。頻遭荼毒子其潸，初免祥禫我猶泫叶。人生憂患不相寬，一千日中已屢變。有人莞爾爲撫欷，無恙依然事筆研。篋中詩草雖不多，別後畫稿應無算。此來一百月須留，我廬十四圖當徧。作詩亟報王宰知，已磬十丈好東絹。

【校記】

〔一〕『舟』，許增本以墨筆改爲『生』。

題芝生畫蝶

谿邊竹外路三叉，昨夜新痕沒淺沙。應是前生愛秋水，采香來傍水蘋花。

丹叔屬芝生作韓康賣藥圖戲書其上

俞扁去千載，人命日以費。非無活國手，無資蘇凋瘵。遂令諸妄庸，鹵莽奏其伎。刀兵水火外，此劫亦不細。忍使含生倫，危急爲我利。治術既不精，藥物又差異。伏神老芋充，黄精野葛僞。誰持白木鑱，入山究根柢？吾弟喜方書，意在古之嗜。肘後忠州方，胸中希文志。抗懷漢畸人，問價口不貳。逃名固若斯，然亦太早計。未必有此髯，能知爾名字。我今有一言，請君擇斯二。上者傳逸民，方術乃其次。但恐藥籠中，鼠跡穿破碎。必若求名稱，於道須近市。雖足十口飽，未免寸心愧。君是伯休那，及早自位置。

七月廿七日大雨待丹叔未歸作

天心欲作秋，其勢不及夕。鱗鱗一片雲，已作波浪色。虚堂敞高寒，蕉竹森行列。俄驚颯沓聲，氣若吞強敵。瓦溝洪濤犇，竹筧勁箭激。蒼茫走雷霆，鏜鎝奏金石。遂覺一室中，鮫蜃嘘四壁。我生本浮游，老作江海客。滄波坐眇然，兒戲等作劇。予季性馴謹，蹋土已踽踖。楓涇雖近遊，廿里無只尺。但恐泊港汊，亦足撼枕席。人間行路難，意外憂患積。何怪儋與雷，相望兩頭白。

題思亭謫仙樓詩石刻後

謫仙仙去久，樓尚峙江濱。萬古有明月，千年無此人。澹宕孤舟接，清新落筆親。多慙郭功甫，衰老逐風塵。

卷六 壬申十月至癸酉

踰淮集

淮陰之市，胯下之橋，國士老矣，故人見招。觀河算沙，息息遷謝，惟有此心，不隨物化。竿木庵主書於界首舟次。

京口阻風

北顧山前天墨色，昨夜大風轉西北。江豚駊騀高見脊，千檣萬艫齊戢戢。雲中時漏日脚黄，崖際頻翻浪頭白。此時遊子行坐愁，踼蹐船窗澀如棘。天昏地黑陷重圍，不辨朝晡但眠食。天公逼人太咄咄，忽作奇寒砭肌骨。亟翻弊簏搜弊裘，百衲羊皮勝狐腋。烏乎誰使汝出當嚴冬，身欲西上江流東。竿頭有烏亦何事，日夕還同汝相風。

界首驛

不到淮陰古界首，匆匆一十有三年。恒河沙漲波王老，胯下橋低國士憐。荒戍寒風來陳馬，野田落日見蹲鳶。宣房築後薪楗盡，髡柳黃茆爲悵然。

淮北道中

蒼涼塵土滿，蕭槭蘆荻深。濁浪有急色，殘廬無久心。薪蒸淇水竹，營窟上方金。誰信江南好？早梅花一林。

舟中僅攜唐文粹一册酒間讀之雜然有作

道敝文章五百年，子昂高蹈起群賢。昌黎倔彊先低首，一序請看修竹篇。
大筆鴻文世少儔，卻憐毛穎駴時流。兩公心有千秋印，法度還推柳柳州。
賊退春陵涕泗流，番番謝表見鴻猷。莫將一片磨厓頌，了卻當時元道州。
悲涼噍殺異前聞，羅隱陸龜蒙司空圖殿一軍。解識離騷爭日月，固應不廢晚唐文。

男兒恩怨豈能灰？太息樊川不世才。三乞湖州緣病弟，又教人道水嬉來。

三唐猶見舊規模，樹骨仍先麗藻鋪。文柄若同持國例，須知變法是歐蘇。

會昌勛業比元和，其奈中朝黨論多。不及武夫能薦士，令人千載憶常何。《通鑑》載杜牧上李太尉書，云頗用其言，然杜卒不用，于以知德裕之不廣也。

小雞山序開元報，掩抑紆回見此情。試讀少陵諸樂府，可知天寶是昇平。

題汪已山敬龍池紀遊圖

名山如異書，佳處豈在淺？又如古畸人，弢晦不自顯。由其得之難，是以識者鮮。一存鹵莽心，山靈遂偃蹇。我無濟勝具，遇勝亦聊選。昨歲龍池遊，地近力能勉。偕行三數子，策杖蹋蒼蘚。琤琮澗爭流，犖确路屢轉。延首見寺門，數入息已微喘。問言上有池，荒榛細流泫。興盡不復登，竊歎名寔舛。豈知絶代姿，背面呈婉孌。青壁削唐梯，紅泉瀉雲棧。壑深窮俛闞，厓犇絶回眄。天秀鋪煙霞，鬼斧琢甑甗。汪奇快新獲，江記無餘善聽香有記。作圖非相夸，而我面有靦。平生頗好奇，萬事坐慵輭〔一〕。皇墳畏古奧，兔冊懷一卷。英雄視尋常，虛名誤王衍。不求一心得，枉用雙足繭。側聞張公洞，崖際列仙篆。明年倘同遊，班草坐可翦。逝當窮幽深，庶用自解免。

【校記】

〔一〕『輭』，底本作『懦』，誤。

臘八粥限黠韻銷寒第一集

長腰細米初辭秸，胡桃脫衣淨如刮。瓜犀纖白栗皺黃，井華水甘釜新戛。廚孃夢醒怯朝寒，已警轆轤聲軋軋。入廚洗手不暇懶，揉雜酸鹹和椒榝。踞觚先見氣浮浮，潑乳漸看波活活。此時主客坐華堂，但賞流匙雲子滑。豈知門外霜花濃，無限飢腸作駝圓。老夫久作粥飯僧，兩鬢年來成禿髗。在山未免寒蟲號，乞食略如飢鼠黠。鱻糕硬餅病未能，軟美愛渠便齒齾。君家正似護世城，留此無家住香剎。只憐先祖臘已過，慚愧河中祭魚獺。

冬閨詞八首銷寒第二集

枕函斜墮蜜犀簪，夢醒初聞嬌喘沉。玉臂微彎雙釧暖，人間原有辟寒金。

盆山清供餞年華，小雪霏霏滿謝家。不道夜深鴛被冷，熏籠移傍水仙花。

尋常窗網不曾開，二九已過三九纔。紙閣蘆簾隨地好，不知何用避風臺？

清曉妝臺倦獨憑，未撩逋髮尚鬅鬙。只應難諱宵來淚，一片紅蕤凍作冰。

玉粟生肌月墮懷，長籌香棗底須猜。迴身一抱千金直，被角風寒起夜來。

逡巡骰子更慵拈，長行圍棊亦自嫌。羨殺張家鑪樣小，此時得近玉纖纖。

豐貂嫌重罽嫌緋，薄著吳棉尚道肥。莫怪比鄰諸女笑，是家只合五銖衣。
微詞掩抑淚痕多，繡幄珠簾千黛蛾。肯信天寒空谷裏，有人翠袖自牽蘿？

娑羅樹碑銷寒第三集分詠淮上古蹟

貝多樹葉芬陀華，來自西域群歎嗟。偶然異種不恒見，便爾粉飾驚荒遐。娑羅彼土一木耳，正如中國梨與樝。不花不寔不材甚，徒有枝幹撐椏杈。妄云榮悴視所向，青郊白藏占菑畬。早豐莫儉應無失，魁謀神樹名何嘉。嗚呼有唐承六代，佞佛略似蕭梁家。至尊揮翰序聖教，老褚鬚髮垂鬖髿。率更魯國皆正士，讚歎舍利何滂葩。一時文人沿習氣，往往落筆兼梵華。北海碑版照四裔，貨幣輦致黄金車。其於文字特嚴謹，李將軍不丹青誇。如何此碑乃夸誕，言昔薩首曾釋迦。維那上座及鄉望，想見潤筆能豪奢。淮陰之郡本楚地，荆巫禨鬼爭紛拏。貴此妙跡出巨手，摩挱片石留官衙。尋常翠墨未易得，以配岳麓無疵瑕。而今舊本已屢易，尚令椎拓成微窊。可知真妄本無定，閲世何翅恒河沙。狂來浩歌八哀句，走筆不覺成驚蛇。

儗范石湖村田樂府分得冬春行銷寒第四集

東家稻堆高並屋，西家礱塲如切玉。長腰潔白荔枝紅，明年之米今年舂。前年僅足供官庾，夜夜空囤齧飢鼠。去年米貴官徵錢，半糶新穀過殘年。雄雞膠膠雌粥粥，有米冬舂一生足。

題仇實父臨趙伯駒光武渡河圖銷寒第五集

赤伏符歸銅馬帝，牧兒卜者爭如沸。河冰一夜合虖沱，安渡邯鄲百千騎。此時文叔亦倉黄，王霸之言殆天意。兔肩麥飯大官廚，燎衣爇火君臣契。艱難王業神鬼謀，千秋圖畫傳風流。眼中不見趙千里，吴下競推仇十洲。小除日會客滿堂，檐前凌澤如柱長。談詩讀畫多樂方，閒評往古徵興亡。君不見高齊伐冰防北魏，南宋錢塘潮不至。

憶故園梅花

不分前期卻後期，鄉園梅蕊最相思。遙憐消息垂垂近，定怨歸來故故遲。意外冰霜魂屢斷，客中風物鬢先絲。詩成亟寄草堂去，未許枝頭啅雀知。

除夕志感一首

客中過除夕，生平不三四。馬齒四十六，歷歷皆可記。始我來淮陰，嚴武知府事歷亭司馬。來時届冬候，三月糧已備。我母送我行，欲泣淚先制。後爲京華遊，春莫當即次。嚴時在幕府，留我相更替。鄭重呂虔刀，丁寧禰衡刺。其旁有爰絲，握手各涕泗。謂亡友湘湄。上書竟無成，乞食寧擇地？剡曲輕舟浮，稽山征鞅稅。皆知客倦遊，或謂鄉宜婿。一笑劉生留，五湖范蠡載。是年亦未歸，鐙背看擁髻。是年雪最大，兩夕沒牛鼻。低佪已十稔，怳惚如一世。邇來極老懶，過江殊不易。何圖列子嫁，竟作賈胡滯。諸君定何須，牽率老夫至。跌宕文酒間，久未有行意。黄河絶其流，商旅空⿰目咢眙。戢戢萬桅檣，沙岸排雁翅。謂我毋庸歸，明春柁可捩。我生本虛舟，去住了不繫。當時有親在，歲必作歸計。田廬何足戀，兒女亦云細。主人況愛客，屠蘇勸盡醉。又有江與朱聽香、鐵門，對若鼎足峙。聯吟而疊和，此債不臺避。美遊寧惡歸，古語我則異。只餘一生心，激烈猶負氣。人間好少年，冉冉各蕉萃。黄壚邈山河，白首困文字。羈愁入令節，感喟不成寐。荒雞忽三號，獨客又一歲。

元日雪霽

客裏無人事，猶貪霽色新。諸天初戲玉，大地忽鎔銀。暈碧裁紅意，調鉛殺粉人。此時妝罷否？與問蚤梅春。

三日小農司馬招集富春山館觀雪中舞鶴分韻得回字

新年兩日無風埃，忽然飛雪真快哉。寒雲搓緜撥不開，坐或瑟縮行堆堆。小嚴大夫好客推，富春山館開春醅。招邀座客皆草萊，新知故交同岑苔。談諧問作無嫌猜，何以娛客呼鶴來？長人一雙仙者胎，頂色淺露紅玫瑰。其天幸全羽不摧，意中廓廓無九垓。歷五百歲心尚孩，規翔矩步時毰毸。爾時中庭雪意催，一色皓絜何皚皚。長鳴戛然寧待媒，欲與角勝相徘徊。遲如雁行喜追陪，疾如鷹擊爭喧豗。左鋋右鋋舒翼纔，大翮小翮非罹䍙。空中六花誰翦裁？助爾冶袖驚鸞回。明遠欲賦愁不能，丹青合付濠梁崔。主人勸客傾金罍，玉山座上峩峩隤。我爲作歌歌易哀，人世何必無仙才，何不一舉淩天台？

何處逢春好用長慶體銷寒第六集

何處逢春好？逢春官道傍。燒痕回野綠，柳意弄嬌黃。細馬歸寧女，銀缾索酒郎。相看不相識，白地斷人腸。

何處逢春好？逢春羅綺叢。妝成粉太白，歌罷臉消紅。鏡檻微烘日，簾衣已盪風。可憐君信不？生小喚蟲蟲。

何處逢春好？逢春繡閣深。團欒尋鏡聽，放誕得琴心。窗暗頻燒燭，酒闌未展衾。熏籠對攏袖，閒殺是金鍼。

何處逢春好？逢春餞別筵。眉低同伴覺，笑淺阿孃憐。脈脈裁花勝，忽忽上錦韉。陌頭楊柳色，魂斷又今年。

何處逢春好？逢春古秣陵。隔簾人似玉，卜夜酒如澠。長短秦淮柳，高低畫閣鐙。暗塵明月底，最憶上元曾。

何處逢春好？逢春西子湖。蓬蓬似煙靄，拍拍已鷗鳧。俊侶邀攜榼，佳游補作圖。祇憐蘇小墓，歲歲長蘼蕪。

何處逢春好？逢春罨畫船。酒旗半塘雨，紅屐麗人天。宛轉樓頭笛，淒清水上絃。難忘垂手後，和墨索題牋。

何處逢春好？逢春羈旅中。少遲梅蕊信，漸颭鬢絲風。好夢消長夜，歸心寄短篷。遙知茅屋底，兒女自青紅。

春星 銷寒第七集

花陰淺澹漏迢遙，幾縷輕雲卷絳霄。樓畔東風猶昨夜，柳梢殘月又今宵。心心只許雞聲說，歷歷寧隨榆筴漂。難忘杏花疏影裏，參旗低照小紅嬌。

春泥

郊原浩蕩積煙霏，才壓游塵雨力微。林外竹雞時滑滑，簾前燕子故飛飛。錦韉蹀躞溪邊渡，紅屐輕盈陌上歸。曉起山童休便埽，枝頭多恐亂紅稀。

春冰

舍南舍北暖朝暾，幾日禁他緑到門。殘雪未銷如有待，東風纔過了無痕。時聞野艇沙沙響，不分谿禽故故喧。正欲擘牋書帖子，研凹微潤墨池渾。

春波

薄似魚鱗細似韡，輕橈柔艣幾經過？香生越客千絲網，愁滿吳孃一幅羅。送我江湖聽雨慣，盪人簾幙受風多。陳王雅有微詞託，悵望神光喚奈何。

倚春圖

低眉擁髻自凝思，苦倚青春春不知。若把春光比蕩子，年年畢竟有歸期。

書武清事

順天武清縣，男子姚翰清。率衆叩臺府，昧死陳愚情。縣令孫宬褒，無狀國典嬰。恭聞從吏議，遣戍伊犁行。朝家有常憲，廷尉持其平。敢以庶人賤，妄意疑重輕。惟念令之來，實能哀我氓。案牘無久滯，賦稅無横征。聽訟必詳審，不妄加笞榜。洗手奉厥職，俸外無餘嬴。今將適萬里，舉室遺孤惸。見之實惻愴，衆心爲怦怦。斂金三千鍰，犇走來天閎。願贖縣令罪，終始荷聖明。皇仁天聽卑，鑒此螻蟻誠。臺長爲入奏，天子歎且驚。謂令雖有辠，平昔流政聲。即其罪所得，亦重民死生。何惜赦一令，以勸諸簪纓。但恐啓矯誣，弔詭爭好名。薄寬一半期，免滿三年程。贖金還父老，各歸安農耕。煌煌天語下，鼓舞徧八紘。皆言皇極建，待物如持衡。下吏亦能察，小民亦能爭。曷不遵王路，相率同由庚。我今作此詩，紀實詞砰砰。上以頌聖德，仰見天衢亨。下以告有司，閭閻有公評。

金蘭畦尚書挽詩四首

屢見三能拆，天乎又喪公。舉朝重風節，高位實孤窮。主眷升沉外，人情恩怨中。惟應李商隱，一世此蒿蓬。

知己惟公獨，知公亦獨深。人疑削瓜面，我識養苗心。平握量材尺，高張古調琴。一生難及處，下士最虛襟。

人事煩冤極，難將天道論。頻揮兒女淚，先痛脊令原。顧我忘貧賤，諸郎齒弟昆。誌文傳馬監，援筆已聲吞。

京國半年住，西江兩度過。升堂許長揖，下第縱悲歌。疏儁亡嫌少，衰遲負德多。惟餘寢門慟，有淚似傾河。

上元樂府分得崑崙關銷寒第八集

鑾旗畫鼓開春讌，鐙火弓刀光一片。賓州宣撫真人豪，玉手持杯爲客勸。二更未打一更殘，筵前燭花高于山。將軍離席久不出，不知已度崑崙關。崑崙關堅如積鐵，將軍破之若沃雪。當時一騎忽飛來，座客杯中酒猶熱。嗚呼巖關易破賊易虜，功名之地獨難處。君不見偉人一代歐陽修，不及平生尹師魯。

正月二十日同人集竿木庵祀白太傅以春風小榼三升酒分韻得榼字銷寒第九集

春風過上元，迤邐送殘臘。小兒喚補天，煎餅屋山貼。緬惟唐太傅，兹辰地初踏。文星光熊熊，元劉氣已慴。得毋天闢開，佛子歷初劫？流傳長慶體，華梵時間雜。指事必明通，言情最穩愜。何知有李飛，妄論斥嬬媟。居官多惠政，吳越萬口協。立身有本末，黨禍不能獵。哀怨離騷詞，纏綿國風什。初不爲嶄嶄，亦未作翕翕。行身但如此，後來足師法。嗟我後千年，揆覽偶相合。尚友非其人，氣類或可接。旅館祀典臚，朋簪遽云盍。皈心香一瓣，膠牙餳一楪。娛賓設豪鏟見公詩，迎神繙貝葉。只少態與娟，清歌開笑靨。公乎倘肸蠁，飲此小蠻榼。

賤辰適同再賦一律

海山兜率兩茫然，未契那教託後賢。偶爾今朝同墮地，知渠何日定生天？小時誤識之無字，老去慵裁諷諭篇。惟有些些略相似，愛親聲伎學逃禪。

齒痛三首

齒痛逾一年，厥疾亦云痼。漱水時叉牙，對案或投箸。持頤儼若思，盱衡豈其怒？有時極楚毒，少寐輒復寤。呼吸爲寒風，泠然中其處。嘗聞老氏言，患以有身故。此於身甚微，去之何足顧？無奈坐一懦，愛惜加回護。烏乎離心人，安用相疏附？

齒痛各異狀，處方安適從？寒涼喜殺伐，辛烈爲擊攻。亦或用溫平，胡廣真中庸。客乃進一說，蝕此爲陰蟲。幺麼類蟣蝨，長養如斯螽。膏粱更貽患，便此腴且豐。長街有老嫗，持鐵當晴空。是家擅秘術，捕之等捕風。何不假手試，萬一能奏功？悲哉革囊血，蟯蚘穴其中。竭我精與力，豢彼頑與兇。若輩倘足治，我且㠟天公。

齒痛亦何患？患在長無聊。意興嗒焉喪，談笑聲不高。客來問所苦，荷荷語多淆。或云病有根，酒色爲之招。麴櫱藴厚毒，濕熱生鬱陶。蛾眉伐性斧，陰火銷其膏。君何不自愛，以至此疾膠？聞言微反脣，聽我爲解嘲。太公含兩齒，鷹揚來周郊。老聃絶嗜欲，舌存齒不牢。劉靈與阮籍，不聞聲嗸嗸。東方若編貝，少婦美且佼。人生貴適意，外論寧足搖？既難嚼復嚼，政可持醇醪。不然學張蒼，食乳長不朽。

詠苔二十韻

不識春來路，行行三徑間。乍迷原上草，已點畫中山。藥院經時積，雲階盡日閑。燕泥添滑滑，花雨作斑斑。菜甲抽先見，畦丁懶不删。依俙留鳥篆，埋沒想弓彎。玉座侵鴛瓦，長門鏁獸環。無憀閒步屧，有客問當關。斗室居何陋，遙岑望許攀。苑墻緣薜荔，釣石弄潺湲。最憶春陽蹋，斜穿枯樹灣。全家船小泊，雜坐草同班。田愛荷傘紫，酒攜畫榼蠻。翠仍分鈿色，紅或漬香瘢。一碧連裙衩，遙青接髻鬟。蜨飛工小立，鵑淚賸餘潸。跡已無痕過，心難似石頑。小園知寂寂，好鳥任關關。鄉夢依阡陌，遊踪厭闤闠。憑將卜歸路，一笑未天慳。

花朝有寄

花朝寥落苦無花，遙憶銜花鹿女家。燒後草痕才試馬，髡餘柳色未藏鴉。牽蘿只合居空谷，夾轂何煩問狹斜？莫道相逢不相識，年來白傅亦天涯。

寄懷小迂仲恬

小迂作計未全迂，潦倒矗疏乃過吾。學畫已教倪鎮伏，論詩合與李紳俱。無言誰識桃谿好？不見真同靜女姝。六柱船窗屏四面，不知丹粉可模糊？

梁谿谿水轉城隅，失喜船頭一笑呼。蹤跡賈胡淹異地，徘徊黃鵠别中塗。如君爲弟何難有，此世虛名足重無？想得汪倫蹋歌去，也應歸夢落西湖。楯庵將自瀨上邀小迂同游武林。

真州官廨十二詠爲琴塢作

奉爵稱壽之堂

長官亦何樂？壽我父與母。欲知俗醇漓，視此觴中酒。

五雲廳事

上界足官府，繁星麗高旻。不如專城居，容與雲中君。

江寒草堂

古人不可見，陸君師已循良。清風江上來，吹女江上堂。

琳琅閣

插架榜縹帙，扆閣防白魚。胥史莫相問，中無城旦書。

濡墨廊

按月給隃麋，未辨殺青事。羨君坐翛然，縱筆且快意。

射圃

下筆能千言，彎弓必五石。豈知有豎儒，丁字并不識。

佇鶴寮

彈琴竚華月，音響一何妙。自有千秋心，不在一品料。

就竹亭

此君不絕人，人自不敢翫。誅茆與之鄰，庶幾長相見。

桃磎

春風本無言，高下齊著花。思攜一斗酒，石上湌流霞。

雜花逕

曲徑羅疏華，幽禽亦言好。時聞步屧聲，飛去枝裊裊。

湘靈館

帝子眇不來，悵望瀟湘煙。泠泠明月下，如聞五十弦。

南岸青山樓

青山滿江南，作意與之向。何時此樓成，坐我百尺上。樓尚未建。

贈夏慈仲寶晉

是何年少感漂蓬，抑塞奇才磊㞭胸。國士文游此鄉縣，徵君樸學有門風君伯祖醴谷先生。未妨哀豔如劉峻，差喜知交得孔融謂琴塢。青眼高歌須努力，廿年前事略相同。

上巳真州道中寄琴塢吳門并呈穀人先生蓮裳甘亭芙初諸君二首

客裏都忘是禊辰，翻緣倚棹傍湖漘。初黄柳色欲驕客，新霽山容如麗人。羅綺未能除結習，江湖亦合有前因。只憐翠竹江村路，兩度遲回未問津。

桃谿卅里待春蝸，文杏先看幾簇紅。倦客心情花事外，長官風味酒杯中。官醞頗劣，故戲及之。題襟集古餘耆舊，播掿詞成託雁鴻。便寄歸心與吳苑，孫郎已否到江東？古雲有金陵之約，時琴塢即自邗之吳門。

三月四日子貞招同汪玉屏坤江素山詡游湖上同用昌黎寒食出游韻

嗟我與君同一病，已過中年氣猶盛。流浪江湖不自知，衰顔素髮交相暎。天涯握手本偶然，尚有童心與春競。鑾江歸棹來韓江，槐火石泉鬭新詠。亟邀佳客同出城，雙槳掠波斜不正。東風雖急飛雨無，文杏已紅小桃更。江梅淩亂寒尚留，山鳥間關暖相命。金山小似玉帶橋，桃塢深如熨斗柄。青裙縞袂兒女愁，柘漿麥飯烏鳶慶。衣冠嶺上有餘悲，草木人間皆可敬。亭台幾處就傾積，煙水一灣轉遐敻。頗思惠崇論畫禪，亦有醉素乞草聖。謂序初、慧林二上人。汪江相識皆十載，意喜此游見能併。參差不遇寧非天？悲慨無端已成性。素山他出不至。狂來且問酒家胡，指點銀缾倚豪横。鮆魚白白銀鱗登，燕筍篸篸玉版迸。江南平遠山可憐，隱約雲鬟照明鏡。春餘夏首遲我來，鬭酒徵歌敵君勁。九事八律古所云，我作此詩亦如今。

梅花嶺

已分梅花落，來猶賸幾枝。冰霜銷綺麗，人物出衰遲。薄暝風颸急，參空松櫝悲。誰歌後庭曲？商女未愁知。

桃花庵

湖上亭臺列畫圖，此庵幽絶水雲孤。唐生近欲依禪榻，問一圓蒲肯借無？用子畏讀書事。邗上雲蘋已十秋，故人好事續風流。即看滿壁滄洲畫，第一難忘顧虎頭。亡友芷山曾結詩社于此。

清明日蓮裳招飲寓館

重三百五又清明，并作春韶款客程。繫櫂延緣遊子意，開尊倉卒故人情。指僂舊侶多零落，身入名場任重輕。十載江湖杜書記，固應難忘是蕪城。

哭金仲蓮五十一韻

少壯盛意氣，中年感窮通。功名天下物，何必出自躬。所以吾黨士，結望方無窮。金郎尤瑰環，天馬凡群空。少無紈綺習，長有玉石攻。一戰遂稱霸，厥聲何隆隆。春官試屢蹶，十上十不逢。雖云時命蹇，或亦讒忌叢。刻印趣銷印，李廣終不封。君試筴已刻復毀。中書非不中，入貲豈其衷？良由門戶計，黽勉卑蜚叜。嚴君大司寇，峻望齊華嵩。一陳山左臬，再建江西幢。生平志剛果，疾惡真如風。白簡不待旦，霜威凜嚴冬。群吏狃積習，見之先怔忪。頗思手爲洗，未免足已重。君每當庭趨，乘閒言從容。父子自知己，韋弦相彌縫。司寇既入朝，君始厥職供。遷秩得部郎，謂可酬勛庸。寧知橫摧折，莫邪埋銛鋒。芳蘭一朝薙，蕭艾榮芃芃。騏驥伏櫪死，萬駑矜風鬉。於國失俊桀，於家喪祊宗。無怪思子臺，血點垂心胸。此老不憖遺，鬱然留孤忠。殘客客袁浦，忽聞來耗凶。驚惶雜疑信，旋覩贈卹崇。公既返箕尾，君已迎芙蓉。夙昔知己淚，一瀉懸河同。記從別京國，又躡洪都蹤。時雖易鷁蜂，志實齊雲龍。君頗喜任俠，喔咿嗤愚蒙。我輒進苦言，聽受何淵沖。我時困羈屑，君來春融融。笑譚雜諧謔，歡喜及僕僮。閒論經世事，練達加磨礲。樹骨甚礫卓，居心何醇醲。我知造物意，未肯哀疲癃。不然繼賈鼂，下亦爲黃龔。我老謝科舉，病奞毛氋氃。司寇顧之歎，曰豈終蒿蓬。萬一制科開，當以君名充。自慙極藍縷，感激非盲聾。君家好昆弟，三株茁青葱。中先弱一个，季也文尤雄。賦性又獨摯，不僅詞章工。天其或鍾美，閼彼使此豜。遺孤須教督，偏親已龍鍾。勉卒乃兄事，以慰泉下翁。并示近園。

琴塢重脩明靖南侯黄得功墓立碑屬書其陰

衣帶朝廷小，彈丸控御屯。孤忠出鹵莽，一死見君親。血是前朝碧，碑從守土新。梅花高嶺在，相望各嶙峋。

題老蕫畫冊十二首

嶂複岡重不計程，谿邊時有小舟横。人家只在深深處，但要沿流曲折行。

讀畫醒然憶昔遊，不多煙景入新秋。退紅簾幕無人卷，一角青山獨自愁。

遠山如拱谷如盤，嵐氣陰陰畫亦寒。幾日更添濃緑去，多應不見此檐端。

山是礬頭澹欲活，樹如鴨腳老能紅。問渠水閣人何處，去作寒江獨釣翁？

明漪麗草隱回灘，歷歷遥青屋背看。一个茅亭著來穩，更無人到想高寒。

只著疏寮不著櫺，兩重石級啓巖扃。松風略滿幽人耳，吹得群峰笏笏青。

結廬頗已遠人寰，突兀峰腰屋幾間。不信還嫌未幽絶，拓窗要對隔溪山。

只尺廬山未得闚，石門遊屐失前期。憑君筆底銀河水，且與人間洗惡詩。

犖确山行愛意行，一重一掩石阤平。欲尋微徑從何轉，莫有前頭拄杖聲。

泊得漁舟已下舂，水楊柳底暗蒙茸。不知過了幾番雨，峰外數峰如此濃。

斷崖嶄絶一橋嵌，歷亂樗蒲石劍函。髣髴善權山下路，緩尋直到碧鮮巖。

江水湛湛上有楓，倚天石壁立青空。衲衣紅入前山去，不是漁翁即醉翁。

淮壖即事四首

屢數歸期總未歸，又馱細馬試征衣。笑看塵土茫茫裏，尚著漫天柳絮飛。

畫鼓青旗一色新，髫童丱女說迎神。少陵老眼忘南北，剛道水邊多麗人。

高冠長劍任巍峩，國士而今竟若何？重向淮陰市中去，當時年少亦無多。

笛伎箏師老厭聽，偶然貰酒到旗亭。綠章正有閒封事，欲付匆匆附耳星。

題惲仲叔南田父子展祝月隱處士墓詩卷

倉卒甘陵政鉤黨，淒涼桑海有遺民。書生能作朝陽鳳，死友還來汐社人。終古西臺多涕淚，至今山鬼護樵薪。蕺山講舍巋然在，唐述時應一問津。

買舟將歸梄庵已山苦留絫日感其悃款笑此滯淫被酒縱筆得六言四首題歐齋壁

往者我生不辰，今兹太歲在酉。昨暮真大醉耶，明日定成行否？

謝客疑是山賊梄庵方自浙游回，馬援有如賈胡。扁舟一留十日，歸夢三江五湖。

露似珍珠懷墮，風裏金鈴願奢。尋徧天涯芳草，負卻江南杏花。

作賦喜逢趙壹白亭，對牀更得姜肱筠厓。最難人世離別，因憶家園弟兄。

五月十三日晚過邵伯堰

横猋急溜下荷塘，路近江南不厭長。聞説游波困蓮勺，可能春酒變甘棠？人歸亥市漁蠻散，艘趁丁沽野艇忙。垂老心情倦行客，幾曾問訊野鴛鴦？

夜登舟背望甓社湖

遲遲出浦漵，渺渺有菰蒲。急雨驅雲淨，平湖展月孤。千秋誰國士？萬古此明珠。太息浮沉裏，吾應號釣徒。

和韻答積堂

得書未暇報匆匆，況復差池歧路中。往日微言還在念，平生持論最能公。神仙眷屬三生定，骨肉文章一派同。嵩岳明年夸盛會，要煩二客爲歌風。謂小獻、琴塢。

原作　殳三慶積堂

胥江分手記匆匆，結想頻勞兩歲中。君許魏昭交郭太，我如丁掾感曹公。要推别席其人坐，謂詞仲，用延明事。深望仙舟此客同。況是百花新酒熟，好來沉醉譖春風。

月夜金壇道中

倦遊頗厭鯀華扃，舟發揚州如箭發。雲陽曲阿夢中過，時聽鳴鉦夜半聒。橋回七里轉金壇，稍覺高岸成平灘。人家聚落多妥帖，田塍鵝鴨皆寬閑。晝行幾及八十里，亭午方能見睥睨。掩篷偃臥不知晚，忽有船頭員月起。此時舉酒坐船頭，船在月中月在水。條條港浦遠相通，獵獵菰蒲響不已。人生要識江南路，此是江南分界處。雄山莽水讓人豪，福地洞天容我住。良常之山巖洞幽，群仙正作新宫游。要我作銘如琳璆，誰其書者王虚舟，人間宰相真蜉蝣。

題朱理堂爲燮洮湖看月圖并寄椒堂京師

天涯明月在，世上旅人多。無意此相見，有情還奈何。弟兄孤賤鬲，湖海浪游過。我亦違離久，因之發浩歌。

芝亭挽詩四十韻

淮海歸來日，寧知走哭君？尋常歲時別，倉卒死生分。疇昔交相見，伊人矯不群。華年麗初日，仙眷豔微雲。接坐青綾障，看書白練裙。綺紈違宿尚，圖史愛清芬。佩欲三言貫，香勞一瓣熏。識途憐蹭蹬，媚學實辛勤。刮目非吳下，蒼頭出異軍。延秋頻刻燭，銷夏共誅蟁。歌有同聲樂，時多即事欣。酉年占得酒，卯飲判斜曛。利殺三分水，天華十色雯。荷塘平淼淼，梅渚遠沄沄。隨意嘉招得，閒徵疋令云『徵』一作『翻』。庾詞答秦客，數典擷皇墳。覆射盂中蜥，奇徵缶內豶。從容飲文字，屏謝饌羶暈。白剝貓頭筍，青烹鴨腳芹。夜航常寄櫂，猛燭或燒麖。松自惟依柏，蕕寧許雜薰。二難齊軾轍霽青、子未，四俊合苗員潘、吳諸子。屢卜朋戠盍，歡逢客至麇。招要過信宿，消息必知聞。俗異酸鹹嗜，庸疇翰墨勛。珊牀森淚竹，鈿匣養羅紋。縹碧裝成帙，官哥冪用帉。屐巾何楚楚，臧獲亦殷殷。好事非豪舉，甘心在立懂。富裁如布幅，事已類絲棼。蓼苦烏能徙，蘭芳竟自焚。蚪書何促迫，鬼伯太蒿焄。空自三豎謁，其如百慮紛。魂應戀山水，生幸返榆枌。老我無多可，違時犯衆狺。敢言尊鄭圃，猥辱儗河汾。寥落元亭酒，淒涼郢氏斤。更誰託末契，反與定遺文？詞苦難爲讀，醪酸不足醺。聊憑呵壁意，沾灑問靈氛。

坐起

坐起蕭然一欠申，短檠瘦影獨相親。病原常事久生厭，秋到無聲聽始真。竈婢語多渾是魘，鄰尨吠急悄疑人。已看紀渻雞如木，翻遣朝朝不失晨。

病起至靈芬館

一月吳鞋不蹋泥，緩循廊角步高低。歸來兄弟仍離別丹叔在楓涇，病後琴書翻整齊。修竹甘蕉相習久，蛛絲蝸篆各留題。心期尚有幽蘭在，新箭疏花白似荑。

吳雲璈鳴鈞分湖秋泛看子三首

淩莫紛爭久，松婁聚訟頻。何如此湖小，名字炳周秦？

眉痕淡淡山見，蘆葉梢梢岸迴。打槳合呼魚婢，過簖先尋蟹魁。

曾記輕橈劃水雲，故鄉别久斷知聞。白鳧老去閒鷗散，略見風標是此君。

謝龔五蔭軒餉餅

重羅白麵白於雪，細碾胡麻落香屑。煮豆作沙糖作霜，修出團圞手中月。是間食品輸吾鄉，縱有餅師不堪説。不知方法誰爲傳？失喜堆槃詫奇絶。秋來作客殊蕭寥，乞食正苦飢腸枵。况復病起尤老饕，所恨牙齒無堅牢。龔侯知我營口腹，見餉不藉檳郎消。彭城戍卒長愁餓，餺飥來徵一萬箇〔一〕。書生留口無多談，好待明年炊餅大。

【校記】

〔一〕『飥』，底本作『託』，誤。

題許玉年乃穀爲楯庵畫石

老龍蜕骨無人收，雷公持斧相雕鎪。雨淋日炙螻蟻穴，點綴一段荒園秋。亭臺有主已數易，餘此老物蒼然留。山鬼水怪隱蘿薜，誰復見之回青眸？老楯蟠囷有五嶽，玉子下筆無滄洲。寸縑一埽頭角出，坐覺翠色窗間浮。袁江風土殊下劣，黄沙卷地洪河流。盆山拳石不易致，愚公束手夸娥愁。何不畫取飛來之峰挂齋壁，請君日日爲臥遊？玉子，許自號。

開鑪日同集歐齋以石湖開鑪修故事聽雨說新寒分韻得寒字

半是新知半故歡，油窗花戸坐團圞。鑪熏尚記東京夢，瓶水能知天下寒。歲序崢嶸催老急，客懷牢落得歸難。分明合眼田園見，芋火柴煙語夜闌。

寒色

殘年客路長，凝望逈蒼茫。一照千家月，連屯萬馬霜。關河侵遠夢，天地入斜陽。滿目登樓賦，垂垂接大荒。

寒意

誰詠苦寒吟，寥哉羈旅心。風沙古堠遠，鐙火夜堂深。袖手鑪同擁，開缸酒細斟。時聞有歸雁，亦未動哀音。

大雪後二日小雨薄暄似有雪意用東坡祈雪霧猪泉韻

朔風卷黄埃，眯目無太山。掩關坐終日，誰與相往還？胸中清絶境，一失渺難攀。夢回聞淅瀝，疑在江湖間。稍能潤枯槁，未足洗昏頑。生機與殺氣，一物相循環。那無冰霜手，爲我誅茅菅？我欲訟青女，何用常安閒？故園老梅花，疏枝不容刪。將歸共歲寒，扁舟豈渠慳？

楯庵以小病不出疊前韻見示同人既聯句答之次日復有詩再用前韻

衰老愛内典，窮愁思名山。墜葉苦辭去，倦羽乃知還。芳蘭騷人佩，叢桂淮南攀。從知蕉萃意，多在遲莫間。居士偶疾病，老子非痴頑。出語極通脱，如解齊后環。篋中錦百兩，示我蒯與菅。臨軒坐晞髮，百忙消一閑。羈思日以積，沉憂何能刪？待君爲説法，妙義未可慳。

楯庵以詠薑并示老薑詩屬和用前韻

薑桂豈因地，松柏必在山。物各具本性，一真不待還。庭前老梅樹，著花如可攀。眷言倔彊骨，亦在夷惠間。竹君晚多節，石丈老更頑。冰霜立磔卓，風雪戛佩環。託身或非所，斫去同草菅。萬物私自我，至人觀其閒。風詩苟有託，不必章句刪。吟成自咀嚼，義闊辭何慳？

寒江獨釣圖

漠漠愁雲撥不開，茫茫孤櫂獨沿洄。豈知世有牛車客，也説江湖滿地來。

客裏

客裏殘年黯自驚，蒼茫身世短長更。夢回缺月到窗半，酒醒薄衾如水傾。千騎弓刀連朔氣，一樓鼓角入邊聲。揚州年少夔州老，慷慨還應識此情。

曩於淮陰程抒懷憬齋頭見一研而愛之别去後抒懷介巳山以研見惠作詩奉謝

故紙成堆筆成冢，老作蠹魚猶鑿空。平常憂患不自憐，多生習氣乃爾重。惰農無田食研田，研已如臼行將穿。忽逢石友來照眼，如見麯車先流涎〔一〕。蕉心抽白流霞紫，檀匣初開光溢几。心所欲得口難言，脱贈千金那能儗？投魚以蚓喜可知，木瓜載美齊威詩。含豪和墨非敢遲，愧無玉佩瓊琚詞。

【校記】

〔一〕『麯』，底本作『麵』，許增本以墨筆改爲『麯』，是。

題荷花仕女

采得雙頭雜笑嚬，垂髫猶自倚芳春。江鄉未必無西子，蘆雪菰煙老卻人。

琵琶樓即席有贈

但聽琵琶路不迷，高樓仍枕浣紗溪。唐宮樂舞皆成字小名太平，吳苑人家舊姓西。滴粉搓酥嫌玉瘦，吹花嚼蕊恨音低。樊南不分才情減，道賦無題又署題。

手鑪

儘許薑芽斂，偏宜茜袖藏。縣椎憐我拙，執熱笑人忙。暖老應名玉，連天舊姓張。封侯與洴澼，誰試百金方？

門簾

朔風聲已厲，塞向類營巢。試遣鴉叉挂，無煩屈戌交。闥排妨直入，帽側見低捎。回首故園裏，應添屋上茅。

暖硯〔一〕

陶泓非熱客，冷澹亦何傷。策短聊攻火，恩深别賜湯。隆隆試風手，盎盎發幽光。絶憶寒閨裏，含豪自點妝。

【校記】

〔一〕《暖硯》至《紀事四首》諸詩，底本缺，據許增本補。

短檠

二尺提攜便，寒宵伴苦吟。牛毛書字細，人影逼窗深。寂寞分光意，淒涼射策心。寧知羅綺畔，列鉅照華簪。

明許光祚蘭亭碎金石刻今歸已山以拓本屬題爲作二絶

煥若神明妙若新，蘭亭遺跡未渠陳。人間但有翦綃手，身後應無發冢人。

明珠百琲摘龍頷，珍重歐齊石一函。衹與胡椒鬬多少，可憐齒冷木棉庵。

紀事四首

欃槍先示象，宿衛亦無譁。螙爾如螳臂，公然犯帝車。神靈扶社稷，雷雨失蟲沙。金闕觚稜外，安危百萬家。

列徼三軍壯，周廬萬馬屯。苟無十常侍，誰啓九重門？作事真龍子，將心奉至尊。即看哀痛詔，稠疊有殊恩。

元武帶鉤陳，尊嚴諸大臣。如何北門筦，不及抱關人。功過誰能辨，平反氣少伸。平生申不害，差喜論齗齗。

鬼卒家家奉，神叢處處遭。華嚴寧有是，溝孔竟難逃。治術思公等，妖言誤女曹。從今安畎畝，買犢解腰刀。

卷七 甲戌

五嶽待游集

幼慕采真，病思學道，青山招我，白雲笑人。平生止一弱女，今年當築甥館，向平之願〔一〕，行可遂矣。先題此集以當息壤。

【校記】

〔一〕『向』，底本作『尚』，許增本以墨筆改爲『向』，是。

洗兵馬

妖狐夜嘯豖韋墟，馮陵城社伏以狙。蚼蟰生子狼生貙，負此一垤如負嵎。曹邱蛾賊已電埽，直北萬馬齊雲驅。牙旗玉帳指太乙，羽林佽蜚拱中樞。天威所臨神鬼效，地雷奮擊蟲沙無。何人腰矢張天弧，文成之孫稟廟謨。宿將勛名舊楊僕，都轉轉戰來長蘆。十推一抽盡鷙勇，九攻十圍皆殲除。一狐跳走中道斃，縛取兩孽同孤雛。嗚呼白日中天那，有此三里之霧五斗米。一聲霹靂摩空來，爾日妖群已心死。天門詄盪九重開，風定屬車塵不起。太平容或有蘖芽，端賴諸公修政理。君不見欃槍不靈蚩尤下，北斗三能炯相射。銀河何用壯士挽，但向人間司米價。戴石屏詩：『天河司米價。』

送慈仲赴春官試

九萬風先試一摶，雲霄拭目望鵷鸞。如君自有三千牘，笑我曾經十八盤。年少登科人所羨，貧家嫁女古來難。畫眉好在春風手，趁取題名墨未乾。

贈別汪丈審庵

人世原無浩盪愁，興來真欲傲滄洲。讀書小作蟲魚注，行藥便同禽向游。佳語即今聊爾爾，名亭從此號休休。江湖滿地人如海，安得與君共拍浮？

春雪

去臘不見雪，入春已兩番。欲回寒後力，反沒燒餘痕。宿酒解仍醉，薄雲痴尚屯。故園梅信晚，歸及共黃昏。

題屠子垣湘青山歸趣圖

門外垂楊已十圍，門前新水沒漁磯。青山大是無情物，冷眼看人歸未歸。

送靑士滇生入都兼寄吾亭紅茶霽靑諸君

雪後郊坰草已萎，遙天雁影一行齊。功名要及當年立，朋舊幾從客路迷。長樂鐘聲催仗馬，函關烽火靜鳴雞。諸公努力濟時了，書報潛夫莫漫題。

題管煒集爲萬杏村鏞作

物有至性生是獨，半死之桐孤生竹。非無鸞鳳和鳴聲，終作哀音歌寡鵠。寡鵠之歌哀復哀，上有滄浪白髮之衰翁，下有黄口六月之孤孩。入廚作糜米已盡，顧視牀頭呱呱索乳中心摧。三十年間心血竭，容易阿翁窀穸子成立。頌母壽母成一集，彤管何如此心赤？

次韻答已山留别之作

久向江湖署釣師，得歸翻更動離思。大難未遽知來日，小住渾忘是去時。醉後直須淮似酒，鐙前已有鬢如絲。山塘花月西湖水，舊約重尋爲爾遲。

題西湖三舟圖并序

蕭晨爲王子厎考功作。三舟者，宋荔裳、楊執玉及子厎也。三人先後來遊西湖，屬蕭作此，以紀其蹟。卷中一時勝流畢集，今歸葉大令申薌家，大令介鄭堂屬題，用合肥尚書韻。

前輩風流繼白蘇，逐臣放士亦潛夫。當時吟稾應多有，惜少人傳主客圖。

湖上年年打槳行，聽風聽水聽鐘聲。只憐俊侶多星散，賸有閒鷗識此情。

淮壖席上再别已山一首

燭花紅豔酒波肥，不奈筵終手共揮。窅窅絃絲催遞淚，沉沉漏鼓促更衣。男兒慣作中年别，行客思同送者歸。此意他時端不負，先須料理釣魚磯。

茱萸灣是去年清明前五日與審庵聽香别處

繞郭垂杨煙態横，不多時節又清明。一經離别成前度，尚爲友朋戀此生。芍藥年華絲鬢老，茱萸港汭穀波平。題詩先寄汪倫去，恐觸江郎賦别情。

途次無酒以詩乞諸穀人先生一首

人世何知途有窮，途窮只恨酒尊空。揭來又復經三宿，老去還思時一中。燕市荆高無舊侶，揚州花月更誰同？先生大好元亭在，反向門前乞酒筒。

穀翁餉酒來書有不免爲醯之謔而酒特佳用韻再呈

平生亦信未天窮，坼甕居然清若空。小飲自疑思過半，平日獨酌不過十杯，是夕連飲十五杯。太平喜見字當中泥印。放言跌宕誰能共，投老江湖跡偶同。想是南鄰曾許喫，故煩阿段送郫筒。

京口見杏花

夜來宿酒尚餘酣，喚起長年送一帆。好爲先生報歸也，杏華紅處已江南。

岸痕斷處草如葱，薄霧開時日色紅。憨煞當壚誰氏女，低鬟消受酒旗風。

道中聞蛙

已有私蛙閣閣聲，四民月令不分明。村夫子亦漢書讀，要問唐都雒下閎。

一笑

一笑今吾異所聞，翻新世事劇紛紜。絕交反到嵇中散，識字何來揚子雲？竿牘有時煩此老，參差猶説望夫君。黎軒善眩偃師戲，那用先生乞巧文？

閏花朝阻風金壇先寄曼生用昌黎寒食出遊韻

春風中人如酒病，今日顛狂怒尤盛。遙峰久與船低昂，雪浪真同髮掩映。飄然身世一虛舟，進寸退尺那容競。平生三見閏花朝，兩度賓朋盛吟詠。老梅幸未東閣殘，危樓恰面西湖正。乙卯同人集靈芬館，癸亥同集西湖之第一樓，皆有詩。少別難將去日留，相逢忽訝今茲更。當時豪興半銷除，老懶誰能乞花命？孟婆合阜封姨驕，絕似宵人弄威柄。紛紅駭綠惜群芳，如此生朝何足慶。豈無十丈護花旛，安敢憑陵邀我敬？只憐中道自徘徊，前望酒樓路猶敻。思尋賀監醉謫仙，恐累耒陽葬詩聖。慳風嗇雨數多奇，樂事良辰古難併。丰昌各占桃李場，辛苦獨諳薑桂性。蒙頭且學安石臥，張眼試看孝直橫。遙知官舍連理枝，幾粒桑芽青已迸。非無侍史立屏風，亦有妍娥對明鏡。一聲兩聲水調哀，三竿五竿竹枝勁。何當筵上玉山穨，著我襴衫抛小令。

題姓厓槎谿老屋圖用可閑老人舊韻

青山好付讀書孫，老屋欹危故國存。一帶谿流入圖畫，百年喬木見人門。閑鷗浩蕩尋前侶，新燕徘徊認舊痕。便放扁舟送君去，小桃花底月黃昏。

趙北嵐明府曾重修國山碑亭繪東吳片石卷索題三首

千年翠墨拓模糊，名士從來作計迂。想見歸來堂上坐，不曾惆悵牡丹圖。

生兒安得如征虜，立石還聞有討曹。一種文人逢亂世，譙周華覈那能豪？

春山蠟屐記吾曾，眼見危亭立上層。祇有閑情無勝具，但隨胡蜨到青陵。前年遊善權，僅至碧鮮庵而止。

題鈕叟樹玉非石圖

秘書龍威授得，奇字侯芭問無。孤立笑渠石丈，千頭少他木奴。

歸家即事

埽地焚香樂所便，得歸垂橐亦忻然。雖開蔣徑無三益，差喜蕭齋對四賢張四賢圖于壁。漫士頭銜新自署小迂爲刻蘆士印，故人書札檢重編。弓刀滿眼河流急，招取驚魂已隔年。

歸後見庭前梅子如豆杏將嫁矣

酸著枝頭花已殘，雨餘樓上夢猶寒。好風只送匆匆信，芳事明知漸漸闌。不分歸來驚節物，劇憐老去雜悲歡。生平雅有風雲氣，振觸閑愁豈一端？

方蘭翁所畫南湖修禊圖今藏文後山家上巳過後山齋頭出觀爲題二首〔一〕

佳游留得畫圖看，煙雨樓頭食又寒。我是湖中舊鷗鷺，曾從病裏識方干。

故侶重逢笑語溫謂種水，扁舟一繫郭東門。青衫未要湔裙水，爲有年時舊酒痕。

【校記】

〔一〕『禊』，底本作『楔』，誤。

種水同話于後山齋中臨別以詩卷屬定舟次率成一詩即題卷尾

蒲帆晚挂雀湖濱，秉燭登堂爲所親。意外合并殊喜抃，談深圖史又橫陳。別經三載應思我，事在千秋莫讓人。竹老樊翁徂謝久，請看片石尚能珍。君新得竹垞著書研，樊榭有記。

細雨斜風又卻回，一編好伴酒尊開。年華如水波瀾老，兒女成行婚嫁催。鄉里善人差足矣，諸侯上客亦何哉。葑田二頃牛雙角，終約同君種水來時以種水圖索題。

神機銃匙歌右款『咸亨元年朔方兵仗局造』，左款『神機銃匙一萬二千六十二號』，柄款『重二兩五錢』。今藏文後山鼎家。

高宗十四改年號，其七咸亨己未造。爾時軍政失調馭，兩衛紛綸邏娑道。李勣已死仁貴逃，欽陵悉多桀且驕。朔方兵仗誰所鮨，將作大匠徒煩勞。嗚呼宮中禍水滅火必，女戎之興豈兵力？銅仙下淚金輪高，轉眼俄成大周國。

餞春日風雨雜作不能無詩

天涯歸思日紛紛，不道歸來便送君。倦客情懷愁聽雨，美人身世易爲雲。琴心對鬢歌三疊，帶眼移腰瘦半分。月小閏年都莫問，一般惆悵倚鑪熏。

顛風急雨送黃昏，深下重簾靜掩門。朔漠去憐人絕代，闌干留與客銷魂。墜歡狼藉徵花史，舊事依俙認酒痕。從此青青河畔草，不知誰解憶王孫？

齋居無事簡閲故舊書尺見韜園己巳六月八日同人夜集靈芬館小疾不飲賦呈之詩蓋五年矣嘅然有感補和一首寄韜園并瘦山

迅流無恬波，急弦無近射。年歲苦催人，容易得清暇。紅英墮餘春，綠蔓結新夏。疏雨時響廊，微月暫白夜。倦羽忻所歸，隨意拓亭榭。筆硯各洗滌，圖史或枕藉。料簡故人書，百番展未罷。紙裂印在縫，墨渝字留罅。區區見平生，念念有變化。三霜及兩暑，節物更代謝。何當呼嘉賓，復此坐精舍？燕賞近亦稀，壺觴端可借。翩然兩黄鵠，遲爾雲中下。

雨中偕退庵子未瀟客丹叔訪北山草堂遺趾觀舞褏峰

微雨濕平蕪，極望皆青畝。漾舟不覺遠，處處水楊柳。況有故人招，肯使近局負？言尋北山堂，曲折抵港口。土垣築始周，竹關低可叩。欹肩入桑陰，著屐破苔厚。巋然一峰高，獨立石新婦。翩躚動巾拂，回旋去迷左右。仙仙疑將飛，矯矯忽欲走。婉婉如有言，亭亭本無偶。居然秀華崧，安敢輕培塿。追維花石遺，艮嶽亦已朽。不如黄冠師，一拳尚世守。開軒面野水，濃綠到窗牖。髣髴玉女闚，低鬟一回首。歸榜趁未晚，薄寒還命酒。遙見雲中君，爲我小垂手。

吴門寓齋雜感

睡餘頭目覺涔涔，病酒耽花漸不任。貧是舊交那忍逐，老如生客苦相尋。求田翻蠟遊山屐，取酒先支諛墓金。世事周章吾懶惰，一窗松影坐來深。

千尺花潭舊姓汪，蔫絲續命返生香。雲爲神女荒唐夢，雹是仙人博戲場。肘後雙璫連尺素，胸前一縷綴紅牆。伯通逝矣梁鴻老，從此臯橋屬泰孃。

楚纍伍相豈煩冤，其奈鄉邦習俗存。要使吴兒皆木石，不令下女薦蘋蘩。龍旗戢戢藏三翼，魚鑰沉沉鎖八門。失笑便宜狂杜牧，水嬉未免又銷魂。

落穆形骸濩落情，清和時節似秋清。鶯花國有幽并氣，長養風多角徵聲。塊獨且爲無事飲，蕭閑寧有不平鳴？料渠解䅵筵開日，應爲團圞念遠征。時將有金陵之行。

題子瀟太史隱湖偕隱圖

山作屏風雲作圖，全家移住此冰壺。嘉名天與幽人錫，底事黄冠乞鑑湖？

有官不赴過中年，鰕菜難忘范蠡船。一樣圖書與雞犬，免教人謗是神仙。

連朝歲歲客天涯〔二〕，歌罷五噫亦自嗟。分與一篙瓜蔓水，不消杵臼傍人家。

【校記】

〔一〕『連』，底本作『運』，誤。

題曼生爲趙北嵐畫善權洞扇子

昔遊歷歷真如夢，山水清蒼善卷洞。張公玉女亦招人，其奈塵凡俗緣重。下洞琤瑽哀玉鳴，上洞石乳丹砂明。當門一石老如丈，瘦骨欲與秋空撐。當時蠟屐窮荒怪，落筆鐫劖殊自快。忽然眼底見真形，始覺詩工不如畫。兩君作吏吏而仙，與我交好寧無緣？碧鮮庵畔讀書處，商略他時爲買田。

題改七薌琦爲余畫鍾馗弔屈幛子

山中進士衣冠古，水底孤臣佩服芳。一等牢愁君莫問，都隨兒女鬧端陽。

小妹風流似小姑，紅衣猶是嫁衣無？秭歸村裏秋磓動，更與嬋媛問女嬃。

題桑連理館圖二首

神仙例合起新宫，歷歷星榆訝許同。接葉交枝初海日，吹花嚼蕊忽天風。已聞蠶織安斯俗，儘好琴書娛乃公。深擁黄紬衙放早，文窗一抹曉霞紅。

繞郭煙嵐翠作堆，屏風山名疊疊爲君開。人如獨鶴離群立，客似佳山排闥來。雲漢今多閔雨意，風流誰是謫仙才？黄簾緑幕題詩處，更乞天瓢一洗埃。時望雨甚切。

題琴塢就竹亭圖即效其體

屠君下筆無不有，多生墨君三昧手。爲渠寫真兼賦詩，亦復處處手種之。清平山足檀欒室，蕭郎一叢森卓立。舊廬石號小奇礓，翛翛鸞尾移其旁。是時渡江風雨怒，我與此君同入戶。我爲長歌君復酬，醉墨澟澟欺霜秋。十年舊事瞥眼過，君落塵埃我老大。真州自古山水縣，桃李漫山開不算。幾叢老竹結一亭，如見故人先眼青。故人于世了無用，江海一竿庶可共。他年投老萬事足，竹不就君君就竹。

小青小影

幽怨心情薄病餘，西泠容易葬香車。如何一段傷心史，尚被人疑是子虛？

鏡潮鏡汐爲誰容？難畫亭亭意態工。辛苦流連問團扇，憐渠并不識秋風。

唐子畏牡丹仕女

名花一枝傾一國，義髻峩峩斜領側。曉風吹得紅酥融，人與花枝兩無力。南京解元濩落身，一生未識金鑾春。傷心流俗呼才子，隨意丹青畫美人。

曉起至東城觀荷花分韻得送字

幽禽喜喚人，林梢已清哢。驕陽逞虐威，及此尚未動。招攜東城游，出戶如出甕。葛衫風力輕，芒屩露痕重。積水湛虛明，花多了無空。搖搖翠蓋擎，一一玉顏貢。拳拳如感甄，婉婉欲窺宋。雲霞相鮮新，鷗鷺絶迎送。似聞昔名園，山池接楣楝。地爲滄嶼園故址。廢興一仰俛，造物足摶控。野彴臥平疇，奇礓隱叢葑。但當恣遊遨，安用雜嘲諷？樊川愛晚晴，我意乃殊衆。歸來卷疏簾，坐破萬家夢。

水車謠

犖犖确确，水車脫輹。脫輹猶可，水不沒足。一解。下田車水，車一夫三。高田車水，三車相銜。下田稏秧秧欲枯，高田有秧能插無？二解。孤山自言高，不能爲天生片雲。洮湖自言廣，不能活汝髻與鱗。山川之神兮，莫哀我民。三解。我民既勞止，長官亦良苦。入城拜城隍，出城迎龍姥。十日求來一番雨，水車暫停雨亦住。杲杲紅輪又天曙。四解。水車水車力已竭，爾龍不來勞爾骨。何時高田下田水浸畦，挂汝壁間跨我木駃騠？五解。

十五日偕非石理堂午莊子若小曼訪家鏡我僧懶堂于東寺留題一首

逭暑尋初地，攜儔出近坰。樹從僧臘古，草入藥苗馨。雉堞澹斜照，魚雲明遠汀。此時閔雨切，莫放四山青。

洮湖櫂歌十二首

郎似浮山日夜浮，妾如湖水鎮長流。浮山只在湖心裏，阿郎只在妾心頭。

鵓鴣嶺下雨冥冥，雙槳回時一棹停。忽地好風卷雲散，烏山淺碧燕山青。

白塔青旗畫不如，寒光亭畔餞春初。船孃纖手下鹽豉，千里蓴絲半斛魚。張于湖詞：『湖霧平吞白塔，茆檐自有青旗。』《景定建康志》：『千里湖，在溧陽縣東南十五里。』張籍詩：『長蕩湖一斛，水中半斛魚。』

木杓兜前花自落，伍牙山頂鳥空啼。投金瀨上歌一曲，傷心無乃杞梁妻？上二句，狄玔《金瀨弔古》詩。狄工詩，以節聞。

一片蒼雲老故姿，玲瓏也入習家池。儂心最愛雙橋石，守定雙橋總不移。蒼雲石在書院，曼生復移玉玲瓏以配之。忠義石在雙橋，重不可致也。

盪入湖心采蔿花，戈家小扇日痕遮。輕容方空都嫌薄，刀尺新裁四緊紗。戈扇有名四緊紗，見《建康志》。

處處波漂百子蘋，酒樓三月又殘春。詩人只有青蓮好，解道楊花愁殺人。

煙水依然范蠡湖，谿山日對米家圖。不知絲網橋邊過，曾有西施網得無？米友仁有《溧陽溪山圖》。

銅斗歌成酒易賒，當年仙尉羡浮家。紅香亭小東風大，又落薔薇一架花。孟東野有射鴨堂薔薇詩石刻，舊在紅香亭。

丫髻山前打櫂催，明眸寺裏進香回。山光水色長如此，肯與兒郎賣眼來？

避暑新開風月堂，鰕須七尺水紋涼。睡餘詩句知誰續，問是梅孃是杏孃？風月堂，張孝祥有記。趙南仲《避暑水亭賦詩》有『身眠七尺白鰕須』之句，侍婢梅姐、杏姐爲續之云『公子猶嫌扇力微，行人尚在江塵道』，見宋人小說。

綠荈朱藤愛近遊，鴛鴦也要幾生脩。勸郎莫向盤山去，到得成仙白了頭。綠荈朱藤，周綍《太虚觀》詩中語。觀在盤白山，以仙人李盤白得名。

曼生學書圖

世間無事非游戲，誰識其中有三昧？羿弓秋弈宜僚丸，羲畫開天禹平地。當其妙處皆不傳，口可能言非其至。偶然會意亦自知，失笑旁人空擬議。往時聞說東吳精，飛鳥出林秋蛇驚。醉來禿髮醮斗少。讓君獨負冠時名，愧我詩非杜陵老。

才調今第一，學劍學書兩無敵。命工寫此傳我神，髣髴霜豪風雨疾。瀏灕頓挫天然好，此意世人知者

墨，意氣直與鍾張爭。詭言觀物始有得，豈欲掩却臨池名。非指喻指馬非馬，珠衣玉貌來傾城。陳侯

自題月上傳經圖

藏書欲萬卷，著書希千春。瞻前既不作，顧後茫無人。平生敝帚享，分作芻狗陳。膝前一弱女，慰情良所欣。雖無風絮才，雅與竹素親。靈芬方丈室，時還逮其津。聊復娛乃翁，即事見性真。人情當衰暮，未免私念紛。蕭然老居士，萬事皆浮雲。卻笑濟南叟，齒落翻齗齗。

零陵寺唐井歌

新秋訪古城東寺，有物磊磈留墻隅。苔皴蘚蝕風雨剝，尚覩文字存模糊。元和六年歲辛卯，五月戊申盈詹諸。沙門澄觀爲常住，造此石井盆與俱。南山之石大堅好，問誰琢者曰郭儲。五言如讚亦如偈，傳千萬代永不渝。大書深刻筆渾厚，字體髣髴顏歐虞。我聞僧伽泗洲塔，廢後復建雄南都。高三百尺立突兀，昌黎籍籍相歎譽。又云詩人有新句，當亦文暘高閑徒。如何此讚乃俚俗，豈欲開誘愚民愚？因思古時物力易，造此一井良區區。猶書年月記誰某，意垂久遠傳規橅。古人作事多不苟，一念

千載如須臾。此中往往有奇士，惜哉託跡於浮屠。寺名屢易盆已失，何況長綆雙鹿盧？老衲蹒躚牧豎唾，昔何鄭重今何蕪？我來班草偕客坐，久旱渴欲吞江湖。且分一杓供茗戰，已備石銚支甎鑪。

迎秋詞

百尺桐高近井牀，客中節序已全忘。關心翻問閑童僕，昨歲交秋涼未涼？
五月不歸六月歸，已過三伏願猶違。萑湖水漲秋潮上，定拭清碪檢熟衣。

題浦情田騎尉承恩詩卷

下馬騰文上馬馳，人間原有傅脩期。請君著眼麒麟閣，第一功名未是詩。

次韻聽香七夕詞

秋暑今年尚爾馨，枕函閒煞玉瓏玲。匏瓜幸是無靈匹，浩蕩江湖作客星。
試驗朝霞與莫霞，神風靈欲望來賒。荆溪茗水舟航斷，那有天邊犯斗槎？
素手摻摻織錦遲，空勞夜月照機絲。聘錢到底償難盡，兒女從來作事癡。

揚塵東海幾經過，爲問麻姑意若何？贏得今番烏鵲喜，盈盈一水已無多。

明蘇州太守况公遺像

樹立由人耳，何求科目爲？誰言刀筆吏，不及漢唐時？于古文無害，至今民見思。三吳財賦地，流涕峴山碑。

小迂畫列子御風像戲題一首

泠然仙骨御風輕，偶躡雲車上紫清。豈意莊生譏數數，也勝遊子重行行。出關恐有人能識，入室何妨席與爭。只笑年飢還嫁鄭，從來辟穀是虚名。

湘雲曲

層波細疊衫痕薄，木葉飄煙如露腳。碧天碾作玻璃平，一翦秋雲飛綽綽。生綃裏寄珍珠淚，欲訴巫娥尚濃睡。非花非霧起夜來，髣髴空中有君字。青溪小妹白石郎，門前大道通橋梁。銀河太淺鵲尾乾，女龍潛泣文鴛單。洮湖不許雙槳送，曲沼零落芙蓉寒。安得吳姬好刀尺，移向疏簾貯幽魄？迢迢明月澹澹風，夢中都是梨華色。

題小迂白下對牀圖

人生無離别，豈知恩愛重？坡公妙語言，此語感心胸。馬上醉兀兀，筠州别怱怱。彭城聽松竹，夢寐驚離鴻。兩蘇皆天人，閱世如虚空。惟于昆弟間，惻愴有餘恫。汪子我所敬，家庭極雝雝。非無月旦評，不救馬磨窮。辭家十年久，兒子不識翁。瑟僩了句讀，視叔如乃公。去年值秋賦，白門霜葉紅。因緣一相見，聯襼當秋風。十日坐禪榻，半杵聞樓鐘。與言家雖困，滫瀡能絜豐。問其夙所業，磊落兼魚蟲。藏書苦不多，閱市苦不供。淮陰有好事，許來讀從容。汪審庵藏書頗富，欲招與共讀，君弟辭之。至竟不肯往，老母白髮蒙。我聞爲振觸，境地何相同。我有小弱弟，從幼如駏蛩。服賈既落度，爲儒亦中庸。平生嗜詩筆，戢戢筍在筒。我歸甫解裝，出此相錯攻。百年能幾何，對牀豈長逢？何時一斗粟，與爾飽蓬蓬？

常潤道中書所見

濕雲濛濛毛雨細，烏犍閒眠黄犢戲。牧兒戴笠行唱歌，畦東畦西稻垂穗。二百里内風景異，溧陽以南皆赤地。水車閣泥泥更圻，滴盡老農眼中淚。我行兩日意興殊，昨朝毖跋塵滿輿。輕橈盪漾坐弄水，江南此樂近亦無。嗚呼江南此樂近亦無，聞道嘉禾長水不沒狗，粒米如珠水論斗。

戲題羅半臂

不許吳綾蜀錦如，不消長袖與輕裾。睡情聊適曲肱內，筆力差便運腕餘。家法漫言房太尉，風流或儗宋尚書。秋風漸起山肩冷，一任嘲他三葛疏。

題樊補之鍾岳虹橋雁水圖

江鄉風物繫人思，宛轉橋通六枳籬。挈鷺提鵬詩總好，不須作記學園池。

昔賢遺跡未模糊，菊隱風流得似無？只我詩篇愧裴迪，不能點綴輞川圖。蔣石林作《聞川雜詠》序云：『輞川南北垞一區耳，得王裴墨瀋便足千古。』聞川，即雁水也。

題樊信舟鍾海南游鼓柁圖

湘雲湘水滿征袍，歸指聞川碧一篙。解得美人香草意，不嫌詩格近離騷。

周實夫鳴鑾采藥小照

證取徵君位業圖，靈苗藥草滿山鋪。埽除白髮渾閒事，得見金成河塞無？尊甫希甫太守治河有績。

度世登真我自咍，空山拾橡獨徘徊。如何絶世佳公子，也要長鑱託命來？

補之出示張篁村宗蒼畫卷爲書二絶

畫院詞林任謗訕，當時誰得似衡山？風流能繼前賢後，太息先朝供奉班。篁村以供奉得官。

近日畫家多一律，愛於淺澹見丰容。請看入骨清雄氣，可許南宗笑北宗？

放言六首

讀史忽嘅然，太息曹魏武。倉黄百戰場，民食急先務。非無戲與郭，不及任蘇杜。智計特一時，根本可終古。星搖思畔天，衆散各懷土。王業須人心，次之蜀先主。

酷吏列遷書，巧宦紀班史。二者相評量，形跡殊不似。酷必貽民患，巧不過爲己。豈知其相去，不可論道里？毛鷙與鷹擊，其中多所愧。惟以巧濟之，獨立若無畏。以廉結主知，以獨行己意。酷吏有忠臣，巧宦無正士。

牟侵而漁奪，所惡朘我民。是以漢文景，訓辭極諄諄。後來民力殫，夕或不逮晨。敲榜之所驅，乃及鄉與鄰。上官亟催科，吏胥巧舞文。其間多亡失，或亦緣因循。治之豈無術，操刺安足珍？士生自田野，居官稱搢紳。奈何不愛惜，使之爲告緡。

盜臣與聚斂，厥罪無懸殊。一空我倉廩，一剝民肌膚。侵蝕有明罰，刻削無顯誅。所以古垂誡，輕重分區區。寒士裸身來，一職有百需。誰能入官日，先爲應官儲？不能濟縣官，操術良亦疏。揆其隱微意，亦未可厚誣。元結與陽城，斯世久已無。稍能識治體，何可不察諸？大臣而刻覈，曷以異吏胥？

國君無兼年，百姓非其有。何況一區寓，均視無薄厚。西北仰東南，積重亦云久。百年享承平，民物宜豐阜。水衡與大農，所貴善其後。偏災未足患，正賴良牧守。皇皇寬大詔，得毋芒刺負。東濕督租庸，飾詞謝畎畝。民愚誠可欺，下策慎勿取。

龜貝癈已久，白金世爲貨。錢法準低昂，租賦供調課。奈何令夷賧，闌入售欺詐叶。始猶計銖兩，後乃論隻箇。初但閩粵攤，今徧吳會簸。一鬨雜贋真，百物受籠挫。皆由洋船来，誘我術中墮。烏毳與猩氈，不足救寒餓。頗黎飾奇器，脆薄易碎破。以我有用財，賈此無益禍。公然挾其貲，高下相劑和。筦氏藏石璧，鄰弔齊可賀。誰能住蓄舶？我思范成大。

贈孫古杉貫中二首

昔遊梧桐鄉，邂逅方處士。俛仰三十年，念念如逝水。斯人不可作，後生日積靡。巋然紫髯翁，屹作一柱砥。詩酒銷盛年，花木託知己。時聞飢鳶聲，吟出破屋裏。授經荒江濱，荏苒六十矣。我猶及老成，幾失隱君子。贈言夫豈敢，攬結從此始。

微霜警豐鐘，中池躍蕤賓。同調自相感，寧必夙所親？展君新詩讀，和雅含古春。志遠語無近，辭苦心彌淳。辱和卯君作，殷勤及鄙人。非云託末契，實見出性真。士生落江湖，薄伎不足陳。低心逐奔走，假面爲笑顰。爾來況衰老，肯爲兒輩嗔？終當守蓬茆，願結東西鄰。

和退庵積雪不消園居遺懷之作

地僻曾無車馬喧，并教庭院沒苔痕。青氊舊是傳家物，白業耽原宿世根。客久暫歸能美睡，夜深得酒定奇溫。年來一味疏慵甚，不爲泥塗不出門。

霜葉能紅貌不紅，雪消那得鬢霜融？百年俱是草頭露，萬事從他馬耳風。贏了兒婚并女嫁，肯將有限趁無窮。向平待踐平生約〔一〕，已覺黄山翠埽空。梅史書約遊黄山。

【校記】

〔一〕『向』，底本作『尚』，誤。

卷八

五嶽待游集　乙亥

退庵招集東莊次慈仲韻

老主養生視後鞭，狂能好事續前緣。舊遊冉冉成陳跡，花事新新讓少年。雨過莓苔侵細逕，日斜鳥雀散平田。尊邊又動離群感，似覺人間老圃賢。

留别瀨上諸故人

謫仙樓下水溶溶，駿馬名姬老寓公。陌上馬蘭如請客，城頭燕麥已摇風。浮圖身世仍三宿，羈旅心情時一中。多謝故人排日約，可能待得鼠姑紅。

題宋于庭翔鳳燕臺别意圖次原韻

故人半江海，相見輒盡醉。亦知親愛心，恐傷别離意。誰能亮此中，小與酒人異。十年京國游，一把卞生淚。當時驢券書，重疊壓征騎。老我已昏忘，念子更淵邃。聞名二十載，豈意尚顛頷。勞勞各羈屑，落落同氣誼。徘徊歧路中，吾輩執手地。行矣勿復言，男兒自有事。

年衰思故舊，道合無淺深。悲歌杜陵老，曾得交高岑。謂鐵門、湘湄。說君時在口，至今爲沉吟。如何同一邦，而不相追尋。牙曠既不作，久匣南風琴。忽聞奏高調，彌復傷古心。芳蘭託楚客，哀怨何能任？馨香永佩服，肯爲時所侵？作詩贈君别，仍多愁苦音。相期在晚歲，把臂同入林。

題廉山明府畫册十六幅付其令嗣者

讀書萬卷行萬里，一官落度百僚底。胸中奇氣那能平，吐向番番雪色紙。雲煙變滅信手成，非唐非宋非元明。合眼有時見嵩華，下筆不覺無關荆。慘澹風煙開絶壁，倏見樓臺眩金碧。復從江上寫愁心，十二髻鬟高歷歷。雲垂海立勢飛動，鞭笞六鼇回首重。妙絶當時信可憐，直似古人究何用？萬侯聞言笑不禁，游戲聊耗平生心。官奴之帖颶風賦，勝遺兒女千黄金。烏乎傳家如此自足豪，膝前玉立皆英髦。只恐世人不解事，來向超宗求鳳毛。

又十六幅付其女公子者索題二絶

老來游藝更通神，浮翠浮青見斬新。南渡群賢如可作，知渠未敢薄今人。
向平婚嫁未渠央，失笑而翁下筆忙。百福香奩山萬疊，世間無此女兒箱。

四月六日已山招同聽香章亦江敎程秋巖世桂蘭如得馨柳衣園看芍藥二首

綽約名花瀲灧卮，當筵合賦女郎詩。送春大有可離意，作客應無不醉時。簾隔珠光明的的，笛吹水調綠差差。舊遊回首真如夢，豈惜華鐙照鬢絲？
春草軒中春酒香，海棠樹底泥紅妝。幾番花事曾經眼，一瞥年華易斷腸。交呂攀嵇成隔世，李娟張態遞登場。墜歡新賞均堪紀，繭栗梢頭盡此觴。藹人、二娛同集於此已二十年矣，二娛已下世，故有五句。

和鐵門送歌郎香卿回吳門

風懷似是玉溪生，定子當筵酒便傾。芍藥將離人欲別，江南四月太淒清。
永豐官柳好丰姿，消受香山太傅詞。知欲忘情忘不得，鐙前弦索細如絲。

不信狂夫老更狂，離筵尚可盡千觴。浮花浪蕊匆匆甚，瞥見寒梅憶故鄉。

寓樓前棗花二株爲賦一律

四面紅樓一角墻，墻陰兩樹棗花黃。已看纂纂含新蕊，漸覺疏疏逗暗香。取次湘簾搖醉纈，更番梅雨濕流光。閒吟杜老西鄰句，未到秋風憶故鄉。

五月十六日即席送聽香之瀨水

漂轉江淮過一春，桃花潭水有汪倫。青蓮居士從豪放，難別多應是此人。

陳遵自是軼群才，投轄留賓日幾迴。聞有錢唐錢叔美，爲儂索取畫圖來。

倪迂孤介難諧俗小迂，高適漂零時寄詩犀泉。更有朱家煩問訊，知渠不作比紅兒。謂杏江、香雲。

棗花簾舫薦絲裙，省識雲中自有君。宋玉漂流唐勒老，何人更解賦朝雲？

記送儂歸二月中，鈿蟬金雀唱玲瓏。此番未要匆匆別，大好橫江趁逆風。

懷抱中年別總難，異時書札報平安。訪君第一看經閣，遲我三高釣雪灘。

霞滿詞贈板師王叟

絶藝由來老更成，當時曾負冠時名。從教小史如初日，畢竟人間重晚晴。

板師大有姓名傳，魚趙家兒左右僊。一聽人間可哀曲，幔亭廣樂散如煙。

幼眇難爲俗耳知，琴言樂句細如絲。可憐絶代文人老，去作鄉村童子師。

邇來疋鄭雜排當，胡妲奇蟲號擅場。留得魏家遺法在，伶官中是魯靈光。

薛家車子最娉婷，喉轉能令四座傾。唱到臨川胡婕句，始知老鳳有清聲。叟歌《冥判》極工。

幺弦促拍逐旹新，識曲何人解聽真？能爲蘇崑生作傳，而今祭酒屬汪倫。謂審庵丈。

唐生魂斷返魂香，盤馬周郎墮馬妝。唐四《尋夢》、福生《西諜》皆余所最賞。不逐少年輕薄隊，縷衣檀板自湖湘。

名場意氣久銷磨，無分雙鬟爲我歌。試向旗亭同一醉，世間潦倒樂工多。

迎秋詞同審庵已山作

魚霞澮澮火西流，幾日先看暑氣收。預想曝衣樓上月，蛾眉好作十分秋。

節物催人老更驚，淮南招我學長生。請看已是樓居好，不聽銀牀墜葉聲。時下榻見秋山閣。

秋熱春寒例已成，炎官未必讓將迎。只愁酷吏推難去，樂府重歌猛虎行。俗謂秋熱爲秋老虎。

今年僂指半年過，老懶其如廢學何？孤負讀書鐙一點，夜凉揩枕看星河。

歸舟擬訪藹人子貞芙初三君以事不果歸後各寄一詩

夫君藹藹似春雲，廿載重逢蘗又分。日下多應鴻雁少，水南還集鷺鷗群。荻荒柳老思前輩，玉白花紅話舊聞。幸甚仲宣雖體弱，也能遙答子桓文。時君小病。

倔彊人間木彊人，詩篇與骨兩嶙峋。掉頭難挽孔巢父，載酒思尋賀季真。滄海横流隨處是，江湖滿地與誰鄰？七月中揚州大水，君門外皆汪洋也。何如畫舫齋中住，一曲紅籬草似茵。

景賢樓下重流連，太息風塵有此賢。青鏡功名原意外，白頭翁媪已衰年。休官漫說頭銜好，視草可能腹稿傳。君爲文皆不起草。聱叟漫郎分出處，都無二頃種瓜田。

寄霽青都門三首

風雨動魚龍，霜露感蜻蛚。處高契蜚騰，居幽念騷屑。升沉諒無殊，志意固已别。英英江夏生，雲路展飛轍。修史藏室開，校書天祿閉。頗聞樹風骨，裾不侯門撇。念之縈心胸，寄書旋又輟。衰老困江湖，萬念俱冰雪。猶煩世指目，見謂好論說。之子豈其然？吾意自疲苶。

我聞邴根矩，還鄉友朋送。臨分始飲酒，溫溫盡一甕。先時恐廢學，所以絶之痛。又聞陶土行〔一〕，座客以酒諷。感念慈母心，少日誡言重。昔賢能自立，用意固殊衆。長安馳逐場，雜沓盛賓從。獨醒固未可，群飲亦慮縱。豈無爲樂方，文字互磨礱。豈無杯酒閒，言語啓爭訟。迢迢三千里，薄薄斗石俸。何以酬君親，此身得無用？少壯已不再，五十吁可嗟。功名既絶意，聊欲營室家。去歲畢婚嫁，辛勤作阿耶。盈盈選壻屏，蜿蜿新婦車。誰哀老子瘁？但聞路人誇。況又值儉歲，百事尤紛拏。今年復踰淮，舟車犯風沙。平生南風手，揎袖彈箏琶。都無往昔意，頭禿眼有花。故人如我念，努力惜歲華。

【校記】

〔一〕『土』，許增本以墨筆改爲『士』。

查查浦先生行看子爲丙唐題

廬陵詩句擅風標，圖取歐公『莫教一日不花開』詩意，石谷補也。查浦心情望古遥。圖畫流傳堪百世，昇平人物已三朝。文章想見棠華盛，憂患惟憑檽酒銷。今日讀書孫好在，闕園不惜手親澆。

題慈仲竹巷舊居圖

甓社湖明月，曾來照草堂。先人此游釣，草木有輝光。衰謝門材重，孤危憂患長。應知能述德，締構亦難忘。

我亦移家者，分湖有敝廬。聊營定巢地，不廢鑿楹書。弱女雖非子，得君良起予。何當壻川水，長此共耕漁？

明按察司僉事金公應奎以忤分宜杖太監馮保家奴兩事再去官墓在西湖其族孫舍人應麟重爲封樹來徵詩

掉頭不顧丞相嗔，抵几立笞中大人。一起即仆終厥身，道雖不行志則申。豺狼磨牙猛犬狺，歸來嘯傲西湖春。事隔異代跡久湮，一抔之土何嶙峋。問誰新之中書君，感念先德淒心魂。伐石峩峩表墓門，大書僉事之孤墳。嗚呼明世金虎鄰，後有崔魏前璫振。因之國是日以棼，十三陵樹飛秋燐。公之勁節史失論，鄉黨公議千秋存。中書其族非其孫，慕忠義豈私厥親？我爲作詩薄俗敦，亦以告後之爲臣。

題錢梅谿護碑圖錢文穆王墓碑

閉門作天子，何如開門節度使？錢王家法固如此，豈惟忠臣亦智士？犀弩罷射錦樓開，仲謀猶足纘文臺。龍山鬱鬱王氣歇，龜趺矗立長崔巍。婆留孫子今爲庶，壘石辛勤築亭護。江濤如馬驅寒雲，此是神靈往來處。石晉紛紛事可憐，猶傳和相筆如椽。何似種山隱士墓，敕銘故主有臣鉉。平碑文天福年和凝撰。

黄葉得聲字

霜意初酣寒意成，山紅澗碧雜縱横。荒荒夕照疑無路，策策疏林似有聲。草木何知驚晚歲，丹青容易擅高名。吾家正在江南住，望見前村已眼明。

冬日田園雜興四首

節物初寒候，郊原新霽天。平疇展野闊，遠樹抱村圓。雀噪笆籬外，牛閒碌碡邊。鄰翁老無事，相見話蟬聯。

共說收成好，今年歲事齊。請看稻堆大，稍覺土墻低。放學兒驅雀，開門翁哶雞。誰家忙嫁娶，屋角已新泥。

本是無塵事，鄉居此最宜。客來高枕得，官換入城知。芋火銷寒早，柴煙覓句遲。他年相位寘，莫是儲光義。

故鄉頻入夢，先隴最難忘。一曲分湖水，三間舊草堂。晚菘甘勝肉，生酒辣於薑。歲暮空歸思，懷哉陶徑荒。

十月十二日同遊善權歸舟聯句寄陳春浦經四十韻

十月雖始寒麐，氣候未淒緊。屢承巖訊招江青，肯使山靈哂？朋簪盍東南張鏐，酒榼互提引。小舟呼蜻蛉汪鴻，擘浪疾鷹隼。平疇有遠矚麐，列岫得遙眕。逶迤入村舍青，曲折度畦畛。陳子具高尚鏐，蕭寺獨棲隱。似喜闖然來鴻，相視笑而听。瓦盆倒村醪麐，筠筐摘野菌。清譚良夜深青，佳約詰朝準。尋煙訪香剎鏐，弄水倚危楯。疏疏竹碧鮮鴻，槭槭蕣黃隕。延緣見洞天麐，一逕細如蚓。高厓開谽谺青，大石立困蠢。巨靈坦空腹鏐，哀響叩虛牝。牽衣聯袂襟鴻，縛炬雜簵箘。頭涔涔欲低麐，足蹜蹜維謹。螺旋拘以折青，蠖屈前且忍。古雪堆牢盆鏐，朽粟積廩囷。天柱卓不欹鴻，仙掌滑無疹。鹽米堆、石柱、仙人掌，皆洞中石。琤瑽疑奔瀧鴻，壓疊類束筍。若魚鼈黿鼉麐，如心腹腸腎。窈窕媚潛虯青，青紅眩浮蜃。混沌七日愁鏐，椎鑿五丁忿。謦欬悉響答鴻，浹汗劇洟洇。扶行馬連鑣廖，布武車接軫。升爲丈人瘻青，蹲學孫子臏。前猛怵新懦鏐，徑捷忘步窘。多生履嶮危鴻，處世苦囚僒。雲蘋跡偶合廖，林澗攬難盡。倘非乘輿遊青，幾作無勇麇。玆山僊所都鏐，下士濁可憫。誰與侶木石鴻？終勝雜黿黽。群峰出蒼翠廖，老樹綴丹粉。記須摹柳州青，畫擬仿中允。嘗聞石室書鏐，千載字不泯。他時祠寓公鴻，或者配高朕廖。

題高午莊日東鶴湖歸櫂圖同用山薑移居韻

先生家具不用車，有若鳬雁以水家。輕篙快艑穩於屋，絶勝抱朴驅山巖。鶴湖遠繞魏唐郭，曲折一道龍衙衙。孺人稚子列左右，筆牀茶竈紛攲斜。圖中仿佛有喜色，陌上已放歸時花。嗟余十載去鄉井，驚枝未定如寒鴉。留君且伴寓公住，船鼓或作迴帆撾。買魚酤酒結保社，且可飲咱淩羲媧。

題春浦碧雲山房詩

蟲魚供著述，農圃相追尋。東野寒不瘦，長江澹復深。袖中離墨字，世外咸池音。他日買田遂，結茆同苦吟。

曼生夢飼千八百鶴草堂圖

瓊雲碎碎瑤華涷，萬頃天田閒不種。乖龍老懶小鸞嬌，特遣胎仙來入夢。上清真人朝紫皇，自言種星不種糧。元裳羽客亦上訴，似恐海水都栽桑。一千八百來故群，誰其見者雲中君。琅玕芝草愁不給，竹實桐華聊與分。翛翛玉立好毛骨，一一充君眼中物。豈無病翮苦褵褷？須覓胡盧老生血。君不見昌黎僊伯語言巧，夢見神官醒了了。平生飽食能幾何？牽率孟郊成兩鳥。

金壇道中和老薑韻

雨雪連朝忽快晴，同舟差喜客裝輕。雲中列岫通茅洞，郭外寒潮接石城。山水有緣今再到，神僊可學老難成。憑誰寄語陶貞白，高唱猶爲鸞鶴聲？

丹徒野泊用前韻

得霜滿意作新晴，日色曈曨霧腳輕。歲熟荒村團小市，時平殘堞擁嚴城。連檣人語遙相答，薄酒鄉心醉不成。預祝江神好看客，愁聽獵獵北風聲。

偶閲鈍吟集有學唐人雜詞四首意有所觸戲和其韻

春到重尋恨總遲，水流雲散月斜時。美人大段名花似，不是漂零不見思。

略解風情十五餘，春來只合閉門居。阿誰催上西陵路，無數香車盡不如。

繡幕金堂護惜春，因緣時見襪羅塵。蓬萊弱水三千里，畫上屏風也隔人。

犢鼻驚看駟馬迴，長門賦賣茂陵來。白頭喚得琴心轉，不費黄金只費才。

十二月十八十九日秋巖司馬書槐茂才先後招集荻莊用前甲寅詩韻絶句四首奉呈主人并柬藹人

披裘側帽敵光風，卻笑居人似蟄蟲。見否一泓冰鑑裏，華鐙四照萬花紅？

佳約真如有信潮，不勞靈鵲爲填橋。瑣牕寒處風光好，更與殷勤唱蹋搖。

回廊屈曲仍依竹，古蔓鬖髿半蝕苔。二十二年如電過，也應喜見故人來。

欲泮湖冰尚不流，未歸遊子得無愁？天公也要款行色，約束風聲似早秋。

次日一庵太守昌寧馥庵司馬得馨招飲柳衣園復用今年看芍藥詩韻爲謝二首

於世無當似玉巵，但能醉酒與顛詩。過江僕射剛三日，畫壁旗亭又一時。帶繫笠簑歌宛轉，手招明月弄參差。四筵盎盎春風滿，不信霜華上鬢絲。

澹粉輕煙間墨香，素娥青女鬭明妝。寒威不上春風手，軟語能迴冰雪腸。水木尚知前輩事，風流還逐少年場。屠蘇屈指無多日，珍重當筵婪尾觴。座中余年最長。

淮陰歲除八詠并序

乙亥冬，留滯袁浦未歸，單藹臣通守屬詠除夕故事。余以爲歲時無殊，而風土各異，昔人《夢華》《遺事》諸書所載，各不相同，在客言客，所謂名從主人也。爰擬爲淮陰歲除八詠，乞同人和之云爾。

門神

金碧家家燦，遷除歲歲忙。侯封沿漢號用戶牖侯事，劍佩儼唐裝。萬戶酬還薄，五窮避不遑。請看翟公客，幾箇尚登堂？

爆竹

紙裹真兒戲，猶存斷竹名。光雖同石火，聲乃先雷鳴。炙手看人熱，蒙頭得我驚。明朝殘雪裹，幾片尚縱横？

錢龍

刻楮番番玉，交疏處處花。名非沿北里二字見《北里志》，輸或自西家用《孟子疏》。使鬼粘祠壁，爲雲隔幔紗。休持魯褒論，留與世人誇。

火盆

多謝松明力，幾忘客子寒。遥憐小兒女，定此坐團圞。餽荷烏銀重，老如燕玉看。誰知行路者，霜露劇辛酸？

年飯

既得殘年喫，仍須隔歲儲。人情重飽暖，吾意惜居諸。蓴食慚亭長，傳湌謝壯夫。何時秔稻足，隨處寘行廚？

歲酒

人事初閒後，家庭合坐時。碧香開舊甕，紅蠟照深巵。頻歲長爲客，流年去不知。賴忘衰暮感，得酒不曾遲。

壓歲錢

紅索青銅貫，彫盤烏柿方。嬌癡思小日，遲莫且空囊。世尚金銀氣，兒爭餅餌香。宜男與長壽，吉語最難忘。

守歲燭

百歲風鐙耳，猶貪此夜長。雙枝爭燦爛，兩鬢已滄浪。赴壑蛇何急，穿林鵶欲翔。題詩寄同叔謂丹叔，努力惜餘光。

卷九 丙子

蘧庵集

五十之年，忽焉已至。子犯有言：『臣自知之，往者之非改不有年。』因以自號，即冠以後之詩。

丙子正月二十一日。

人日寄故園梅花以薛道衡入春纔七日句爲韻五首

獻歲候始妍，羅幃好風入。旅人惜芳華，啓戶出蟲蟄。河冰已流澌，去帆意何急。遙憶水村邊，江梅香浥浥。

吾家罄折廊，拓地半畝新。中庭梅一株，斑駮莓苔皴。三年負花時，逋老應关人。輪與阿同看，年年故園春。

憶昔逢人日，草堂故人來。一歲例一集，詩卷次第排。存歿半世鬲，衰老一瞥纔。梅花定腸斷，鄰笛爲吹開。

黄公有東莊，結搆頗野逸。樹援種寒梅，占地十六七。開時折柬招，蔬果雜梨栗。爲問三十株，何株花最密？平生畏春寒，端坐恒一室。花時不暇慵，策杖趁朝日。合眼夢鄉園，坐令此境失。明當買扁舟，敝裘已可質。

穀日立春東琴塢

澹沱和風已自南，辛槃小簇勸微酣。市人競鬧蛾兒曲，旅客真同燕子龕。身世土牛鞭不動，文章芻狗踐難堪。天涯節物須珍惜，能否攜壺共破柑？

書橋公碑後

讀書掩卷起長歎，知己無忘事大難。儘有江東佳壻在，墓前酹酒是曹瞞。

即事效種水體

對酒合賓友，開軒敞虛明。竹樹澹無色，皓露忽已盈。前榮簾柙靜，時聽蝙蝠聲。幽人此無寐，流螢亂青熒。

高唱已云歇，客子行當歌。秋河渺難見，奈此織素何？閣道橫天中，王良不能過。如何千載怨，常使兒女多？

上元同已山作

客裏祗應酒一中，開筵況與故人同。棗花簾角初過雨，春勝釵梁已颭風。暮景飛騰行五十，頻年蹤跡判西東。華鐙如月團圞照，多謝衰顔與借紅。

和琴塢病樹詩

屠子見病樹，感歎爲之詩。國醫遇沉痾，欲飲以上池。思深語詰屈，意苦詞悲危。有如力拔山，下視人折枝。有如識塗馬，見彼泣路歧。百色露妖窟，群巫走神祠。搜索出變怪，朽腐生神奇。大哉天地仁，寧有一物私？感君所託興，惻惻使我悲。天何種白榆，毋乃荒唐辭？海何產蟠桃，千載旦莫期？杞直或爲棬，竹方或被規。樅檜何以辨，栘檀何以疑？此何擁腫壽，彼何牙枿陸？何棄若土梗，何護若嬰兒？櫚何皮屢剝，漆何面常剺？沉水以香割，賈舶詫波斯。瘿瓢以醜售，愛翫忘瘡痍。枯桑不自閟，禍延大靈龜。叢棘世所惡，萃止來梟鴟。桐高生恒孤，柳弱插便垂。櫟徼社鬼靈，杉隨岸燒爇。戶樞司啓閉，車腳疲奔馳。侏儒狀何陋，傀儡衣終褫。誰執造化柄，付彼壯與羸？孰居無事間，閱此盛與衰？直木固先伐，曲几仍見嗤。何恩斧斤赦，何怨扊扅炊？物情既萬變，物理安可思？樹當未病日，葳蕤弄華滋。一朝坐蕉萃，自顧與世遺。豈能更拂拭，向人作姸姿？青黃良已謝，老壽不在茲。烏乎此病樹，微君孰知之？

和已山小坐見遲原韻

重碧經春洌，銀刀出水肥。過江三日醉，侵夜百觴飛。潦倒泥紅袖，交知重布衣。徘徊樓上月，同爾待人歸。

寒食偕稼庭司馬曉發袁浦之海上道中有作用東坡黃州韻二首

過江花事少，草青識寒食。薺麥稀欲無，野蕨老可惜。連日稍暄和，小雨又瑟瑟。遙憶江南春，棠梨已如雪。老至感物華，遊倦愛筋力。猶復戒晨征，延首候窗白。

歷碌雙車輪，宛轉行未已。馬掀泥淖中，僕憩塵沙裏。道旁三兩家，苫茆壁以葦。濁酒聊濡脣，酸風時透紙。遙見海東雲，去此更幾里？何處野哭聲，烏鳶忽驚起。

清明安東道中示稼庭

兩年寒食未還家，更促征輪碾淺沙。薄霧得風渾作雨，小桃經燒尚開花。青衫司馬原方外，白髮勞人又海涯。準儗從君買田住，餳香粥白話桑麻。余贈稼庭句云：『偶爾愛蓮參色相，何時學稼話桑麻？』時海上新田方募耕者。

題畫仕女四首

屋梁朝日映流霞，已拓當風六扇紗。自對員冰惜顔色，不知開老碧桃花。

高樓芳樹一重重，密意難傳況易逢。窮袴守宮牢護惜，不許抵死怨烏龍。

蘋葉初齊水漫流，芙蓉渺渺逈含愁。人間多少文鴛侶，容易池塘又暮秋。

鴉孃嘑處凍雲垂，風雪連年作客羈。想見蘆簾紙閣底，有人擁髻數歸期。

爲稼庭題文五峰萬林吐玉圖

海邊三月寒陰沍，絲雨飛空作輕霧。小桃細柳澹無色，紫燕黃鸝噤不語。此時忽然雙眼明，玲瓏積玉如增城。藐姑神人下濁世，冰雪一洗塵埃清。何人結屋空山裏，一重白雲一重水？雲水中間純是花，香靄濛濛幾千里。人間此境何從得？便是畫圖已難覓。徐公宿昔所弆藏，隔二十年重一識。徐公與我皆已老，言歸山中苦不早。紛紛爭逐少年場，何似林逋抱枯槁？嗟君薄宦滯天涯，我亦漂零未到家。桃李春風莫相笑，要無愧色見梅花。

題洞庭山人秋夜讀書圖

秘笈琅函手自箋，愚懵那許作神仙？博聞奇逸陶宏景，不藉區區方伎傳。

平橋阻風寄已山越州

計緩歸期已一旬，豈知中道更逡巡？黄埃白浪昏無見，只有垂楊解拜人。
淮壖徑過悔匆匆，荻筍初青蘭箭紅。一等江湖更無俚，不緣中酒只緣風。
蘭渚橋頭水似鏡，若邪谿畔女如花。見君若詢五湖長，撲面塵沙兩鬢華。

中夜不寐有作

聽水聽風坐未央，縈回消盡一槃香。裝輕悔不書多載，酒醒誰知夜尚長。岸上雞聲來喔喔，枕邊帆葉去湯湯。平生飽識江湖味，失笑屏翳作許狂。

朝至界首

夜寐不能熟，衣被苦泰暖。臥聞唱艛聲，亟起問蚤晚。沉陰闇朝曦，風勢怒未緩。心疑榜人意，塞責聊一挽。宋鷁退不飛，吳牛坐仍喘。豈知聽颯颯，坐覺行已遠。舉頭界首驛，檣檝排鵝管。始悟行止間，正可一笑莞。兩日百里長，一霎卅里短。即如昨宵來，風定舟已楗。長年語多方，欲諱腰腳軟。咄哉天公心，委曲成汝懶。安坐挂蒲席，有意詫閑婉。余生多道塗，通塞隨所款。來篙與去帆，未信誰志滿。淮流浩澐澐，楚樹矗纂纂。買得赬尾魚，勞歌呼酒盌。

破曉渡江即事

明星未沒魚龍睡，煙靄茫茫天接地。連檣如薺插空濛，一點金山潑濃翠。輕舟雙艛截江來，但見漁鐙出煙際。江津都似廣篔平，中流劣作鞾紋細。紆迴忽轉妙高臺，礫礫棲禽驚欲墜。此江來去三十年，清絶如斯端可記。窗燭已暗天欲明，浩浩雒吟聊擁鼻。

題馬璘梅花上有楊妹子詩

殘山剩水點宮妝，密字新詩粉印香。疑向紅羅亭畔見，些些風味似南唐。

題畢焦麓涵山水卷子

平生所癖畫居一，雖不能之通其意。亦曾親見前輩人，方丈奚兄極能事蘭坻、鐵生。廿年舊友多凋殘，近識王椒畦錢叔美庶其次。王工蒼潤錢清腴，同時無偶前可繼。畢君夙昔聞盛名，隔闊無由挹高致。時於他所覯絹素，心覺此君殊小異。雲中半甲求真龍，風裏一毛占孔翠。朅來瀨上停輕舟，讀畫論詩三宿滯。座中有客妙揮豪，問訊始知君令嗣。將軍大小傳丹青，了了波瀾原莫二。酒酣鄭重出此卷，淩紙莽蒼難逼視。平巒列岫相縈紆，古木長林轉深邃。幽泉斷處聞水聲，遠嶺回時雜雲氣。惲老遺跡雖未見，對此那容論真偽？取神略貌信其然，視古知今豈猶未？畫臨南田本。居然妙手遠擅場，可惜先生老將至。何時寄幅剡谿藤，丘壑幼輿煩位置？

自瀨上至荆谿

多謝洮湖水，紆回盪客艭。多情燕山色，相送滿船窗。柳絮忙三月，桑陰寒半江。好持故人酒，隨意詠蘭茳。

新晴即事

杳杳雙鵲語檐楹，睡起摩抄兩眼明。怪底鏡中黄色滿，故人新到雨新晴。

遊罷迴船泊釣磯，濛濛晴雪撲人衣。春陰亦未全無用，留住楊花一月飛。

春歸太早亦何嫌？初拓軒窗盡卷簾。不分櫻桃似崖蜜，且教梅子點吴鹽。

不見吴生歷幾春，髭須新長面微皴。相逢莫更譚餘事，同是平頭五十人。謂獨遊。

登堂雞黍有前盟，千里居然命駕行。只覺尊前尚年少，頻呼汪丈勸黄兄。謂審庵、退庵。

老去諸餘不挂懷，偶觀物化亦悠哉。開窗細數墻腰筍，幾个今朝迸緑苔？

獨遊別幾十年矣過訪有作嘅然奉答不自知其言之悲也

十年不見別云久，一旦相逢悲可勝。游到博徒非任俠，老爲宕子欲依僧。途窮能使文章賤，才退翻因憂患增。半百年華兩蓬鬢，依然同對讀書鐙。

昔年爰子辭塵世，前歲汪生去道山。湘湄、芝亭之沒，君皆未知。訪舊半皆登鬼錄，此生真不戀人間。出家自是丈夫事，對鏡況非壯士顔？我亦清涼舊行者，打鐘埽地幾時還？

獨遊見和前作堅出世之志退盦子未丹叔皆有和詩再用前韻一首

只道而今似我能，條衣試著可能勝。一房已作無家客，十載如回入定僧。合下機緣隨世應，他年智慧看君增。華嚴海藏楞嚴法，相約同繙續五鐙。

出家時至那容緩，何必支公爲買山？位寘天親無着外，商量癩可瘦權間。偶拈詩句須呈佛，莫見天華又破顔。他日與君成二老，應知無往亦無還。

退庵以詩爲壽次韻奉酬二首

匆匆忽已屆蘧年，便未知非肯放顛？朋舊皆諳心似水，功名久謝面如田。多煩苦語還鞭後，尚倚狂懷欲護前。一笑頹然真老矣，聞雞且讓祖生先。謂令嗣霽青、子未。

交結君真成老宿，風流我敢詫人豪？但教飽飯殘年足，安用虛名北斗高？鄉黨居然推馬齒，文章亦未異牛毛。相於共保歲寒節，百歲人看兩布袍。

次韻子未二首

散木支離得盡年，天教丘壑占雲煙。窮猶著述真風漢，老尚江湖似水僊。末契頗思諸子託，初心豈願一詩傳？相看逸足須年少，容我中途暫息肩。

多謝雲牋寫研銀，能令杖屨忽回春。下牀敢薄通家子，空谷偏憐絶代人。五十功名堪冷齒，尋常竿木且隨身。寓公若與耆英列，後會端應號率真。

次韻退庵天中即事之作

歸來始復眄庭柯，臥有繩牀坐養和。荷已如錢還小小，筍能成竹愛多多。故人書札手親答，舊帙雲煙眼再過。試問此生得閒否？鶴湖浩渺待漁蓑。

喚起幽禽夙已興，斟來蒲酒力猶勝。心傷屈賈知何益，氣懾蛟龍病未能。百戲曼延還競渡，一年節物劇風鐙。釵符只上如雲鬢，應笑狂夫白髮增。

再用前韻示獨遊

浮世光陰易爛柯，流年踏踏唱藍和。不緣吾輩衰遲蚤，自覺人間憂患多。四句旁行聊誦習，方袍圓頂好經過。刺船便與涪翁約，先製滄江一笠蓑。

外道紛紛競廢興，儒門澹泊豈求勝？未妨高士幽襌著，只算畸人獨行能。射虎聲名山上石，臂鷹身手佛前鐙。相煩遲我十年後，此性從來不減增。

五月一日〔一〕

五月又逢初一日，此生更得幾多年？可知白髮蒼顔叟，夢到西湖望墓田。

辛苦倉琅轉木門，朝來相見有嘑痕。退紅衫子穨雲髻，才著思量已斷魂。

營奠先防彩伴覺，埋香幸得孝娥鄰。十年老淚吹爲雨，滴向空山草不春。

曾把輕綃託畫師，分明替月見圓姿。此生若再來人世，又是垂髫欲上時。

【校記】

〔一〕標題後許增本以墨筆註曰：『是月璘生日，戊辰五月一日葬于西湖。』

端五即事索退庵子未丹叔和

蘭佩誰能學楚詞？木腸不復笑吳兒。身如巢燕初安宅，心似眠蠶尚吐絲。幼女可憐爭食酒，小兒無賴欲偷詩。醉中自寫端陽景，放筆穨然自不知。

五月十三日偕退庵送獨遊出家雁塔寺以我作佛事淵乎妙哉空山無人水流花開分韻作詩得妙字乎字

相識三十年，此見出意料。云何手一把，忽復頭屢掉？自傷處卑汙，博徒混狗盜。縱欲洗濯之，一喜敵百娼。不如投空王，束身出彼教。回心悼前非，立志收後效。聞言心骨悲，亦未敢輕誚。當時交結初，託意恃英妙。忽忽及今茲，穨然各已耄。男兒苦無成，乃以末路告。烏乎復何言，我哭人則笑。

人生各有屬，曰父母妻孥。人生各有事，迄梓匠輪輿。能爲其大者，彝倫奠攸居。能爲其小者，衣食各有餘。不知西方教，何能行中區？上乖先王訓，下以愚氓誣。然未可盡廢，秀民時有諸。世俗既薄惡，禮義漸淪胥。因其無所恃，中之以憂虞。吾黨不克捄，揚波胡爲乎？願君守我說，墨名儒者徒。

題鍾葵彈琴圖

元雲黯黮陰天碧，薜荔蒙蘢澹無色。山阿窈窕是何人？不信愔愔妙琴德。石榴花映宮袍紅，調弦意已隨冥鴻。嬌癡小妹側耳聽，一雙繡帶飄當風。時逢天寶紛紜後，法曲漂零亦何有？野狐旛綽盡新聲，馗乎好袖南風手。

查梅史母夫人七十壽詩

崇岡無厚積，不能生高梧。長離雖高翔，常羡返哺烏。古人貴祿養，豈在紫與朱？查侯吾黨彦，才略雄千夫。謂當登著作，侍從承明廬。俛首就一邑，喜色生眉須。賢者固難測，用意焉可誣。皖江寄宦轍，人事多軫紆。乾蔭雖傾仄，壽萲仍敷腴。扁舟一水達，安若乘輕輿。今年開八秩，正及涼秋初。彩衣拜堂上，珍膳來中廚。筵登木瓜醬，網薦琴高魚。森森諸夤侍，婉婉群婦扶。慈顔爲一笑，此樂三公無。賤子託末契，蚤歲傷羈孤。升堂未修敬，漂流半江湖。平生文字交，小伎良區區。爲君賦白華，或足爲母娛。請付嬌女誦，亦勝吹笙竽。

午發瀨上極熱途中遇大風小泊

欲拓蠡窗熱氣多，手無白羽奈蠅何？青天忽爾撈赤日，小水軒然生大波。岸柳有情留且住，閒鷗相勸發高歌。江湖滋味都諳遍，那不歸歟買一蓑？

曉行即事

曉色天光入混茫，良常治所隱蒼蒼。蓬蓬雲有龍鸞氣，淰淰波連瓜蔓長。兩岸野風涼吠蛤，一條支港響鳴榔。水村風景依稀是，爲問征夫爲底忙？

道中雜詠

試問雲陽道，經過歲幾回？丹樓臨水出，白塔向人來。岸似崖崩剝，舟隨潮溯洄。斑斑小車響，無計避炎埃。

亦有翛然處，晚涼命酒卮。風蒲千葉戰，水柳一蟬嘶。去住長年任，蕭寥獨客知。蜻蜓無個事，蓬背立移時。

連日風涼極，天應念病身。開書重反覆，得酒即交親。鰕菜就船賤，蕅苗出水新。誰知觸熱者，亦是有閒人。

不掩蓬窗臥，宵涼最可⿸疒乘。水光終夜盪，風力半帆勝。眉曲初三月，螢流千百鐙。朝來翻好睡，炊熟喚難應。

高寶湖流遠，靑天一髮長。水憑蘆界畫，船與屋低昂。祇覺魚蝦美，誰愁禾稻荒？歸仁堤好在，珍重此金湯。

詩好仙心雜，涼深綺夢迷。岸花多夜合，水鳥必雙棲。擁髻晚香玉，洗頭水木樨。此時簾幙卷，應到月華西。

軋軋機中字，愔愔琴上弦。玉衡遲七夕，珠斗判經年。骨已飛龍出，淚隨行蟻穿。江南雖云好，不見蔿成蓮。

水宿風滄意，鸞漂鳳泊情。試看雙艣夾，何似一舟横。亭堠自長短，鷺鷗無送迎。惟應故人念，僂指數籤程。

題虎丘倉頡祠圖

笙歌金粉劇喧闐，忽有叢祠肇古先。我奉瓣香神聽否？不須識字只耕田。

蘧庵詩

神僊變姓名，意在逃劫數。堯年甲子生，坐令公遠仆。鴟夷泛五湖，曰避烏喙故。運期歌五噫，廡下誰肯顧？東海孫惠尋，流沙杜史度。哀吟劉知遠，慷慨丁督護。自憐雜庸保，名氏昧婦孺。亦緣好語言，文字供賃雇。傾耳愧虛聲，落魄乃實禍。行年今五十，元髮颯衰素。平生壯往心，俛仰入遲暮。

功名不可期，隱遯非所慕。成仙亦無難，避世我所惡。緬懷衛君子，灑落有真趣。雖云自知非，畢竟無是處。人生不滿百，彊半先朝露。苟非心所樂，華屋等丘墓。狂詞肆滂葩，醉語墮雲霧。君是伯休邪，兒女莫疑誤。

牽牛花

柔條弱蔓裊絲蘿，牆角籬根取次多。别院嬋娟留翠鈿，曉天風露隔銀河。迢迢未覺三霄迥，脈脈初看七夕過。點染秋光好顔色，有人獨處奈君何？

七月十四夜對月作

明月本不期，忽然來我前。徘徊入軒楹，窈窕當窗櫋。浮雲卷無跡，一鏡縣中天。纖影入飛揚，萬籟忘寂諠。移鐙坐相對，浩露忽已溥。人生在羇旅，顧影寧不憐？此生常天涯，此夕爲鬼節。不知九幽底，可見今宵月？時俗重僧伽，盂蘭戶戶設。荷鐙浮水來，鬼火相明滅。我幸未與鄰，見之爲嗚唈。頗能相就否？亦有杯中物。日月銜人身，百年忽已半。白日坐銷磨，此月殊可戀。良時雜陰晴，盛年足憂患。雖無謝生賦，聊作鮑昭翫。故人豈不懷，夫子又何歎？蟋蟀鳴階除，吾何同汝怨？

中秋飲罷

明月今宵有，羈人此度過。風煙寒異縣，碪杵渺秋河。罷飲留酣得，將眠奈夢何？不知千里外，凝望定誰多？

題袁桐村讀書秋樹根圖

一笑休論穀與臧，相看歧路各亡羊。從無科第與風漢，略有田廬在水鄉。兒輩但教名姓記，吾曹尚爲米鹽忙。對君何敢爲頭責，且借樹根維野航。

慈仲薇蘇别院圖冊

世間榮顇誰主之？紅薇忽抽一丈枝。天公政有萬金藥，能令枯柟回春姿。君家先澤久未艾，締造堂構須及時。增華改葉非所期，豫章七年行自知。

題趙北嵐明府遺像

趙侯今偉人，狀貌加魁梧。趨走百僚底，凜凜雄千夫。出入一肩輿，四人不能舁。通俗文對舉曰舁。豈知中淵雅，不啻山澤臞。入骨嗜金石，滿腹儲詩書。肥肉大酒塲，脱去如驚鳧。棐几鋪翠墨，愛翫忘飢劬。作吏非所好，要不爲迂拘。所至輒有聲，流俗亦歎譽。終以臭味别，遂使酸鹹殊。浮湛需一闕，有銜不能袪。仕宦於江南，十載頗有餘。至死未真授，尚責償遺逋。人言世薄惡，我謂君麤疏。不見夸毗子，一巧庇百愚。從來作吏者，寧商不爲儒。我交君日淺，謬引爲朋徒。君亡未一哭，展像涕淚俱。苦詞雖激發，來者焉可誣？請看有道氣，蒼然溢眉須。

爲點山題西厓少宰手書詩冊

妙絶龍申蠖屈文，詩情兼復似春雲。風流未覺前賢遠，一笑親逢計子勳。遺墨珍藏與笏同，看君嶽嶽嗣家風。豈知紅燭清尊底，嫵媚依然似魏公。

黄浦守風

今日阻風黄歇浦，昨宵中酒闔閭城。人生何用生分别，不待潮平心已平。

隨意滄洲坐渺然，惟愁百事逼殘年。不然便放扁舟去，自有人能遲水僊。

逃禪詩三十二首并序

丙子十二月八日，薄遊海上，阻風黄浦。舟中無書，唯貝君寶巖所贈《首楞嚴》一册，反復閲之。中夜了然，不能成寐，乃仿唐人《遊仙詩》體，作《逃禪詩三十二首》，一昔而就。綺語之訶，知所不免。或以讚歎因緣，不墮泥犂云爾。清涼山行者記。

伽黎碎翦不曾留，乞與群龍好自由。金翅鳥王新受戒，一時大海盡安流。

人間那有色稱殊，我笑陀羅被佛愚。貪著天邊諸玉女，不知額上粉乾無？

天魔嬈亂定何因？善法堂開日月新。欲覓當時阿素洛，藕絲孔裏一微塵。

熏修自號老頭陀，只覺星星白髮多。偏是兒時能記憶，曾隨慈母過恒河。

娑毗羅呪一何神，著手摩挲意太殷。竟比阿難先漏盡，可知智慧勝多聞。

釵釧聲中破戒多，多生習定竟云何。請看五百仙人醉，只得那羅一曲歌。

椶櫚爲筆貝多牋，辛苦泥金寫妙蓮。我自書空不書紙，要留布施與諸天。

樓閣莊嚴望儼然，應真飛錫至今傳。石梁一過鐘魚杳，便許重來又十年。

辨口群推無礙才，偶然游戲莫相猜。此生肯作修羅婿，呪得山開一关回。

淨洗鉛華屏黛螺，袈裟新著學優婆。不許徧識如來相，恐累旁人突吉羅。

聞根已斷得無生，卻待聞思爲證明。三管箜篌天上坐，有誰妙指發新聲？

千函閱徧演三車，博綜今誰龍樹如？海藏珠宮差快意，不須上讀梵天書。

四大調和百病忘，炎農何用草親嘗？只消一箇訶梨勒，便是人間大藥王。

衆生無奈耳聾何，妙法迦陵說已多。能向海潮音裏聽，世間祇有跋難陀。

學道非難聞道難，邪師魔論竟欺謾。不辭廣爲人天說，半偈曾經乞野干。

美饍來從護世城，人天設供最精誠。只愁薄福阿羅漢，一盋才盛飯便傾。

萬玉妃充八寶宮，分身娛樂一時同。舍脂更教修羅戰，天上依然有女戎。

隨意嫱坊取次行，曲躬樹底解將迎。想曾欲界天中住，只是相逢但目成。

毘尼律設詎能齊？米汁稍參亦未迷。到底如來慈廣大，三升酒許病闍黎。

賢劫中間佛出千，下生慈氏定欣然。不嫌成在瞿曇後，趺坐看他八萬年。

優鉢曇華勝寶蓮，聞名相識定何年？卻教一見翻多事，持比菖蒲更可憐。

浮世升沉泡幻同，諸天亦復太瞢瞢。不知帝釋緣何事，死兔翻教住月中？

芥子須彌小大同，鍼端千佛坐虛空。目犍連自誇神足，不道人看是一蟲。

末法昭垂事不輕，大乘遺教大光明。如何結集三千衆，祇得流傳慶喜名？
外道投灰盡可嗤，幻師作術等兒嬉。饒渠具足神通力，會有人從項上騎。
娶妻生子佛猶云，何用吞鍼動聽聞？爲問肩頭兩兒戲，可能成道似羅雲？
末世貪癡大可哀，祇園那有給孤開？关他老嫗壚頭餅，也費神通换得來。
壇外森嚴守藥叉，只除天衆本無遮。就中心識南唐主，諸佛前頭獻一花。
雪北香南斷世塵，柔和一道草如茵。心疑鹿女經行過，處處蓮花不見人。
苦行無成但忍飢，一麻一麥命如絲。若非牧女真天眼，誰犂香牛作乳糜？
維摩居士病無堪，妙悟先同月上參。付與淨名經一卷，女兒還勝善思男。
老來無俚愛逃禪，不作楞嚴十種仙。倘是前身音樂鳥，略償綺語便生天。

破帆俳體

零星尺布雜裝成，幅幅高懸片片輕。風力那能教滿願，日光時復漏虚明。縱横旗幟百官表，顛倒旛幢千佛名。一笑長康癡欲絶，見渠無恙也關情。

題李筍香筠嘉春渚曉吟圖

徐幼文爲綠夢，虞伯生憶紅酣。何似先生不出，年年春雨江南。

蘿屋莫寒圖

天寒日暮佳人屋，帶荔披蘿山鬼祠。一等騷情渾不解，被人派作女郎詩。

玉華女士畫竹二首

子研離離發古香，熏爐催徙侍兒忙。翠羅不惜當風卷，腕底珊瑚爾許長。

閨閣同酬翰墨勛，好從趙管證前聞。應知不弄閒脂粉，自拓文紗寫墨君。

題倪高士山水卷即用其自題韻

伊人不可見，遺墨渺龍鸞。天風動清閟，想是最高寒。

小除夕點閲首楞嚴竟紀之以詩

老讀楞嚴已不奇用張太岳語，回心猶及捄衰遲。早知有學非無漏，敢道多聞是總持？翠竹黄梅新伴侶，赤髭白足舊交知。蕭然丈室無言處，誰識維摩證道時？

酒肆婬坊閲歷頻，尋常竿木鎮隨身。一年草草賸明日，百歲匆匆了此人。佛腳誦經還宿業，仙心得句總前塵。請將文字多生障，迴向空王作淨因。

卷十

蘧庵集 丁丑

正月二十日西湖謁白太傅祠

紅白梅花開滿枝，好隨裙屐拜公祠。人言此是天穿節，我亦相同墮地時。李態張娟俱舊夢，海山兜率有前期。門前便是西泠路，日暮蕭蕭松柏悲。天穿節，見李盱江集。

歸自吳門十八日風雨仍作不能上墳用昌黎寒食出遊韻

春風正如霍去病，依倚少年方貴盛。先教雷電爲驅除，又遣雪霰相掩映。山禽檐雀噤不鳴，微籟敢同笳鼓競。又如沈約雖擅長，二韻賦成高八詠。花朝已過五日強，略放暄晴时候正。豈知尚復逞餘威，急雨顛風較前更。老夫浩盪無所爲，只有尋花時乞命。頻年作客大江北，兩見斗魁東指柄。何曾袨服上叢臺，但有短衣走成慶。去冬差喜早歸來，故園草木皆可敬。澄湖卅里舊所營，扁舟一櫂路非敻。馬醫夏畦彼何人，聊學龐公未賢聖。松楸鬱鬱行且長，桃李匆匆賞可併。客思鄉里真可憐，老愛遨遊亦其性。天公何意阨孤窮，雨伯居然助豪横。街頭藕粥餳初香，隴上麥苗土已迸。挑菜人來陌似繡，罱泥船過水如鏡。寒食出遊今未能，清明上湖我爲政。將軍一生困數奇，射虎南山弓尚勁。題詩勑勒雨與風，試聽此言如律令。

子未百藥山房圖

不書青李來禽帖，不服青黏漆葉方。家在菖蒲涇畔住，魚苗水長藥苗香。
漢學而今漸不靈，又沿宋氏闢門庭。知君意在先秦上，種樹書兼本草經。
微軀此外更何求？老矣惟思臥一丘。若問養生須底物？花能蠲忿草忘憂。

題晴厓桑連理館録别圖

三年客館忝同盟，先後交知此合并。漢上襟題段成式，篋中集得孟雲卿。相逢邗水重三節，忍聽陽關第四聲？好是高樓共風雨，不須更賦重行行。時同寓巳山之見秋山閣。

張夢晉倦繡圖

花陰漏轉支頤久，睡起金鈴隔花走。那有湔裙鬬草心，暫閒暈碧裁紅手。虎丘花月閶門柳，乞食陽狂無不有。君不見昌昌春物最無聊，失路才人宕子婦。

題李氏三忠傳

天之所壞不可支，有明末造天厭之。唐王桂王鼻息吹，海中作市能幾時？其臣亦無絶世奇，特其忠義未可訾。三靈慘黷四海飛，一隅彈丸面著痱。悍將如馬不受羈，小朝廷又紛是此。非時國是安可爲，三李不幸丁艱危。先後致身何巍巍，中丞就義勞氏池用楫。其季力戰死邊陲耒，其大父行初相隨頎。滅没事蹟生然疑，來孫爲攷搜厥遺。一一證佐貞珉垂，嗚呼我朝廓無私。褒揚忠節與謚祠〔一〕，是昦紀年微乎微。曰陸曰謝深歎咨，三忠前光後復輝。以副盛典誰不宜，會見再拜陳丹墀。

【校記】

〔一〕『褒』，底本作『褎』，誤。

題筠厓臥看秋山看子

東洞庭山我再過，曾向莫釐峰頂坐。爛銀盤裏攢青螺，馬跡漁洋一拳大。湖心白鳥去雙雙，港面漁舟來箇箇。自從金老易傳去不還，我亦十年塵土涴。知君獨占好煙嵐，輒夸示人若奇貨。何時一櫂更相尋，可許元龍牀下臥？

小樓獨酌用遺山與張杜飲酒韻示聽香晴厓小迂要同作

客裏居然聚客星，小樓無水夜能明。人來往往問無恙，詩就時時鳴不平。小山桂樹王孫怨，夜雨梧桐懶婦驚。一笑尊前共諧語，不須辛苦鬬心兵。

答晴厓見調之作疊毒韻

微詞雖託敢要盟？五噣三心嗜小明。貧少寶釵餉徐淑，老難冠玉比陳平。浪憑青鳥談何易，便有烏龍臥不驚。自笑寓言真十九，多煩子墨出奇兵。

桐綿詞銷夏第一集

清露初晞向曉天，霏霏籠霧更籠煙。新桐絶似人年少，一番春風便脱綿。
和雨隨風點碧苔，綺疏交網一時開。分明也有纏綿意，引得雙雙幺鳳來。
愔愔庭院静吹香，石井銀牀晝正長。不似江頭楊柳樹，漫天匝地逞輕狂。
蘿屋蕉窗絶點塵，有人清坐對桐君。石牀大好題詩處，吹上香羅六幅裙。
一院清陰雨過時，小池荷葉疊參差。不應亂落微波上，又誤游魚作絮吹。
柳花落盡又桐華，取次年光赴壑蛇。玉虎無聲金井冷，緑雲如水閉窗紗。
青銅琢幹玉交枝，閒弄琴心有所思。憑仗好風替吹去，賺他謝女爲題詩。
棗華纂纂竹離離，結實攀條苦恨遲。少待是家垂乳了，也應療得鳳雛饑。

五月十日大風雨作

闌風長雨太紛紛，喔喔雞聲時一聞。滿地江湖鄉夢斷，一樓鐙火客愁分。窗前急響疑驚浪，簾外緑陰如濕雲。傷别傷春能刻意，何人解憶杜司勛？
容易今年斷送春，況逢暑月似蕭辰。世間真有披裘客，門外知無裹飯人。最憶高樓驚病婦，更憐稚子走比鄰。故鄉書札經時斷，對此茫茫百感新。

偶倡桐綿詞諸君屬和多至四十餘首標新領異幾無可下筆矣因綴輯内典中語更作八首聊資多聞未關口業

亭亭獨立幾由旬，淨吠琉璃一色分。知有碧羅天在下，衆仙同日擁身雲。
落落清陰生晝寒，色無色處摠漫漫。一花一葉冥濛極，都向妙鬘雲裏看。
吹來如絮復如綸，妙耎柔和見淨因。此是劫波羅上樹，諸天采緝作華巾。
庵羅樹底果如栗，訶子林中葉似紗。一等人間衣食事，拈來微笑盡空花。
金井何如雙樹林，婼羅綿手撫青琴。天人不識雙栖鳳，只道西方共命禽。
濛濛漠漠復毵毵，莫向丹山取次探。徧地都成銀色界，不分雪北與香南。
化生神力世何知，持比曇華又一奇。織作僧伽黎供佛，不煩天女口中絲。
稗販如來只一遭，修羅琴拂曲聲高。桐陰若許留三宿，定訝眉間有白豪。

新蟬銷夏第二集

積雨淹高臥，初聞第一聲。人知小暑至，天乃以蟲鳴。鶗鴂未及歇，螳螂先已生。悠然觀物化，無事孰經營？一丸才脱手，九轉忽成丹。似覺聲聞早，差無風露寒。微涼金屈戍，淺夢玉勾闌。見説垂髫者，雙鴉亦未盤。

豈有悲秋意，云何鳴不平？在人爲蚤慧，得氣已商聲。一徑槐柳碧，三霄沆瀣清。悠揚弄芳婕，遲莫是平生。

自蜕塵埃外，寧論寒暑期？琴絲經雨慢，賓影入秋欹。畫雀分團扇，珥貂侍玉墀。可憐故園路，蕪滿不曾知。

浴猫犬詞并序　銷夏第三集

六月六日俗傳猫犬生日，或投諸水以爲戲，殆所謂俗語流爲丹青者乎。然董勛論人日之義，摯虞陋上巳之典，伊昔然矣，意取恢嘲，兼資風諭云爾。

六月六，家家猫犬水中浴。不知此語何從來，展轉流傳竟成俗。流傳不實爲丹青，孰知物始覩厥形？孰居莊嚴成壞住劫前，八萬四千横豎飛走一一知其名？而況白老烏龍不同族，何以降日爲同生？一笑姑置之，聽我爲禖詞。司馬高才號犬子，拓跋英雄稱佛貍。烏員錦帶紛綺麗，韓盧宋鵲尤魁奇。世上紛紛每生者，李義府與景升兒。金錢犀果洗若屬，但有癡骨無妍皮。猫乎犬乎好自愛，洞裏雲中久相待。伐毛洗髓三千年，會見爬沙登上界。

題王子卿太守澤花下懷人圖用原韻

蚪枝月落闚窗紙，欲喚幽人中夜起。此時安得張懷民，同步承天古寺裏？我寧作我爲周旋，只憐別緒無人傳。相思千里輒命駕，夢中徑欲尋飛仙。此詩此畫餘十年，當時青鬢應蒼然。燕雲楚樹極迢遞，合并太息無由緣。聞説使君能鎮静，退食衙齋似僧冷。羽衣吹笛坐黄樓，此樂何曾妨簿領。政成歸報良不難，逸翮已見當風摶。東坡六一俱未老，莫賦玉宇瓊樓寒。

題改七薌畫仕女

露冷風尖薄袂涼，爲誰悄悄立昏黄？明蟾欲墮寒螿歇，自對秋花説斷腸。

記曾羅襪見弓弓，桐樹陰西小院東。依舊苔痕青一段，更無人影立當中。

萬十二承紫所藏趙子固水仙畫卷即用原韻

水上盈盈乍洗妝，神仙肌體石心腸。天涯一種王孫草，零落居然是國香。

舟中欲寄金五近園并示筤伯牧坪

握手虛堂欲別難，河干風雨正漫漫。功名縱有遲何用，門戶須持勉自寬。世事都如繭紙厚，天涯誰念練裙寒？平生風義慚多負，吹火低篷坐夜闌。

猶子雙雙玉立俱，眼明見此鳳凰雛。當時漫爾稱耆舊見三集詩中，今日淒然念幼孤。料理正應臣叔在，研精能學乃翁無？門材端要人身重，苦語休嫌倚老夫。

題小慙集

老來文筆已積唐，此錯翻教聚鐵忙。俳語有時成伴侶陽五伴侶見《北史》，讕言何敢比成相《荀子》篇名？九張機豈關寒女，五雜組難入雅章。留告他年劉季緒，莫輕掎摭細評量。

和慈仲道中見懷韻

少壯志當世，老去成積然。每閱登科記，猶愴射策年。吾甥千人儁，下筆動萬言。朗玉無匿采，零珠有新編。如何璧重趙，乃溷石襲燕。支郎靜中坐，天眼如盲禪。蹋翼鳥歸巢，快意囚脫攣。紆迴涉風水，顱頷愼食眠。攄詞吐款要，嗚咽澗底泉。道路偶錯遻，旅寄仍遷延。同此意不屑，肯作色可憐？吾黨無所恃，所恃體骨堅。古誼在允蹈，俗學當力捐。窮通自有命，學問寧關天？閨中望已久，先以尺素傳。慰彼兒女意，月及秋中圓。

和慈仲懷靈芬山館韻

明珠珊瑚間木難，黄金白璧高於山。身自障簏手握算，一死不爲人所憐。勅遣尚方治第宅，群公牋啓咨滄眠。堂前可樹十丈旗，池中能放百斛船。寒室突厦通窔㝩，秦娥趙女羅嬋娟。一朝失意入簿錄，不能戴屋走窮邊。頻伽居士本無著，破屋落落仍三間。柴門臨水有鳥萃，草堂無地容馬旋。分湖移家二十載，似於此土有少緣。手誅把茆闢小徑，稍廓隙地如彈丸。豈知更遭鄰曲怒，猶幸勒石如燕然。昨朝家書偶及此，薄俗可歎心爲寒。我生隨順又何戀，奚必擇地方投竿？因君詩此歸寄語，爲道忍辱真神仙。

壽曼生五十三首

盛年志士惜，迅景勞人驚。夫豈兒女懷，亦各爲平生。與君廿載來，異姓若弟兄。文章佳惡定，家室憂樂并。舉動見風義，寧維越人盟？窮通自有數，偶爾分顇榮。一歲一相見，見必肝膽傾。浮船下寒瀨，置酒臨高城。猶誇意氣在，欲與少壯爭。顧念總角交，忽忽皆老成。野鶴語威鳳，不得同蜚鳴。感此命疇侶，努力崇令名。

平生數游跡，西湖最云熟。得交一輩才，森峙盡如玉。十年各騰驤，雲蹻有飛轂。持斧巡昆明紅茶，簪筆侍天祿青士諸君。惟君稍不副，僅展百里足。要知仁人心，不苟寄芻牧。海邦初政成，樹德如樹木。瀨上拊凋瘵，同穎占禾粟。實能活貧人，寧止共年穀？果然雙蚌胎，明月光照目。不登承明廷，政自不碌碌。賤子復何言，垂老尚局促。

去年徂暑時，訪君於洮湖。樂飲過旬朔，群賢不我愚。我年正五十，君顧爲之吁。贈言何朗朗，十四驪龍珠。名山我豈敢，知非或非誣。君贈聯云：『知非自定名山業，老我同堅白水盟。』又合諸名手，粉墨爲新圖。歸家詫親朋，光怪驚菰蘆。君少我一歲，八月縣桑弧。嘉耦眉亦齊，兒孫趨扶扶。延年與益壽，金石羅菜鋪。我詩不足報，託意或衆殊。弦爲房中曲，差勝吹齊竽。

洗足頌并序

佛足印輪去地四寸，慮損蟲，故蟲得安穩。凡夫脚跡如一蹄，涔跡無有印，蟲亦全生。是聖是凡誰能驗者，以洗濯故垢淨一也。故我是頌非頌，如來脫鞋上牀，淵乎妙哉。

四大皆輕安，於足有少滯。涓涓功德水，一洗獲便利。我今作呪願，登涉兩不躓。馬周傾美酒，於法實狼戾。成式金蓮華，夸俗了無謂。我以水一盆，拭用布尺二。非盡佛威神，略具禪氣味。他年坐跏趺，隨處金剛地。

和晴厓韻

人生能幾中秋節，復幾中秋有月明？偶爾百年多聚散，忽然一餉感淒清。同時湖海歸難得，少日文章老未成。莫道因君生薄恨，可知懷古有深情。

中秋懷友各寄一詩

鐵門彭城

含青有高館，面對雲龍山。以我昔坐臥，知君時往還。中秋寄書札，九月返鄉關。記丁未歲事。更念平生友，臨風涕重潸。謂湘湄。

稼庭海上

徐孺別來久，莫年仍苦辛。一官聊海甸，多病等漳濱。藥物貧愁貴，友朋老覺珍。雲藍新侍側，眉黛定微顰。

芙初霽青京師

記作彭陽客，同爲淮海遊。笙歌廣場散，風露兩人愁謂同寓題襟館中秋事。客裏又今夕，離心入早秋。黃童應念我，得句若爲酬？

慈仲韓上

士有不得志，浩然歸故園。慰懷尚年少，失路易煩冤。黃鵠中塗意，青山獨往言。瑤華知達不？涼露滿前軒。

甘亭謬水

選佛場同赴，逃禪榻最深。浮雲追影事，孤月印初心。千里知相共，一杯誰與斟？寥寥空外意，寂寞撫青琴。

古雲吳門

紫髯本奇士，肝膽最輪囷。忽埽綺紈習，自謀保社身。期門無舊跡，唐述有通津。孤負山塘月，盈盈正一輪。

退庵魏唐

鄰樹軒中月，今宵問若何？飛騰同輩少，遲暮著書多。豈必求田舍？終期老薜蘿。回頭廿年舊，顧影嘆蹉跎。

小湖西湖

我久爲羈客，君今亦寓賢。書來剛令節，情往各中年。照淚憐虛幌，牽蘿少薄田。猶勝大江北，孤影自娟娟。

寄題小農觀察新修放鶴亭

眼中突兀有高臺，爲政風流亦壯哉。清泗濁河煩手障，丹厓翠壁爲君開。恨無道士孤飛鶴，去共山人數舉杯。惆悵舊遊成卅載，記曾盤馬上岡來。

食饊子用樓攻愧陳表道惠米纜韻

茶瀹餛飩字印餅，唐時食單傳已永。分無師婦見娉婷，那得廚孃爲修整？一身如船走不纜，口腹累人真自鑑。孟嘗莫道魚則無，宰相惟應飯堪啖。六根沉淪未渠拔，生死那能輕一髮？已判夏日如蟬枵，況更秋來聽蟲軋。去年雪好牟麥豐，重羅白屑來山東。一日不飥一日麵〔一〕，誰其餉之秸與總？我生最患不安穀，怕見肥濃如見毒。得此寒具脆而甘，每對人談詩勝肉。或笑我腸惟嗜虀，羊淹雞寒味更奇。手摩大腹百不應，靜詠一丸蘿蔔詩。

【校記】

〔一〕『飥』，底本作『託』，誤。

秋晚牽牛花將退房矣以詩餞之

笏竹編籬草作茵，髟條鈿朵淨無塵。朝暹尚澹見活碧，宿露未晞猶斬新。如此秋光濃欲滴，者般顏色染初匀。涼蟬已歇寒螿咽，可奈鳴機織素人？

八月廿八日喜桐兒至浦書呈同人

小樓無十弓，下榻周四角。幸皆素心人，履屐互參錯。通書信幡帘，莊論兼嗢噱。謂此足可喜，寧憶蜀中樂？今晚孟公來，相見已秉燭。言攜小子至，清晨到城郭。蓬頭來田間，王霸何所怍？諸君況憐之，謂其性淳樸。惟當善成就，庶幾教不辱。我老久積唐，舉動不足學。惟餘少歡趣，不怕兒輩覺。

挽李鹿秄慶來

我於和仲無能役，君比臺卿不啻過。偶爾相逢論車笠，渺然雖近若山河。平生筆力元和腳，先世忠名魯國戈。會待韓陵文到日，秣陵書報敢蹉跎？君卒於歐齋，先介余乞甘亭爲李氏三忠後序，故及之。

即事

巫陽筮子入脩門，砥室曾同笑語溫。一種鐙昏月落夜，只無宋玉與招魂。

九月四日作

入秋風物已寥蕭，痛飲無功漫自聊。宋玉送歸悲氣甚，平原歎逝旅魂銷。羊亡何用知非穀，鹿夢憑誰更問蕉？準備萸囊與桐帽，但逢高處好招要。

聞雁二首

澹月籠沙夜不明，高樓欹枕可三更。江湖客久知風色，鄉國夢回疑艣聲。豈有閒情傳遠道，定因薄暖趁征程。羈人正似梁間燕，同向秋來百感生。

美人天末意何如？嫋嫋秋風遠企予。孤影忽看鐙暈後，鄉心易起酒醒初。琹絲窅眇空三疊，錦字纏綿少一書。雕砌梧桐石橋畔，低聲飛過莫驚渠。

題滑蓬村繆指畫

拾薪

驚沙撲面急於雨，蓬沓遮頭一尺布。呼兒彳亍循堤行，手棘肩赬愁日暮。豈知世有錦屏人，一生不踏門外路。匙抄雲子嫌不滄，猶嫌此是勞薪爨。

趕集

一傖執鞭何睢盱，兩驢前走從一驢。前者得得力已竭，從者釋負行徐徐。趁虛散後各掉臂，不知何處爲前塗。人材如汝皆令僕，傖乎努力而疾驅。

燕子

潑火微微雨乍收，春泥陌上有芳游。不須銜取桃花片，添得盧家一段愁。

白頭公

老翁未用笑兒癡，一樣間關對語時。可惜不令子布見，春風庭院海棠枝。

鷹

出群奇骨不凡材，滿目風霜匹練開。閑向海山深處立，何曾道有後車來？

魚虎

淘河擾擾知何得，漫畫匆匆趣不同。一種闞魚笑癡絶，可知世有信天翁？

題陸筱飲解元飛畫冊用自題原韻

木末亭邊木葉飛，龍江關外雨絲微。卅年賺我頭如雪，惆悵歸來舊釣磯。

處處瓜皮水，家家蚱蜢舟。吳儂無別曲，水調是歌頭。

分湖一片琉璃沼，武水十頃穲稏田。落盡蔫華不歸去，何人孤櫂此延緣？吳江王臞庵有琉璃沼。

頻年歲度翦長江，不買吳舲即越艘。聽水聽風吾已倦，匹如高枕挂西窗。

西湖聞說日沿回，爲覓巾箱粉本來。如此胸懷如此筆，可能長坐亂書堆？解元造一舟於湖上，家具咸在，名自度航。

不師老可不師蕭，落筆森森見沉寥。想得夜深呼酒起，破窗風雨一鐙搖。

幽人愛山水，偶來撫清琴。單絲絚枯木，中有不換金曲名。畫師本畸士，畫畢發哀吟。天風海波濤，窅默難爲音。相如倘知此，肯復賦上林？

第一平生難忘處，水楊柳外赤闌橋。別來如夢依稀極，只記秋孃是姓蕭。

迢迢一角城，隱隱數行樹。髣髴是年時，故人從此去。

西湖處士例栽梅，自寫橫枝咲口開〔一〕。倘向孤山認行跡，也應跨鶴月中來。

【校記】

〔一〕『咲』，底本作『关』，誤。

偶閱宋詩紀事云李易安晚節不終流落江湖間以雲麓漫鈔所載上綦崇禮啓爲證而雅雨堂金石錄序極辨其誣援據甚精余以爲皆不然也即此啓足以雪易安矣因爲一詩

易安名父子，其適亦相門。所天況名流，金石夙好敦。懷中覆茶茗，歸來堂名同繙帑。高名既已播，晚節多煩言。或謗或爲辨，請且息衆諠。雲麓載牋啓，筆舌固具存。上言病膏肓，神識良已昏。下述厥後事，其辭多煩冤。再三及弱弟，欲吐聲復吞。得非倉皇時，緩急須姻婚？伺其無所識，誘以白茅純。及乎分視聽，汙泥陷璵璠。駔儈得恃此，雀鼠穿墉垣。沉痛名節地，顧忌骨肉恩。事遂達宸聽，要必窮其原。當時綦學士，必力爲手援。女子果失志，尚口敢瀾翻。因思古來事，往往多讎怨。掇蜂賢父怒，投杼慈母奔。有人見拾臭，無媼請束緼。即如宋之世，名教最所尊。歐公謗甥女，朱子彈尼髡。小人何肺腸，動輒好議論。大賢世所震，鬭之詞薄噴。兒女不足數，任其處覆盆。我詩非率爾，妄欲爲平反。亦復效法家，引繩以排根。閭閻嫠婦知，庶返千載魂。易安《送胡尚書使金》詩：『閭閻嫠婦亦何知，瀝血投誠干記室。』

獨酌有作

萬事無如任我天，一壺自引不穨然。應時文字工何益，涉世心情老可憐。研北明鐙伴孤影，淮南落木感長年。胸中具有千秋在，醉後還能別聖賢。

雨

蕭蕭雨點繁，朝旭又東軒。歲漸鄰遲莫，人猶戀晏溫。盈尊清酒得，開篋弊裘存。夫子欲何歎，旅中誰與言?

枕上偶成

窸窣牀頭時一驚,幾回推枕未天明。酒無全力雞先覺,夢少名心鬼不爭。昨事靜思皆影事,浮生真儗學無生。起來自撥香鑪火,笑聽山童寱語聲。

題汪月樵之選夢萬松堂看月圖

今夕何夕月在天,御風而行方泠然。四山合沓皆鉤連,其下一曲回長川。川平山遠何煙綿,拄杖竟欲尋厓顛。有堂豁然當我前,虹梁桂棟蘭蕙櫋。問誰居者豈其僊,何無一人相周旋?蒼髯之叟如起延,龍拏虯攫紛萬千。峰峰浮若幾點煙,仰見一鏡空中縣。笙鐘萬壑鳴流泉,惜不攜此膝上弦。悄然欹枕虛室眠,了了此境如在焉。吁嗟濁世膏火煎,癡猿闚井蟻慕羶。何夜無月清而妍,松聲水聲不賣錢。汝自擾擾愛市廛,夢亦不到誠何憐。君於此境似有緣,何時獨往窮幽元?爲我灑埽堂之偏,一关晏坐三千年。

藹臣春暉書屋種竹圖

一歲樹穀十歲木，王家之槐謝家玉。不知子弟何與人，頗覺得之意乃足。春暉之屋誰所營，單侯奉親爰以名。前榮栘華背諼草，一室自有陽和生。新來拓得數弓地，移穜䕶龍十百輩。森森離立滿階除，看渠早有干霄氣。膝前兩兒風骨溫，爲崔慰祖袁愍孫。蔪然頭角已殊衆，要在固蔕深其根。七尺珊瑚亦何有，喬木百年須世守。清風政可遺稚子，高節還應壽王母。含飴笑汝紛斕褊，披圖亦復開老顔。他時定入伶倫采，記取此間慈姥山。

卷十一

蘧庵集 戊寅

正月十三日得秋白小湖積堂書喜而有作二首

黄色朝來忽上眉，雲中書札隔年馳。天涯芳草能無夢？人日梅花未有詩。已覺西湖先在望，重思南浦别經時。煩將浩盪歸舟興，説與橋邊鷗鷺知。

鷗群鷺侶不相忘，日夜江流客未央。已分東西隨地好，況過五十豈身彊。花前定抱添丁笑積堂新得子，酒熟還能犯卯嘗。盼斷故園書一紙，别家閒事細思量。

感贈四首

枇杷門巷怯重尋，往事低徊感不禁。香荔割殘連理帶，文鴛夢冷合歡衾。幽蘭露賸雙啼眼，蠻蠟灰餘一寸心。莫怨長卿成薄倖，最無憑準是瑤琴。

九枝鐙檠六萌車，珍重谿頭訪浣紗。別院閒房藏謝女，短轅長柄笑王家。人間幾見能團雪，裀上如聞再墮花。苦憶劉楨慣平視，親移明鏡看盤鴉。

含辛灼艾與誰論？愁劇明知病有根。不見蝤蠐但斜領，願爲獺髓補微痕。情人碧玉歡聞變，豪客黃衫俠性存。多謝桂枝還識我，褰幃相對總銷魂。

顴頞猶堪入畫圖，依然鳥爪似麻姑。當時漫妬人懷璧，此日愁看婢賣珠。翠袖真成在空谷，青衫容易感窮塗。回波詞異回文字，爲問連波悔過無？

古詩二首哭王惕甫

文章道弊久，後來日莽鹵。海內古文詞，寥寥指可數。吾師惜抱翁，獨立相扶樹。雅音無繁弦，大樂有靈鼓。君亦爲其難，奮臂搏彫虎。蒼頭異軍起，拔戟成隊伍。清雄出淵深，排奡非跛扈。其或樹旄幟，蕭孃與呂姥。力薄強傀俄，幅窘詡規矩。平生師友間，繆思託不腐。先後成逝川，孤懷欲誰語？五十已過二，晚學復幾許？追痛十年中，一別竟如雨。

十年夫如何？近在百里外。竟絶相見期，此事吁可怪。緣君久埽軌，惟與孺人對。我常走四方，一歲歸不再。以此致差池，豈復有孅介？回思客京華，破車每共載。文酒極雍容，得失互歎慨。維揚有賢主謂賓谷都轉，同志凡幾輩。揚蛾衆女前，老去惜眉黛。漂零隔存沒，存者日以憊。人間真可哀，得死如受代。無如懷舊心，耿耿胸中絓。詩成一哭休，自傷兼自悔。

紀夢

明河如水瀉階平，閒倚青鸞笑不成。萬朵芙蓉牕四面，就中知否有芳卿？點筆書雲倚捷才，夢回隱隱有風雷。綠章自奏通明殿，乞取元朗負弩來。見《遺山集》。

藹人太史見過話舊有作四首

不意兩年少，都成一禿翁。命懸窮達外，世閱別離中。握手歡初洽，回頭夢已空。文名定何用，馬耳自東風。

尤子經奇者二娛，袁郎澹盪人湘湄。凄涼徵士傳，顛頷宰官身。一室晏如昨，九原根已陳。疑逢薊子訓，銅狄話悲辛。

老彭天下士甘亭，窮悴更堪憐。力足爭千古，身難庇一椽。鰥魚愁達曉，怖鴿欲依禪。爲念平生語，栖栖各莫年。

豪氣隨年減，風情取次刪。寸心供仰屋，萬事入低顔。晼晚憐同調，羈棲夢故山。佗時重相見，莫放酒杯閒。

題曼生畫牡丹窠石

薤葉紛披參篆籀，錯刀屈曲寫篠簃。陳侯一色筆荒略，直是渠儂作草書。

年年穀雨負花時，今歲花時準得歸。一角紅闌數株石，焙茶風裏試棉衣。

題改七薌琦臨趙松雪泉明采鞠圖爲錢叔美杜作

羲皇上人去我久，尚有典刑留在酒。平生愛菊亦偶然，徑裏孤松門外柳。鷗波亭上趙王孫，可惜青門種瓜手。爲誰寫此鸞鶴姿，蕃馬風塵知厭不？玉壺山人重貌得，下筆蕭疏真不苟。披披風帽策扶老，翦髮胡奴一缾負。眼中想已見南山，亟漉新篘澆笑口。錢郎亦是澹盪人，老矣十年愁浪走。卜居陶谷竟未成在金陵貞白隱處，思種秫田更何有？獨往是處皆柴桑，偕隱不須攜翟婦。三旬九食庸何傷，滿把黃花爲君壽。

邗上即事

過江三日醉何妨，深愧諸君置酒忙。筆墨荒寒人老去，任教紅粉笑積唐。

忽見雲窗有小鬟，浪憑靑鳥問前因。玉籠雛鳳嬌佇極，説着雙栖便惱人。

粥粥群雌擁一鐙，墨花四照筆飛騰。多應見諒東坡老，裙帶書銘謝不能。時有乞小楷者。

渭城誰遣唱何戡？倚櫂聽歌酒半酣。買得千枝紅芍藥，載將春恨過江南。

京口食鰣魚

潮長春江暖欲波，先從亥市問銀梭。形模略遣瓜刀似，風味翻憐骨鯁多。一尺錦鱗輸爾俊，千絲細網奈渠何？滄洲眞是歸來客，可許從今隱綠蓑？

【校記】

〔一〕『隱』，底本作『穩』，誤。

艤舟亭

七百年前此繫舟，迢然猶想舊風流。買牛賣劍談何易，殺馬毁車去即休。未覺羊公忘峴首，尚教陸贄返忠州。章惇李定皆安在，可有泥痕一爪留？

天寥見過并寄北萊上人

相見俄然一載強，能來煮茗且焚香。天涯客子賈胡滯，春晝風光野馬忙。病起骨從衣表見，詩成珠在髻中藏。歸時爲報萊長老，花發遲余過藥房。

詠瓶中垂絲海棠白桃花

施粉施朱各一群，東皇特遣與知聞。生紅欲滴稍頭露，澹白猶疑夢裏雲。俠侍居然羅丱妙，風情容易惱夫君。錦城走馬武陵棹，是處佳遊不用分。

穀雨後二日風雨仍作新移紫牡丹將花矣詩以慰之

吳宮紫玉最嬌柔，拂雨籠煙傍玉樓。羅幕繡幃那辦此，一詩與作錦纏頭。

風雨多煩爲洗妝，妖紅欲露惱回腸。也應識得東君意，不遣雄蠭稺蜨狂。

點勘元人詩竟戲效其體四首

觚稜金爵麗朝霞，翠瓦魚鱗百萬家。春暖長揚搖苑柳，朝回列炬散堤沙。殿前供奉白翎雀，內直郎君玉鼻騧。惟有侍臣消渴甚，金莖催賜六班茶。

鬱鬱風雲護上京，遙遙衲鉢駐輜軿。千屯冀馬秋嘶雨，萬帳名王夜列星。內府裹蹏銀作甕，太官湩酪酒如醽。可憐留滯周南老，一障乘邊望闕廷。

別部梨園坐仗開，禿襟窄袖好身材。紅牙縱博蜻蜓帽，玉手傳花鸚鵡杯。一笑迴天驚掣電，雙輪碾地殷輕雷。王孫空佩珊瑚玦，蹀躞溝前首重回。

薄海熙恬頌太平，靈臺雲物最清明。重輪何意抱雙珥，妖鼓無煩志五行。炫服只孫春詐馬，下番怯辭畫調鶯。似聞翰院皆虞揭，倡和新詩滿鳳城。

書悶

梅著青枝望已酸，水侵白板出尤難。花無可落風偏大，麥欲全荒信自寒。苕上人家懸釜亟，蘇堤楊柳隔湖看。誰知野老憂時意？一箸藜羹爲減餐。

題陳康叔志寧三影卷子

鍾張羅趙目已眩，道子朱繇苦難辨。評書論畫徒紛紛，魯鼎誰能識真贋？耽吟自是吾黨病，屏卻珍羞甘土炭。秋蟲春鳥何與人，坐使少年元髮變。陳君亦是可憐人，俛首筆研長苦辛。百年政爾愁不給，又誇善幻分三身。一背面者手展圖，一如微吟手撚須。其一握筆側理鋪，腕底氣已蛟龍驅。侍兒三兩供使令，申紙和墨何莊姝。人生如此足快意，惜哉不了爾家事。水田換卻畫中山，空案那能責一字〔一〕？我聞君名二十年，片石多謝蟲魚鐫。梅翁仙去君亦老，萬事變滅如雲煙。君爲種梅先生高弟，曾爲余作浮眉樓印。我於書畫百無功，題詩亦愧殊匆匆。君不見淮海秦郎天下士，一生多伎亦多窮。用芮國器《鶯花亭》詩意。

【校記】

〔一〕「責」，許增本作「莫」。

即席送種水還禾中

三月已三十，楊花撩亂飛。當門湖水暖，出網白魚肥。及此晤言適，乃知相見稀。如何送春日，君又逐春歸？

門前一湖水，多半是春愁。離別平生事，江淮汗漫遊。偶然此三宿，行矣各千秋。及到南湖上，并煩問鷺鷗。

題魏少野東齋集

絶似吾家老靜思，飢寒窟裏坐哦詩。江鄉牢落成遺老，果位分明證辟支。厚地高天何局促，祧唐宗宋轉離奇。更饒一段傷心史，忠孝家門衰替時。

次韻酬馬小眉洵見寄

巖石敢同鄭子真？鸞斯差免誚頻頻。江湖那得有奇士，鄉里何煩稱善人？隔歲傳書誰話雨？中年刻意是傷春君去歲悼亡。山塘政可聯游舫，一曲微波小作淪。

次韻答殷耐甫増見贈長句

入春苦欲訟風伯，游屐何曾蹋南陌。更添猛雨助披猖，坐見群芳遭横逆。紛紛年少無新知，柴門關早開常遲。跫然忽喜足音至，不異空谷聞人時。平生稍稍有述作，凡骨無由得靈藥。又令橐筆遠依人，絶似虚舟渺難泊。問奇載酒今世稀，君何獨與時相違？謬許詩篇略近古，斲輪老識矩與規。知君家門本道素，白首青氊欲誰訴？翻憐賤子困泥塗，十九將毋寓言寓。嵜嶔歷落可笑人，相見不復呼冠巾。吾儕自是湖海士，交道况有文章神。昨朝郊遊何所遇？定賦嬉春竹枝句。天涯作達政復佳，可惜臨流同唤渡。余將赴淮，君亦將歸澄江。百年擾擾方卜居，湘纍見誚湘潭𠪨。君山山下春潮上，莫忘雙璫尺素書。

答耐甫留别次韻二首

何論谷口與商顔，那有人間可買山？樹已婆娑猶諱老，雲無根柢轉疑閒。力田君豈求應舉，頌酒我難竟閉關。同是漂流不堪説，題襟分襼各潸潸。

話到蓉城一破顔，眼中咫尺見君山。當時鷗鷺今誰在？此客江湖未放閒。余二十年前往來澄江，王儕嶠、祝繡峰皆故人也。意外翻教成邂逅，貧來兼不戀鄉關。新知舊侶俱難忘，未及臨歧涕重潸。

同甘亭百一山房夜話作

分來半廡兩閒身，經卷翛然儼淨因。何肉周妻猶是累，香南雪北好爲鄰。生前原有無窮事，世外仍多不了人。十隊霓裳萬華燭，與君堅坐認根塵。

甘亭誦元遺山詩醉後有感輒用其韻分示同人六首

醉民漫士一身兼，不但人嫌我亦嫌。舉似尊前應失笑，梅心酸苦杏仁甜。甘亭。

薄病無端酒病兼，醉中狂語定無嫌。匹如味諫軒中果，能否中邊一樣甜？古雲。

褚虞李杜那能兼？各有專長了不嫌。老去與君論酒德，未妨生辣未宜甜。爽泉。

養志榮名道亦兼，與同孤露絶猜嫌。邯鄲道上無窮事，天眼看來是黑甜。子同。

幾曾作僕此身兼，暫作家公忽自嫌。一樣堆槃肥豆莢，誰知不及在家甜。丹叔。

蚤知儒俠未容兼，晚託毘耶亦不嫌。不斷周妻斷何肉，深山筍蕨十分甜。素君。

大風渡江

横江風色颭桅旗，大好塵襟對此披。落日忽隨鳥雙下，青山多似馬驚馳。南朝作帝誇才子，北府用兵誰可兒？欲繼髯仙豪宕句，十年來已鬢成絲。

寄慈仲高郵

招隱多君有勝情慈仲作《神廬招主人》文，片帆又指綠楊城。人間草草惟三月，行路悠悠已一生。文字緣深甥舅國，金銀氣短鷺鷗盟。遥知竹巷關門住，筱碧梧青酒獨傾。

酒盌歌爲已山作

汪君示我盛酒盌，七壺有半始能滿。每壺大率弱二斤，若以爵計真無算。白爲其質塡青紅，茄蘧菡萏披薰風。雖非官汝亦明代，黝色光潤形模工。爲言先德乃酒豪，長晝無事呼醇醪。招邀酒客雜沓至，什什伍伍先分曹。小磯深杯各四十，或作魚噞或鯨吸。旁觀已見目瑱飽，座上聊能脣吻濕。須臾起坐肅客還，令翻手勢張空拳。常山率然陳容整，盡几一面相排連。紛紛勝負所不計，此時衆賓各已醉。主人令闔門雙扉，滿堂動色齊瞬眙。雙扉雖闔下去限，主人致詞笑而莞。能終席者送闖門，不然由竇請從犬。能留者少去者多，獨有一客顏微酡。云是至戚，忘記姓名。迺出此器同一釂，飲乾戴首如戴荷。孟公投轄後閤開，仲容狂任群猪來。昔賢任誕事亦有，可有洪量吞此杯？我聞秀野草堂稱酒帝，三雅羅陳請客試。同時健者小長蘆，能盡百杯亦其次。方今人物何渺然，酒徒亦復無前賢。雞缸鸜螺小斟酌，祇合兒女同登筵。摹抄舊物增懷古，頭沒其中我應許。與君日飲且亡何，門外莫來光孟祖。

題高犀泉書牀圖

老眼眵昏又善忘，空憐鋭減坐來牀。何時半席能分我？尚愛區區秉燭光。

汪飲泉卜生圖

中心棊局那能平？一語堪傷萬古情。崇讓宅荒東閣閉，故山老卻玉谿生。

題陽關意外圖贈吳門沈生并序

沈生號家珍，隸蘇州集秀班，以歌喉傾一時，時無與儷者。生自抑下，若人皆出己上。貌削瓜，長逾中人，俛仰宛轉，登場時各如其意以出。有願爲弟子者，指點不吝，於曲中文字以己意消息之，聞者或不能盡解也。戊寅六月，相遇於觀復齋，得盡識其能事。己山用東坡『龍眠識得殷勤處，畫出陽關意外聲』詩意，屬錢叔美作圖，乞余爲詩以實之，無使其無傳。古來以伎萟見于後世者，自唐以來，代有其人，必託諸能言之士，而余非其人也。辥家車子，摛主簿之麗詞；何戡渭城，感貞元之朝士。儗亦其倫，情無或異，即圖爲句，大雅無譏云爾。

院本荒唐無不有，梅谿又繼中郎後。傷心江水葬貞魂，滿袖啼痕迎阿母。牡丹亭畔石坡陁，一卷留得春風多。慈容水月竟非是，青黛畫娥紅錦韡。悲涼宛轉都難好，傀儡紛紛皆飽老。古人絶藝必有神，歎息何人工絶倒。沈生沈生通其詞，瀏漓頓挫微乎微。廣場一奏四座靜，幼眇弦索如游絲。世上從來盛名忌，老矣文章亦聊戲。憑誰爲報王漘南？此是陽關聲外意。

題惜抱先生詩冊後二首

鍾阜書堂記下帷，親披一冊寫新詩。重看虎臥龍跳字，忽感鸞漂鳳泊時。苦語嘗聞戒通侻，窮塗誰復恤孤羈？心喪不覺三年盡，此日門生雪滿髭。

婁江先逝北平徂，述庵、覃谿兩先生。海内靈光今漸無。頓使東南乏文獻，行憐五十此頭顱。傳衣往事明明在，築室私心耿耿孤。聞説西華猶逮繫，絶交書廣孰云誣？

次韻慈仲

命酒忽不樂，秋風漸起蘋。謝他梁上月，來照客中人。衆裏嫌身獨，閒來覺事新。白鷗無藉在，浩盪且風塵。

次韻竺生讀靈芬館集見懷之作

少壯都非奈老何，相逢仍復七言哦。江湖兩鳥同鳴止，渤澥雙鳧孰少多？寂寞名從千載有，淒涼事已一生過。齒危髮禿君應見，莫道便便腹尚皤。

題滄浪亭圖

口詠滄浪太古篇，湖州長史已積然。請看買斷閒風月，可用區區故紙錢。

題朱道士嶽雲詩鈔

仙才誰稱五銖衣？詩筆從來羽客稀。解道南朝荒落意，寒鴉爭傍孝陵飛。登翠微亭句。

師門回首恨漫漫，一序初繙有士安。苦憶西華風雪裏，葛衣還比羽衣寒。惜抱師有序。

和韻答許月南桂林二首

富貴不可期，宿昔從吾好。浮湛俗學中，安得有深造？寥哉懷古心，妄意導師導。群披膩顏帢，爭戴高屋帽。紛紛萬牛毛，孑孑孤羽翿。迷陽柳生肘，變怪髻見竈。坐令年歲馳，強半精力耗。不意月旦評，議論乃我到。辟如窶官米，捨粲反取糙。將毋嗜之癖，或者過以告？貧女頭巧梳，貧家地淨埽。庶幾自修飭，以爲所知報。

兩丸跳宙合，群曜粲婐媠。宮人辨噣心，武士識滂沱。安一異域人，以爲創自我。靈臺皆庸流，洟涊莫否可。卓哉君明眼，漢學獨力荷。疏通測源流，節目削磊砢。餘事及詞章，衆工必先柁。亦如星羅胸，斗柄揭其左。權衡一高下，穅秕隨揚簸。古人通寐寤，俗論殊水火。將浮大海航，肯顧五湖舸？我言亦非夸，莫笑強嵬峩。

贈鄒彥齋殿英

白鹽赤甲艱危地，大戟長槍征戰年。少日從軍誰僕射？異鄉相見尚櫜鞬。腰間劍有朝霞色，抱裹珠如夜月圓。笑我衰遲還結客，臨分涕淚酒壚邊。

歲暮懷人詩

京華

劉芙初

蚤歲歷辛酸，投老益顑頷。一官人海藏，低顔少年輩。衰親倚閭望，幼稚仰口待。枯桑號天風，入門爲誰媚？

黄霽青

黄童無雙士，妙年青雲躋。紬書列長編，呼酒對小妻。酒酣筆落紙，五色騰雲霓。應念菰蘆中，擁褐頭長低。

陳仲恬

三年弁和淚，刖足始一伸。誰稽黄白籍，引繩相排垠？閉門軟塵中，風雪漸以繁。一杯深夜酒，念汝好弟昆。

鄉國

彭甘亭

維摩病初起，衣表驚孱顔。兼聞斷米汁，舍此何爲歡？天涯兩旅人，在世出世間。打鐘而埽地，遲我清涼山。

黃退庵子未父子

柴門百弓水，梅花數間屋。膝前有佳兒，詩成付之讀。今年況大好，多收米十斛。白酒與黃雞，此翁奚不足？

范小湖

十上十不第，氣鬱眉則信。雖非燕頷相，詎是狼疾人？用葉水心論陳同甫語。臨江千萬峰，捫胸何嶙峋。歸當急相就，澆以拋青春。

江聽香

老懶久不歸，歸即不得出。人間馮敬通，窮外有奇厄。脩羊能幾何？忽忽歲云卒。天寒斂薑芽，拄杖一時失。

朱鐵門

衰老各依人，喜與君差近。自從去彭城，逾月始得信。君歸未能來，故人已就殯蔗畦。寒冰正淒然，清淚不可抆。

遠道

錢恬齋

遵海重清門竹垞贈句，文章繩乃祖。一麾去蠻荒，六詔勞字撫。豈無鴻雁飛，鑱天萬山阻。想有金荃詞，傳繡弓衣譜。

查梅史

循吏而詩人，爲政亦已妙。銜卹尚羈遲，麻衣遠誰弔？落日練江横，寒雲敬亭峭。怊悵江行篇，難嗣木瓜報。

潘紅茶

潘尼有清裁，雍容傲時流。九衢如洪波，盪漾不繫舟。繡衣持斧出，八桂褰芳洲。倘逢翡翠翼，寄我珊瑚鉤。

許靑士

忽棄鹿盧蹻，去蹋羅浮山。要於炎瘴中，鍊此冰雪顏。南雪縱不到，歲莫何當還。篋中麻姑裙，縹碧黃朱斑。

陶季壽

長沙有畸人，大笑忽西向。百戰古樓煩，縛袴乘一障。琴德瀟湘愁，詩思并汾壯。此時玉貌人，未審作何狀。

逝者

王愓甫

平生古人期，奄忽遂已古。抱此千秋心，寂寞竟入土。末契謝年少，孤懷渺何許？寒山折竹聲，君今自聽取。

吴縠人先生

此翁如醇醪，清極轉平和。胸中有古春，百斛盎未多。吐爲婉麗詞，衆女無姸蛾。應尋杭與厲，地下相婆娑。

樂蓮裳

題襟昔逢君,頎然如立鶴。苦吟必宵分,痛飲忘體弱。手抱一尺書,鄭重如有託。幸有故人心,應慰泉下諾。月樵觀察、曼生司馬將爲栞集。

釋天寥獨遊出家之名

縱博與亡命,百困不能死。幡然思出家,一病半年耳。男兒不許奇,造物故忌此。惟有一卷詩,可配參寥子。

詹烈婦詩

絶粒一旬死何烈,女中乃有謝文節。後夫一年待子生,子夭即時死已決。叩首兄公立夫後,手製綿衾奉阿母。自闔雙扉斷勺飲,母來女來哭穿牖。戚黨歎息鄰里哀,共亮此志終難回。請登家祠設生祭,士女淚盡千瓊瑰。先時祠中夜有光,族人聚議爲何祥。豈知正氣通冥漠,婺星作作生寒芒。富家女兒飽稻粱,冥冥墮行皆蟲蝗。烈婦一死若蟬蛻,呼吸沆瀣驂鸞凰。婦程夫詹增鏞名,婺源東鄉居遠城。單門有此益可敬,乾坤質之金石銘。

題吳文徵東方三大圖泰山海及孔林也

手揮九點暮煙開，齊魯青蒼勢壯哉。便擬東尋滄海去，欲看南指帝車來。山川長與斯文在，丹漆誰曾入夢回？讀畫題詩重歎息，斐然小子不知裁。

題停琴仕女

玉人曾否字青琴，嚼葉吹花用意深。仍恐世間無此耳，一囊留取海濤音。

旅館銷寒詩用東澗韻并序

袁浦客游，遁巡未返，縱云旅逸，不免羈孤。往時與友人爲銷寒之會，會各有詩，今落落少在者。一鐙煮愁，五夜無寐，自倡自酬，以耗心遣云爾。

有患從來爲有身，此身未省比名親。蚤年謬許厖眉客，入市爭看墊角巾。科第是中真有鬼，文章已老不如人。蕭然弄墨寒窗下，也算閒民也幸民。

詩懷漸減酒懷增，便到寒冬未冰去兢。廣廈萬間君不見，蒯緱一劍客何能？偶逢曹吏呼爲馬，厭見頭銜署是冰。準擬沅湘浮棹去，九河風起水波層。

豈無湯飲試黄昏，衣被叢殘蝨自捫。病後肌膚長苦燥，醉餘言論亦多煩。從前積毁能銷骨，此際尋思易斷魂。韓偓香奩義山格，一般淒絶與誰論？

篋開五岳寫真形，玉笈珠籤盡道經。半夜有槎傳入月，七襄無錦枉占星。倉琅門待梁清啓，杼柚聲因河鼓停。雲路高高梯萬級，當時點屐少人聽。

憒憒人間月下翁，但憑一冊任癡聾。已教行作朝來雨，不信翻成昨夜風。天上角張星五六，溝前蹀躞水西東。靈氛有語無由達，看策雄鳩鴆鳥功。

潘岳重來鬢早秋，鬱金堂北冥仍搜。更爲後約知多負，便卜他生此已休。投轄留賓真下策，上堂平視亦良謀。而今都入琅嬛記，可信天邊更九州？

人間真有館忘憂，新起高樓白玉鏤。瑇瑁梁爲海燕屋，鴛鴦湖喚木蘭舟。青蓮經卷施蘭若，白練尼姑約比丘。髣髴人天此高會，恒河慈母記同游。

琴心不解治幽憂，危事真如米淅矛。請火無人爲索緼，負山有力見藏舟。玉輪黯澹初生魄，金枕遲回未並頭。猶向白紗帷下見，可憐莫莫與休休。

還櫝買珠事可仍，阿奴絡秀豈相矜？亦知蛺蜨韓馮冢，不在蝦蟇董相陵。瘦骨香桃終竟萎，繡衣文褓未能勝。當時拉雜摧燒處，恐有遺文露尚騰。

生小鴛雛意便親，淥波春水漾微淪。隨身杵臼初依廡，入眼花枝已積薪。蘿牽空谷纏綿意，裙浣西湖寂莫濱。最是夜寒擁背後，離離十指玉還皴。

上頭時節最嫣然，續命絲長替祝延。茗椀便如堂上客，酒壚許臥竹林賢。柳枝託意湔裙水，蒲葉傳情解糉筵。衹恐烏龍馴未得，夜深吠影小闌前。

玉樹銀鐙雪意驕，上元已過市猶囂。逡巡酒熟心先醉，歡喜裙鬆識豈訞？粉白尚粘三尺枕，花紅初展一分蕉。何當乞與靈簫號，從此登真共早朝？

休論縑素故還新，一唱迴波便主臣。機上未須錦作字，帳中兼妬玉爲人。閒歌明鏡猶雙照，醉淺香醪更一巡。青女素娥真伴侶，霜前月底往來頻。

禹穴從探越絶書，欒欒素服未全除。心如烏鳥口難哺，骨出飛龍氣欲噓。雪點蒲帆波浩渺，月明蘭渚影空虛。分明繡被舟中夜，山木歌成試和余。

望斷雙璫尺素書，邗江留滯幾旬餘。豈知一送青簾舫，忽漫重來白馬車。繡被五紋憎匹鳥，春鐙九子照鰥魚。上元處處皆絲竹，愁絶香銷夢覺初。

曲躬樹底幾由旬，執手多應隔兩塵。粉黛獨饒名士氣，畫圖還是女兒身。招魂南國千番紙，埋玉西泠一問津。好與孝娥分片土，夜光離合總如神。

從此乾愁歷歲年，書牀客舫我周旋。六和塔下新潮長，三板船中舊雨連。簾幙卷山屏列翠，江湖俯檻水如煙。迢迢一路紀程在，爲感前塵又悵然。以下記赴江西事。

京華削跡道途賖，西日遙瞻手自遮。籍甚烏衣佳子弟，翩然玉貌犯塵沙仲蓮兄弟。尚書望重持雙節，昮弟交深比一家。笑我不辭衝暑去，也隨估客飼神鴉。

轅門鼓角晚衙遲，衣白尊旁有所思。豈爲饑寒聊餬口，不因感激肯軒眉？朝雲極浦船師待，明月深宵街卒知。難忘書堂珍重意，篝鐙坐待醉歸時。

螺墩蒼蒨樹丰茸，邂逅才人此轉蓬。似舅聲華齊北海，談禪風味比蘇公。花洲雨過還同泛，桑落酒香時一中。不信士安風疾劇，揮豪作序尚沉雄。朱滄湄刑部同客西江，爲余作《剛卯集序》。滄湄，孔顨軒外生。

家近禪寮谷鹿洲，失侯故將此埋頭。縱談平地風波事，已失滄江虹月舟。點筆居然追老輩，論詩久矣薄時流。近聞欲逐騷人去，又向瀟湘挂席游。徐斗垣明府爲余作《靈芬館第五圖》。

一笑千金近繆悠，章臺走馬記前遊。舞衫歌扇辭同隊，翠羽明珠想命疇。眉黛畫來剛半額，履箱擎出有平頭。如何謝女題詩筆，流落臨街大道樓？

晨窗弄筆屏鉛黄，小疊新詞字字香。薄命自知同玉蕊，免嫌何苦隔金堂。呈詞有『想是春來，花命未輕微』之句，蓋有所屬也。盈盈酒碊催潮暈，澹澹簾櫳下夕陽。門外斑騅嘶欲去，此時授色轉淒涼。

章江潮上榜人催，萬恨千愁盡一杯。波浪如斯公竟渡，山川雖間子能來。風心早逐雲帆斷，淚眼俄隨畫燭回。一自歌成古訣絶，才人斷養儘堪哀。

白藤書笈杖紅藤，隨意棲遲我亦應。分割孫郎道南宅古雲，對挑查浦讀書鐙梅史。久忘身是青雲器，但覺眉如紫石稜。自咲擢隤何所似[一]，逢場竿木在家僧。二首吳門事。

處士聲原半屬虛，每逢麻紙笑麤疏。賣文錢僅米升斗，諛墓金爲酒破除。遊子那知樂志論，故人頻有絶交書。年年蹤跡天涯慣，慙愧先人此敝廬。

世間老物任推排，差喜交遊亦未乖。客裏相逢多越語聽香、晴厓諸君，貧來不賣是吳歈。主賓頗有東南美，粉黛誰云西北佳？也勝窮途少陵老，短衣露肘腳麻鞋。以下雜書袁浦近事。

投老諸餘念盡灰，只應尚憶故園梅。桑田已變無香海，藤蔓都芟臏嘯臺。得得可能扶杖去，垂垂何處傍江開？劇憐窗外疏枝好，肯待狂夫索笑來？

歲莫街衢百貨闐，爭論短陌與長阡。可知物外人三兩，只要尊中酒十千。位寘缾盆供花竹，摩挲畫圖展雲煙。水僊初放海紅綻，香色撩人欲破禪。

我識汪倫近十年己山，到時即爲解行纏。翦蔬知我可無肉，酤酒笑人言少錢。太白詩『主人何爲言少錢』。結客鄭莊能置驛，歸耕蘇季尚求田。幾番除夕君家過，爆竹聲中爛醉眠。

五月披裘尚負薪，世間一種有沉淪。手能把卷難持酒，腳但遊山不蹋闉。抱裹兒嬌如玉雪，病中魔退伏波旬。冬來風日渾妍暖，梅放前檐定試巡。審庵善病，畏風特甚，今年殊健在。

張果閑來蹋壁眠，酒人呶叫獨醒然。常愁風水同窮鳥，祇賣丹青無孽錢。篆似怒猊追伏菟，詩如老將策先零音連。紙窗竹屋殘年景，能伴貧交覺汝賢。老蕫、芝軒同此度歲。

蔣詡溫溫心最虛，即論雅度已難如。有時挾筴呻吟緩，無事徐行鳧雁舒。葉子披來添喜色，花叢攔入抵禪居。樓前一跌幾成躄，可有蕭孃問訊書？

驚座高懷足雅游，置身百尺最高樓。敢云客至皆如願，也識貧來非所憂。員頂方袍爭抗手，詩逋書債理從頭。笑看列戟朱門外，若箇車如流水流。曼生賓客沓至。

青熒鐙火夜窗前，小結書巢僾信天。乞食何曾同北郭，寫生直欲替南田。摩抄花蕊時摹篆，護惜狸奴爲割鮮。尚有風懷消不得，櫻桃花底醉逃禪。小迂近頗能飲。

北馬南枝別路長，廿年於此上河梁。孤臣絶塞生歸骨，父老天關哭炷香。握手驚看俱老大，傷心感逝劇悲涼。風流頓盡靈筵慟，一作驢鳴斷客腸。霽軒自北來此，尚未知蔗兄之亡也。相見痛哭，蓋別幾二十年矣。

靈風颯颯颭鑪灰，如此人間大可哀。單豹養生戕自外，沈郎懺悔去無回。汍瀾淚似傾河注，哀誄詞成故紙堆。先後十年吾亦老，爭教白髮不相催？藹臣、蔗畦三月中先後謝世，單年四十，沈六十，余則五十加二矣。

生毛名紙未嘗通，小異看君在衆中。酒後襟懷能喝月，病餘議論尚生風。行廚常有千人饌，故園都無一畝宮。東里西華各童稚，何人爲念故交窮？藹臣眷累未能歸里。

見即傾襟定夙緣，夫君落落我便便。喜於老境初逢蔗，痛爲奇溫竟卻緜。一世勞臣同馬革，百年大事妥牛眠。長鬚莫施維摩詰，留護天花丈室禪。蔗畦已於今年卜得吉壤，明春可歸葬。

任昉高名世莫齊，并無鳳字到門題。絶交論廣堪爲檄，罵鬼文成欲託乩。窗外雲飛皆野馬，甕中天大有醯雞。紛紛改葉增華內，能抱冬心只菟奚。有感近事。菟奚即款冬也。

萬事都如馬耳風，書淫尚與少年同。遙知座上微雲壻，定念鐙前禿鬢翁。衰暮心情風雪裏，功名期望賤貧中。上元過了春鐙好，及取雲邊仙杏紅。

婉婉閨中靜好餘，鑪熏茗椀澹相於。追陪夫壻挑鐙讀，整頓而翁插架書。閑簇銀花裝閙蜨，旋燒芸葉辟衣魚。不須更詠黃花句，老去維摩耐索居。用荆公女事。

應俗文章底要工，歲寒不與子由同。去留未定營巢燕，積累無功負蝂蟲。不寐多應詩作祟，加湌還要酒時中。天涯姜被堅如鐵，悵望窗櫺旭日紅。丹叔書來，云未至五更輒醒，比亦同此苦。

方花文錦覆圓冰，遙想明妝盡日凝。樂府空歌中婦豔，歡筵多負上元鐙。芳華容易傷遲莫，調護還應愼寢興。若問天涯別來事，白髭須又幾莖增。

彈指開年五十三，漫誇作達且圖憨。盤游飯美兼三白，頃刻花多共一擔。酒得新方同麯米，詩偷古句出青藍。春來已約嬉春伴，選勝先過玉女潭。已山有雁盪之遊，余意先尋張公玉女之勝，故及。

同雲八表若爲停，歲晏孤懷入杳冥。也擬棄船訪安道，不妨頌酒閉劉伶。招邀旅客歡今夕約小迂守歲，屏擋書籤守一鐙。下筆元康風颯颯，研池雖冷不能冰。

【校記】

〔一〕『咲』，底本作『关』，誤。

題歲朝圖并序

戊寅除夕，偕芝軒、子貞守歲觀復齋，并約汪君小迂、曹君小厓同集。酒後，小迂畫梅，小厓畫水仙，子貞補石，作歲朝圖爲壽。往歲有算余行年止五十三，老爲世棄，不足復戀，然友朋之歡，未能遽忘也。醉中題句，以破此段云爾。

余生五十二除夕，難得今宵羈客同。便教日者言真驗，已占春來一番風。

卷十二

蘧庵集 己卯

元日

元日今朝百事無，三翁袖手笑都盧芝軒、子貞。添將品字柴頭火，好幅山家行樂圖。

徹夜喧喧爆竹聲，老夫鼻息自雷鳴。莫教傳與萊公法，誤盡苻離十萬兵。

二日即事

清曉寒何峭，披衣戀被池。窗明鳥影度，簾卷篆紋隨。片石嶙峋骨，疏花淺澹枝。蕭然無俗事，手定一年詩。

喜稼庭自京師歸并寄薵香夫人

歷轆車輪班復班，衣塵乍拂有歡顏。不成北闕朝天去，幾認東坡渡海還。先時訛言君病甚。架上牙籤唐代韻，鏡中眉黛六朝山。此時定有查查鵲，與報雲窗霧閣間。

余儗築翦淞閣至今未果近讀石湖集有云廛居久不見山或勸作小樓又力不能辦今年亦衰此興亦闌矣爲之憮然因次其韻

卜宅不卜鄰，繇曰幽人吉。門前潮汐應，流惡能去疾。當時枕水榭，如償楚弓失。微嫌少高敞，僅足婦子室。平田十畝寬，邐迤見雲物。結爲樓縹緲，坐使屋突兀。露臺百金耳，一丐萬事畢。無奈陳元龍，所入不抵出。守門蠮螉勞，升屋負蝂澀。妄想窗玲瓏，簾波卷瑟瑟。道謀已逾三，不堪何止七。祇可開東榮，袒背曝朝日。平生山水眼，自負真點漆。將浮吳淞江，一訪洞庭橘。

立春日小病夜坐有作

人日又加三，懶因病不堪。鐙蟲猶綴粟，被繭欲蒙蠶。宛轉留餘話，懵騰倚半酣。極思梅信早，夢已到江南。

身世祇如許，人生原有涯。匹如上元節，不放去年花。朋好已當日，文章亦暮霞。客中誰可語？老淚落橫斜。時作蔗畦墓誌。

小病止酒用梅宛陵樊推官勸止酒韻二首

病魔如小人，伺隙乃一過。養生如防邊，扼要不在多。平生酒爲名，恃此保太和。物過亦爲害，衝風起漩渦。日者卜年命，時至吾則那。小疾聊示儆，不在大譴訶。嗜酒而止酒，毀譽墨與阿。且當俟其定，後效看如何。

衰懶謝人事，惟恐客見過。名紙如束筍，戢戢日以多。一病概置之，端居養天和。偶然見杯杓，旁可無梨渦。紛紛百念起，強制特刹那。多生沒根塵，合受我佛訶。闍黎疾許飲，此語同唯阿。約待疾起後，日飲從亡何。

次日飲酒不滿二十杯輒已醺然疊前韻二首

束髮充酒人，寧止三爵過？三十迺登壇，自將能多多。荏苒到五十，遇敵始議和。騎兵怕扼險，舟師恐入渦。平生清廟手，作頌賡猗那。晚逢潦倒工，箏笛隨撝訶。此酒實難得，莫謂所好阿。醉後還索句，不知身在何。

縱博羊群亡，挾筴一鳥過。人間較得失，未知誰最多。旅人如幺弦，獨張聲不和。又如幽咽泉，不復成盤渦。女子對面怒，君真伯休那。一醉忘萬事，任人之譏訶。行當謝世網，屏跡居岩阿。有酒但指口，其如爰絲何？

十四夜即事

文章何用煩起草，夫子奚須復發棠。未免尚爲衣食計，不能竟返水雲鄉。青春作伴歸應得已山約同赴吳門，白首依人事可傷。明日上元鐙正好，短檠相對劇蒼涼。

答釋虛白

論詩如論人，要在有真意。苟具冰雪腸，何害蔬筍氣。魏唐漱冰老，孤冷去軟媚。出語如橄欖，苦澀美回味。惜哉臥一塔，此後邈難繼。吳中有杲堂，雅絜頗小異。正如貧家屋，所喜淨埽地。堪笑小顛狂，人以比道濟。寱語兼市囂，對之欲嘔噦。豈若雪山牛，香潔出茹退。虛白來華亭，破裓衝風厲。繆云宿見推，欲以所作贄。將使引纏徽，此語得無戲？古來執文樞，必在名與位。韓歐今無人，暢演孰位置？我賤莫揄揚，我貧乏贈遺。至於此道微，尤貴力孤詣。一字俗目諧，千秋古人棄。政可深山中，風雪一門閉。而我又風塵，此事安敢議？感激投贈篇，譽我得我愧。聊述近聞見，非曰有美刺。用以答子勤，亦以示己志。

謝懶堂上人爲刻玉印以碎火石刻之，見者不知爲玉章也。

昆吾之刀不可得，世間割玉皆胡沙。義山詩『玉集胡沙割』，是唐時已如此。雕鐫螭虎琢環玦，俗工蹋輪如蹋車。祇供兒女充玩好，僅與金幣爭豪奢。蟲魚繆篆璽扁字，以付此輩吁可嗟。上人腕底金剛杵，赤手可捉生龍蛇。戲搥黑山一片石，拳握碎作粟粒芽。朱絲碧紋自磨治，自然詰屈無邪佤。佉盧況乃弟倉頡，何論後起冰斯家。前年爲我作小印，佩入古洞探峆岈。潛虯驚起仙鼠掠，忽然失去疑攫拏。或云山靈能好事，愛此寸璧如茗華。先有一印失於善卷洞中。上人聞之莞爾笑，請補其闕且有加。一名一字一新號，爛若秋水澄明霞。失喜不敢更褻弄，襲以重錦穿以緺。浮屠善幻乃多伎，昌黎此論堪揄揶。如我案指發海印，瞿曇妙旨良非誇。安得連城徑百尺，細刻千佛名如麻？招來諸天作供養，丈室日日飄天花。

檢得穀人先生手書

華星璀璨動銀鉤，開篋先教淚溢眸。猶及老成吾未晚，欲徵文獻世難留。三爲祭酒荀卿老，一臥滄江杜甫愁。差喜郎君嗣家學，清聲已占鳳池頭。

生朝雨中有感用東坡正月二十日三疊韻示曼生已山小迂

涷雨昏煙晝掩門，客中愁絶似羌村。不關異地生鄉思，自作孤兒只淚痕。事每驚心多夢魘，身添病肺識涼溫。故人倘引彭衙例，翦紙先招杜老魂。

雪後寒甚庭梅未花用放翁湖山尋梅韻二首

去年一臘小兒白，要及春來土發脈。不然滕六苦衰慵，正藉蒼龍助行雪。入春之寒出意外，顓頊容渠十百輩。窗前老梅僵僅存，或者以雪爲招魂。

人生萬事須及時，松栢豈異桃李枝。嚴冬不寒春不暖，諷刺乃有風人詩。老夫畏風不啓扉，擁褐坐睡渾忘機。銅缾苦濕鑪苦燥，一醉題詩殊草草。

次日寒更劇小飲作

雨水已過三日強，尚餘積雪滿積墻。風來地涷微微濕，日落檐冰續續長。呵手憎人強作字，蒙頭對客細添香。只憐肺病無多酌，杏酪松漿取次嘗。

遲慈仲不至

奇逸多聞老敬通蘇公句，年來顛頷百憂中。埔鄉自昔元無虎，君子於今亦化蟲。錯是六州真鑄鐵，妄疑萬物悔爲銅。春風政爾遲征櫂，及見江船且欲東。

友人訝余白須漸多作此示之

荒傖面目瘦眉稜，頷底霜痕君莫驚。冉冉定從衰後得，絲絲又向黑間生。并無問事兒能挽，便有閑情鑷不成。四海共知吾老矣，草橋紅帶好逢迎。

送慈仲

積陰滯餘寒，東風轉淒緊。游子夙戒塗，僕夫動修軫。雨雪漸欲稀，眠食行須謹。江淮水相送，齊魯山與引。我歸亦暫爾，山廚趁櫻筍。

上巳不出

上巳光風轉水涯，駝裘深擁掩荆柴。漸衰心與春無竟，不出眼看晴亦佳。緑上柳芽纔綴粟，青抽菖葉未成釵。可知數日閒寒食，好辦郊原幾緉鞋。

次韻答馮陸舟

忽聽丹山老鳳聲，喧啾百鳥息將迎。人情偶爾逢今雨，天意居然重晚晴。一壑自專聊謝舉，遺經獨抱豈沽名。蒲輪會見求耆宿，正待桓榮作五更。

答張敬軒

打篷微雨亦春聲，破曉煩君倒屣迎。冷蕊相關先問訊君有探梅圖，鳴鳩多事管陰晴。披圖猶記當時客，題壁仍留舊日名。三復新詩知古調，玉琴弦好不須更。

答馬小眉

叔起能詩新有聲，西湖煙水遠相迎。東勞西燕差池翼，紫蜨黄蠭商略晴。遠愧揚雄煩問字，老疑韓愈未知名。唐人題《盤谷序》云：『昌黎韓愈，知名之士。』學書那有元和腳，近欲規橅到率更。君見索拙書。

江鐵君沅僧裝小像

墨妙亭前夜坐時，風簾官燭聽談詩。分明三十年來夢，誤認楊朱是本師。

垂老彌堅入道心，儒風梵行看君深。請將世諦閒文字，回向伽佗作妙音。

贈小瓊三首

曾隨玉女誦黄庭，新染蠻箋十樣成。第一莫將名字諱，有人剛聽步虛聲。

高樓大道未沉沉，曲巷彎環轉愛深。銀蠟漸灰窗漸白，轆轤金井曉來心。

老去歡場意漸闌，遲來猶得見姍姍。青衫翠袖相逢處，一例人間日暮寒。

程老

烈士有屈身，仙人有忍辱。行汙志可矜，君子論弗酷。嗟哉此程老，六十猶牧犢。惟思烏返哺，不作雉登木。談笑君卿脣，滑稽鴟夷腹。低顔入歎場，嬉戲共徵逐。西曲窈窕孃，南卓羯鼓錄。八劇與三條，門巷靡不熟。貴遊喜得之，如射有由鹿。涕沫輕錢刀，漿藿視酒肉。得分雁鶩糧，以具母饘粥。古來爲親屈，跡不論清濁。游閒傭顧外，出此乃其獨。自從生民隘，謀食恒不足。豈無梓匠能，甘作倡優畜。原心哀其然，但爲世道哭。翛然老維摩，桑下亦三宿。天花落繽紛，偶着居士服。綺語題領巾，一過不復讀。瀕行贈此詩，奏雅以終曲。

廿五日曉起渡江

北風三日南船阻，鐵鹿連檣滿江滸。今朝五兩占風輕，中流歌欸雙艫鳴。三日舟中熱如許，簁無生衣汗揮雨。今朝曉起披衣裳，江風吹面毛髮涼。世間萬事皆如此，通塞炎涼偶然耳。船窗殘燭猶如虹，下照波底千魚龍。魚龍無語鴉鵲語，船頭已見瓜洲樹。

端木子彝廣文國瑚出都訪余於浦上不值自云不見二十餘年矣悵惘而去作此卻寄

獨立青田鶴，霜毛迴自憐。雲霄無勁翮，鴻雁各流年。中道徘徊意，平生離合緣。懷哉石門瀑，行矣伯牙絃。

次韻酬姚春木椿見贈并感姬傳先生

歐公每顧必空群，豈屑詹詹俗論紛。蚤歲忝充高第弟，晚年見定可傳文。同學杜陵誰得髓？既逢東野願爲雲。黄昏雖近餘霞滿，攜手還期愛夕曛。

子卿太守以黄樓祭兩蘇公詩索和爲作一首

使君綽有古賢風，一角黄樓祀兩公。蓋代文章鉤黨外，千秋俎豆對牀中。庚寅揆覽徵初降，甲子同生定孰雄？太守與次公同生朝。留與他時傳故事，鶴南飛曲大江東。

董小宛小像

前身應是董雙成，略向人間證書盟。水繪園荒桑海換，瑤天鶴返太淒清。
叢殘遺事記南都，宛轉蛾眉上馬扶。指點眉間小顰處，不應尚恨阮佃夫。
南部煙花盪作塵，憶梅影語最酸辛。絳雲詩句横波畫，可惜遺民傳裏人。

稼庭以青田石見贈奉謝

二十年前見此石，耿耿中心終不釋。故人大笑憐我狂，脱手持贈如探囊。嗟我與石同一物，我與故人並癡絶。烏乎癡絶亦未癡，莫令昨暮兒郎知。

題袁黛華青燕歸來軒詩稾

三妹袁家有替人，五株瓊樹一時新。故應仍占倉山住，仗與梅花作好春。
飛絮飛花寄託深，纖縑纖素總同心。憑誰傳語歸來燕，好伴西方共命禽？
絳紗弟子各名師，垂老心情亦厭之。頭白盈川門下士，天教留作少姨碑。蓉裳農部有序。

甘亭以寓館雜詩見示即用其見懷末章相期共蒲褐何物是榮名十字爲韻酬之

俗論多皮傅，俗工多形相。堵墻有駿骨，齇麋或蛾揚。處世一不諧，動成參與商。請謝裋褐士，無露連城光。

容容乃爲福，平平亦無奇。不意入史筆，彊分偶與奇。當今貴無比，昔日人奴之。千秋河梁上，痛絶李騫期。

論文如論兵，老去更持重。人人得大將，一膽千奴共。却笑馬伏波，據鞍示可用。徒見蠻觸場，日作鄒魯閧。

解裝適客館，渌酒浮菖蒲〔二〕。方苦長夏長，忽忽暑已徂。漸覺時序亟，不似往日舒。夜涼命鐙火，悠然感離居。

小樓頗軒爽，埽灑置几榻。喜無褦襶來，簾開戶常闔。時聞絡緯聲，斷續互相答。旅人屬有懷，豈曰無衣褐？

命酒忽不飲，開軒見秋河。所思渺千里，奈此良夜何？獨弦難爲張，微吟不成歌。少覺毛髮涼，浩露霑衣多。

攤書眼先昏，對客口若吃。吾意自易敗，不必定俗物。回念對宇時，心氣增結菀。何年賣賦金，鑄此賈島佛？

云何煩惱緣，即此快意是。日莫途亦遙，行行且宜止。空中狂華飛，過眼一瞥耳。祇恐晏坐中，微塵眇然起。

疲薾日以甚，疾苦稍見嬰。瘖痏連脽尻，杷搔達天明。一笑姑置之，豈更學養生。惟於酒人坐，不復如公榮。

兩月無一書，入手先眼明。加餐亦常語，驩然如平生。新詩出別紙，意苦詞何宏。徘徊二鳥詩，寂寞千秋名。

【校記】

〔一〕『菖』，底本作『昌』，許增本以墨筆改爲『菖』，是。

寄懷春木一首

江海蒼茫處，思君且舉杯。虛心疑細故，樸學晦高才。著述非聊耳，行藏亦慎哉。名山應有副，先爲剔苺苔。

時序暮年急，文章同輩寬。倘因相假借，不復論堅完。寂寂憑人笑，寥寥得古歡。眼中老彭在甘亭，遠望各加湌。

新涼

秋後熱更酷，真如深甑炊。戒旦及未曦，衣已嫌纖絺。亭午尤燥烈，几榻皆焫肌。言過白露節，露體本不期。諺云：『白露身不露。』云何相陶鑄，萬物寧銅爲？忽然天心仁，北風一以吹。夜臥得貼席，朝起須披衣。忻然若更生，各各攄愁眉。當杯始能飲，對飯始覺饑。烏乎天下事，聖賢不如時。尋常此節候，新涼固其宜。苟非此酷烈，澹忘亦何奇。三章入關約，一詔興元詞。正如清泠泉，濯熱洗瘡痍。忻然弄柔翰，名作新涼詩。

七月晦夕風雨

涼燠俄然一夕更，蕭蕭風雨急檐楹。魚龍靜夜馮何怒，鐙火危樓闇欲驚。誰向八通開鬼道俗以是夕點地鐙？已知四野是秋聲。江南赤地猶千里，孤坐彌傷故國情。

喜晤賓谷中丞即用前歲見寄韻奉呈

十載纔通一紙書，須眉喜見笑譚餘。貴能返哺陳烏鳥，老不成僊負白魚。逝水已悲同輩少惕甫、蓮裳皆故，名山還卜後時居。江湖魏闕分明意，肯使漁樵義分疏？

再答中丞和詩二首

落落從無光範書，悠悠重感路歧餘。即看幢節朝天駕，未忘江湖呴濕魚。身世可能隨旅泊，文章何用當奇居？回頭更羡懺摩老甘亭，禪榻繙經與世疏。

不見異人并異書，浮湛淮海七年餘。秋風已有將歸燕，河水仍聞大上魚時河漫河南諸州縣。時事多艱資上策，故鄉雖歉尚安居。别公便理吴淞檝，飯豆羹芋計未疏。

和詩　　盱江曾燠賓谷

白頭相見尚傭書，落落知交涕淚餘。孤寄園林如鸖鶴，閒看江海化龍魚。昔時綺語都歸懺，何日靈芬竟定居？攜手河梁旋别去，荻花楓葉太蕭疏。

已山欲鈔輯鐵門詩文恐其深閉固距而不出也詩以達之二首

萬事從來馬耳風，賢愚如貉一丘同。平生久矣輕餘子，今日穨然共秃翁。身後之名何用計，世間此論略能公。故人雅有拳拳意，結集無妨號篋中。

山林鐘鼎本殊途，寂寞沉冥豈厚誣？人笑小時何了了，天能予畀不區區。未愁後進供聊爾，多恐兒曹付忽諸。紹述元賓零落盡，也應莫誚詅癡符。

書事二首

起陸龍蛇怒，連天鴻雁哀。祥先占月孛，命豈盡河魁？呂才云：『歷陽成湖，非獨河魁之下。』苦霧沉滎澤，寒煙接吹臺。搴茭與沉玉，早晚沛神哉。

一綫金堤在，群黎託死生。何曾淮水濁，直似大河横？風伯既休訟，陽侯且莫驚。但教無蕩析，猶得事春耕。

貍奴仕女圖

微雲澹雨夢茫茫，蕭寺鐘聲尚殷牀。此是春人梳洗後，繡墪猶暖錦衾涼。

紀夢

愁雲滿幅濕可捫，瞥見點筆圖煩冤。人物慘澹澗壑奔，變見百怪露肘跟。老蓋踞坐車兩輻，旁列青紫頭如黿。妖鳥一足騫復蹲，長魚穹龜口若盆。高者置俎窪者樽，老馗目睒次且臀。此腹得飽餘足論，上有題字譯莫繙。仿佛甲子年月存，復有一人哦七言。語奇句重詞不繁，青冥倒落黃軸翻。一璞中有千冤魂，咄咄可怪神亂昏。爲畸爲噩理孰根，孰於泉底爲監門，孰作楚些號天閽？巫咸不下長柳髠，我欲叩之聲已呑。

得春木書并寄示憫雨詩十章作此寄答

窮秋景物惡，客意慘不舒。洪流恃一堰，日夕聞愁吁。下流亟疏洩，浩瀚漂田廬。當時安行處，步步皆危途。又聞吾鄉旱，青苗半成枯。蜥蜴術不驗，土龍固已疏。念此正邑邑，忽枉故人書。殷勤問訊書，中有新詩俱。苦心迫呼雩，蒿目憂里閭。中忱何惻惻，此意良區區。麴令元道州，斯人久已無。誰爲勸農使，一釆于蔿于？徒令秦中吟，失聲哭唐衢。不見燕豫間，濈濈民其魚。河伯恣暴横，黑蚓助睢盱。蘭儀河決，時有黑眚見水中。漫汗數十州，泥沙塡闉郛。九重爲旰食，群吏泥塗趍。計工累鉅萬，水衡劇艱虞。未知一大創，何時氣爲蘇。災凶相挻起，事變難預圖。所恃在神聖，感格理豈誣。漢法有策免，望爾勤訏謨。吾儕自偷食，翫愒徒居諸。一身幸無恙，胡爲大聲呼？歲晏波路平，買棹歸江湖。煩君具雞黍，遲我來菰蘆。沉憂非所任，善保千金軀。

哭吳雲璈鳴鈞

孤蓬能自直，不必生於麻。志士能自立，何必由其家。吳生出鄉曲，卓犖羞婛婭。彌望茅葦中，有此貫月槎。祖父素豐腴，千石收田禾。蚤歲入黌序，里老相嘆嗟。蘆墟地貧陋，千金詫豪華。一衿青已足，登天視登科。歲多數斛麥，約不通鄰賒。白頭兔園冊，高坐擁絳紗。局促轅下駒，尊大井底蛙。不滿生一笑，唾若泥與沙。讀書得次第，說詩始萌芽。往往出秀句，鏗麗宮商和。又好長者游，佳客怕要遮。論議雜談啁，不厭屢經過。游道日以廣，聞見日以多。魏唐片帆送，瀨水雙槳划。黃童見傾倒子未，陳侯惜蹉跎曼生。縫人吳季子，處賤行又汙。博徒及傭保，途窮歸僧伽。於詩乃天得，出口皆天葩。生晚見其詩，太息長吟哦。爲供瓶盎具，恨不巾冠加。自我移家後，淹泊如棲苴。歲時間一過，門向誰家撾？親串半陵替，朋好隨逝波。維生實惠好，到即顔爲酡。歲凶急婚嫁，客囊輕如荷。生爲相料理，買絹裁紅羅。先墓一圓石，十載空礱磨。生爲召匠師，鑿趺立峨峨。吾少負俗累，百口相譙訶。爾時有徐君，昵我爲衆譁。年來摧其檣，尚欲舂之戈。生何獨違俗，沫呴而手摩。知者謂昌歜，笑者言瘡痂。我顧何所取，生意誠足嘉。此鄉渺人物，中丞去已遐。窮達非所論，書種傳無涯。吾年迫炳燭，生方燦朝霞。駸駸有遠志，詎曰非騮驊？嗚呼果何意，嚴霜隕芳華。顧令荆棘叢，生意爭杈枒。侍妾身昨免，病妻首已髽。牀前三月孤，襁褓啼哇哇。遠道未走哭，作詩助挽車。勿示里中人，將謂言涉夸。當須孤兒長，讀之如見耶。

金五仁甫勇爲序刻雜著續編用前柬鐵門韻二首

不矜門第論家風，用意居然先德同。重語至今呼負負見尚書墓誌，儒名從昔謝翁翁。此生但得有知己，後世尚愁亡是公。欲問鶯花亭上客，底須顛頷百憂中？

病馬創殘豈識途，前賢已矣後難誣。奇無波譎兼雲詭，小有瓜疇及芋區。身後何嘗知寂寞，生平未免惜居諸。白頭帳下秖如此，慙愧江東孫伯符謂哲舅仲蓮。

贈毛生甫嶽生即用其槀中置字韻

曉聞檐鵲聲，謂此必有異。樓居占窗光，虛明若無地。披衣呼僮奴，先使理盥器。噤痒怯寒色，白戰師已致。始知昨宵雪，侵犯不顧忌。疑有冰霜侶，當出寒餓字。自念如短檠，燭燼更無淚。九枝方熒煌，一鐙苦蕉萃。天生九折坂，豈以試駑驥。大厦構耽耽，椽桷工孰緻。乘時多奮飛，矢志即垂翄。升沉兩天淵，酣嬉一醒醉。之子振奇才，犍椎警禪睡。懺摩苦學人，斂席色然避。七處可徵心，衆香或逆鼻。我往乏延緣，子來昭縣遲。魚龍動風雨，君子感仁義。微言何必深，委曲識真意。平生沉鬱心，世儒以爲戲。舉世妄見推，此伎乃餘棄。塵埃辱病身，風雪困旅寄。能來就小酌，萬事姑且置。

缸花一首用前韻

缸花一何穠，非瑞亦非異。辟如生青蓮，烈焰即其地。人生受陶鈞，造物爲制器。寶鼎與康瓠，適用歸一致。躍冶已不祥，泣血更遭忌。細腰難雄雌，蚣蝑繁孕字。憤爲呵壁問，痛有對廷淚。衆嫭競妍華，孤嫠獨艷頳。公曾號好龍，君亦知夫驥。浮湛五濁中，一罅敗百緻。縱復雁門踦，已垂回谿翅。酌泉逐衆狂，失日舉國醉。當其未定時，顛倒若昏睡。深穽文錦蒙，行路豈知避。宿瘤坐熏香，淫夫爭聳鼻。力命非一途，蹇者多濡遲。偶然爲其難，後世猶慕義。獨酌百感來，託物寓我意。釵蟲占吉祥，此論等兒戲。煎熬膏火急，身世墻角棄。非無爇天焰，僅作小草寄。太乙不下觀，此子將焉置？

寒宵四詠

舊被

惡卧常愁裂，餘溫亦不奇。風霜欺病骨，文繡失妍皮。瑟縮猶緣縫，冰稜尚戀池。姜家好兄弟，擁處定相思。

破窗

紙密憑教補，櫺疏總未開。雪先知隙入，風不解何來。閃閃鐙殘後，絲絲月上纔。衹應通鼻觀，庭外有新梅。

凍油

窮年迫膏火，兩目太眵昏。細字經生怨，長檠懶婦尊。光難分四壁，暗似隔重門。料得寒閨裏，頻挑易斷魂。

爆炭

不識陰陽意，寧爲水火爭？禪家拈豆話，翰院濕薪聲。毽破知無與，灰然定不平。何如柴品字，團坐到深更？

除夜作

五十三年盡今夕，日者之言得無失？高齋幸與賓朋偕，笑語俳諧餞此客。此客久欲還故鄉，無人下招懵其狂。九關乳虎不相識，似言被服非朝章。增城别有閑處所，協律郎君玉樓主。少年顧我殊邈然，彭祖巫咸皆老去。人間游戲亦偶然，去無可惜住可憐。今夕一尊且盡醉，得過明日是明年。

靈芬館詩續集

卷一 癸未

解祟集

丙餘試筆，時復斐然。取揚子語以冠其首，亦昔人無忘在莒之義也。癸未四月靈芬館書。

災後有紀四首

未有雄文詛畢方，譆譆出出竟何祥？夢驚不覺衣裳倒，跳走翻疑腰腳強。漢網幸猶開一面，唐梯危已斷初桄。神仙漫說樓居好，上下隨煙亦可傷。

號咷真似鳥焚巢，結束那能僧打包？數典盡隨楚一炬，著書枉夢易三爻。歷年薈蕞之冊及三年之詩盡焚。分無肘後懸金印，痛向生前失石交。研及印章。從此洗心歸淨業，借將梵筴手重鈔。

紛紛尉藉累交親，只說猶能得此身。豈有文章干造物，便留衰病亦陳人。招魂合遣巫陽下，見肘誰憐原憲貧？料得故園書到日，全家拆看劇悲辛。

望氣何由登大庭，橫江有客已揚舲。小迂先六日歸蕪湖，所存畫稿亦燼。破書我自亡三篋，妙畫君還取六丁。窮可累人殊自愧，歌而當哭倩誰聽？河東文筆堪千古，賀弔紛紜恐不經。

古文一冊中多銘志之文以審丈索觀獲免于危志幸

人皆疑此老，天不與斯文。一帙慭遺在，诸君或有聞。淒凉秣陵答，惆悵竹林群。已受文殊戒，語言何足云。

次韻答聽香見慰之作

夜寐不熟翻失晨，手足蜷縮膚皵皴。安知禍變起倉卒，衽席只尺來烽塵。斯時大衆皆在夢，一僮而外無餘人。苟非大叫謼起起，雞肋得不充庖珍？芒芒真似喪家狗，凛凛幾作死野麕。圍開一角網三面，駭獸蹺足魚矜鱗。身披短褐腳不襪，殘卒敗旅何能振。回看烈煙已漸迫〔一〕，毒龍狂象難調馴。其旁列屋勢相接，中况拉雜堆蒸薪。亟走問道衆亦集，主人驚起尋冠巾。煙埃晦冥更風雨，火星散落如飛燐。拊心此禍由我起，豈敢異視同越秦？幸免延蔓已負負，何辭詈罵來申申。更蒙慰藉吐軟語，仍以焦爛爲上賓。始覺柳州作書賀，意欲弔詭情非真。又疑造物亦無謂，不能我殺祇我貧。蕭然一錢名不得，何慮桑孔更算緡。便当饮水辟火食，嚼齿不復愁穿齦。

【校記】

〔一〕『煙』，許增本作『焰』。

寄鮑覺生學士

廿年湖海斷知聞，老矣泥塗望慶雲。鄴下舊曾傳七子，漢廷行復重三君。乘時善處功名會，下策猶收翰墨勛。塞北江南幾千里，又因風雨感斯文。

二月八日寒甚戲作

昨日一裼汗欲流，今日更欲尋駝裘。天公戲人亦太劇，中間不復容春秋。腸中冰炭良已甚，身外裘葛從何求？人云祠山神，今辰是初度。紛紛小兒女，舉觴壽翁嫗。風師雨伯助祝延，往往或約青要赴。老夫欲歸歸未得，生日已過十七日。家中知遭一火空，可念此翁寒到骨？

題七薌籠鵝圖

昔人一好偶成癖，嵇生鍜竈阮生屐〔一〕。不知鵝鵝有何好，直得先生輸筆妙。黄庭道德論紛然，何人親見永和年？公孫劍器擔夫道，妄言筆法尤可笑。七薌畫手能入神，想見山陰澹蕩人。回頭惆悵廿年事，一櫂烏篷曇壞村。

【校記】

〔一〕『阮』，底本作『院』，許增本作『阮』，是。

得賓谷鹺使書感寄二首

雖過赤明劫，猶未鬱單生。地餅已難得，天衣誰爲成？途窮知己重，命薄此生輕。多愧慰存意，潸然老淚横。

東南財賦地，鹽筴敝陳陳。破例來賢者，引繩有計臣。低回十年事，顦顇百憂身。未可論窮達，居然各苦辛。

讀弇洲四部正續稿書後二首

大海迴風吹紫瀾，雄夸難過未全謾。少矜秋隼華峰峻，老識長鯨溟渤寬。一輩都隨盛名服，千秋已覺此才難。濟南七字雖超絶，可便高談白雪寒。

文筆詩篇不並雄，幾人一代擅宗工？網羅放失原才大，議論班遷未史通。批抹湯生從爾爾若士，譏彈楊氏莫㥯㥯升庵。軒天紀載非容易，不見高樓一炬空。

送馮柳東太史入都兼寄鮑覺生學士許青士給諫

客居蕭索如枯荄，故人忽與春風來。報君愧無青玉案，送爾高上黄金臺。金臺故人鮑與許，能月旦評能樂府。爲言此老筆硯焚，歸向滄江狎鷗侶。

前得霽青丹叔所寄倡和各詩并乞和作憂患之餘未能也邇日稍稍從事筆研展閱來詠慨然興感爲和五首寄答

精盧新葺兼種梅，黄童高詠何快哉。吾家阿丹亦有作，同寄驛使天南來。眼中如見綵花插，夢裹亦報横枝開。風沙蓬勃坐斗室，顧視盆盎皆嬰孩。我初移家魏塘住，爲愛黄家三百樹。攜壺挈榼數相過，壁上留題無空處。一從作客來江淮，往往歸期與花誤。逋翁仙去舊侣散，倦客還家少歡趣。庭中一株所手植，高出檐間二三尺。年年花開客不歸，阿丹沉吟花下泣。兩君作歌相與娱，益令天末愁羈孤。黄童自作健兒健，阿丹亦未枯樹枯。老我婆娑生意盡，鐙殘酒醒歸來乎。

右魏唐書院種梅歌

覓句揮豪事豈殊，醬瓿醋甕笑他愚。共知璞裏須求玉，誰信衣中自有珠？年少豔情從懺悔，平生佳境易亡逋。近來漸欲空文字，一榻蕭然夢亦無。

右尋詩

細詠長吟意若何，書生結習老仍多。數行白傅稿中見，一字神官夢裏哦。敢與古人爭得失，只愁後進好譏訶。鐙前滿紙龍蛇黑，欲付鈔胥又恐訛。

右改詩

割刺題襟興未闌，東塗西抹劇叢殘。破除朱墨書饑暇，及趁尋常文債完。才退翻忺新著少，眼昏欲作細書難。多慚故友千金意，不共貧家敝帚看。稼庭以余手稿裝爲二冊。

右鈔詩

栢酒松明送歲除，長筵循例亦時鋪。漫誇此事有神助，未卜何人作佛呼。二酉深藏非汝惜，六丁下取恐吾誣。從今不用雕肝腎，祗夜伽陀伴老夫。

右祭詩

題萬十二淵北承紫式好圖三首

過末封胡玉樹枝，爭誇王謝稱家兒。累棊蠟鳳尋常戲，卻是人生最樂時。

歡逝傷離意惘然，就中最小已華顛。但令不改恒河性，波匿何分童耄年。

兩峰畫手劇清蒼，珍重香廚善弆藏。抵得夏侯杲弟誥，他年家法付諸郎。

已山治疾有效詩示同人爲和一首

汪君得古方，自治效若神。作詩誇獨斷，移書詫同人。頗持論鑿鑿，不顧人齗齗。僕病未暇理，一言請具陳。上古有俞跗，鍼石不必身。當由世淳厚，一氣通煙熅。後來太蒼公，其說詳且諄。漢末出元化，釣奇異前聞。刳腹割腸胃，車挂蛇斑璘。刀圭麻沸散，靈蘭所不云。或疑有他術，惜哉其書焚。倒倉出異域，而世莫之信。君能排衆議，卓見洵不群。當今衆生疾，腠理非所論。良由靈臺內，五毒之所熏。晦明顛倒見，炎涼陰陽分。五中成內熱，四支遂不仁。湯液既薄劣，鍼灸徒紛紜。倘非一蕩滌，舊染何由新？此方治今病，千金不足珍。此病世已痼，但君非其倫。毋乃以權示，略見維摩因。我如默不言，遂謂此語真。

遲鐵門未至

憂患餘生事事輕，惟於朋舊尚關情。不知沵上水生後，可放河船觳觫行？西湖牛船名。

湘湄沒後甘亭逝，零落諸人半在亡〔一〕。白首煩君訪生死，可憐留滯各他鄉。

他鄉相約共遠鄉，寒食人家上冢忙。且向黄公壚畔醉，荷花草紫菜花黄。

【校記】

〔一〕『在』，底本原作『世』，旁以墨筆改爲『在』，許增本亦作『在』。

清明後二日坐雨

牢落都忘春已深，迷濛凍雨又霑襟。微塵合是諸天淚，寒食能傷異地心。倦翼歸飛仍緩緩，文鱗遠札久沉沉。牀頭縱有松醪在，細把長吟恐不任。

寄丹叔用前韻

三灾爲警俗緣深，一餉彌盈歎息襟。出世因緣丈夫事，異鄉書問弟兄心。不曾當日多乾沒，已分今生便陸沉。牛篋殘書餘十卷，可能遺說比周任？

贈盛子履學博大士

舒舒春水渺層波，各在天涯可奈何？天馬近皆餐苜蓿，山靈聞已怨煙蘿。新遭憂患心情減，老覺朋儕里社多。傾蓋太遲分手易，莫辭妙墨點丸螺。乞寫靈芬館第九圖。

陸祁生學博繼輅別二十年頃於子履所得其崇百藥齋詩文集感題一律寄之

蚤應宮禁稱才子，老向煙波號釣徒。人世升沉原爾爾，畢生著述亦區區。青氈未必豪情有，紅蠟能知舊淚無？嵇阮漂零應劉逝，西園何似酒家壚？謂題襟館。

雲伯招飲江都官舍歸舟中作此爲别

五更風雨羈魂斷，三月煙花舊夢闌。客裏也能忘甲子，愁來不覺失衣冠。障塵便面疑新識是日逢趙刺史鉞，枉駕前綏尚古歡。悵悵明朝挂帆去，雷塘拍岸水漫漫。

有感

宦興交情總不真，蛾眉班換宰官身。當時祇道劉輿膩，此日還嫌庾亮塵。四至九卿爭巧拙，一爲孤旅若貧辛。綠楊城郭桃花水，放棹應輸澹蕩人。

留百一山房兩日别去作此爲寄

落度何曾解就時，好居撞壞誤孅兒。青氈半割猶留我，赤舌全燒又怨誰？俗眼大都論晚境，道心從此易前期。祇疑忠孝傳家學，未便楞伽認本師。

寄梅史武林二首

窮能疏問訊，老始重交知。薄宦十年久，同歸一面遲。頗聞猶意氣，想得舊須眉。婚嫁無難畢，山遊定幾時？

感慨五君詠，流連七子游。何曾絶嵇阮，只恨逝應劉。喜劇書先發，行來跡少留。君將謁選。西湖諸俊侶，定念未招鷗。

坐雨遲爽泉不至

暄涼無定雨絲斜，虹月滄江入望賒。五百里中候星象時約梅史見過，十餘年内各天涯。老夫荑柳常生肘，君有妾生女，而時患瘍。妙筆山薑競歛芽。宿醞未殘新茗嫩，爲君怊悵掩窗紗。

送霽青太守入都一首

著作承明有俊聲，即看五馬重專城。平生雅欲前賢並，此日兼逢吏道清。多愧拜牀尊馬援，莫忘握手託朱生。相期政自無窮在，且爲離筵一愴情。

次韻丹叔遲伯葵子高之作

別離往事應難記，憂患餘生亦有涯。草草杯槃思對客，悠悠行路偶還家。三年懷袖無來札，一歲時光又落花。二士相逢聞妙法，不辭醉帽爲君斜。

哭仲恬三首

未絶鴒原痛，俄驚鵬舍寃。家門何至此，神理果難言。握手春帆卸，離筵酒琖溫。何人爲論列，及第慰孤魂。君卒於三月十三日。

爾兄吾弟畜，視我亦如兄。一體同憂樂，連年判死生。將誰託孤稚，那復論科名？不分寢門淚，今朝又此傾。

初尚參疑似，開書慰眼花午莊書。送時猶昨日，信去哭全家。屬纊何人在？歸輀計路賒。惟應元伯夢，屣履到天涯。

次韻丹叔梅雨即事

靜聽閒階有墮梅〔一〕，欲尋不見隱蒼苔。空齋盡日無人跡，時有白頭翁去來。

偶見斜陽屋角西，商量訪友覓新題。黄昏鐙上開牕看，幾點疏星又照泥。

兒報門前客繫舟，果然見識舊盟鷗。如何一客期不至，此錯真教鑄六州。謂梅史。

食鮭誰道庾郎貧〔二〕，蒲筍芹芽滿水濱。不得歸來留口喫，櫻桃筵上是何人？傷仲恬。

歲月堂堂去我多，又看盆裏長新荷。幾時能爲蘋花住，便向元真借緑蓑。

【校記】

〔一〕『墮』，底本原作『隨』，旁以墨筆改爲『墮』，許增本亦作『墮』。

〔二〕『鮭』，底本作『鮏』，許增本作『鮭』，是。

午日示丹叔及桐兒枏姪二首

水嬉肯復逐兒曹，漫衍魚龍看幾遭。悼屈哀窮少年事，邇來牓欲反離騷。

米汁三杯駐玉容，引年那藉紫蒲茸？莫輕醉倒阿羅漢，不制蝦蟇制毒龍。

過訪小眉於梅里同人集五千卷室以良辰惟古歡分韻得惟字

闌風長雨暗荒陂，夜半低篷訪故知。及榻青苔杜陵宅，開門白水小姑祠。得逢俊侶無今舊，忽憶前期有合離。先是梅史來過，余不及會。老大作詩如説偈，他時留取善思惟。

題扇留別小眉

緑蓑青笠元真子，細雨斜風西塞山。道與諸君日相見，本來無往亦無還。

次韻子未梅雨書事四首

歸來無事戀芳尊，誤喜糟牀碎玉噴。久坐榻嫌脽易重，屢抛書訝眼全昏。嗜茶有客教移瓮，裹飯無人罷候門。卻笑故衣都典盡，不消竿曬阮家褌。

臨水軒牕未要糊，愛看浴鷺與飛鳧。冥濛薄霧迷三里，浩蕩扁舟夢五湖。入市長年爭繫纜，行沽便了怨提壺。兒曹雅有丹青手，教寫王家潑墨圖。

訪友前朝放燕梢，彎碕垤處盡成坳。儘教壁上閒龍骨，曾否林中驗鵲巢？田家以鵲巢高下占水之大小。溝洫可能忘濬瀹，租庸從此恐榜敲。江湖滿地吾生慣，豈爲無田敢獻嘲？

倦遊司馬漫閑都，四壁蕭然一物無。屏當藥闌防損壞，般移書筴漸疏蕪。怕看筆跡牀牀漏，失笑苔錢箇箇麤。調燮陰陽廟堂事，先生久矣老泥塗。

得鄭瘦山璜見慰詩和韻奉答

仙人淚下移金銅，疾雷破山驚蟄蟲。怪事忽發吁可怕，掀及井藻延梁虹。旅人如鳥一巢寄，脫命已覺諸餘空。宿知三灾皆夢幻，况念一世同蒿蓬。故人感歎作詩弔，憫我老境仍途窮。推排此物何足惜，怪君尚爾留胸中。猥言或犯造物忌，繆謂不合文壇雄。枯槎花草豈敢荷〔一〕，吹律自欲回寒冬。往時顯志慕馮衍，非有四異并三同。平生窮厄未足道，乖時妄意天能通。此灾豈復關人力，造哀不待聞弦桐。奇書古畫付一燼，多藏昔笑愷與崇。渺然此身亦何有，無地且可居針鋒。他年誰碑郭有道，今世但記王無功。和詩千里發一笑，應道矍鑠哉是翁。

【校記】

〔一〕『花』，許增本作『死』。

子履疊韻見答復此酬之

幅幅文牋寄衍波，渺然天末意如何？全家託命荒芋栗時江浙大水，畢世依人似蔦蘿。相見真成十年舊，得歸孰與一官多君有去官之意？五湖煙水儻同泛，笑指銀盤幾點螺。

紀行一首

晨發滸墅關，下春至無錫。逆風困兀搖，微雨時灑淅。鄰船里觵寱，小侄晚飯喫。月黑风未止，野宿兩退鶂。此時一四顧，汗漫若無壁。薄醉雖昏昏，甘寢終惕惕。夜半起狂飈，勢欲走沙礫。有如百壯夫，呼洶各袒裼。又如百兩車，爭道互轞轢。雨師助其威，飛射万鳴鏑。燀赫倂鬼神，雷硠劇霹靂。披衣爲起坐，持火尋漏滴。長年亦相喚，加纜防舷擊。迨曉雨少歇，風伯怒猶鬩。同將半帆挂，貪此一餉適。平生飽風波，一記所歷。敢云仗忠信，固已忘忻慼。獨念入夏來，蒿目心爲惄。田廬走汪洋，骼胔浮洗滌。夜宿浮牀榻，朝炊懸釜鬲。小兒女失足，亟視無處覓。雞豬所不論，牛馬斃牢櫪。圩墕所不顧，秔稻變蘆荻。吾鄉見如此，他州聽尤逖。或陸起龍蛇，或旱走巫覡。麥荒無鶵種，波涉有豕蹢。千畦一不存，十戶九皆闃。吾君仁如堯，咎禹佐宏績。豈使衆赤子，離居悲蕩析。吐詞極危苦，賦性多感激。微命輕江湖，笑等溺人溺。

賓谷先生屬題廬山簡寂觀圖即用自題韻一首

有緐始慕簡，無喧安知寂。紛然方寸中，一意爲闔闢。達人視朱門，何異蓬戶闃。猶然戀山水，皆習宿世積。匡廬古道場，風開妙蓮白。漏點傳六時，瀑流挂千尺。當年陸道士，飛空尚留跡。過谿虎或嘯，入社酒容食。巋然一觀存，尺寸此田宅。南豐有高懷，捉鼻仍相逼。曩時神清洞，髣髴在戶壁。文字苔蘚薶，過者那能識？邇來樹旗旄，亦未離行役。誰爲圖畫傳，對此居諸惜？功名爲時需，肯作虛牝擲？惟憂苦竹筍，漸可材爲笛。回薄万古心，晏坐中自得。想緣詩板留，昔夢記歷歷。

賓谷先生春感詩末章見及感呈一首

昌昌春物轉蕭森，太息先生用意深。一士飢寒猶在念，百城煙水總關心。皇天淫溢行秋令，大地蒼茫恐陸沉。時節安危仗公等，不妨蟲鳥自微吟。

小穀歲暮感懷圖

牢落天涯苦不歸，百憂集轉爲歸期。玉溪聽雨巴山夜，未是人生腸斷時。

王井叔嘉祿桐屋擁書圖

非梧桐不棲，世以覘鳳德。高空無孤生，彼且將奚適？有花逾万里，有穴具五色。喧啾百族中，好自愛羽翼。家傳插架書，朱墨紛狼籍。賴有能讀人，不供老蠹蝕。壯年盛意氣，於事百不屑。謂世或未諧，與古要有得。回翔歷歲時，懷抱足可惜。老我如秃鶬，退飛后六鶂。君如日方東，照曜可華國。勉矣崇令名，勖哉承世澤。琅玕結實新，舊德行當食。

題滄溟酹月圖

金銀宮闕見參差，夜冷魚龍靜不知。爲我舉觴問徐市，一丸月可似秦時？

起蛟歎

連山處處聞蛟起，江北江南幾千里。橫波東西浙數州，撥剌魚蝦來屋裹。腥涎入海海不受〔一〕，老龍呼風障海口。忽然十日雨不住，傳說起蛟又幾處。先王伐蛟責漁師，今人失職懵不知。到處尸骸相撑拄，江魚大腹飽如鼓。老蛟騰擲莫喜歡，安知世無旌陽許？

【校記】

〔一〕『入』，底本作『八』，據許增本改。

下河熟

揚州蘇州水相連，官塘牽路皆茫然。村村雜樹短於薺，安問高田與下田。下河農夫人歡喜，七月早禾齊割矣。已將二麥輸田租，礱舍隆隆碾新米。揚州禁米不出界，蘇州有米不賤賣。此時姑殺下河人，家家飯甕已嘗新。下河之熟爾休姑，年年放水官長怒。

堂中水

昨朝家書來〔一〕，堂中水幾寸。靈均堂下周，陸沉我何恨。魚鱗作屋亦復佳，泥水自蔽了無悶。主人常作客，江海同負販。差喜無田耕下潠，依然水宿還星飯。

【校記】

〔一〕「家」，底本原作「來」，旁以墨筆改爲「家」，許增本亦作「家」。

過秦郵有懷慈仲並寄霽青京師

颯颯清風送去舟，叢叢紅蓼媚新秋。明珠甓社鮫人淚，桂樹淮山楚客愁。垂老江湖仍汗漫，失時京國且淹留。黄童亦是無雙士，定喜論詩得少游。

即事疊前韻

分無青翰鄂君舟，翠被生寒獨感秋。孤燭搖風仍對影，百蟲如雨各言愁。似聞俊侶久延佇，尚惜清歌未少留。年少情懷老大恨，世人猶羨采真游。

寄雲巢都轉二首

賢者妙爲政，於施無不宜。世方鹽鐵議，天簡漢官儀。輓粟資前績〔一〕，飛霜策後期。昌黎平叔論，異代有良規。

記我移家具，當君作宰官。陂塘魚大上，鴻雁宅能安。槃錯隨時有，從容戢衆難。遥知望鄉月，延首五雲端。

【校記】

〔一〕「績」，底本原作「續」，旁以墨筆改爲「績」，許增本亦作「績」。

蘿陰邀篴圖七香爲沈生作用已山韻

筆墨無痕欲化煙，池塘晻靄草芊眠。千秋絶調同時少，一段風流六代前。豈有關山愁夜月，祇憐絲竹過中年。維摩已證無生去，誰問箜篌三管天？沈生舊圖有亡友甘亭題詞。

八月十二日巳山招同人遊荻莊張鐙置酒流連兩夕前遊諸君有作繪圖以記余作此詩題其後

卸帆日日聽秋雨，欲續清遊天亦許。朋從決意徑放船，澹澹微陽作初曙。荻莊是我卅年舊，繫纜門前水楊柳。蔆灘蓼漵尚依然，爲問沙鷗肯來否？主人前度開華筵，羊鐙錯落雙槳船。揭來更試三昧手〔一〕，添種歷歷星榆懸。小閣高高出林杪，閣後深深盡蘽筱。一繩絡角界秋河，萬點橫空通閣道。雒斐羅襪淩微波，金支翠羽騰龍梭。汜人無語鮫人泣，幽咽水面來九歌。我生本來涕淚多，况聞清歌可奈何。明月欲墜星斜河，佳人不飲朱顏酡。連天鴻雁兼駕鵝，安得處處皆行窩？

【校記】

〔一〕『昧』，底本作『昧』，誤。

題羅飯牛牧畫二首

桐城惜抱翁，持論少許可。不獨詩古文，書畫不少假。於明推石田，餘者屏瑣瑣。獨愛飯牛人，尺幅字題左。張之丈室中，謂得古意頗。爾時雖從游，學子課結夏。那暇問六法，熟視但懡㦬。年來知有益，老矣坐慵惰。見此忽愯然，先生豈欺我？

瀟湘水雲自終古，五十弦斷今無傳。阿章父子驅煙墨，意匠欲追娥皇前。九疑洞庭鴻雁寒，黃陵青草鷓鴣班〔一〕。何人作詩寄李白，題向蒼梧之深山？

【校記】

〔一〕『班』，許增本作『斑』。

錢夢廬天樹以方蘭士畫見贈并系以詩作此奉答〔一〕

錢君寄我方君畫，尺幅勢逾尋丈外。紅泉碧樹著幽人，一角遥山澹相對。更煩幀尾題新詩，寄聲千里長相思。故鄉如此好丘壑，招隱自是多微詞。我遊當湖凡幾度，前年見君如見故。朱生理堂屈子弢園皆可人，可惜胡生先朝露瘦山。爾時尚覺意氣豪，估書斷畫雜戲嘲。君家香廚富藏弆，玉叉舒卷青猿勢。朱生年年苦漂泊，屈子前年已賣屋。聞君好事尚依舊，知君田園亦中落。天涯回首一傷神，淮海蒼茫寄此身。何時歸作山中客，與爾同爲畫裏人？

【校記】

〔一〕『廬』，許增本作『蘆』。

謝古雲餉碧蘿春用山谷以小團龍贈晁無咎韻

已飽槃飧仍受璧，管仲非貪荷君識。佳人面首豈膏油，不比高郎言可食。君許贈爽泉侍儿，不果，戲及。

龍井敢云若是班？冰雪爲骨玉練顔。可惜不逢蘇玉局，婺源雙井慙老宿〔一〕。世間万事皆趍新，嗜好因之如轉燭。生平不解我輩禮，但辨淄澠若涇渭。歎君正作不知人，老芋伏神混疑似。謂近負君者。高揸石鼎嫩煮湯，調和勿置冰炭腸。一甌睡足自咀嚼，中有羅襟酥乳香。五漿先饋亦何有，更想君家女兒酒。藏釀有及十年者。

【校記】

〔一〕『宿』，底本原作『蘇』，後以墨筆改爲『宿』，許增本亦作『宿』。

請靈武受命頌

阿瞞怠心起，李貓闞其微。楊氏縱淫荒，九縣心已離。倉皇靑騾出，万里不意歸。苟無靈武立，萬衆戴者誰？俗儒好議論，責以監國爲。輔國與張娣，後事非前議〔一〕。特其處憂患，豈可機祥推？武善無湯慙，飾説增愧詞。楊炎不足道，鄴侯胡不規？堂堂中興頌，元子眞吾師。

【校記】

〔一〕『議』，許增本作『譏』。

即事四首示廉山

水澇多三輔，憂勤惟九閽。渠當疏鄭國，吏合用王尊。紈綺懵經術，烝黎懼大原。如聞愼選舉，科目要重論。見説三吳事，荒凉亦可傷。雁鴻無定宅，燕雀尚華堂。自古流亡復，多資牧守良。殷勤廉訪使，蒿目獨封壃。聖主憂民甚，豈惟寬賦租？不知長吏意，坐使野氓愚。處處懷甄俗，紛紛調水符。更憐搢紳者，未信监门圖。仁愛天心厚，滂沱帝澤豐。災非元二運，德比五三隆。政但除苛慝，時應若雨風。休嗤漢廷陋，水旱免三公。

訊岑招食蟹

酒人例持螯，朵頤冠鰕菜。當筵一夔足，鱻蕘安足配？我家住分湖，方物越絶載。九月微霜零，此物初入闤。中流竹斷續，矮舍燈明晦。寒蒲急縛之，磊落百十輩。斯時高陽徒，肯爲微命貸？嗚薑具醯醬，大嚼舉酒酹。淮海族亦蘇，形質殊磈礧。雖然有其表，味儁乃不逮。猶勝上竹鮎，呀呷張口喙。吾鄉無食鮎魚者，淮人以爲珍味。已山尤嗜之，故戲及。許君本杭人，鄉味尤所愛。何暇鰝鰊哀，亟遺釜鬵溉。我乃嗜其尖，謂此美在内。脂凝膩冰雪，膏滑凍沆瀣。東坡論河豚，惟有荔支對。我亦比西施〔一〕，恐渠感眉黛〔二〕。今年吾鄉水，秋社闕報賽。稻種已無留，穀犬應不吠。諒無好事人，跌宕仍故態。屈指届重陽，黄菊行可佩。相與醉茱萸，那能齋璹瑁？

【校記】

〔一〕『亦』，許增本作『欲』。

〔二〕『慼』，許增本作『蹙』。

次韻廉山見和即事之作

巨浸已諸郡，私憂且一鄉。幾家能食粥，越境那舂糧？老弱苦漂轉，高明閉蓋藏。將歸就漁戶，鮮擊籍鳴榔。

滹池燕地水，山鎮表醫閭。古豈不宜穀，今聞大上魚。溝洫應難復，墕圩或可瀦。諸爲指縱者，恐祇歷階躇。

愚民較升斗，平日亦尋常。倉卒倘徵税，殷憂此濫觴。脂膏安可竭，頂踵詎能償？莫矜張趙術，京兆要堂堂。

瘠豈秦人視，病爲越客吟。欲陳風漢論，未識雨師心。垚論從乾沒，生涯分陸沉。故應僮僕笑，揣我念何深。

次韻王子若四首

盛世言無諱，封章叩閽連。屢紆九重顧，豈况一隅偏？下下誰書考？中中尚職田〔一〕。有司有賢者，速爲置郵傳。

貧家多緩葬，富室務求全。淺水蔗浮節，高原墓見甎。鬼難戀松柏，生悔惜金錢。爲出危苦語，告之後嗣賢。時棺墓多淹。

不利即爲害，其源由曲防。有能言鑿鑿，可使歲穰穰。民俗家難諭，今古事或妨。忍今國門外，頻歲見翳平桑。答廉山燕京水利。

鄉愁兼客思，那不帶圍寬？夙分江湖老，况知開濟難。漂搖三畝宅，濩落一漁竿。尚有生涯在，請君勿永歎。答子若自述。

【校記】

〔一〕『職』，許增本作『賦』。

酒後有作示已山

菊英茱糝知時節，撲筆推書自慨慷。久作江淮河海客，又過五十七重陽。杜陵稷契垂垂老，宋玉登臨黯黯傷。翻喜更無高處望，水雲蒼莽是吾鄉。

久不得家書用前韻寄丹叔

水淫土無毛，民飢色有菜。八蜡所不通，宜黜句龍配。縣官憂九寓，下吏笑四載。所念多流冗，漸恐擾闤闠。旅食憶鄉邦，家書綿朔晦。敢云同憂樂，此責亦吾輩。況當迫晨夕，慮更絶賖貸。阿丹雖好飲，未必有觴酹。胸中縱廓然，難免生磈礧。兩月三寄書，算未陰雨逮。雖然乏黄耳，亦豈少短喙？弱女我所嬌，稚竹亦所愛。移居念倉卒，離立誰灌溉？瑣悉尚如此，何者非度内？夜坐或落星，朝起可滄瀣。所懷誰與語，且捉古人對。往多狹斜遊，近乃埽粉黛。平昔侈服玩，今不相賭賽。猶未龍性馴，時遭邑犬吠。良友輒見箴，勸我忍此態。誓燒諷諭詩，敬服韋弦佩。宮體學齊梁，他時裝璹瑁。

食蟹有感再用前韻

食單厭肥羊，水族屏淡菜。戒殺偏有私，妙語古人配。『戒殺偏於蟹有私』，亡友黄退庵句也。望潮知所歸，執穗勝重載。翻憐暗投明，不悟身落闤。可知介胄士，畢竟少跋晦。截流緯蕭翁，甘心尸汝輩。浮陽頭戢戢，一網或百貸。誰持北海尊，舉向南溟酹？霜餘霧冥冥，水落石磈磈。似問草泥中，郭索已就逮。雖能相呴沫，那有三尺喙？一例付庖丁，見詡絶憎愛。五鼎彭越烹，趣湯不及溉。人生觸禍機，毅豹無外内。爝火承鳴蜩，渠但飽沆瀣。人羊互相食，佛氏論寃對。浩劫鴿中來，當年好眉黛。一怒墮蟒身，宮亭責祈賽。有馮石能言，無口蛤猶吠。嘉爾德在剛，已勝臣名態。解縛恩可寬，贈言貫爲佩。亦勿露文章，彫梁須瑇瑁。

題焦山高士圖

名姓至今傳隱士，形骸不蔽謂狂人。人生安得若汝壽，世上未有如公貧。江山游歷等過鳥，波濤振蕩多窮鱗。畫圖喚起我歸興，要及鯽魚出網新。

題山谷詩後用竹石牧牛韻

天馬游瑤池，下視海水緑。有能共馳騁，豈暇顧觳觫？兩公皆天人謂坡、谷，千古一蝸角。下士滯聲聞，謂絲不如竹。

霽青有高州之除作此寄之用坡谷邦字倡和韻

邸報見除目，知君得南邦。治所乃僻遠，迢遙逾珠江。當今天子聖，豁達開四窗。蠻蜑均在宥，鯨鰐皆受降。豈復有梗化，洲島相搪撞。國勢重九鼎，亦藉群力扛〔一〕。勿謂科目貴，他途不足雙。計君或過家，當作上冢龎。兩時吾亦歸，風霜衣涼厖。相見須極論，瀹茗對酒缸。君戒飲〔二〕。

【校記】

〔一〕『藉』，底本作『籍』，許增本作『藉』，是。

〔二〕『飲』，底本作『飯』，許增本作『飲』，是。

寄慈仲用前韻〔一〕

旱澇乃天運，東南況水邦。今茲水爲患，不由河淮江〔二〕。仲夏我家居，蝸篆盤軒窗。蛙黽相戲侮，矧敢癡龍降？辛勤買一宅，庶免孅兒撞。辟如車脱輻，正要人牽扛。奈何陟坂九，無與持輪雙。幾類奪釜蔡，幸脱斫樹龎。置之勿復道，歸定狐裘厖。吾亦欲歸耳，待汝開臘缸。

【校記】

〔一〕『寄』，底本原作『字』，旁以墨筆改爲『寄』，許增本亦作『寄』。

〔二〕『河』，底本原作『淮』，旁以墨筆改爲『河』，許增本亦作『河』。

鐵門病間

老矣與君同在客，薾然雖病宜自彊。刳腸幸來華元化史州厓云可不死〔一〕，稱藥多謝劉真長謂筠厓、聽香。百年未滿有飢凍，萬事不理且文章。已判殘歲不歸去，讓得最後屠蘇觴。

【校記】

〔一〕『州』，許增本作『丹』。

次韻子履學博見寄

浮生出處不自主，無異変滅空山雲。依人作活強自解，然而豈曰能安貧？今年我歸訪學舍，花事零落留餘春。篷牕落筆寄苦調，窈眇髣髴弦湘君。分湖之曲本舊宅，昔賢作圖名水村。偶因移巢避戊己，略有雜著同癸辛。分甘鄉里結保社，便令兒子充耔耘。京師名姓久不到，安用谷口傳子真？君爲作靈芬館第九圖，極工。豈知下田水爲患，種麥不及明年新。呺然無用一大瓠，依舊浮作江湖樽。昨朝淮壖衆賓集，主人置酒過數巡。明鐙合樂張水嬉，淩波羅襪來雒神。穨然一老坐兀冡，詎敢自熹恐人嗔〔一〕？感君復來一相顧，如鳥有翼車有輪。餞歲欲歸尚未得，不知何日由此身。孝章林宗名老矣，付與年少爲人倫。

【校記】

〔一〕『熹』，許增本作『憙』。

題盛小雲徵璵病起詩意圖卷以落葉半牀爲韻

志士多秋懷，長年悲木落。如何憂生嗟，乃出少年作。敝門亦復佳，因病道可學。茶煙鬢絲絲，清坐想如鶴。

自我客袁浦，索居意不愜。安得素心人，來往通步屧？欲就阿戎談，稍待起疲薾。亟沽酒三升，風鑪煮殘葉。

東坡嘲堯文，郎君先自贊。君家老博士，肯以嚴見憚？藹然庭幃間，文字相娛翫。讀書寬程期，略得袁豹半。

安仁二毛蚤，感歎簟竟牀。憫渠未知道，貌瘁神亦傷。人生縛五欲，絲盡蠶輒僵。我來爲說法，天花滿道場。

南武奉祠圖爲李孝廉彥彬舍人彥章作

循吏列漢史，後代各相因。設施不一道，要足垂千春。唐有白居易，麴令由之聞。謂留口碑在，曾無石嶙峋。蘭臺操管者，舍是安取信。竊疑復竊歎，先當詢斯民。三代雖云遠，直道固不泯。卓哉李侯事鴻瑞〔二〕，後嗣言之諄。李子務述德，況皆賢有文。哀思挾鴻筆，吐詞能輪囷。桐鄉奉嘗我，此豈妄侯事信且云云？巍然卜山下，俎豆通蒿焄。小人久去鄉，未識賢府君。恒懷著述志，欲策野老勛。著[二]，當見刊貞珉。我詩遠慙白，庶以勸搢紳。

【校記】

[一][二]『侯』，底本原作『候』，旁以墨筆改爲『侯』，許增本亦作『侯』。

小曼自杭州迎仲恬靈柩是夜夢曼生仲恬感而有作

魂來魂返有無間，忽夢平生冰雪顔。眼底交知皆白髮，意中慙負是青山。文章於世何輕重小曼乞作傳誌，子弟通家要往還。自覺衰年不多別，相逢清淚制餘潸。

至日喜雪

復自天心見，陽從地脈回。萬方洗沴戾，三白兆胚胎。權火圓壇肅，柧稜銀牓開。野人私送喜，先憶故園梅。

得桐兒書知女兒於廿八日移居用前韻

秦晉甥舅國〔一〕，魯衛父母邦。移居未云遠，有沱不離江。前時寄書來，云尚空門窗。何能遽般家，豈避敵輒降？靜念百慮集，胸次若杵撞。書笈孰屏當，筐篋誰牽扛？家庭事聾聵，兒女情單雙。罩籬倘可賣，真作居士龐。曰歸竟何有，出言多奇厖。頻翦欲殘燭，仍斟未開缸。

【校記】

〔一〕『秦』，底本作『春』，許增本作『秦』，是。

每夕小飲後輒不能成寐胸中拉雜因讀東坡集次其和陶擬古九首凡三夕而竟借澆塊壘云爾

宿疾頤隱肩〔二〕，晏坐肘生柳。造物良區區，我生安用久？客居鮮所歡，邂逅得故友鐵門。政逢餉蟹螯，相與共持酒。得疾謂因之，內疚呼負負。伯仁倘竟殺，腊毒緣味厚〔三〕。所恃吾與君，相傾斷無有。

客居易時序，忽忽及歲終。念與家人期，守歲偕阿戎。往時游狹斜，見笑蜂蜨雄。而今倏衰老，多謝牛馬風。寒衾故自薄，溺袴何妨窮？陽臺有彼姝，髣髴來夢中。

柳州嘗有言，觀寶觀其隅。開口講道誼，誰知非仲舒？渠但假道耳，并不爲蘧廬。俗人妄推重，不疑侈自居。叩其中所有，茅塞兼榛蕪。若逢孫文臺，定不王叡如。

志士在開濟，蒿目見災荒。禹湯有時遭，疾苦軫廟堂。使者來行水，膤眙驚渺茫。所居多蕩析，況望禾登場。流亡亦已幸，老稚先北邙。賴免力勝錢〔三〕，稍抑米賈昂。畿輔最重地，疏瀹豈無方？東南財賦區，誰爲起夷傷？

終身居窘鄉，最窘爲今茲。既遭焚煬酷，又遇饑饉時。分衛行拓鉢〔四〕，愧非僧衣緇。多感長者意，檀施了無疑小農、巳山、廉山、雲伯、玉江諸君〔五〕。鹽鐵兩使者，餽贐咸有辭賓谷、雲巢。解衣念范叔青士、古雲，饋肉養子思容齋。江都新令尹，下車民不欺。脂膏自難潤，分俸望過之淵北。諸君豈責報，太息乞食詩。

維摩祇一女，得壻琴瑟和〔六〕。頗誦晨風詩，不怨五噫歌。近聞方移居，家具本不多。夢寐著在眼〔七〕，中庭海紅花。夜闌秉燭對，念我知如何？

自顧已老矣，嘅焉念交遊。未能如遺山，一集哀中州。平生劉子政，博學窮九流。晚歲上臺閣，長貧歸山丘。樂須别雅鄭，頌亦羅商周。遺書爲刪定，或有所忠求。爲芙初編修刪訂詩文。

平昔喜著書，言論無可採。猶存先民意，未敢矩矱改。後生好大言，斷港欲浮海。居然詫絶學，百世若相待。寂寂楊子雲，臨老那复悔〔八〕？

百年能幾何？一歲行復完。我生非侯王，常著遠遊冠。即歸無樂事，滯留多低顔。處世每多愧，不在窮達間。當時同門友，置身靑雲端。抱負竟何展，瑟縮愁譏彈。昔爲雞群鶴，今作棘栖鸞。所以栗里翁〔九〕，畢生安飢寒。

【校記】

〔一〕『疾』，底本原作『族』，旁以墨筆改爲『疾』，許增本亦作『疾』。

〔二〕『緣』，底本作『綠』，許增本作『緣』，是。

〔三〕『免』，底本原作『兔』，旁以墨筆改爲『免』，許增本亦作『免』。

〔四〕『行』，底本原作『衛』，旁以墨筆改爲『行』，許增本亦作『行』。

〔五〕『玉』，許增本作『亦』。

〔六〕『得』，底本原作『徐』，旁以墨筆改爲『得』，許增本亦作『得』。

〔七〕『著』，許增本作『若』。

〔八〕『那』，底本原作『复』，旁以墨筆改爲『那』，許增本亦作『那』。

〔九〕『栗』，底本作『票』，許增本作『栗』，是。

雪後獨酌三首

雪銷須皎日，銷盡必以雨。政如三章法，入關民歌舞。及其致刑措，乃在孝文世。杳默化工心，於此可潛契。貞觀非不治，殘殺未全勝。履霜永徽際，馴乃爲堅冰。

雪落隨風飀，所至無薄厚。坳垤分高低，銷盡亦何有？其或積不多，乃至銷獨後。正如人富貧，亦若生夭壽。巧歷既難算，術數又奚取？惟有我計良，即時一杯酒。

天心固無私，人情有咨怨。田野相慶賀，行旅多浩歎。假如身在途，豈不恨阻滯？誰能平其心，與衆共年歲？

題九九銷寒圖

今年一九已三白，後來平地又盈尺。不須更説兆豐年，早覺氛青掃無跡。堯湯水旱盛世多，豈於聖主加譴訶？一懲百儆見天意，皇極之建回中和。一九二九喜可知，三九篳篥籬頭吹〔一〕。我儕無事宜酒食，亦念萬户炊煙遲。玉梅花放南北枝，馮君著粉施燕支。監門鄭俠我所思，黄筌徐熙皆畫師。

【校記】

〔一〕「篥」，底本作「篻」，許增本作「篥」，是。

催梅

崢嶸歲晏孰華予？祇有梅兄意未疏。夢斷酒醒空復爾，風饕雪虐定何如？美人動作經年别，故國多無一紙書。豈敢相逢怨遲莫，莫令桃李得先渠。

已山招集觀復齋食臘八粥以伊蒲塞桑門之饌分韻得蒲字

客居孤寂誰與娛，豈惟文字飲亦無。當時伴侣渺黄壚，紛紛皁隸炫紫朱。少年有才生馬駒筱漣、子和，能知伏櫪非駘駑。主人舊是高陽徒，近覺豪氣元龍除。我思振之掉臂呼，與諸君子爲前驅銷寒會倡始余言。今日何日從佛書，淅米爲粥果實俱。能齊衆喊甘且腴，豈知一人腎無膚？脱命鬼手爭須臾鐵門，兩月僵卧形容癯。視堂中客神仙如，客散獨飲酒盡壺，但有香篆依圓蒲。

寒月

素娥耐冷極孤清，作客差能與證明。入户還疑殘雪在，開門如有大河横。夜長始覺關山遠，歲暮尤深離别情。幸有酒杯邀對影，擁鑪坐待斗杓傾。

積雪

入冬三白意都厭，積不能消亦少嫌。墻角久看山突兀，檐牙時作雨廉纖〔一〕。誰家富有陳陳粟，獨客悲吟昔昔鹽。多愧青猨强解事，甎鑪石銚火頻添。

【校記】

〔一〕『檐』，底本作『擔』，許增本作『檐』，是。

嚴霜

銷殘餘雪路初乾，萬瓦鱗鱗一色漫。翦水天人慵罷戲，橫陳青女愛吹寒。霧淞聊爾舞窮漢，木介從他怕達官時蒲上有此。準儗明朝放歸榜，孤篷清曉畫中看。

朝旭

窗外先聞鳥雀喧，披衣喜色見朝暾。重衾尚滯三分酒，棉襖普加萬戶恩。儘遣籬頭吹篳篥，早看屋角散雞豚。東軒長老渾無事，生覺丹田默自溫。

近園餉梅村山水軸許以詩報久未有應頃來見督率成一首

文人入世論遭遇，畫手看前雅壇場。賸水殘山有桑海，斷縑零墨見江鄉。送吳季子多悲咤，比趙王孫亦老蒼。珍重夫君分贈意，愧無長慶好篇章。

題吳香輪女史畫蜨冊六首

無力薔薇臥晚枝，秦郎愛詠女郎詩。不知誰在闌干角，滿眼春光瞥見時？

芳訊初通旭景遲，湘雲湘水渺相思〔一〕。莊生曉夢迷離甚，蚤先游蜂聖得知。

廿四番風次第催〔二〕，賣花聲過小低徊。玉腰奴太翩翩極，莫漫呼他村裏來。

嚦歇流鶯占柳梢，悠揚粉翅偶相遭〔三〕。春來同是忘機客，莫學蜻蜓避伯勞。

幽花小草弄霏微，倦向芳叢暫息機。知否隔簾人未寢，月華如水上羅衣。

濃春才適紫藤香，蜂蜨雌雄莫漫狂。一種單情雙不得〔四〕，何人十五嫁王昌？

【校記】

〔一〕『相』，底本原作『湘』，旁以墨筆改爲『相』，許增本亦作『相』。

〔二〕『次』，底本原作『吹』，旁以墨筆改爲『次』，許增本亦以墨筆改爲『次』。

〔三〕『揚』，底本作『楊』，許增本作『揚』，是。

〔四〕『雙』，底本原作『變』，旁以墨筆改爲『雙』，許增本亦作『雙』。

除夕

除夕年年例有詩，此回作客太離奇。地當江北江南際，到在年頭年尾時。別院笙歌報春事，故園兒女數歸期。誰知老大家翁意，手撿楞嚴自誦持。

卷二 甲申

解祟集

題王二波騎尉嘉福江樓燕別圖

金山喜見滕達道，京口曾來辛稼軒。如此江山緬前哲，居然人物出清門。瀕行勸飲南徐酒，惜別從空北海尊。老我子將識車騎，不禁感舊對諸昆。時偕井叔同遊。

山行畏風焦山借庵長老以風帽見餉以詩還之〔一〕

犖确山形怯曉風，憑將冒絮障衰翁。不須更看袈裟角，如解楞嚴説性空。

椶鞋桐帽自年年，又結雲山老衲緣。直恐送還無用處，知公已住四禪天。

【校記】

〔一〕『畏』，底本原作『未』，旁以墨筆改爲『畏』，許增本亦作『畏』。

賓谷鹺使招遊焦蒜兩山有人日登高之作次韻一首

江山仍偉觀，割據皆已矣。風流文采何代無，南豐先生振頹靡。七日爲人日，焦山接蒜山。顛風急雨曉來歇，大舶雙艕波中間。平生雖覺命窮薄，一笑已復輕險艱〔一〕。八九雲夢不蔕介〔二〕，此老況更胸寬閑。滔滔人物嗟凋謝，山靈定嗔俗士駕。佳客同乘赤馬船，高賢留得蝸牛舍。江西詩派誰與侔，萬牛著力迴山丘〔三〕。新篇宿醖雨醇美，一洗羈客之春愁。狂生習氣從來有，追躡孟韓殊負負。知公不少千秋名，如我惟須一杯酒。

【校記】

〔一〕『一』，底本原作『矣』，旁以墨筆改爲『一』，許增本亦作『一』。

〔二〕『蔕』，底本原作『蔕』，旁以墨筆改爲『蔕』，許增本亦作『蔕』。

〔三〕『迴』，許增本作『迴』。

得巳山書知鐵門病亟

傳來消息黯悽傷，翻悔匆匆束急裝。緝綴遺文到公幹，蒼黃死友屬君章。難憑神理危猶冀〔一〕，怕接音書夢不忘。綺席歸來更愁絶，臥聞檐雨又浪浪。

【校記】

〔一〕「冀」，底本作「翼」，許增本作「冀」，是。

鐵門以上元謝世是日余適大醉聞信之後作此志痛

是我籍糟日，乃君徹瑟辰。百年同此恨，一但失斯人。身世隨朝暮，文章有鬼神。平生上元夕，更與重霑巾。

次韻井叔夜宿淩江閣

容易新年得勝游，招攜裙屐此登樓。鐘聲兩岸金山寺，鐙火千檣估客舟。春枕暮潮疑有雨，出檐老樹凜含秋。何時乞得閒田地，便作頑仙不用修。

次韻井叔贈借庵長老

暫果尋山約，還逢出世人。江空渾失地，樹老欲無春。乞借缾中水，爲湔衣上塵。彌天與四海，相望作比鄰。

次韻金手山襄席上之作

故園誰復寄當歸，酒坐從看嬌鳥依。二八黛眉蛾欲語，十三箏柱雁齊飛。醉中不省玉垂箸，老去愛聽金縷衣。一餉紅裙莫相笑，雷塘板渚總斜暉。

偶得對句索家蘭池錡爲書楹帖遂足成以寄

故人多半山丘委，宗老真能意念深。宿世根還抱佛腳，吾家詩本雜仙心。痛傾北府兵廚酒，遙憶吳江楓樹林。與子風流成二老，但逢來往便相尋。

題倚雲亭填詞圖

天涯春事問如何，喚得紅紅爲記歌。猶勝奎章虞學士，年年羅帕淚痕多。

偶聞人言率爾解嘲

平生淪落非無故，半世虚名果不祥。村嫗偶然識坡老，盲翁政爾説中郎。市人誰問不貳價，旅舍先驚饋五漿。生意無多知已盡，從今人我要相忘。

舟過朱方記與鐵門湘湄同舟秋試賞其丹樓如霞題牓之工忽忽三十餘年矣湘湄久歸道山鐵門今又徂謝心傷往語腹痛成詩

卅年事比夢都殘，振撥前游淚忽彈。積雪祇今雙鬢白，如霞依舊一樓丹。身世那爭亭堠久，坐涯欲老故鄉難。篷窗正是無晴晝〔一〕，夜飲愔愔作許寒。

【校記】

〔一〕『晝』，底本原作『夜』，旁以墨筆改爲『晝』，許增本亦作『晝』。

鐵門詩文既爲手定舟中復爲芙初太史删定其尚絅堂各槁用前韻一首

拭涕那能責懶殘，吹毛不免畏譏彈。將軍失恨三遺矢，仙客垂成九轉丹。豈有詩人未忠厚，要令奇麗出艱難？只憐三賦傳鈔日，元晏先生骨已寒。

王椒畦太夫人九十壽詩

王君澹蕩人，世家昆山陲。烏衣本華胄，輞川乃真師。偶然得一第，亦欲升彤墀。但計春明夢，不敵春草思。因之謝公車，教授施絳帷。生徒盡髦儁，收名如摘髭。同輩皆顯貴，先後持旍麾。而君迺退然，胸中無雲泥。重幣相造請，時亦往應之。日月不久淹，倚門望恐遲。餘事精六法，下筆無黄倪。踵門送絹素，揮灑曾不辭。置君通介間，自謂君我知。去歲君七十，阿母九十期。未能躬上壽，思爲祝延詞。江湖苦流浪，因循逮今茲。念惟同孤露，君能永春暉。念惟同羈窮，君能遂烏私。昔者隨園叟，詠歎形之詩。八十有高堂，平生羨邱爲。賤子託末契，祝君亦如斯。自信未荒落，更當祝期頤。

因鐵門之亡追悼湘湄舟中獨飲忽忽不樂作此寄丹叔

兩君總角交，長我皆七歲。先後謝人間，我亦少生意。一身尚羈客，四海空虚名。安能佚以老，遂令得此生？與君爲兄弟，亦復五年長。不知得幾年，迎門喜歸槳。

七薌畫仕女手撚雙頭茉莉以贈王瀣川愛其嫻雅得古意命桐兒摹之題一詩其上

南方草木何須狀，抹麗素馨吳俗尚。炎洲風土蚤發洩，十三女郎便成長〔一〕。靡顔膩髮理𩯭肩，雙眸如水兩靨圓。意中豈復有遲暮，團欒紈素描乘鸞。老夫老矣愛遊戲，觸忿忘憂無是處。從教貌取傾城姿，不愁兒輩減歡趣。

【校記】

〔一〕『三』，許增本作『二』。

自題籃輿圖

吾鄉顧雪灘，異世淵明徒。偶然意所寄，作圖名籃輿。當時爰湘湄，示我爲歎吁。孫子傍行路，不能藏香厨。念欲授之業，後乃歸其圖。此事逾卅載，久不胸中儲。去年老鐵來，授此出臨橅。爾時亦不省，但與歸裝俱。邗江逢畫工，謂能肖形模。晴囱令點筆，遂以此貌吾。平生雅希古，趣向則有殊。少小慕仕宦，窮老多憂虞。卜鄰乏素心，乞食常路隅。若以陶公比，豈止魚目珠。雪灘乃遺老，聲名並吳漢槎朱長孺。臨流濯兩足，繡者有彼姝。豈若此窮士，瑟縮藏菰蘆。惟思命圖意，後來可取諸。山形苦犖确，興到時踟蹰。門生兒子輩，隨意爲攙扶。追鋒一丈高，八騶爲前驅。不知重泉下，有此侍從無？作意墨其上，自嘲亦自娱。誰送白衣酒，又慟黄公壚。

春分坐雨示丹叔慈仲

雨昏煙暝欲判春，九十芳時已半分。聊借酒花生眼纈，偶焚香篆擁身雲。閑中合作漳濱臥先日小極，興到從删敬禮文爲兩君勘定近詩。如此家居良不惡，詩成火急與相聞。

和丹叔宵霽之作

連牀聽雨經三宿，洗盞開嘗盡十分。政有星心對孤月，更憐詩態靄春雲。老懷令弟如康樂，臥愛名山似少文。好約谿南探芳訊，寄聲鷗鷺早知聞。

題修伯柧庵圖

道州有惡圓，柳州作車説。方員各有宜，通介豈容别？請看齒舌間，孰存孰先缺？自矜嶽嶽徒，乃爲朱生折。屠郎好少年，拘蒴意不屑。所居以柧名，若欲自表揭。吾爲廣其意，處世慎塗轍。勿貽公植譏，未妨嬰兒悦。亦勿子厚師，徒遭誨之訐。中庸豈無弊，真僞要當决。黄金繞指柔，終勝錚錚鐵。俗學紛議論，一爲埽管穴。過庭述吾言，定笑老饒舌。

次韻答沈雪樵

弄晴新柳乍依依，柳外沙痕又沒磯。家與故人俱在念，春隨遠客暫言歸。情鍾苦憶靑綾障，足蹇長關白板扉。遲莫過從莫辭數，年來更感酒徒稀。

三月十七日喜晴

上看十三下十六〔一〕，一月陰晴從此卜。田家月令老農謠，往往其言可案覆。十六不如十七晴亦諺語，今朝朝旭烘窗明。果能半月放霽景，菜畦麥隴蒙更生。乞食飢黎尚盈路，老眼天公應悔悟。噪晴鳥雀群飛來，不見中庭老梅樹梅以去年水浸而槁。

【校記】

〔一〕『十』，許增本作『初』。

三月廿一日同人集小眉五千卷室遲榕園不至并寄梅史高陽

石泉榆火催三月，涷雨漂風似去年。新水漫漫浮客櫂，故人落落數賓筵。游山蠟屐齒應折榕園昨偕小眉遊硤山東西山，盛酒鴟夷腹讓圓聞昨飲此大醉。更念賢勞畿輔令，行田行粥正騷然。

竹垞翁析田手蹟爲李金瀾遇孫題

吾吳王雅宜，貸錢自書券。居間乃有文壽承，好事流傳作珍玩。竹垞老人罷官歸，一廛而外山田微。與孫分析具饘粥，差免誦經朝忍飢。少年乞米帖，晚歲諛墓金，我今對此爲沉吟。江湖載酒人老矣，牢落求田問舍心。

題小眉所藏竹垞書羅浮胡蜨詩卷

繭紙番番妙墨留，蠻雲海日記前游。未妨小作蟲魚注，史筆平生薄魏收。想像麻姑五色裙，閑情卅首舊知聞。此時合在蓬萊頂，下指朱明洞口雲。

五千卷室盆松歌用昌黎山石韻

生物吹息微乎微，螣蛇蚇蠖伏以飛。是誰豢此小龍子，拳鱗蹙鬣瘠不肥。畢宏韋偃畫未得，天台石梁逢亦稀。主人晏坐靜相對，滄水亦足忘輖飢。轆轤呼僮曉汲井，剝啄有客時款扉。盆池粼粼石磊磊，清露冉冉煙霏霏。洋楓山鵲弄顏色，如俠丱妙紛成圍。世間封號自不屑，那羨錦被將軍衣？倚天拔地寄一盎，悍突何者難爲鞿。終愁風雨或化去，黃山雲海從之歸。

奉寄林少穆廉使則徐即用其題慈仲集韻四首

歸來息景欲逃虛，能使交游跡併疏。猶勝秦郵窮博士，年年京國券書驢。

似聞蒿目獨憂時，肯向疲氓責繭絲？略有新篇傳諷諭，不妨采到白家詩。

風煙陽羨記探春，回首前游跡已陳。説與使君勤卹意，此來要看耦耕人。時方欲赴蜀山書院。

超然榮觀念何深，愛士憂民只此心。太息謨觴人去久，世間誰識伯牙琴？廉使曾邀亡友甘亭館于武林。

題王月鉏祖梅浙西懷舊圖

十年曾向西湖住，游徧晴湖與雨湖。若憶金風亭長句，千金難買是冰壺。『今夜弄明月，千金此一壺』，竹垞句也。

右西湖泛月

應有眠鷗宿鷺知，憑君傳語説相思。水晶宫裏如重見，莫訝鬖鬖有鬢絲。
居然猶有影横斜，認得孤山處士家。此是故鄉真色畫，山塘只賣馬塍花。
巢居高閣迴臨流，一盞寒泉祀事修。爲問華陽許玉斧，幾時控鶴此同遊？謂許五玉年。

右孤山探梅

題虢國夫人上馬圖

曉風澹月冷華清，蹀躞花驄欲上輕。猶勝南唐亡國恨，香階剗襪可憐生。

歡歡詩

燕燕鶯鶯總不如，拋家髻小倩孃梳。鬢絲老卻揚州客，又見梢頭蔭栗初。

煩將纖手理香弦，法曲曹綱記昨傳。笑指銀箏作眉語，一行雁柱是華年。

録取宮閨小字看，雙文隱語待團圞。不知唱到前溪曲，若箇他年是所歡？

惆悵江湖老牧之，相逢合賦杜秋詩謂香雪。當筵忽又狂言發，此是人間續命絲。時重五前二日。

留別古雲

感君病後立如柴，留滯兼旬得好懷。名在尚煩人詛呪時袁浦有傳余物故者，老來俱任物推排。王孫猶有承平態，公子終爲濁世佳。相約離家修浄業，傍他青壁結茆齋。

訊岑自清江來有傳余凶問者又言審庵丈病甚至邗上知審庵已向愈而僕固無恙喜作一詩寄之

閉門埽軌君如故，馭氣乘風我未行。豈有星心散熒惑〔一〕，要留月影配長庚。西王謠已將無死，北俗禮當行再生。預卜相逢開口笑，黄公壚畔酒同傾。

【校記】

〔一〕『惑』，底本原作『感』，旁以墨筆改爲『惑』，許增本亦同。

次韻春木見贈時奉母同居建木寶應學舍

客裏相逢先一笑，朝來把酒過三行。家貧翻得連牀樂，官冷應無束帶迎。耳熱歌呼猶客氣，心傷朋舊莫寒盟。著書各要桑榆補，可便江湖老此生。

題姜夢薌同養拙山房雅集圖

竹梧小徑路逶迤，重續題襟漢上詩。猶有舊交殳與范積堂、小湖，珠槃玉敦記當時。梅史、琴塢諸君數集此。

天錫當年記客杭，蹉跎未識魯靈光。披圖莫漫誇前輩，誰是老人大父行？謂君祖樸叅翁。

山王從宦應劉逝，説著黄壚太息頻。末契未妨年少託，只須風味似前人。

余得古鏡及馬腦筆洗作碧月明荷二詩壬午之災鏡燬而洗在他處獨存近雲伯以研山見餉洞穴玲瓏岩岫峭蒨上爲二峰名曰雙髻以配筆洗日夕對之欣然獨笑輒賦一詩

焚巢不枯玉井蓮，諛墓乃得壺中天。墨池雪嶺有翻倒，明星玉女何因緣？明荷一片如琢冰〔一〕，研山巧作雙髻撐。忽然几席屹相對〔二〕，洗頭盆照高髷鬠。平生愛色兼愛山，此心安得如石頑？老顛風景不復裂，一勺微波十八鬟。

【校記】

〔一〕『琢』，底本作『涿』，許增本作『琢』，是。

〔二〕『几』，底本作『儿』，許增本作『几』，是。

梁茝鄰觀察章鉅屬題林同人甘泉宫瓦拓本〔一〕

凡物顯晦皆有候，降雨出雲開必先。歐趙以前碑版少，政宣而後鐘鼎全。昌黎自誇略識字，岐陽岣嶁詞紛然〔二〕。章臺拊馬誚輕俛，偶辨栒邑傾朝賢。攸知豹文爾雅重，向識貳負山經傳。秦甎漢瓦亦奚取，謂見古昔工埴埏。況兼文字資攷證，篆隸之变窮推遷。後來衒鬻幾百倍，陊殿荒冢勤搜穿。

離宫别館假名號，殳書繆篆描連卷。建元紀年愈可信，遂令瓴甓登几筵。豈無古物間一出，魯鼎有雁石有燕。乃云昔人所見陋，以多爲富爭羅駢。由來屢变真必失，即此一事能無偏？ 侯官林生有真鑒，得自隴上農夫田。國初諸老極博雅，金風亭長尤精專。流傳拓本盛題詠，歎息懷古相琱鐫。梁侯好古喜獲此，如女正色非朱鉛。其器雖亡文則在，度越冰井香姜前。願公集古補金石，笑我過眼隨雲煙。

【校記】

〔一〕『茝』，底本作『茞』，許增本作『茝』，是。

〔二〕『峋』，底本作『峋』，許增本作『峋』，是。

題岳鄂王手簡今藏茝鄰觀察所

十年作客西湖住，未敢留題岳墳句。豈惟感憤有餘悲，亦恐贊揚無著處。金陀坊裏老文孫，纂緝舊事搜遺聞。嗟此手簡竟未見，後人推測憑觀文。簡書『觀文相公閣下』，有『鼓厲軍士直抵淮陰』語，諸人以爲當在紹興二年，李忠定以觀文學士宣撫湖廣時。小朝廷事堪流涕，前有汪黄後賊檜。忠驅義感切同仇書中語，所痛雄心逢暮氣。伯紀不殺亦幸耳，三字獄成長已矣。惜哉德遠志中興，彼曲將軍乃冤死。

題周端孝先生血疏貼黄廉山所藏〔一〕

大讐共戴天，忠孝憤激烈。雖枯已齚指，恃有尚存舌。父友動色驚，當寧爲哽咽。流傳二百年，紙敝字不滅。慘澹此數行，想見淚皆血。嗚呼三綱張，正賴一腔熱。當時媚奄輩，生死等蠓蠛。吾聞黄藜洲，利錐懷寸鐵。凜然剸刃心〔二〕，同難義相埒。終身老遺民，肝膽照冰雪。可惜隤家聲，吾悲魏忠節。

【校記】

〔一〕許增本書眉上註曰：『此卷近臧李黼堂中丞處，辛巳春，黼堂招飲芋香室，出此見示，此平生第一眼福也。中丞名桓，湖南人，任江西藩司護巡撫事，引疾得請，寓杭州近十年。幼眉、欽警，其哲嗣也。』

〔二〕『剸』，許增本作『剚』。

蒸鬱殊甚晚大雷雨

似聞隱隱響雷車，卻祇蕭蕭幾點疏。引睡略如中酒後，攤書疑是上鐙初。颯然一陣簷鳴瓦，快甚千條溜決渠。頃刻看成諸變滅，道人晏坐自如如。

題王竹嶼司馬鳳生江聲帆影閣圖

六朝金粉都零落，無復臨春望仙閣。是誰來此占江天，天際雲中俯寥廓？風帆葉葉如飛鳥，北顧南徐見了了。江流浩蕩自今古，雲物蒼茫變昏曉。閣中老仙舊識之葑町先生，騎鯨歸去今幾時？即今令子嗣風雅，畫圖寫出元暉詩。青氊舊物亦何有，老屋眼看落人手。江聲帆影故依然，一紙千金定能守。客裏相逢索題句，送爾分符海邦去時任玉環。爲余灑掃閣三間，乘興來看海上山。

夕陽春影圖竹嶼爲亡姬寄意

小桃淺澹柳松惺，短命長眠喚不醒。何事青山便瘞玉，西湖合有六如亭。

得家中前月書并聞故鄉近事二首

客至忻相問，開緘一月餘。已忘前作答，重檢後來書。藥物禁持老丹叔病初起，交親節次疏。鐙前還自笑，依舊賈胡如。

民力已愁竭，天心總好生。見先詢水旱，喜可望豐盈。既有三豎謁，何憂萬鬼行？便思歸去好，釀酒臘嘉平。吳中時疫，設醫局。前年大疫，死者無算，嘗有句云：『靈壇已罷諸嚴祀，狀日何來萬鬼行。』全詩失去，今附志於此。

題循陔圖

一自科名鶩，乃漓天性淳。請看力田世〔一〕，豈有絶裾人？

【校記】

〔一〕『力』，底本原作『明』，旁以墨筆改爲『力』，許增本亦作『力』。

至揚州得内人凶問

客裏得此信，胡能無慨然？食貧真畢世，偕老已衰年。恩怨他生業，歸依淨土緣晚喜禮佛。惟應所嬌女，悽斷繐帷前。

次韻題虎洞頭陀圖

華言云抖擻，梵行爲應真。空山無人處，大好轉法輪。佛子從何來？一念坐貪嗔。既具猛利性，可結善法鄰〔一〕。何須五師子，乃令狂象馴？吾詩亦饒舌，語錄陳陳因。

【校記】

〔一〕『可』，底本原作『何』，旁以墨筆改爲『可』，許增本亦作『可』。

閏七月十九日同天眉理堂湖上看桂花飲舟中有作

露井風簾疑昔夢，荃橈蘭槳渺微波。不眠誰復憐吳質，耐冷惟應是素娥。雲漢蒼茫人影濬，管弦清脆水聲多。就中只我婆娑老，莫怪當場喚奈何。

陳受笙均看山行腳圖

匆匆婚嫁幾時休，况説功名要馬周。衹我無家一房客，不妨五嶽竟先游。

揚州新建贊化宫戲題一絶

河塞金成未可咍，纏腰騎鶴要仙才。願將大地閻浮直，换取天人爪甲來。『天一蚤甲直一閻浮提』，見《法苑珠林》。

題萬里浪游圖

足蹔千巖萬壑中，船回莫北朝南風。傳將圖畫看元好，記著當時儘惱公。
鑿池畜水魚千里，疊石爲峰蟻百盤。肯信有人行汗漫，雲山無際海波寒。

中秋席散有作

華鐙叢桂影連卷，如此他鄉便可憐。風月佳時人老矣，笙歌散後客醒然。小蠻傾酒邀中聖，側豔裁詩儗下賢。當日回思年少事，而今又減十年前。

不寐

惡懷翻止酒，通昔寐何曾？開此鰥鰥目，看他睒睒鐙。時聞鴉起樹，偶見鼠穿檽。作客常如此，殘年何以勝？

題蕭梅生光裕寄廬鐙影圖

君子歎首禾，諸佛重生地。荷衣總角讀書堂，人生第一難忘事。母氏攜來外氏廬，機聲書聲居久如。煙雲變滅事起伏，只此一鐙常在目。昔時波匿謁耆婆，曾隨慈母過恒河。幸君髮緑面未皺〔一〕，莫負當初期望多。

【校記】

〔一〕『緑』，底本原作『緣』，旁以墨筆改爲『緑』。『皺』，底本作『皺』，許增本作『皺』，是。

次韻賓谷鹺使見和中秋之作

名賢跌宕湖山主，老筆縱橫翰墨場。幸及中秋共明月，記過兩暑與三霜浦上别公五年矣。招來俊侶懷前輩，除卻新詩無樂方。九日登臨敢辭從？定容側帽醉萸觴。

送雲巢都轉移任天津

兩見淮南桂樹黄，又看閣道策王良。柳垂板渚摇摇碧，水入丁沽灩灩長。三輔終當用張趙，一官那復計研桑？故人已分淹留此，悵望鋒車上帝鄉。

連得佳釀每夜與鄧溥泉立誠毛生甫嶽生同酌生甫回吳溥泉歸家未來用遺山太白獨酌圖韻

人生一世通百年，前賢後儁相連翩。即時杯酒不得共，後不見後前無前。四明狂客驚謫仙，豈知投荒落窮邊。才人畢竟重知己，稽山惆悵迴酒船。清宵無人坐孤酌，如琴獨奏誰爲傳？老畏夜長耿不眠，閑呼老元款老顛。但教蕭灑送日月，一任變滅隨雲煙。

霜降前一夕作

漫云霜降百工休，誰謂栖栖尚滯留？南向賓鴻違客燕，北來濁浪入清流。登臨雅有騷人感，雲物能爲異地愁。一夜鹿盧相對曉，銀牀金井不勝秋。

水碧

水碧金膏亦等閑，神仙且用駐朱顔。雲中曾拔鷄犬宅，世外誰爲人鳥山？玉帝詔除文爾雅，天孫機錦字回環。豈知博物陶貞白，笑隱華陽鍊九還。

敦甫太史以秋詞四首見視余久廢倚聲以詩答之詞爲《秋蟲》、《秋葉》、《秋碪》、《秋水》

金井蒼菭露華裛，槭槭疏梧霣凉葉。深閨刀尺苦催人，萬里流波寒帖帖。平分四序何獨驚，勞人志士生古情。以彼物色之相召，發我胸次之崢嶸。湘纍宋玉今已矣，惟有風賦離騷經。託物造端有如此，豈與爾曹鳴不平？珠簾十里春風路，付與粉兒乳子去。銀屏隔霜人醉倒，亦是中年好懷抱。鬢絲禪榻對香鐙，賤子與公皆已老。雷塘瑟瑟澹不流，霜風漸獵紫綺裘。寒蟬老柳古渡頭，試喚八尺蜻蛉舟。絲繩玉壺提新篘，一醉爲公商聲謳。

偶作

井華水絜墨華香，朝寫楞嚴字幾行。兀兀便教終日過，匆匆誰遣一生忙？清醇酒是養生主，薈蕞書爲卻老方。猶恨宵長耿無寐，時從窗隙候天光。

九日出遊示受笙兼呈四并堂主人

輕陰不散罨城闉，小艇沿洄采芑蘋。客裏黄花知節物，風前素髮戀冠巾。千秋事往空懷古，一世詩豪已讓人。試問峴山羊叔子，可無湛輩從車塵？

舟中卻寄賓谷鹺使

懷知一賦又南遊，偃蹇聊因桂樹留。豈有江山爲我助，那無風月替人愁？雷塘版渚粼粼水，紅葉黄華瑟瑟秋。良夜客中無藉在，起攜殘燭寫銀鉤。

和作　南城曾燠賓谷

蒜山相約未能遊，菊釀初成不肯留。鼎鼎百年吾善病，芒芒六合子多愁。江淹恨賦纔前日，宋玉招魂又此秋謂井叔。獨坐孤吟寒夜永，四并堂外月如鉤。

瀕行乞酒於都轉蒙侑以松菌油蘿蔔鮝木瓜舟中小酌寄詩爲謝

玉肪抽菌咀精英，甜冰壓醬以鱅名。乞漿得酒過所望，船中拍浮可一生。侑以木瓜作清供，十枚磊落瓊瑤重。雖無紅頰弄妍姿，髣髴粉香惱清夢。落拓江湖歷歲時，阻風中酒儘遲遲。作詩并寄平安字，爲報淮南節度知。

阻風高郵夜飲有示

試拈杜句偶然耳，豈謂石尤允蹈之。要以微醺看駛駃，亦於長夜得逶遲。寒蒲獵獵聲偏急，華燭明明狀定知。不解秦郎學何道，朝華去後又縈思。

高郵天王寺有吳道子觀音畫像風雨不能登岸作禮

剎圖只尺阻登臨，風雨荒郵坐夜深。我識聞思已照了，空中純是海潮音。

舟中讀惜抱軒集

旭景當窗宿雨收，推篷快意攬芳洲。已逢九月多離思，又對一編生古愁。大壑風煙養喬木，高天雲物洗清秋。三杯卯酒歸何處？不用龍團試茗甌〔一〕。

【校記】

〔一〕「甌」，底本原作「甎」，旁以墨筆改爲「甌」，許增本亦作「甌」。

寄春木賓應

惜抱文章遠繼歐，斐然小子記從游。陶潛已志夫何有，皇甫淵源自可求。淵明傳爲文頗示己志，皇甫句用孫樵論文意。前輩典刑殊未沫，後來滄海恐橫流。欲從姚合論斯事，怊悵江淮不繫舟。

哀王井叔嘉祿

人材遞升降，渺慮抗今古。前修日凋喪，後進益莽鹵。誰爲領袖此，年少指可數。王生有英氣，眉宇肖乃父惕甫。稜稜見風骨，嚣嚣思建樹。前歲始識之，班文虎猶乳。居然氣食牛，意已無麇麈。私喜此材難，勸學力當努。又念成之藭，巨木孰斤斧？堂堂南城公，持節涖淮滸。平生酷愛才，有見靡不舉。何况通家子，秀拔出儕伍。招之入幸舍，教誨均胏附。欲使綜百家[一]，豈僅助三黼？謂當必有成，遭遇得如許。云何中道折，月蝕正三五。聞之惄焉傷，老淚落縷縷。乃翁吾畏友，知我自童豎。年齒雖後先，行跡忘爾汝。惜其氣矜隆，不及輒笑侮。生亦時似之，同輩多齟齬。吳中輕薄子，自貴妄夸詡。生何不自憙，連臂結朏股。凡此皆吾恨，恨不極口吐。亦意齒尚少，久久當自覩。待其學漸深，庶幾言有補。一旦遽溘然，負汝亦我負。更負南城公，望汝中梁柱。上爲國杞梓，下立家門戶。秋風颯然來，鐙影暗疑霧。寓詞寫悲哀，畢世一仰俛。

【校記】

〔一〕『百』，底本原作『五』，旁以墨筆改爲『百』，許增本亦作『百』。

再送雲巢都轉并寄梅史大令

相看未老近衰遲，輕説前期異昔時。忘分祗應今世少，持簾尚愧故人知。我淹淮左久難返，君去江南定見思。更有雲間士龍在，帛囊狂笑莫猜疑。

寄琴塢

當𡊹抗論無前輩，今日相逢避少年。人世何曾堪把玩，文章容易誤流傳。湖山跌宕供多病，淮海漂零見此賢慈仲時客杭。臢欲與君爲致語，春風待放總宜船。

題蜚卿女史所寄畫秋葵雁來紅

二分月色照羈孤，殺粉調鉛亦自娱。新雁初來人病較，西風庭院已寒無？

演劇始於元人而諸伶所供奉者名曰老郎不詳其所緣起也已山家伶舊奉其祀七薌爲圖神像余爲系一詩

院本流傳已莫詳，云誰主者總荒唐。奇兒死入伶官傳，才子生裁協律郎。後唐莊宗或云即神也，長吉官協律郎。世事百年同勾隊，文章一代遞登場。老夫合遺群公咲〔一〕，只識臨川玉茗湯。

【校記】

〔一〕『咲』，底本作『关』，誤。

寫楞嚴第三卷畢夜飲有作用惜抱軒集中寫經韻

日出常不閑，而實無一事。窗櫺見曉光，已與微塵至。泊然老鰥身，寄跡等蕭寺。所異打包僧，居然餘襆被。安心豈外假，託物聊爾寄。頗思筆墨精，亦是心識累。研池波目澄，硯山澹眉翠。誰招摩鄧女，來證毘尼義？戲論佛所訶，俯首且作字。

寓樓即事遲訊岑不至

寓樓約略比巢栖，新易窗櫺日刮鎞。旭日來如暖老玉，埃風到有辟塵犀。世人望若三層閣，老我心輕百尺梯。悵佇華陽許玉斧，登真亦念手同攜。

次韻李桐村方煦見寄并柬蘭雪

吾黨曼生亡，交遊半生跡〔一〕。李生更枯槁，謂是腸木石。無端入京華，豈欲近日月？五侯非昔時，焉寘舌與筆？三年兩寄書，誇我勝懷璧。上云主人賢，文戰輒小敵。下云頗寬之，摘句圖主客。時復念鄙人，天窮更人阨。豈知此禿翁，餘髮已盡白。今年復煢鰥，尚復此羈屑。爲告賢主人，老矣當自惜。君亦耆養生，一氣服千息。

【校記】

〔一〕『生』，許增本作『削』。

寫經墨凍始用暖硯〔一〕

攬衣擁被未知寒，申紙含豪異昨觀。山骨固應非熱客，墨卿聊遣近湯官。溫凉迭代原無住，心手相忘亦大難。一笑熙怡作綺語，入流未盡慧先乾〔二〕。

【校記】

〔一〕『凍』，許增本作『冷』。

〔二〕『乾』，底本原作『朝』，旁以墨筆改爲『乾』，許增本亦作『乾』。

家蘭池和余前韻見題靈芬館第七圖次和報謝

衰白鬖鬖漸見侵，與君聊藉酒杯深。平生已分難如志，後世其誰識此心？屢託丹青傳老屋，幾曾麋鹿遂長林？分湖煙水菰蒲滿，便有跫音何處尋？

長至前一夕用東坡冬至贈安節韻寄桐兒下邳

年年冬不歸，客裏適至日。久荒魚菽祭，那更他屈膝官場以此日拜賀？今年逢閏餘，倏忽迺爾疾。影將鐙成雙，愁逐綫添一。知女亦孤旅，蕭寂同面壁。定復念鄉閭，嬉戲紛子姪。吾衰成老鰥，望女贄棗栗時方謀爲買妾。行年五十八，敢許壽金石？要及筋力存，見此婚嫁畢。憂來不成寐，長漏數殘滴。

得種水書用前韻寄之

別君揚州城，不覺五十日。聞當歸掉頭，謂可此接膝。木癭與犀通，人珍物所疾。何人薦曹參？漢法講畫一。時爲新任者所強留。雖無陸千金，差免馬四壁。他年老村社，扶杖攜甥姨。白酒如潑乳，黄鷄勝蒸栗。南湖水渺瀰，未沒垂釣石。我如幸相從，魚鳥忘罩畢。還應説去年，灰香和酒滴。去年同度歲邗上。『酒滴灰香似去年』，唐人詩也。

題李海帆觀察宗傳海上鉤鰲圖〔一〕

莊言鵬負天，列言鰲負山。其詞雖迂怪，意在輕區寰。後來西方書，假之爲造端。微言傳精義，象伏癡龍蟠。李侯乃儒者，誦説皆古先。試手見妙割，烹鼎無小鮮。常恢吞舟網，欲養横海鱣。作圖聊寓意，寫此胸懷寬。八九雲夢芥，上下蓬壺連。偉哉龍伯氏，一竿從周旋。吾老寄浙右，漁舍受一廛。逝將荷蓑笠，終老孤蘆邊。釣亦自不得，戒殺師竺乾。明年公北上，萬斛乘樓船。念有同門友，或遣尺素傳。策杖請少竚，葦間聽延緣。

【校記】

〔二〕『鉤』，許增本作『釣』。

壽胡古香增七十

胡君君子人，識之十年餘。溫溫古圭瓚，不露采與符。淮陰有先賢，可配徐仲車〔一〕。學術或未逮，制行豈遂殊？我生鄙握齪，凌轢鄉曲儒〔二〕。見君乃自下，淳意含古初。同客閒河闊，杯酒時相於。甜嬉若少壯，傾倒同歌呼。秀才當歲滿，例登使者書。結伴赴其試，試畢同歸途。伴有所親約，要君與之俱。君亦欣然去，飲噉連朝晡。問其人爲誰，姓名記模糊。傍人皆失笑，吾謂真吾徒。紛紛世間人，妄欲分賢愚。何如付一醉，相忘遊華胥。既已忘彼此，誰能更親疏？所以年七十，頷底無白須。頌君亦自砭，庶用全吾軀〔三〕。

【校記】

〔一〕『仲』，底本原作『重』，旁以墨筆改爲『仲』，許增本亦作『仲』。

〔二〕『凌』，底本原作『後』，旁以墨筆改爲『凌』，許增本亦作『凌』。

〔三〕『吾』，底本原作『書』，旁以墨筆改爲『吾』，許增本亦作『吾』。

即事四首十一月十二日

三國多奇士，我愛陳元龍。餘事且勿論，一墕萬世功。淮流來桐柏，其滙爲巨洪。苟無此保障，那免其魚凶？如聞漏螘穴，便恐成鮫宫。廢興亦有數，人當代天工。碌碌餘子耳，誰爲上牀公？

去年水爲災，皇仁軫溝壑。廷臣爭貢言，去害利乃博。北直及江淛，相與勸興作。環觀諸有司，孰是明水學？一經通禹貢〔一〕，平當詎可託？譬如對策人，與論治安略。所以蘇長公，上書薦單鍔。

海口河所輸，搤吭控其頤。卓哉百制軍，竭力疏通之。至今享其成〔二〕，十年無餘災。何者出奇策，偏處楗石菑。凡當启閅地，一概而施爲。如鯁已在咽，吐出知何時？此禍尚未見，後當論安危。

我生如一萍，渺然亦何有？彭咸與屈原，未必許爲友。平生仗忠信，出險良亦偶。命當魚腹葬，肯作壑舟負？失笑紛紛者，趍避擇所走。流傳到鄉國，定復驚女婦。誰知此老翁，弄筆對杯酒。

【校記】

〔一〕『禹』，底本原作『萬』，旁以墨筆改爲『禹』，許增本亦作『禹』。

〔二〕『今享』，底本原作『今年』，旁以墨筆改爲『今享』，許增本亦作『今享』。

醉中漫成

厚地高天忽合圍，龍蛇何事發陰機？高牙大纛張京兆，豆飲芋羹翟子威。性命那能風伯訟，妖祥莫信越人機。先大風前，洪澤湖有見物怪者。老夫醉後忘身世，客散鐙殘但夢歸。

疊前韻一首

問何玉貌住重圍，殆見先生衡氣機〔一〕。款款封章循故事，重重月暈凜餘威望夕有此。流亡未易能安集，詛祝何當獲福機？漆室殷憂齊女歎，應知不是念無歸。

【校記】

〔一〕「衡」，底本原作「衛」，據許增本改。

滄浪亭圖爲芷鄰觀察題

危亭古木尚蒼然，懷古追思老集賢。世往園林須作主，官清風月不論錢。方枰已失彈棊石，小杓時分煮茗泉。便與吳人成故事，他年地志好同傳。

轉漕

轉漕紆籌策，宣防惜度支。未論沈馬祭，先壞濯龍池〔一〕。昏墊已無及，增培亦不訾〔二〕。似聞寬羽殛，何以答鴻慈？

【校記】

〔一〕『壞』，底本原作『壤』，旁以墨筆改爲『壞』，許增本亦作『壞』。

〔二〕『訾』，底本原作『訾』，旁以墨筆改爲『訾』，許增本亦作『訾』。

月樵方伯書來見寄紙墨而物未至以詩索之

尚白元成鬢已疏，客卿遠餉感相於。欲傳萬古文章印，恐滅三年懷裏書。更説宣州紙奇絶，似聞江水練難如。老來給札知無分，賸擬因君賦子虛。山谷詩墨以『傳萬古文章』之印。

立春日作

老大空驚節物催，羈懷寥落若爲開。臘餘三日喜見雪，春到一年先問梅。但使街頭窮漢舞，不虛天上貴人來。時有天使駐節。麗眉書客龍鍾甚，坐擁深爐自劃灰。

澤國

澤國來龍節，流民極雁哀。爰書歸大吏，星象坼中台。飛輓紆宸慮，謀猷仗衆材。莫令舟楫地，一旦起黃埃。
遼海雲帆轉，東吴秔稻多。元明皆有此，利害各如何？紙上談容易，民言酌恐訛。問誰通禹貢，可使出行河？

即事

曉晴中雪晚還晴，傾刻分䪨變態呈。豈有天公爲戲劇，亦知人世易枯榮。毿纓槃水寛三尺，白簡韭霜凜百城。輸與野夫無箇事，擁鑪納手又詩成。

説法

諸天執手皆成欲，持地惟心最不平。此日千金存馬骨，當年一顧傾人城。賣珠侍婢非前度，琢玉釵工似隔生。我作檀施爲説法，座中無性道先成。

卷三 乙酉

迴向集

去秋發心，手書《首楞嚴經》，日五百餘字，今年上元日告畢。續又書第二部，渴仰歸心，自懺宿業。即間有文字，亦以迴向三乘，勿訶綺妄也。三月晦日無錫道中。

和桐村老女歎并序

李桐村方煦，白樓方湛之弟也。白樓負時名，跌宕自喜，卒無遇以沒。桐村浮湛里巷，兄沒後，始有志於學，而年已長。舊依曼生。曼生亡，無所適。游都門，館吳蘭雪家。益學爲詩，時以見寄，往往有佳語。今年得所寄《老女歎》，讀之而悲。白樓既無子，桐村未娶。爰和其詞，以慰其鬱塞，亦使姓名見于余集云。

東家季女良家子，不嫁蹉跎今老矣。祇知羅綺驕青春，肯信年華隨似水？當年阿姊鬥輕盈，同伴爭夸畫不成。倘非召入三千隊，定合傾他七十城〔二〕。年來年去成衰醜，終作邯鄲厮養婦。心知小妹亦可憐，悔不尋常執箕帚。秖今流落向天涯，墮髻慵梳妝未塗。貞心苦調爲琴弄，不肯當場撥琵琶。琵琶哀怨已難訴〔二〕，寂莫枯桐誰復顧？如何持寄絶弦人？踏地唤天無是處。履霜操與雉朝飛，識曲因君爲絫欷。君不見無鹽宿瘤王所妃，得意那論妍與媸？

【校記】

〔一〕『合』，底本原作『向』，旁以墨筆改爲『合』，許增本亦作『合』。

〔二〕『訴』，底本作『訢』，據許增本改。

得春水書卻寄

悵望鄉關夢屢驚，多煩尺素慰離情。未填溝壑憂天下，難免沉浮念衆生。往日高談原故紙，秖今博議有同聲謂以黄、濟運。可憐不直元龍笑，問舍求田尚未成。

寫首楞嚴經畢漫題二絶

老無倚著唯歸佛，客有居停略勝僧。還爲人天脩供養，一牀筠管一龕鐙〔一〕。

敢説脩持結浄因，諸天衰相見當身。不應尚有持鬘女，來看辛勤禮塔人。

【校記】

〔一〕『管』，底本作『館』，據許增本改。

檢去歲春分日詩有感客懷用韻一首

客裏逢春不當春，偶聽人説又春分。寒梅頻入江南夢，良友還停日暮雲。寥落情懷思止酒，依違朋好詫能文。綠章乞取南歸便，河伯風姨爲報聞。

水仙作花過春分矣對酒漫成

寂歷寒花尚及春，淩波初見襪羅塵。風埃易老傾城色，遲莫何傷絶代人。詩老曾爲國香怨，王孫妙寫雒靈真。天涯爲爾增多感，酒側金杯又一巡。

鄭瘦山陳麇叔泉見過追悼鐵門有作示兩君

衰年重惜故人亡，多謝諸君未我忘。一輩人材輕並世，千秋學業感同鄉。比鄰漫自比張竦，推轂先曾説鄭莊。欲約歸時共澆酒，春風宿草已茫茫。

即事三首

寒食都來數日閒，匆匆一似不相關。春風只漲桃華水，肯爲人朱鏡裏顔？

清明斷雪舊曾聞，隔宿誰知集霰紛。董相二劉多傅會，不須辛苦驗天文。

六十明年會可期，祇今作客苦栖遲。夢中尚見狂兒事，放鷂拋塼上冢時。

題曼生畫鞠

陳侯筆底有天真，偶寫秋花妙入神。華岳奚岡皆化去，典刑猶見老成人。

論交只合許羊求，贈我楹題翰墨留。三徑不歸松菊盡，白頭殘客尚諸侯。君嘗書『太白豈惟凌鮑謝，元卿只合友羊求』二語爲贈。

題蘭因集雲伯修西湖菊香、小青、雲友三女之墓，立祠。諸人題詠之作

中山孺子邯鄲婦，漂轉風花豈宿因？別有心情聊寄託，美人身世似才人。

「老我真參枯木禪，想多情少或生天。不成已住持鬘界，還更將華散墓田。

瘦山鱸鄉秋色圖三首

黄埃踸踔水瀠渟，説著鄉園眼便靑。想見春江如笏滑，桃花開到鴨漪亭。

欸唱槨歌昔共聞，鮑家詩半掩秋墳。推排漸作漁翁長，書裏紅衣恐是君。

廿載移家客太孤，匆匆也悔別分湖。因思飛雪吳孃手，終勝蓬池斫鱠圖。

清明後十日大雪

侵曉衾幬警薄寒，推窗風雪已湯湯。也虧身是江南客，當作梨華柳絮看。

鏤冰翦水只須臾，薄相天人亦自娛。應道畫師無好手〔一〕，故教裝點運糧圖。

【校記】

〔一〕『道』，底本作『到』，據許增本改。

曉起寫經

曉寐迷陰晴，微聞屐聲響。搴幬事盥櫛，次弟拓窗綱。檐瓦濕猶蒸，庖煙滃已上。身居闤闠中，安多生誤得避塵坱？寫經日有程，息慮絶諸妄。香從鼻觀來，墨與識神往。須臾寂若空，天宇亦森爽。犇逸，動靜違所養。有悟即性真，自欣非云謞。

上巳同人集觀復齋分韻得樹字

久客惜流光，忽忽春聿莫。招邀選佳晨，朋交合新故。輕寒尚中人，曉雨暗如霧。闌嗛新燕來，卷幔流鶯度。聊因尊酒共，亦未見歡趣。談諧文字雜，肴核員方具。坐深觴緩行，論高義各樹。三子期不來張孟平、孫子和、嚴子通，一客趣先去鄭瘦山。緣知難求全，即事見乖遻。吾鄉此時好，春波暖鷗鷺。畫船載吳娃，照影詫妖嫭。奚妨側帽遊，未阻踏青步。冥冥旁舍花，灌灌前谿渡。罷酒思渺然，夜闌歸夢屢。

得丹叔書

曉寒疑有雨，春夢不離鄉。昨暮家書到，新篁已出墻。來禽見移植，著蕊欲函光。檢點歸何日，沉吟夜未央。

十七日同人集歐齋送春以落花游絲白日靜鳴鳩乳燕青春深分韻得鳴字〔一〕

歲歲年年有此行，不妨衰病轉多情。一生坐惜芳華晚，百草先愁鷤鴂鳴。滿地綠陰迷遠道，滂天花雨趣征程。自憐留滯還江北，屢卜歸期尚未成。

【校記】

〔一〕『集』，底本作『同』，據許增本改。

紫牡丹同和遺山韻三首

施朱施粉鬥輕勻，出色妝成時世新。一品服從香國借，七金山見佛光親。低回愁度梁間燕，護惜休沾陌上塵。傳語司花須省記，玉樓雖好不名春。

笑誰雜事記西京，苜蓿蒲桃飾太平。想自唐宮初識面，更緣歐譜重知名。酌來金碊光相射，畫出燕支格自清。祇恐穠華易銷歇，如煙入抱可憐生。

招得香魂向紫臺，酡顏淺試夜光杯。窮荒關塞從新入，長褢昭容認舊裁。恩斷玉釵愁雨絕，夢驚仙曲奏雲回。輕陰澹月春如霧，秉燭還教起夜來。

小農河帥以綠牡丹見餉適將南歸詩以留別

蔚藍天上仙人子，萼綠華姨智瓊姊。翩然一笑來瑤田，豔紫妖紅欲羞死。春光與客並歸程，青眼故人殊有情。惆悵明朝別花去，碧雲暮合大江橫。

次韻酬瘦山見送

叩門愧我拙言詞，僂指煩君數合離。臨別共憐爲客久，即歸已覺較春遲。追懷朋舊心還在，老戀家園理亦宜。好約西湖蒓菜長，相從痛飲罄千卮。

即事有感

朋好雍容共此杯，轉喉捩手忽喧豗。平生非意差能遣，鄉里小兒狂見猜。王式何妨陽遏去，白公曾與雅春來〔一〕。只憐八俊知名士，生子依然有下材。

【校記】

〔一〕『舂』，底本作『春』，據許增本改。

歸舟有作以元遺山詩明年吾六十家事斷關白爲韻示丹叔桐兒枏姪荼女十首

爲客歲一歸，歸常及清明。淒然雨露濡，顧瞻吾先塋。今年行邁遲，豈不私自營？謂須度夏出，未可先春征。麥飯未及薦，飽食面有赬。而況新抷土，恝然非人情。

故友彫喪盡，塊獨私自憐。力命無可説，但竊疑其年。結髮事交游，意氣殊無前。耆宿折行輩，才儁爭連翩。歲月一俛仰，舟壑隨變遷。當時所弟畜，或先我重泉。豈無華屋處，又若雲泥縣。平生屈彊骨，尺書不欲先。頹然此禿翁，獨臥荒江邊。

自我客袁浦，今已十載逾。衡流而方羊，勞哉竀尾魚。主人雅相知，情好終不渝。內顧了無取，有如竇康瓠。雍容傾四座，又不車騎都。一日復一日，今吾非故吾。學問宜荒落，齒髮仍凋疏。特以老見重，自愧當何如。

獨漉重獨漉，水深復泥濁。泥濁猶尚可，水淺輓夫哭。連雞五千艘，渡黄未十六。時糧艘過黄，才一千五百餘隻。巍巍四上公，朝晡廢食宿。作壩名禦黄，如與寇盜角。引之入門庭，欲爲我奴僕。不待智者知，一鑄成大錯。藿食何所言，但學歸去樂。

此生墮蠹魚，生死事編輯。虛名誤天公，六丁下收拾。三年矢口吟，數載取腋集。一朝爲空之，幾作三日泣。幸有以前詩，家藏尚什襲。前年已付梓，其奈貲不給。活計身後名，二者孰緩急？邇來智慧減，得一忘輒十。庶免家人憂，老知非耄及。

阿兄常出門，令弟常居家。旁人妄相羡，暇豫之吾吾叶。人生性分異，易地則叉牙。去家非我願，居家豈汝誇。我雖動諧俗，往往遭玼瑕。汝況太慵散，叔夜真肆姐。所願自今後，我亦柅其車。麤糲差足給，白酒不待賒。年年二三月，同對來禽花。去夏新植林檎於靈芬館，丹叔書來及之。

阿桐少失學，幾至不識字。長乃從我出，但謀噉飯地。四海陳孟公曼生，一見輒相器。時多長者游，擩染開神智。憐渠亦自奮，未甘隨俗棄。詩文已難能，鋭志學繢事。筆虚筆實間，前輩深歎異。七薌、小迂諸君皆見賞之。男兒墮地來，一任自位寘。賢豪有賤貧，磨減無富貴。文章不足傳，是亦一小伎。百能輸一精，名氏留畫繼。

枏也幼美秀，玉雪可愛翫。邇來森立竹，問年已逾冠。天資本中下，爲學多間斷。小試屢不收，翁媪常竊歎。科名亦何物，況此安足算？但當絶他好，卓犖弄柔翰。插架万軸書，整理勿散亂。香廚所藏弆，勿使蟲鼠竄。勉旃稱家兒，吾言思過半。

平生唯一女，頗知慕曹班。選壻得佳士，才名動江關。於我願已畢，闓闠常閑閑。去年失其母，想見慘在顔。夫壻又出門，依人未即遠。獨居隔城闉，心怯體況孱。念此耿不釋，回腸如循環。多年脱輹輿，不學清淚潸。端因鳳雛弱，非爲魚目鰥。

作客疑無家，歸家翻如客。忽忽五十九，黑鬢少於白。就令佚以老，且假年滿百。還足把翫否，寒暑數十易。過者已若斯，未來安能逆？尚餘幾蠹籥，更著幾兩屐。愛憎且由人，詛祝定何益？作詩極覼縷，有若豫擘畫。一笑到吳門，山光照眼碧。

得叔美書

四海相望幾故人，六年不見各風塵。忽然書札開懷讀，已覺荆關下筆親。許以畫爲鄙人壽。蒲柳衰時原散木，柏松茂悦總勞薪。何時與子同攜手，陶谷桃開作好春？

脩伯以後山贈二蘇公韻作詩見寄深愧其意次韻爲報并呈尊甫琴塢太守

爲學有源如導江，自岷峨下來豫章。開山鑿峽器用良〔一〕，雷硠奔豁莫敢當。其波瀾淪折員方，吐納百川輪荆揚。汎濫滙汋詎能望，旁綰筩筈通車箱。老我失步愁迷陽，喜見年少才非常。旌旗整整陳堂堂，歌謡忼慨兼短長。時或哭泣同阮唐，乃公治聲動帝王。耕桑勸課忘凶荒，四境以内無流亡。即家真拜非意量，欲起滕撫綏夷羌。東漢時以荊揚盜賊，拜滕撫爲九江都尉。君在籍，詔除袁州守，又移守九江。天階有路川無梁，病中蒿目空望羊。陰德不祐果何祥，呻吟臥榻爲文章。往往淳意含羲皇，當年高會夸衣裳。牛耳猥辱推前行，升沉卅載分行藏。老去思共秉燭光，六鑿安足天和傷？願護心地如新秧，願子益利治水航。佳文娱親起膏肓〔二〕，以德勝妖弱伏彊。本山茶好嫩煮湯，細聽車聲走羊腸，我來論詩合得嘗。四座聞此莫謂狂，苦言自是千金方。

【校記】

〔一〕『山』，底本原作『良』，旁以墨筆改爲『山』，許增本亦作『山』。

〔二〕『盲』，底本作『盲』，據許增本改。

和丹叔韻寄小麋

老大心驚歲月流，園林才夏麥先秋。一尊爲子開青眼，四海知余成白頭。歸田新有長筵樂柳東，倚柱翻多漆室憂榕園。珍重故人相見數，年年詩板壁間留。

次韻錢竹西司馬清履見贈

敢勒移文誚抗塵，似聞能與物爲春。但令作吏心如水，何必還鄉腰綰銀？昔共京華推國士，老同保社愧勞人。鶴湖煙水分湖接，便約垂竿寂寞濱。

柳東一勺園圖

雜樹當門草沒階，小園剛向水邊開。應知不羨蓬池膾，自有江魚入饌來。

其官未過六百石，此屋仍須千萬間。我欲開圖先一笑，又誰乞與好谿山？

曉起聞蟬

已覺疏鐘斷，偏於曉枕親。高天有墜露，古道少行人。入世秋心迫，微吟蛩語鄰。悠然觀物化，輕蛻不無神。

曉同家人泛舟至面城園觀荷同丹叔作并柬竹西

八尺蜻蜓泛似凫，曉涼風色颭菰蒲。輕山小扇從兒女〔一〕，散髻斜簪稱老夫。一舸鬧紅省昔夢，百城煙水入新圖。便思提挈閑鷗鷺，筦篛方花任意鋪。

【校記】

〔一〕『山』，許增本作『衫』。

次韻春木吳門見寄

平生湖海慕陳登，老去行藏付瘦藤。意氣自隨年共減，文章豈與命相憎？聞君紬史尋藏室，笑我繙經就佛鐙。同畏炎歊不相見〔一〕，幾時赤脚踏層冰？

【校記】

〔一〕『歊』，底本作『敲』，據許增本改。

立秋日竹西招集面城園同作

新凉愜嘉招，况此秋氣動。凌晨寫經罷，餘事撥煩冗。扁舟沿城脚，草樹鬱萋菶。微風水面來，清灑絶塵埲。小園僅百弓，軒窗喜空洞。面城隱雉堞，照水焕梁棟。游鯈時跳波，野鳥無墮氄。紅衣風解佩，翠蓋露走汞。疏簾高半卷，曲闌低可擁。主人略禮數，相見忘揖拱。親朋新故兼，子弟杖几捧。清談間莊諧，高論或驚竦。開筵羅方圓，肴核亦多種。南烹厭魚羹，北酒謝馬挏。雍容飲文字，號叫鄙傷䑛。廿年作寓公，知好半丘壠。逢君得古歡，老我發新勇。所樂在江湖，一笑歌囉嗊。

次韻賓華見寄

端居暫此息勞生，久謝衣冠不入城。敢説全家多道氣春木詩有『景純道氣』之語，有時獨倡亦商聲。尺書聊慰眼前意，杯酒何論身後名。未便相思還命駕，劇憐相望迥含情。

次韻酬古杉二首

問訊孫賓石，今年八秩登。詩篇未衰颯，貧病且因仍。老怯浮征櫂，凉應傍夜鐙。雁湖祇卅里，煙水渺層層。

樂天詩尚少，酒坐喚殷兄。多愧登樓客，恐寒息壤盟。塵埃促頭白，遲莫暗心驚。未有不平意，因君聊一鳴。

小眉以銷夏倡和詩見寄依韻奉和八首

住家一百日，高枕真吾廬。筆牀長果羸，書棚走蟫魚〔一〕。有如行腳僧，自恣方安居。曉來更有喜，遠得問訊書。

神仙固難能，隱淪亦其次。苦無松水資，雅有雲海思。功名久爾棄，妻子豈吾累？只少閣三層，高居聽松吹。

坐談嗤臺省，徒勞憫州郡。若爲位置卿，曷不試自問？低隨斥鷃飛，小學蜘蛛隱。聊用得吾生，敢曰於道近？

歸心薄伽梵，庶免數取趣。已欲忘語言，况乃競詞賦。新篇如相撩，信美非所慕。蕭然衣裓間，一任曼陀雨。

畟𠯑葉公喜近遊，數數時御風。馮君薄爲郎，笑謝門籍通。許子矯立鶴，馬侯翩驚鴻。多煩酬倡際，記憶一禿翁。

端居六用藏，不但學龜息。隱几本無心，對客惟以臆。自㕭一尺書〔二〕，曩枉費日力。慙愧斷溝中，傳以青黄色。小眉刻余四集甫竣。

酷暑日就闌，窗几更深静。故人時通書，予季亦起病。方耽幽居樂，已動遠游興。太息此勞生，行止豈我定。

連朝厭多雨，秋至翻鬱蒸。偶逢田父言，良苗被溝塍。圃足蔬與瓜，槃堆芡兼菱。聞之亦欣然，比歲得未曾。

【校記】

〔一〕『棚』，底本原作『栅』，旁以墨筆改爲『棚』，許增本亦作『棚』。

〔二〕『㕭』，底本作『关』，誤。

題許榕皋玉年風雨連牀圖

高陽才子爲時出，門地人材俱第一。煌煌天上使星明，嶺嶠黔中兩持節。仲子一障嘗乘邊，爲壽雲帆轉紅鮮。弟五之名滿人口，孝廉舡亦來海壖。韋蘇州耶蘇端明，邈然思古生幽情。可知焚香坐官閣，差勝漂泊同彭城。膝下佳兒森立玉，瀾翻誦書如布穀。翦燭好聽風雨聲，連牀何必東西屋。老我年年賦遠遊，每逢賓雁一回頭。少游敢忘平生語？弟勸兄酬萬事休。

接桐村書時下世已三月矣感而悼之

頻年訪舊動驚呼〔一〕，得接君書已告徂。刻意學詩悲老大，回頭浪跡悔江湖。此生分作朝飛雉，即死何須正首狐。浮世紛紛祇如是，詩成雪涕擁圓蒲。君客死京邸。

【校記】

〔一〕『舊』，底本原作『書』，旁以墨筆改爲『舊』，許增本亦作『舊』。

贈孫子和義鈞

太息孫賓石，蹉跎損壯年。長貧爲客早，下第畏人傳。磊落蟲魚注，紛綸金石編。徒深老夫託，之子繼前賢。

伯生五十小像

別君垂十年，萬事何不有。應官罷官歸，出塞入塞走。偶然此相逢，一笑得開口。意氣少低回，顏貌漸衰醜。披圖指示語〔一〕，此亦八年久。圖中題詩人，宿草葬某某惕甫、芙初、甘亭。惻愴山澤遊，感念雲霞友。四海兩禿翁，容易共杯酒。得喪安足言，金石期相守。燕園好花竹，正待挂冠後。觀河歎波匿，闞井陋彭叟。在紙有可傳，豈不如汝壽？

【校記】

〔一〕『語』，許增本作『吾』。

題伯生入關圖

居然生入玉門關，握手相看涕尚潸。雪霽千山高馬骨，月明少婦唱刀環。疏狂深荷君恩重，道路微添客鬢斑。絕勝吾鄉吳季子，秋笳聲裏老朱顏。

題東山倡和圖

斜簪擁髻各丰神，太息遭逢時世屯。一等風流江左相，謝安王儉又何人？

長至夜酌兼呈審庵丈二首

日至獨爲客，天涯獨命觴。雪消憐月迴，人老畏宵長。屈指平生友，回頭年少場。故應除結習，一意禮空王。

阨塞壯非少，慷慨老復丁。自知雙鬢白，終戀一鐙青。智慧來難再，華年去不停。東家有老女，相與惜娉婷。

題王溯川文泳水雲色相卷子

吾衰著禪悦，世事如煙雲。觀河面雖皺，酌溪香已聞。願言尋舊侶，誰爲劉遺民？六時聽蓮漏，一榻分苔裀。王公墻東隱，入世亦率真。作圖聊寄意，雲水相絪緼。驚濤與駭浪，久已疲梁津。白衣變蒼狗，高枕看紛紜。相期共一壑，來往雲中君。勿更留習氣，小婢呵河神。

往與鐵門湘湄定交余時多出遊感東坡岐亭詩人生幾兩屐莫厭頻來集之語歸里之日輒移書奉邀兩君必來每以此詩韻倡和今四十年矣因讀蘇詩及此漼然淚下復作一首既悲兩君亦以自廣

頻歲哭故人，眼枯已無汁。時覺胸杵撞，竟不衣袂濕。餘年知幾何，敢謂六十得？及此逼將除，太息景已急。粥鼓依木魚，鑪香謝金鴨。讀書但遮眼，一慟發其冪。遲回放舟扁，珍重削牘赤。因思兩君存，頭各先我白。況先我生天，花鬘陋巾幘。縱復知前生，歡喜不暇泣。二子亦天男湘湄二子，完聚豈更闕？朱公性倔彊，梵衆或爲客。如欲傳伽陀，相招共結集。

十一月十六日招王子卿太守澤瘦山麇叔子通張子真子和聽香白亭七薌已山同集觀復齋爲消寒之會各賦曉寒詩以波箋二字爲韻祈雪詞不拘體曉寒詩二首

燮燮尖風透幕羅，搴帷人起手頻呵。黄華瓦上新霜滿，翠羽枝頭殘夢多。已覺輕冰生硯水，要遲朝旭盪簾波。也應傲得趍朝客，滑汰入天街驟玉珂。

老怯風霜又廢眠，摩挱倦眼一醒然。星星衣焙將殘火，澹澹窗櫺欲雪天。苦憶往時朝命酒，每和宿墨醉飛牋。故交彫落無人共，曝日東榮自聳肩。

祈雪詞四首

小雨愔愔壓薄埃，會須三白臘前催。天公玉戲非難事，只待青要試手來。

種麥三農望食新，蜚廉滕六莫逡巡。綠章徑上通明殿，定笑區區蟣蝨臣。

梅花衹向盆中看，移種何曾有二三？但得千林都綴玉，暫教風物似江南。

畏寒日日飲醇醪，旅食年年愧老饕。好祝明年炊餅大，自誇舌在齒牙牢。

乞蠟梅於審庵得數枝爲供用陶詩歲莫和張常侍韻

昨暮客餉酒，云是下箬泉。孤影自斟酌，獨醉無與言。擁衾夢江南，南枝花正緐。美人前致辭，謂我期屢愆。平生舊遊處，魂魄鄧尉山。得非郁泰玄，夜半呼我還？南北氣候別，宿根土不纏。惟有真臘種，尚得全天年。幸非蘭與艾，勿訝逐物遷。譬之漿得酒，有乞亦欣然。

題趙文度畫卷爲小迂作

開卷疑是管仲姬，叢篁斌媚煙雨姿。卷尾忽見蒼勁筆，長松怒作鱗之而。乃知此圖出趙左〔一〕，澹染濃鉤玉連鎖。輞川不見王右丞，洋川略記文與可。國初論畫推竹垞，謂與珂雪同名家。即看此卷已超絶，董華亭又何以加？汪君得之爲傾倒，乞我題詩愁未好。少雙荷葉祗添丁，笑君貧過賈耘老。圖中趙題有「付雙荷葉」之語，故戲之。

【校記】

〔一〕「趙」，底本原作「處」，旁以墨筆改爲「趙」，許增本亦作「趙」。

題王子卿太守澤罷釣圖

釣固不必得，得亦自不賣。古來高世人，率爾語可愛。東海任公子，一餌五十犗。偶然得若魚，真覺此舉快。桐江老狂奴，羊裘隱寒瀨。傲睨侯司徒，胸次亦已隘。達人有何常，出處不蔕芥。縱教挂世網，終竟脱天械。平生烹鮮手，聊試摩凋瘵〔一〕。當時投竿起，歸仍漁具載。于湖好煙波，趺宕想前輩。築堂俯清流，照影宫花戴。尚友得斯人，風味遠相配。忘筌綸緡捐，得意風月在。船尾樵青閒，娟靜有逸態。但煮龍團茶，何必鱸魚膾。

【校記】

〔一〕「瘵」，底本作「療」，據許增本改。

子卿太守以觀齋集見示爲閲一過用集中弢光詩韻題之并索畫

明窗香煙繞博山，天寒深坐於其間。得君二編詩過日〔一〕，滿耳清響聞潺潺。好詩抱山昔賢悵，君獨得官天所償。老來安隱賦歸田，此段又出蘇公上。君守彭城三年。人情大抵樂生處，廿年夢想江湖趣。卻憐坡老不歸山，翻笑臥龍起三顧。行部江山足偉觀，扁舟落手不作難。清詩字字見真實，亦知胸早浮華刊。近日詩人如束筍，一夕霜風等朝菌。看君風格老更高，肯逐春華與同盡？墨痕點點出金壺，如女正色方稱殊。江湖臺閣皆偶爾，似此一編安可無？一峰縝密雲林潔，各有天機合同列。即看餘事及前人，換骨應知得真訣。離亭草草上行杯，又送先生歸去來。急須爲掃一匹絹，獵獵風帆且莫開。

【校記】

〔一〕『二』，許增本作『一』。

送子卿歸于湖

歲晏各爲客，得歸胡不歸。江寒孤月迥〔一〕，天末一帆飛〔二〕。鄉國老可戀，雞豚臘已肥。憐余故國夢，兒女正鑪圍〔三〕。

【校記】

〔一〕「迴」，底本作「迴」，據許增本改。

〔二〕「帆」，底本原作「飄」，旁以墨筆改爲「帆」，許增本亦作「帆」。

〔三〕「鑪」，底本原作「艫」，旁以墨筆改爲「鑪」，許增本亦作「鑪」。

自懺一首

楞嚴會上歸心後，覩史天中執手因。我已頭華將墮髻〔一〕，君方衣袂欲生雲。青蓮妄見空邊色，白墮難遮根外塵。從此安禪證無漏，阿難何用昔多聞？

【校記】

〔一〕「墮」，底本原作「隨」，旁以墨筆改爲「墮」，許增本亦作「墮」。

題趙白亭振盈松下清齋圖

管城子無食肉相，菜肚老人惡謿謗。坡翁岐亭戒殺生，柴頭罨煙釜煮羹。昔賢出語亦偶爾，未必踐言能若此。生天成佛雖分途，總自毘尼嚴淨始〔一〕。天真爛漫趙王孫，婬盜早除一尚存。老來更懺吉羅罪，選日不敢羅羶葷〔二〕。西湖風物吾所愛，何肉周妻那能諱？未妨蒓菜當露葵，更遣船孃作魚膾。

【校記】

〔一〕『毘』，底本原作『畏』，旁以墨筆改爲『毘』，許增本亦作『毘』。

〔二〕『羶』，底本原作『氈』，旁以墨筆改爲『羶』，許增本亦作『羶』。

仇十州玉陽洞天圖卷爲巳山員外題

荊西山水名東南〔一〕，其尤著者玉女潭。玉陽洞天列名古，誰其圖者仇實甫。汪君前年得此卷，但愛煙雲工刻翦。後來一見子傳詩明陸師道，痛悔當旹入山淺。披圖示客二丈餘，界畫金碧分錙銖。層巒疊嶂間幽顯，仙樓佛閣雄規橅。一重一掩轉幽闃，某澗某巖標細字。仇池自與小有通，輞川須得高人記。我聞洞天福地名山川，必與游者前有緣。因君懊恨失咫尺，令吾俛仰思當年。當年仙令洮湖長曼生，約我來遊打兩槳〔二〕。善權窅篠龍池高，離墨寒雲滿胸盪。爾時若問洗頭盆，不信手無九節杖。十年舊侶隔存歿，一昔清歡墮蒼莽。重游有約莫逡巡，布襪青鞋穩稱身。不知坐客誰爲證，請質買田陽羨人。是日爲蘇公生辰設祀。

【校記】

〔一〕『西』，許增本作『溪』。

〔二〕『檗』，底本原作『橤』，許增本以墨筆改爲『檗』，是。

醉司命日伯生招作銷寒會而未有詩作此戲柬索同人和

天涯寥落苦吟身，酒伴招攜意倍親。豈是尋醫兼入務，竟同祭竈請比鄰。風回曲室尖無力，冰解方塘細作鱗。火急裁詩送寒氣，莫教觳觫先去頒春。後三日立春。

被酒不寐疊前韻

飲罷蒼茫賸此身，短檠鐙影獨相親。平生未識樗蒲齒時同人聚博，老去思同鵝鴨鄰。遙憶故園心欲碎，可能臘酒面生鱗？窗前新種林禽樹，遲與衰翁作好春。

題梁吉甫孝廉逢辰拾瑤草圖即送北上

正好趨庭日，還脂赴闕車。天心屬幽草，君發解詩用玉溪生詩，語最工。物外見瑤華。出手高枝得，侵衣新柳斜。歸來拜家慶，邀我醉流霞。

題莖林觀察小山叢桂圖

在山泉水出山雲，招隱何須大小分。傳語王孫有遠志，一時猿鶴與知聞。

早分符竹輟詞臣，肯使淹流作隱淪？無恙鵲華秋色好，先教露冕與班春。時新有東皋之命。

題嚴小穀燾西溪蘆隱圖

十年曾向西湖住，祇有西谿未及過。秋雪交蘆都好在，不知梅蕊近如何？

胸懷磊落歷亭翁，歸向西湖理釣筒。大好兒郎此身手，不應窮士説蘆中。

卷四 丙戌

老復丁庵集

余今歲六十，思以秉燭之光，勉自策厲，取急就章語以名庵，改伯蘊爲作行看子。同人各有題贈，集亦名焉。

送莒林廉使赴山左用已山韻

一丈爭看使者車，風和青壤雪消初。防河真作千金堨，讀律先須萬卷書。登岱懸知天下小，謁林敬想仲尼居。平生乘興東游意，丹漆相從愧不如。

爲伯生題金粟道人畫象即用其自題韻

珠簾秀出蹙金鞋，好事才名未肯埋。終勝楊家老客婦，白頭走馬向天街。

伯生以王氏新家鏡爲壽作此謝之銘曰：『王氏昭竟四夷服，多賀新家人民息，官位尊顯天下復，風雨常節五穀孰，長保二親子孫力，傳告後世樂毋極。』并十二辰共五十四字。

卯金刀毁銅炭禁，五石新成威斗柄。可憐四海各騷然，猶鑄善于服奴印。一規圓鏡森光芒，得非王氏邑與匡？黄牛白腹應謡讖，云天下復豈此祥？蔣侯持贈爲我壽，那更磨瑩照衰醜？官位尊顯非所希，庶幾尚與王喬友。

水仙欲花暖後仍寒作詩慰之

美人傾國姿，豈問嫁早晚？人情有同然，感時惜婉娩。朝暘暖溫暾，暮雪困偃蹇。寥寥此冬心〔一〕，不自任舒卷。旅客無與歡，栽種供瓶盌。窅然海上琴，待彈廣陵散。窗寒風始聞，夜永鐙逾遠。沉吟涪翁詩，國香天不管。

【校記】

〔一〕『寥寥』，許增本作『寂寥』。

上元即事

朧朧牕紙未全明，欲起微嫌滯宿酲。一夜雪融檐滴注，閉門高枕聽春聲。

隔歲寒梅猶作蕊，一年佳節最思卿。雖無詩裏銀花合，喜有厨中玉糝羹。

題鄭少谷書

山人雄毅才，詩獨少陵學。漫云無病呻，此論端可駮。諫草生霜稜，豎立大犖犖。作字亦超凡見集詩，游天見雲鶴。人材一時難，議論千秋確。寄語蘭石君，未易吳人薄。閩人家蘭石翰林題云『吳中文祝皆小乘』，故及。

次韻李少白續香見贈并呈子履學博

從來奇士必自立，如水有瀆雷無雲。市人皆笑韓信怯，長者肯信陳平貧？森森萬木僵屓贔，獨此一樹能回春。尋常百卉任爾汝，至今惟竹稱爲君。本草莽臣固宜野，龔夫子號何辭村？前時此間達官有以草野名士見目，戲及。頻年世味嘗略徧，吾舌所得惟苦辛。書來似欲分土炭，老去尚未荒鉏耘。詞語鄭重感子厚，情性坦率嫌我真。先民矩矱彊自守，奇伎淫巧爭鮮新。孝章大名在九牧，昨來留止同罍尊。與論人材數一二，十指欲屈還逡巡。心期正如嗜好異，交通要以文章神。辟如靜女處閨闥，豈意見者分憐瞋？聞知問學有風氣，爲扶搖上爲焚輪。人生百年一物耳，不朽速化皆此身。同舟雖好亦客氣，況自慙又非其倫。

慈仲新作有見及者各和一首

次韻過靈芬館

來去真同海上槎，出門那復問朝霞。笑如估客常愁水，若比浮圖尚在家。桑下未能忘一宿，大堤已久謝群花。因君忽起鄉園念，誰點春鐙掩絳紗？

次韻送之袁浦時方計偕北上

君從吾家來，過此暫小住。云與計吏偕，行即別我去。文筆人間孰燕許，紛紛陽五作伴侶。看君橐筆上長安，七度衝寒走風雨。力田何必不逢年，如我與君皆可憐。一年在家得幾日，長遺閨閣占金錢。揆余初度當正月，太息居諸念膚髮。摛詞爲壽非所承，差喜斯文未衰歇。此生已覺真如寄，但未能了一大事。即時杯酒身後名，昔人妙論總成戲。天涯相值不繫舟，高歌聊欲君少留。定笑雞蟲爭得失，勿向蟪蛄談春秋。

次韻正月廿日拜白傅像次首見寄爲壽

不論成佛與生天，慧業何能比昔賢？零落知交誰老伴，折除福命或長年？酒懷漸減慙三雅，風疾新蠲證四禪。也擬舉觴爲君祝，櫻桃花後芰荷前。

次韻子履寄歐齋諸君之作

怪君亟欲上歸艭，瑟縮寒篷不拓牕。那似吾鄉波路好，畫舡聽雨過吳江。

幾日沉陰及榻苔，客中懷抱若爲開。忽覺眉間有黄色，滿天風雪一書來。

畫手詩心要底工，衹憐辛苦一生中。祝延好語與君共，天半餘霞爾許紅。

夜來雪止斷風聲〔一〕，獨酌沉沉已二更。爲和新詩重暖酒，不愁僮僕笑無名。

【校記】

〔一〕「雪」，底本原作「風」，旁以墨筆改爲「雪」，許增本亦作「雪」。

水僊花放酒後有作

金明玉潤群花開，意欲勸我傾千杯。海山僊人善窈窕，黄雲承襪無孅埃。冰夷八石乘魚龍，成連刺船久不逢。弦絲窅渺水汩沒，耳邊浩浩聞天風。鈞天之晏猶未終，哀我不返蓬萊宫。故令丱妙來趣駕，豈知此子成禿翁。寄語群僊莫相咲〔一〕，猶能妙語回春容。

【校記】

〔一〕『咲』，底本作『关』，誤。

寄丹叔

急就章云語亦奇，名庵聊用厲衰遲。生辰偶與白公合，年壽原非蔡澤知。爲學從來無正法，依人尚未是窮時。寄君一事應歡笑，高閣岧嶢已有貲。近取急就章語名庵，先嵩欲起一閣名曰『翦淞』，見於詩者十餘年矣。廉山諸君僞醵金成之以爲壽，故感而有作。

和丹叔見壽韻

丈室拈華當酒籌生朝設淨饌於普賢社，漫驚歲月去如流。縱無衰憊老人氣，那復追陪少俊游。波匿觀河從皺面〔一〕，達多對鏡莫瞋頭。天涯好作連牀看，千里詩篇八日酬。詩寄於二月六日，十四日到浦。

【校記】

〔一〕『皺』，底本原作『雛』，旁以墨筆改爲『皺』，許增本亦作『皺』。

題隨園先生八十遺照

先挽徵詩徧海涯，一篇擊節向人誇余首以生挽詩見賞。和風美氣真人聚，峻嶺崇山處士家。身後群兒爭撼樹，當年老筆自生花。畫圖如見嶤然在，太息蒼蒼鬢亦華。

爲陳麋叔題鐵生山水

杭人學畫宗奚九，配以書家曰梁叟。我時竊獨不謂然，奚畫實出梁書右。書忌軟熟畫喜生，兩人皆不妄有名。邇來後生益鹵莽，令我太息思典刑。梁書今已無人學，沈約湯休同寂莫。沈益、湯藩皆山舟代筆者。奚生一幅動色觀，署款圖章互商度。陳君得此持向我，屬我題詩爲證左。雖不善書能曉書，漫託坡公不學可。詩成感舊爲嘅然，山林鐘鼎俱足傳。看君作畫追北苑，不須題字摹南田。近時畫家皆學甌香館書〔一〕。

【校記】

〔一〕『時』，底本作『詩』，據許增本改。

琴塢以所畫無量壽佛見寄作詩爲謝

老去看同居士龎，行年六十鬢毛蒼。江湖流浪真窮子，文字因緣向法王。但使心游華藏海，何須足見普光堂。拜君妙繪爲君祝，佛火香鐙各未央。

疾風

疾風無雨只狂顛，寒食時光失暖妍。坐振驚沙漫碧落，誰摛麗藻頌金天？鐵廚書冊頻教拂〔一〕，盆盎花枝黯不鮮。苦憶江鄉茆舍好，紫荷黄菜簇新田。

【校記】

〔一〕『拂』，底本作『佛』，據許增本改。

三月八日偕同人飲於浮淥酒店

三月初看楊柳青，招邀近局此微行。攜壺挈榼已心許，淺水疏籬聊眼明。客與春光似無分，老憑酒力尚多情。歸來禪榻還孤咲〔一〕，賣卻從前薄倖名。

【校記】

〔二〕『咲』，底本作『关』，誤。

紅旆

紅旆青油幕府移，織藤蹙繡小車隨。蘭陵王曲南州擅，謝阿蠻名北里知。絲竹何嘗傷盛德，雨雲畢竟有疑詞。衹應節鎮牛僧孺，翻羨江湖杜牧之。

作盛小雲詩序竟復作一詩寄子履

後來英絶意相親，重爲遺編歎息頻。如子合題梁妙士，乃翁要是漢名人。誰爲一去將同草，便有千秋已後身。相見但須判痛飲，不容老淚更霑巾。

折紅白桃花作供偶成二首

端居幾不識春風，瞥見花枝折取供。施粉施朱莫相妬，一軍持是細腰宮。

茶煙影裏鬢鬖髿，駒隙年光老更嗟。休怨園花不相見，平泉草木是誰家？是日聞古雲凶問。

哭古雲

頻歲哭友朋，老淚爲之盡。然猶有可解，謂與吾年近。於君十年長，後死豈待忍。陡聞凶問來，漼焉不容抆。論交兩星終，日月速轉軫。拜慶時上堂，告乏或指囷。投分洵非淺，一一在束筍。治生太落度，轉眼成窶窘。衆方代爲憂，君尚顧而听。人固可微言，病亦緣孤憤。世家通侯貴，蚤歲以疾引。平生任俠聞，下士極恭謹。雖常嗤豪舉，間亦擲虛牝。然列賢豪間，於義良已允。後事託鍾君，安敢謝不敏？作詩先一慟，請君目毋眕。

追憶

裀溷漂零事豈無，誰令流轉見金夫？何妨睿姐名倡列，不分才人厮養俱。曼淥有光留枕簟，孅腰無力上氍毹。玉溪漫道成追憶，可惜華年已就徂。

送小農河帥復任東河

去年此時君送我，萼綠華開才一朵。今年此日我送君，將離欲放離愁新。平昔相期在磊落，小別何須胸作惡。齊國從教即墨毁，漢廷未遽淮揚薄。零落棲遲百不堪，明朝吾亦挂歸帆。相思倘有新詩寄，好問荒江老學庵。

立夏後四日作

春在天涯已告歸，送春人尚在天涯。鳴鳩乳燕不相見，落絮飛花何所之？六十行年真冉冉，江湖買櫂故遲遲。酒闌正儗展衾卧，牕外月生嘑子規。

賓谷先生見題老復丁庵圖次韻奉呈

竺乾之説殊中州，當其絶詣號無學。如何吾黨乃效之，老來愛向空虚託。鯫生世事百不通，久以此身許溝壑。行年六十耄及之，敢説昌黎著書著？尚思秉燭希末光，竊比孟郊抱佛腳。先生自是吾所師，出處何心但憂樂。平生幾脱石父囚，到處屢寬堂阜縛。吁嗟今世士最窮，誰田爾田宅爾宅？名高万古復何爲，人在九原那可作？狂言早許玉麈揮〔一〕，衰病仍容金戟拓。異同且可泯墨儒，非是何須論今昨。江南花事到將離，痛飲休辭傾鑿落。他時握手三千年，笑指能言有丁鶴。

【校記】

〔一〕『麈』，底本作『塵』，據許增本改。

賓翁約看芍藥雨不果舟中卻寄

問訊虹橋水，春風綠若何？旅人感晼晚，地主喜經過。已發催詩檄，旋徵取酒駝。連江飛夢雨，成就老東坡。

渡江記所見

金山如美人，曉妝自顧影。群山如衆雛，爛漫呼不醒。清風翏然發，天水相與靜。雨氣有餘烝，白雲冒山頂。容容散霏煙，其下一何整。稍來天際帆，猶臥沙岸艇。回薄此時心，墮此徑寸烱〔一〕。江山本無盡，得意在所領。點筆聊寫之，重摹非斯景。

【校記】

〔一〕『墮』，底本原作『隨』，旁以墨筆改爲『墮』，許增本亦作『墮』。

即事

四月涼如水，江南春未歸。櫻桃半紅綻，豆筴未全肥〔一〕。遲莫平生意，芳菲節物違。惟應垂老感，所向輒依依。

【校記】

〔一〕「筴」，底本作「英」，許增本以墨筆改爲「筴」，是。

題夢琴紅梨行藥看子

石田犖确無禾生，遂令陳子采藥行。不知女子識韓康，何如市人知宋清？君家代傳活人書，丹砂空青正要渠。刀圭分我起衰疾，春酒一變紅梨湖。

陳迦陵放鶴圖照夢琴屬題

陳髯一世豪，身世極落魄。晚應鵠書招，聲華滿臺閣。平生湖海氣，万里入寥廓。肯爭雁鶩糧，況慕乘軒樂？畫師定解人，妙寫意所託。樹色霜風高，雲影秋空薄。流傳付宗人，歡喜爲嘔噱。怳如一室同，直可九原作。嗟君困樊籠，混跡且賣藥。倘逢胡盧生，爲言起病鶴。

題叔美秋聲館圖即用其韻

詩人例作秋蟲吟，畫手多愛圖寒林。渠言此中有佳處，孟郊王維未我去。素月流天光欲斜，繞枝尚有爭棲鴉。忽驚松風滿清聽，不知初熟深鑪茶。平昔交遊成逝水，正如葉落秋風裏。展君此卷一嘅然，千里錢郎來眼底。叔美在中州。

春木寄書并詞借遺山樂府作此代答

埽軌度長夏，門外絶來屨。非無同心人，彊半先朝露。升沉見睽離，奔走多乖遻。秦川貴公子，晚亦傍行路。隔歲達一書，語短那得訴。如聞病起餘，鬢髮漸衰素。身名究孰親，智慧恐非故。善保百年身，親年況喜懼。

百年旦莫耳，六十今平頭。雖凜衛武戒，恐作趙孟偷。名庵曰復丁，厲志追前脩。方思乞言贈，良規副所求。乃枉瑤華篇，清響戞琳球。又索遺山詞，審音緬中州。曩時頗好此，刻意窮琱鎪。尤彭皆不作二娱、甘亭，孤倡誰爲酬？因之發嘅息，持寄商聲謳。

題鄔濬庵溱三分水二分竹一分屋圖

水村圖寫趙王孫，錢魏風流今尚存。吾意更添垂柳樹，要人遥見此柴門。

移家久傍鶴湖邊，衡宇相望過往便。失咲多無田負郭〔二〕，煮茶燒筍自年年。

【校記】

〔一〕『咲』，底本作『关』，誤。

題錢星槎倦圃讀書圖

金陀坊枕鴛湖水，昔住鄂王老孫子。後來又得曹侍郎，帖石疏泉更清美。去歲吾曾訪友來，竹杖拖挐問遺址。壽藤古木拏龍蛇，穹嶺層巖蹲虎兕。刻彫滿壁丹漆新，可惜都無舊圖史。羡君占此好家居，時手一編隱棐几。人生此樂最難忘，過眼傳舍偶然耳。何時飽飯了殘書，把茆蓋頭吾足矣。

次韻丹叔中秋

欲破愁城計出奇，飛來明月比新知。一尊相屬有今夕，千里同看憶往時。别院香鐙老居士，空堂蟋蟀古風詩。淮南叢桂開猶未，偃蹇風霜亦苦遲。

鄔君以后山呈二蘇韻作詩見贈愧不克承用蘇黄贈答二詩韻奉酬

先民久不作，觰距矜擅場。蜉蝣衣楚楚，但爭燿燿光〔一〕。誰能湛鹿醢，竢發蘭芷香？士固有不遇，山林傲巖廊。中豈無所得，項槁而馘黄。之子告之嗜，如味必歷嘗。升堂見階級〔二〕，毋爲倚門旁。一得足自慰，兩失誠可傷。

平生寡實學，繆見蒙虚聲。首陽本瘠土，未聞可采苓。神仙能度世，一息閲千齡。逢妄一方士，就之乞長生。期君覓靈藥，勿顧秋瓜蒂。衰遲今已矣，但善爲君計。作詩非報章，苦言聊送似。

【校記】

〔一〕『燿燿』，許增本作『熠熠』。

〔二〕『階』，底本原作『培』，旁以墨筆改爲『階』，許增本作『堦』。

奚鐵生雪泉卷

元時有清閟，真若冰雪淨。惟其詩格高，畫手亦相稱。天真見荒率，孤抱託幽敻。偶作雪泉詩，寒籟滿清聽。吾友奚蒙泉，風骨老益勁。坎壈纏終身，但博虚名盛。詩篇或遜之，畫乃幾季孟。點筆爲此圖，兼以一詩媵。流傳歸鶩農，得之動色慶。大弓已失楚，玉環非取鄭。圖爲曹氏作，今藏景氏。摩挲感雲煙，先後富題詠。老我閲世久，萬事等隨甑。祇餘文字交，宿昔同性命。展卷盪心魂，恍如玉山映。題詩苦筆弱，著語不能硬。

夢回有作

擾擾膠膠疲欻頻，醒來始得嗒然身。暫游夢境都非我，若入冥途可似人？鼠穴豈無張蓋客，海山亦有古莽民。深慙學道全無力，依舊根塵役識神。

廉山司馬挽詩四首

滿眼無同輩，驚心失此人。山川還氣概，金石駐精神。宦薄從三黜，才長未一信。九關莫輕叩，虎豹各狺狺。

少號名家子，多從長者游。江山供跌宕，耆舊接風流。盾鼻飛書慣，矛頭淅米休。飫聞談往事，惝怳使人愁。

夙許文章伯，還推几案才。探丸除赤白，試手出風雷。鼠腐嗟猶嚇，鴻冥逝不回。惟將此奇氣，鬱鬱掩泉臺。

論交逾廿載，小別便千年。異代猶相慕，何時再此賢？招魂須麈尾，長物祇靑氈。倘見孤寒淚，淩雲亦泫然。

種水以邗上倡和詩見示即用其自贈韻卻寄

翩然空中書，如落大小翮。發函生喜歡，都忘兩皆客。浮蹤類萍梗，老抱託金石。如何爲一飽，我屬等寓辭。念同河上病，豈視秦人瘠？年年作歸計，鄰保屢諾責。門前手栽柳，今又高幾尺。與君各周甲，且莫返真宅。來者未可知，過去誰能積？梵志即還家，今人已非昔。徒令道旁兒，笑張兩眼赤。吾窮亦冥行，何敢謝埴擿？所期假歲年，猶得數晨夕。來往成風流，學道驗損益。欣然一相適，酒釀奴飯白。

贈別根重一首

北地風霜漸不堪，西華漂泊莫深談。身经仕宦家何在，夢斷鄉關酒未酣。抵几誰能如到溉，覆瓿平安用得桓譚？臨岐且欲荒言贈，海內猶存老學庵。

和張芥航河帥韻

舒舒淮水有餘悲，請竪前車計莫遲。當爲群黎司性命，肯令風伯繫安危？屬薪楗石興無乏，沉璧刑牲祭有祈。好待桃花春漲暖，笑看打鼓發船時。

嘲已山疥

汪子患瘍疥，遇秋輒一發。今年更蔓延，已迫季冬月。帷墻婦人居，圜土疲民罰。熟客或闖闈，餘者但通謁。杷搔無時已，湯沐具倉卒。平生薑芽手，撥鐙究豪髮。時時喜臨池，淨几紙滑笏。今胡但縣椎，倔彊若株橜？往時喜縱游，夜半呼渡筏。明鐙照紅妝，貼地走羅韈。今胡但端居，裹足戶不越？生愁笑蹣跚，無術補剠刖。我聞此有蟲，血肉乃其窟。木蝎穀之飛，潛狙恣齧齕。理難剷殺除，道在毛髓伐〔一〕。起坐旃黃庭，蜚章愬金闕。乞得藥一丸，爲君換凡骨。

【校記】

〔一〕『伐』，底本作『代』，據許增本改。

連日痔患頗劇用前韻

百病皆有源，遇隙伏始發。麴櫱蘊深根，其來緜歲月。痔疾在湫底，於法爲薄罰。甚至妨臥起，久或廢朝謁。如廁愁頻頻，長籌苦卒卒。當年初患此，百日成寡髮。微行欲扶杖，小坐若拄笏。朋來就牀榻，客送限根橛。一朝遇良醫，救苦得寶筏桐鄉潘玉庭。廿年患若失，如足忘履韈。豈知暗闖闔，生憂比于越。范叔不甃簀，孫子乃起刖。不嫌牛從羞，據作尸蟲窟。雖無性命憂，不奈相齮齕。安得五乘車，懸賞旌功伐？又恐百觚人，姗笑攻短闕。且須酒入脣，幸未痛次骨。

雪後見木冰甚奇麗作二首乞同人和

不信青要有底工，封條綴葉作玲瓏。瑤林豈是風塵物，寶綱真如帝釋宫。折去祇愁攘皓腕，看來兼恐奪明瞳。達官且莫縈懷抱，未必珠幢下碧空。

堆砌侵階淨埽除，森然玉立一株株。若非飛雪彌千里，那得奇花照九衢？隨氏明珠紉作佩，吴宫組練望如荼。坐中政有徐黄手，殺粉調鉛貌得無？

詠古四首

河渠溝洫議紛然，畚鍤如雲雨雪綿。宜得應龍開禹跡，似聞老鶴話堯年。安西都護師猶宿，屬國槁街首未縣。莫笑左思空卓犖，但憑陳蹟弔遺編。

九州皆古帝王州，後代論都重上游。未用膏腴咨鄭白，請看割據敵孫劉。非常原本黎民懼，積習深難道路謀。誰策屯田談水利，空言聊爾信悠悠。

遼海雲帆杜甫詩，可知歷歷有前規。徙薪作計人嫌早，轉漕收功事恨遲。但使群公知緩急，不將一路試安危。庚辰童律雖無有，也含支祈掣鎖隨。漢帝雄心隘八紘，百年時又際承平。開邊本自通西域，舉燧誰教達上京？軍騅迅馳回鶻馬，孤兒重遣羽林兵。冰天雪窖征行地，僕射今誰託父兄？

陳麋叔屬椒畦作南鄰感舊圖爲鐵門也寄書乞題

寥落天涯百感增，因君風義涕霑膺。若人不作朱公叔，沒世誰思任彥昇？座上久無談客麈，籬根猶想讀書鐙。凌雲未免張融笑，瑟縮寒胭似凍蠅〔一〕。

【校記】

〔一〕『胭』，許增本作『窗』。

卷五 丁亥

老復丁庵集

人日子履見過以思發在花前分韻得在字

獻歲月始和，涉七蓂屢改。餘寒雖肩聶，旭日炯光采。故人惠然來，前諾不我紿。甌飲卷白波，清談落珠琲。客中有此歡，視昔得如倍。平生重朋交，素心契蘭茝。靈辰數抬要，出戶聽欸乃。就中誰最敦，爰盎與朱亥湘湄、鐵門。逝川無迴流，沄沄肯相待？旅酬散賓筵，坐客惟某在。念往諒難追，失今後將悔。苦憶草堂前，梅華應蓓蕾。

和子履韻即送還山陽

樓居頗清嚴，檐角挂寒月。將無謫仙人，許住白玉闕。佳客此從容，薄主匪倉卒。薄主人，見《國志注》。云何遽告行，倚裝待時發。各懷憂時心，齊嬰語鄭肹。人材要成就，取辨豈嗟咄〔一〕。紛紛志與蜍，何啻冢中骨。往時見尋常，祇今已難得。廟堂登董秦，畎畝辱甯越。年歲苦駸駸，聲名恐沒沒。就令譏清狂，猶足傲干謁。何時偕歸老，山林從散髮。

【校記】

〔一〕『辨』，底本作『辦』，據許增本改。

入夜獨酌寄子履

客中孤寂久不覺，酒後牢落忽見思。人生安得長會合，老去更幾爲別離。昌黎文書自傳道，子厚講畫皆得師。窗風淒寒颭鐙燭，念子應覆手中卮。

陳石士用光學士寄詩乞題訪夢圖爲其姬人靜娟作也次韻三首

楚客微詞託暮朝，雲車一去便遙遙。幽蘭嚬眼同心結，腸斷西陵第幾橋？
殷勤致語莫相忘，老去荀郎神易傷。四兩胡香無處覓，且須繞屋樹青棠。
新詞側豔鬥聲清，說夢須知夢不成。今日要君同懺悔，人間何處有三生？

題張芥航河帥井願遊圖

西湖泛艇

西湖十載吾曾住，日放湧金門外船。回首忽驚人老大，六橋柳色自年年。

六橋楊柳兩湖波，雪月花時酒伴多。惆悵舊游零落盡，不知鷗鷺近如何。

寄聲鷗鷺與知聞，江海張公賢有文。要試平生疏鑿手，會看老葑卷連雲。先議開湖而不果。

廬川瀑布〔一〕

歐公廬山高，自詫過太白。清辭妙語騁鐫劖，我未見山不能説。東坡始欲不作詩，伎癢不禁吟二絶。開先三峽奇且雄，太白歐公無此筆。匡廬之勝瀑布爲最著，謫仙詩後無人和。海風江月固是佳，白練青山亦奇句。詆以惡詩欲洗之，帝遣一派銀河垂。未知上帝定復用詩否，果爾未見可瑕疵。吾生喜屈彊，不能委曲從前人。遊山亦貴有心得，浮慕五嶽非其真。廬山可游坐因循，兩游江右，欲往，輒不果。不見懸瀑垂天紳。問公何時遂此願，待與五老先約爲比鄰。東林寺，西林寺，昔日樂天曾住此。又聞李氏有山房，聚書万卷森琳琅。蘇公爲作記，詠歎一何長。歐公思潁忘瀧岡，太白讀書未歸匡。公如持節臨此邦，爲我釀酒山泉香。

黄山雲海

天下名山皆出雲，惟黄獨以雲海聞。彌綸宇宙亘虚霩，上下一氣相吐吞。山靈以此自娛戲，豈欲見怪驚世人。世人耳目喜刱獲，相與傳説群趍奔。昌黎衡岳擲杯珓，石廩祝融瞻雄尊。東坡嚴冬見海市，詫鞭魚龍走鼉鼉。古人嗜奇皆不免，知公意與前賢倫。願游未得寄圖畫，令我爣怳揺心魂。公方持節來河濱，疏導百川通崑崙〔一〕。奠安流亡蘇凋瘵，崇朝膚寸雨八垠。功成再拜獻當宁，載賡糾縵摩輪囷。謝公東山雖雅志，此事終待異日論。黄山是公几案物，眠雲跂石何足云。

【校記】

〔一〕『川』，許增本作『山』。

次韻答續香即題其斂塵圖〔一〕

士風日以靡，積習久莫改。交友尚浮華，渠略衣采采。道古多繆悠，論心半欺紿。當其縱炙輠，咳唾珠百琲。及乎事大謬，不若賈三倍。紛吾椒榝醜，誰肯申蕙茝？君子有憂之，深戒逸諺乃。嗟余困泥塗，問年但書亥。舊游盡凋落，末契厚期待。吾道幸未孤，斯文豈不在？獨行謝攀援，一默絕尤悔。相見定何時，杏林點紅蕾。

【校記】

〔一〕『塵』，許增本作『麈』。

子履見桐所作山水以詩美之次韻爲報

老境俄侵尋，毛髮日夜改。辟如流栗鳥，那望雛五采。君胡辱見譽，意厚知非紿。不信窮子衣，中有夜光琲。士元喜獎借，拔一冀得倍。蘭蕙盈畹栽，亦不棄蘅茝。從今益研精，庶不負嘉乃。名山徧寰區，闊步無章亥。圖成供臥遊，奚必婚嫁待？先生六法精，中有萬卷在。且爲後生模，勿以少作悔。請看杈枒梅，古香發寒蕾。

正月二十日爲余生辰前此兩用東坡韻作詩今年六十有一矣再用前韻

老去未能歸篳門，客中無俚似羌村。好行北俗再生禮，難記虛舟舊刻痕。身世泥塗書甲子，人情旦莫易寒溫。維摩丈室從孤寂，不用綦巾樂我魂。用韓詩。

疊前韻寄丹叔

略識毘耶不二門，便須罨飯住荒村。偶談世事仍悲吒，忽記平生有淚痕。貧笑故人多善幻，許草堂貲者皆不至，故用昌黎答崔立之詩語。老知春酒定奇溫。殘年斗粟惟君共，試作新詞招我魂。

讀史

安石裁宗室，其意非不善。厲聲言廟祧，衆口莫能辨。積重未易返，怨怒固不免。神宗信之篤，此段漢唐鮮。後人妄譏評，目論所見淺。

漢元棄朱厓，乃用君房議。世祖謝馬武，遂使玉關閉。夷狄本羈縻，王者自無外。豈況其土疆〔一〕，昔非中國地。一詔罷輪臺，英雄帝王事。

【校記】

〔一〕『疆』，底本作『彊』，誤。

次韻答葉溉翁樹枚見題老復丁庵之作

人生老無成，大半恃蚤慧。情見勢屈時，車軾與衣敝。自恨昔少年，勇鋭無所避。戾契取功名，謂不在門地。相者方舉肥，無奈人甚瘁。年來游諸侯，生理寄貰貸。緬懷昌黎言，我進不爲退。感君辱贈言，相規以古義。得毋諒平生，尚未君子棄。嗟君處鄉里，阨窮亦已至。被謗言無然，解嘲口不啻。馬君真可人小廱，一言立起廢。百物爭市廛，古貨謂之滯。群嫗弄妖妍，靜女見爲厲。淒涼百年身，寂寞千歲事。勉率答君詩，亦以攻吾愧。

淵古以古銅槃種水仙見餉作詩爲謝〔一〕

淖約姑射仙，自好如處女。緲縹雒川神，拾翠命疇侶。招之固不來，矧肯微詞許？平生慕芳絜，妄意或我與。感君攬佩贈，慰此長羈旅。新正入雨水，梅萼孕將吐。此間隔春風，草青未嘗覩。窖室有唐花，競利三倍賈。鬱屈終不鮮，夭閼亦良苦。所來五本花，怒發花奴鼓。有如待年女，時至自媚嫵。種之銅槃匜，班駮色蒼古。受殖璧當返，豈敢有多取。感物惻我心，傷哉仲遼父。謂哲暠廉山。

【校記】

〔一〕『淵古』，許增本作『淵北』。

謝筱漣送折枝紅梅花

吾鄉交雨水，梅蕊悉破凍。往時鄧尉遊，屆此約賓從。南北氣候殊，信風不能送。雖有獨醒人，蒙頭與同夢。一枝足解顏，居然得清供。去歲占祲祥，千林綴霜淞。老夫醉不知，一任群口閧。此花真故交，請之且入甕。不得大瓶，以酒甕貯之。

二月一日曉起雪作

萬斛玉塵何足賭，陋哉此叟漫夸詡。橘中之樂差可言，人事紛紛了無覩。小樓入春窗始開，凝望不見春光來。天公有意娛老眼，飛此五出空中梅。去冬一雪晴到今，役徒歌舞農呻吟。風寒地燥孽火作，榮麻拉雜如焚林。雜料廠火，亡失鉅萬。昨夜夜半燒民屋，百七十家同一哭。彼蒼仁愛意將回，故遣同雲先霡霂。直北土膏千里乾，西方鐵騎徹骨寒。可憐措大不曉事，對酒當作梅花看。

梅花將開疊前韻

曉起犯春寒，小飲挫糟凍。一杯誰與勸，回首粲侍從。多謝健步移，大勝驛使送。辟如久羈孤，婉娩來入夢。愧無罍洗盛，辱之盆盎供。酡然破朱顏，著眼迷蒙淞。相於冰雪交，遠謝蜂蜨鬨。逝言歸江村，汲井親抱甕。

題于忠肅書天問冊

藉難扶國祚，倉卒死朝衣。親見武關返，終同汨水歸。爲臣良不易，念鬼又何譏。『爲臣不易』，王文成題公廟額也。『思神念鬼』，王逸注。斂衽看遺墨，寒星作作輝。

思歸兼憶西湖用東坡和趙景貺懷吳越山水韻寄杭州故人

索居無與娛，游神極清静。已屏聲色荒，兼戒文字騁。云何積習深，去影尚留鏡。連宵夢西湖，載客放煙艇。醒來增悵惘，恨此樂未竟。此生分江湖，漂轉本無定。眷懷好溪山，何難一乘興。老思朋舊歡，賤覺鄉黨敬。作詩寄諸君，爲我埽三徑。正樂謝未能，尚能别雅鄭。

花朝即事

春色三分一已休，畏寒尚未脱茸裘。尖風直欲穿牕網，小雨纔能潤瓦溝。玉尺裁紅成往事，金絨繫馬想英游。華朝寥落渾堪笑，睡起茶濃乳潑甌。

紅梅水仙盛開戲作

静女薄怒頩自持，勤望亦有懷春時。東風入髓散四支，容光照坐自不知。久如相對敢狎之，卻扇一顧神魂馳。礬兄自是冰雪姿，苕苕遠隔湘江湄。風裳水佩雪作衣，金明玉潤含光輝。飛燕不瘠環不肥，朱粉不能掩玉肌。二八迭代奉燕私，花朝勸我飲一卮。平生好色眼昏眵，臨老乃識嫱與施。陰霾黯慘塵埃飛，如此粲者奈子兮，託物起興其無譏。

得種水書欲來此疊前韻

伏櫪無奇姿，卑棲非逸翮。不聞磊落人，肯作唯諾客。嗟余與夫子，力田皆獲石。開口仰食人，牛齝鼠飢齸。遂令蕘牧兒，芻米制肥瘠。昨詩聊獻規，不僅爲友責。正思老兄弟，同縫布一尺。此間事棼如，客居豈安宅。胡然尚附火，不瘖有薪積。飢寒固細事，此語聞在昔。從來褐衣次，不羨輕裘赤。年老舊學荒，詩病要指摘。聞來喜欲狂，引領朝至夕。咫尺不命駕，相思亦何益。又况兩禿翁，已無鬢可白。

審庵以種水至邀子履同集以詩促之

日昨君來止三宿，痛飲狂吟苦不足。作書遥訂修禊辰，師期雖緩櫜鞬屬。有客至自邗江湄，未見聞名久相熟。爲貙致虎豈其然，以蚓投魚真所欲。吾儕會合良不易，過眼摶沙驚轉燭。急埽餘事勿踟躕，一任白袍如立鵠。時方閱課卷。

春社詞同種水子履審庵已山作

東風將草青原野，遠送綿綿思何者。故人如燕翩然來，報我今朝已春社。故人來如期，故鄉猶未歸。我家茅檐下，時有雙燕飛。门前水暖淥浸扉，菜畦麥隴如僧衣。鄰翁掠錢婦子笑，白酒粥厚黃雞肥。頻年水旱田氓疲，陌上醉人今亦稀。何時得與二三子，北陌東阡結鄰里？裁縫闊布作寬衫，淘漉新篘飯陳米。此會良不易，此別亦何堪。有客欲歸尋故龕種水將回禾中，極目千里一相望，知我引領懷江南。

一春

一春過半太匆匆，牢落心情似病中。何意風霾驕颶母，誰能約束勅河公？千檣林立飢烏集，萬鍤雲興虛牝空。爲問海濱諸雁戶，幾時得見土膏融？海州田仍在水。

研山一爲三几以承各以形似名之仍系以詩

孤雲兩角

飛雲勢孤起，其根乃孅細。上作雙丫撐，積爲百盤膩。配以玉女盆，洗此麻姑髻。馬腦筆洗。

小四明

一拳具巖洞，四窗開玲瓏。雖無泉潺潺，時見雲容容。晏坐對息心，疑有光明松。

三成昆崙

崐崘亘天西，寄此一丘足。側嶺與橫峰，蟻行穿九曲。未用河源尋，且讀爾雅熟。

霽青太守自潮州寄詩爲壽時君年亦五十矣作此奉答以樂只君子民之父母爲韻

老去少朋儔，客居慘不樂。何來尺素書，遠自天南落。長官坐因循，書生見文弱。快哉揮翰手，摩盾青油幕。時駐兵揭陽。

潮維瀕海州，獷悍號難理。要言真不煩，端自平日始。苗薅與髮櫛，一創亦足矣。會見鮫鱷徙，黎庶歸德只。

太守古郡將，文武本不分。嘗歎漢制善，治績多有聞。苟能靖虓亂，自足稱神君。平生肅紀律，當如所爲文。

往年持使節，得士貢天子。邇來煩簿領，亦不廢文史。吏治何可輕，惟俗乃見鄙。試問部民中，趙德今誰是？

舊學日以荒，不足揚摧陳。遠寄碑版作，良非綺麗珍。緬懷唐鑑公，一代不數人。讀罷三歎息，願君師先民。寄示修范淳父墓碑。

丁年不可復，其志則未衰。伏櫪瀆風沙，嘶鳴良可悲。平生師友盡，塊獨無所資。幸母老舍我，視後爲鞭之。

五十命大夫，職重在守土。宜思報朝廷，豈惟寄門戶。自笑一禿翁，荒江老漁父。陳義不敢卑，此道猶近古。

衰老寄江湖，妻孥亦何有。羡君好兄弟，色養奉慈母。懷哉友漁翁，盛德宜有後。寄詩非報章，爲太夫人壽。

清明雨

雨自如人意，春還傷客心。厭塵窗几淨，潑火歲華深。餳粥懷鄉味，松楸望故林。庭前花放未，一樹好來禽。

釃渠

釃渠放溜慶成功，偃蹇黃流敗乃公。兒戲真同棘門將，機心失笑漢陰翁。時用桔槔引清水以敵黃。計危欲揖門前盜，事迫誰號井上蕭。濫用水衡錢不惜，莫教閭巷一朝空。

謝筱漣餉筍用山谷食筍韻

清齋厭腥羶，有色未免菜。豈不鄉味思，路遠絶販賣。魚烹子美校，雞割武城宰。調和失方法，往往甘以壞。回思故鄉好，行處足酒債。山廚脱錦綳，美不數菘芥。何來此貓頭，走送煩一介。勇疑龍可屠，嗜比炙堪嘬。婁家五侯鯖，政足供噦噫。但能封比君，何用地食采。

筍味已變再用韻

子美君東屯，園官尚供菜。力士謫五谿，追歎論斤賣。書生百甕籍，敢慕萬羊宰。但知誑口腹，不料變成壞。半世黨枯竹，不滿綺語債。籜龍聊戲汝，無味等土芥。又憐走塵埃，遂失性耿介。外澤中先乾，危不蠅蚋嘬。物理固如此，輟箸氣爲噫。作詩非解嘲，比興或可采。

連日陰寒書悶二首

鎮日焚香坐小樓，薄寒尚擁木棉裘。春殘不見楊花落，省卻天涯一段愁。

阿桐歸去憑相問，庭下來禽殘未殘？說著衰翁定惆悵，自移栽後不曾看。

坐睡

鼠姑欲放雨初晴，待買扁舟尚未成。坐睡覺來鄉夢斷，微雲澹日午雞聲。

雨歎

三月三十日風雨，瑟縮畏寒如首鼠。人言今日是春歸，本不見來那見去。五行洪範究何祥，四民月令真無取。陵陂麥青已變黃，更望新秧針出土。堤邊銜尾千糧艘，黄水不落清水高。倒塘畜水以濟運，上下委輸如桔橰。長官焦勞正在此，何暇問及田中毛。但願今年不作桃花汛，河不須防糧得運。

觀復齋前牡丹齊開有兩枝白者明秀獨絶

已分春歸不見春，芳叢幾簇照苔茵。更憐合隊趁朝日，忽見平明上馬人。佛國曼陀訝比潔，畫家崔白與傳神。明珠十斛增惆悵，不道先爲樓下塵。去歲綠牡丹一叢，今不復存。

題子履山水卷

子履作畫如作書，篆隸草聖無不有。當其快意筆不知，如鐸驅山山爲走。羊鼻公狂更嫵媚，蛾眉女老不羸醜。衆工舐筆不敢訾，但覺淋漓元氣厚。疑君工畫不工書，此語無徵人信不？況我書畫兩茫然，妄欲評量益無取。千秋豈與汝曹爭，一藝亦必古人友。勿嫌醉後發狂言，要博尊前開笑口。

白胡蜨花二首

彔曲闌干半退紅，棲香一色隱芳叢。夢回漠漠梨雲後，春在濛濛絮影中。簇近仙裙疑出水，攜來紈扇漫當風。滕王圖畫徐熙筆，殺粉調鉛總未工。

幾簇娟娟破碧苔，玉腰奴見亦徘徊。銷除金粉風流盡，帶得羅浮月色來。誤喜入簾搴素手，便思插鬢間青梅。韓馮老去頭應白，惆悵青陵舊日臺。

題謝堃青山別墅圖

魏晉以來尚士族，往往各自矜家門。移牀遠客自佳爾，敦淪未必真人倫。謝生超然獨遠覽，名山終古舊惪存。較彼名位豈不勝，齒冷荆國空爭墩。買田築室幸勿晚，山靈喜見青衫孫。

初食蠶豆

扎山看火唬不歇，一月蠶孃忍飢渴。喜逢豆筴此嘗新，出釜浮浮香勃勃。筠籃壓疊青珊瑚，蚌胎剖出碧玉珠。吳鹽微點芥齏和，愛此真味清而腴。吾鄉最早當立夏，櫻筍筵前不論價。朅來江北食單少，青青見此登槃乍。菜花淨盡榆筴飛，問君得歸胡不歸？到家已是繅車發，竈下濕薪然老萁。諺云『小滿發三車』，絲車、油車、水車也。

陳受笙屬題水西小隱圖四首

伯齡抱青山，東野耕白水。要其當初心，未必竟若此。人生亦多塗，功名偶然耳。用舍不由人，是真天下士。

弧矢志四方，老去迷東西。友朋未可訊，歸尚謀諸妻。丘壑不違人，汝自不杖藜。吾家老林宗，猶復嫌栖栖。

方君盛意氣，見謂天下小。窮邊出輩狐，絕塞馳騕褭。歸來無幾何，妄尉封從驃。誰從論將帥，坐惜廉頗老？

當今盛材畯，豈復容高隱？赤也爲其小，仍與市朝近。請歌淮南招，莫著韓非憤。聊同亡是公，相視一笑听。

題樊信舟樂丘圖

達人齊死生，君子大其息。蒙莊與端木，未易較失得。每生常擾擾，終付此穴墨。纍纍貉一丘，何用頌功德。但願行胸懷，隨處有樂國。虎阜地勝絶，水曲山岃崱。於馬卜佳城，筮從龜亦食。幸未及朝露，載酒邀相識。伯鸞昔寓賢，真孃古殊色。千秋與同歸，不必陶家側。君善洪飲。

次韻丹叔寄子未時從官潮州

濁酒鄰墻肯見賒？高譚久已謝雄夸。輿轎不復能喻嶺，轎，服虔音橋梁。上冢何當重過家？兩世交情通骨肉，百年歲月瞥風花。黄陵溢浦音塵遠，定憶平生劉去華。

次韻伯泉紀事四首小眉新改字

雲窗霧閣見芳卿，的的華星似月明〔一〕。雙臉斷紅人乍出，滿堂曼睩目先成。紆回杜牧三生夢，宛轉陶公一賦情。盼到相思種佳樹，可憐豆子始勾萌。

當年奉倩最神傷，爲感春遊託意長。君有《西湖感春詩》。瑇瑁梁非無宿燕，鴛鴦社尚待空牀。極知青鳥能傳字，莫遣紅兒怨洗妝。織素織縑調護好，知君曲盡九迴腸。

不論舉舉與端端，闌紙烏絲墨未乾。敢説玉臺將月替，應憐蘿屋自天寒。六朝金粉傳銀管，百福香歙問木難。定許雒妻平視不？一重簾幕是波瀾。

良願由來最易賒，妬君此段向人誇。不須張女彈哀曲，合讓元郎解別花。擁髻鐙前迴鳳脛，持鬘天上會龍華。芳蘭本是同心物，未用爭奇喚作丫。姬張姓，名小鬘。

【校記】

〔一〕「星」，底本原作「屋」，旁以墨筆改爲「星」，許增本亦作「星」。

鄺湛若天風吹夜泉硯柳東所藏爲賦

幽泉落澗寒於雪，山骨巉巉洗來潔。墨花不蝕畸人心，紅是蠻雲碧者血。掄雅之材烈士節，石不能言誰與説？世間豈無綠綺南風琴，義心苦調難知音。請君一試揮翰手，且與石兄傳不朽。

銅鼓歌爲五千卷室主人馬伯泉作

韗人皋陶久失職，靈鼗靁鼓今無存。細腰兩杖亂雅樂，何異羌笛參篪壎。南荒夷獠豈知古，範銅造作形渾沌。鑾花犵草紛轇輵，腰腹空洞連尻臀。金釵考擊蘆管和，部落以此推雄尊。伏波諸葛竟誰是，恨無文字留苔痕。人情好奇貴異物，曼延百戲陳黎靬。詩家隸事夸奧博，辨口數典窮株根。壺頭曳足瀘水渡，念此尚足驚心魂。去年西戎解仇約，斧螳鋒蜎孳螽蠜。天威所臨敢旅拒？金鼓一震群崩犇。老儂潛逃母妻獲，匍匐就縶如豭豚〔一〕。獻俘太廟用鼖鼓，戊已校尉安邊屯。吾曹毛錐亦何用，主人伏波之子孫。據鞍顧盼縱未暇，大筆自可銘崑崙。作爲歌詩配雅頌，印文馬式安足論。

【校記】

〔一〕『縶』，底本作『蟄』，據許增本改。

重脩曝書亭柳東徵賦

蒼藤喬木未爲薪，舊觀追還煥若神。蓋代文章餘老屋，百年興廢總前塵。異時誰住臨江宅？好事仍來載酒人。說與先生應一笑，翩然披髮下騏驎。

題竹西照

一笑依然面目真，懸車未及早抽身。紛紛烏帽黃塵抗，可是林泉不勸人？

邈然年少與誰同？天遣先生伴寓公。長夏欲闌吾未出，杖藜來此聽松風。

喜聞回酋就獲

慘澹天王太一旗，旄頭夜落檻車馳。不聞露布虛湳德，終見稿街斬郅支。高廟神靈歆奏凱，安西都護緩班師。朝廷注意邊陲切，充國還須上便宜。

竹西用僕舊韻見題近稿再次奉答

三間老屋苦偪仄，旁人謬比機與雲。雖然時復致重客，又疑翁伯家不貧。每歲一歸等結夏，客裏往往綿冬春。平生朋舊凋落盡，何意晚節逢使君。長官曾作八州督，老衲退住三家村。亦苦與俗殊嗜好，乃獨遇我忘甘辛。叢殘詩草自編輯，井畫畺畔重鉏耘。躬耕谷口聊自適，豈欲卿相知子真。邇來年少日浮薄，變幻百態爭鮮新。差彊人意有此老，蒼然古色凝靁尊。有如宿將養威重，坐令乳臭皆逡遁。襄陽主簿雖蹇足，病者支體完者神。槃跚行汲亦無害，美人一見笑不瞋。衰年行樂須及時，峻阪迅疾馳雙輪。東阡北陌往來近，文酒之外何關身。好作千詩門斯立，莫教一頌了伯倫。

張叔未廷濟餉檇李八顆索詩

朝來得佳餉，筠籠启新蕧。房朱三舍退，厨顧八賢足。遠煩故人意，銷渴副所欲。君如處士星，磊落天邊玉。我如道旁實，遺棄螃蟚腹。他年傳隱逸，能不同枯竹？太息此物微，乃著魯叟錄。

戲東竹西

消瘦蓮衣除饉女，縱横丈室善思男。可應花散維摩座，曾不人同彌勒龕？敗道何須嘲白足，風情猶未老紅蠶。休嫌鐵石東坡叟，天質仙衣賦尚堪。

伏日示家人

伏臘由來重漢京，遷流時序老堪驚。冷風颯爽三農喜，猛雨驅除萬鬼行。見《漢舊儀》。蒲褐年年聊結夏，齋厨往往輒呼庚。全家素食差相稱，失笑東方爲割名。六月中家人多持齋。

寄竹西

颯然風雨暗前汀，雨過仍明屋角星。籬落曉光催絡緯，簾櫳凉影入蜻蜓。便思短棹尋荷浦，誰向航船寄檣瓶？傳語西鄰錢老子，杯行何必待娉婷。時有所約。

莖鄰方伯以新得褚臨蘭亭紀事四首見寄次韻奉酬

蘭亭如聚訟，後出每蓋前。玉匣既沉薶，何從考歲年。較量到波磔，堯章輯成編。豈知正法藏，不在文句詮。緬維唐文皇，封岱銘燕然。餘事弄翰墨，鸞鳳翔紫煙。堂堂歐褚輩，逸足謝纏牽。當時所摹搨，什一存百千。在物有遭際，於人爲因緣。障簏與蠟屐，詎不分愚賢？

河南秉忠貞，黃耳重九鼎。同州感竄逐，衰颯顔鬢影。危哉當牝朝，阽不墮淵井。猶傳貞觀腳，返躡永和境。昔賢鑒既明，群疑悉可屏。先師精識別，兩眼如月烱。揮斥破邪書，幽室一燭炳。見《惜抱軒碑版跋》。同時覃溪老，攷覈共齊整。惆悵兩師門，傳鐙愧梁丙。最後有覃溪一跋，考證甚備。方伯出翁門也。

論絹别麤細，辨紙看簾紋。收藏麻縷博，作僞煤尾熏。胡然逞狡獪，變幻如浮雲？吾衰舊學荒，不足與斯文。考古況疏略，目剽而耳聞。苟非卞和氏，誰復珉玉分？得詩笑抃會，持之詫同群。殷然有大國，恃可張吾軍。淨几懊門生，練裙乞羊欣。知己得一足，餘子徒紛紛。先是此帖出，人多疑贋。

萬君愛廣博廉山，陳子貴精美曼生。惜哉平生友，先後簿録鬼。蕭條孤旅寄，誰與同硯几？先生集古手，世或六一儗。籤廚搜翻瀾，榛莽去剗阤。寓物亦偶然，論議到璽紙。往時託定文，忘分不自揣。要知維深際，豈易闚厓裏。作詩聊繼聲，凡葩儷仙蕊。過眼渺煙雲，即此究物理。

次韻琴塢袁江舟中見柬二首

久以浮雲視此身，鑪香經卷當交親。風塵同作無家客，文字仍餘未了因。空裏見花誰信幻，指端尋月總非真。便教中道相逢得，梵志還能是昔人？時余已歸。

新署頭銜號復翁，餘光那似日方中。銷除智慧忘三篋，零落交知賸五窮。先後波催成逝水，差池翼偶逐歸鴻。何時同坐參無上，一喝從教數日聾？

百一山房感舊

華屋依然逝不留，重來掃榻獨悲秋。勝情早結雲霞侶，晦跡堅辭名號侯。隨會儻能九原作，子車何惜百身酬？分明一樣西州路，底事羊曇無淚流？

重有歎

嶄絶胸藏比孟門，當時要約矢明神。舉家所恃惟孤注，一局全輸少隻輪。快意休持無鬼論，負心偏是受知人。從今披髪山林去，木石爲緣豺虎親。

賓華還詩圖

我昔一研失越州，嚴叟得之遠見投。魯弓趙璧豈過此，作圖妄欲傳千秋。翰墨淋漓研之職，至其精能非硯力。掐腸摧胃短長篇，真與寸心同失得。孫郎昔游方少年，彩衣駿馬上南天。高文直欲移鑾徼，奇氣先教掃障煙。歸來什襲疏藏守，珠玉忽驚無脛走。神明頓獲舊時觀，搜牢乃落良朋手。煤尾蛛絲跡未陳，因君感歎爲酸辛。半身稿項成何事，一軸牛腰不救貧。請君示我無還地，老矣都將筆研焚。

題成邸爲劉文正作山水小幅

賢王名相朝廷盛，珍館間房山水滋。密國圖書淦水筆，憐渠不遇太平時。

重脩滄浪亭落成爲茝鄰方伯題冊四首

一水一亭子，廢興幾百年。煥然還舊觀，邈矣想前賢。信有千秋士，何論四萬錢？棋槃留片石，穩著鷺絲眠。

昔來持繡斧，今到列藩條。圖繪傳佳話，神明通久要。公寓時有圖。暗泉疏石磴，猋蔓走陵苕。試聽濯纓曲，兒童歌且謠。

商丘開府日，曾此會群公。政事前脩讓，風流異代同。搜羅備文獻，緝綴豈魚蟲？方續修亭志。追歎當時事，徒勞一綱工。

歎息漢高士，遼遼歌未央。沉淪皆盛世，流寓各吾鄉。無地尋遺蛻，何時奉瓣香？願公甄祀典，蕉荔與升堂。公訪伯鸞墓不得，擬爲立專祠。

九日舟中

唱艤艑郎報曲阿，天涯九日動悲歌。江山如此看人老，風物依然逝者多。入世那能高處置，浮生只合客中過。遙知弟妹茱萸酒，照見長江湛湛波。

趙子昂六馬爲雲巢艖使題

曹韓畫手久不作，杜老蘇公詩亦無。天水王孫妙遊戲，舐筆欲與二子俱。圖中六馬皆雄桀，奚官者七坐行立。撫來猶是漢唐裝，不貌只孫兼怯辥。張公豈是太僕裔，獨憐神駿略真僞。此言何減九方甄，神解那知牝牡異？相馬論畫其一端，知君相士必超然。此馬充君眼中物，此詩未識誰當看？

杭人屬琴塢作之江返櫂圖爲雲巢開府浰中之祝爲題一詩

我移魏唐居，君宦初牽絲。及來宰茲邑，相距無幾時。歎然數相見，杯酒時共持。陋巷枉車騎，鄰曲墻頭闚。是歲正苦潦，下曲水沒畦。君乘一小舟，來往如鳧鷖。濛濛青旗濕，縣官蹋荒來。我詩非漫爾，得諸人口碑。以此民氣樂，雖荒不爲災。後來歷數政，張弛皆得宜。洊升至豸繡，未離浙江湄。浙人安君政，不謂當遷移。邇來自八閩，使節淮南馳。高桅轉桐江，葉葉風帆吹。江邊諸父老，引領來何遲。謂君宜還浙，愚不知官資。此意極可感，此道今則微。士當筮仕初，先問地瘠肥。脂膏苟可換，塵釜棄若遺。視彼既傳舍，彼亦傳舍爲。安有行路人，而肯顧慕之？浙人固思君，君必浙之思。當年所長養，髦秀成老羆。蘇公謂有緣，此語誠不欺。至於故人意，亦非一己私。君如薄窮交，豈復哀窮黎。我今百無用，尚能爲歌詩。中和樂宣布，洋洋浙東西。抱孫坐當門，區區老可嗤。

題倪文正元璐山水

鉤黨歸來臥浙東，偶然破墨溯家風。豈知一角衣雲閣，已在殘山賸水中。

哭小湖三首

牢落關河百感侵，中途雁足墮哀音。漫言埋沒才華易，不道銷沉歲序深。不見君幾十年矣。貧賤困人能彊項，文章失意最傷心。

棲棲逆旅少安居，三寸毛錐一祓書。毳肩斗酒江頭路，説著劉生淚滿襟。君嘗風雨度江，同人有劉改之之目。短褐論交偏兀奡，長歌當哭諱粗疏。五漿先饋人原有，一飯難忘願總虚。客館匆匆數行報，不知已是秣陵書。吴門作答書，君時没已二旬矣。

回首當年車笠盟，顧厨意氣各縱横。青雲自致看諸貴青士、紅茶，白首同歸已兩生曼生及君。叔夜幼孤誰與託，中郎遺稿待編成君方以手定詩稿乞序。憑君莫問龍頭老，衰病溪邊盥手行。同社八人，余年齒最先，故有『顧厨』、『龍頭』之語。幼安不宜爲尾，裴松之注也。

題鐵生黄梅花

寥寂冬心斷世塵，久將蠟味視横陳。畫師要與參禪説，特寫黄絁入道人。

過揚州董相祠戲作

三策堂堂漢殿陳，豈知高第有平津。羨他尚是膠東相，免作當時一故人。

假寐

未上鐙時學坐忘，偶思假寐且投牀。一痕香篆有殘炷，半扇窗櫺如曙光。客路光陰供玩愒，家園兒女入思量。稚孫想見長成甚，郎罷懷中幾許長。

瘦山以去冬被火四詩寄示奉答二首

遭回才得一書通，人阨天災共此窮。我幸枯桐逃爨下，君如旅翮感巢空。入貲未免嗤司馬時傳君以例捐縣令，舍宅何能學戴公？倘許移家遠相就，不妨杖屨伴衰翁。

爲君説法破君愁，泡影何須認一漚。人世本來同火宅，是身况已似雲浮。書銘但摘桄榔葉，上岸從牽舴艋舟。失笑秦皇與漢帝，阿房灰滅柏梁休。

次韻巳山養痾即事

問答何煩形影神，獨標高唱似陽春。忍寒坐過開鑪節，服散愁生擁髻人。但恐清修成鶴骨，不妨珍饌列猩脣。巳山素不茹蔬，近以養疾屏肉，故謂之。七言哦出蕊珠字，寄與茅君達上真。

題子履横舍課經圖

垂老淮壖得一官，呼兒來此共槃餐。青氊自是傳家物，何用知他坐客寒？

半升米飯不飲酒，此語經師所未傳。何似相攜霜月下，蠟鐙雲母照穳然？君被薦不就。

寄懷子履即用其齋中遣懷四首韻

書詞稠疊字傾攲，病起空齋與靜宜。遮日不成西向笑，馳煙那用北山移。堂堂歲序驚殘臘，歷歷遊踪入小詩。同是天涯未歸客，衹憑酬倡慰衰遲。

世味年來已飽更，但須欲酒學泉明。縱横圖史埋頭足，濃淡雲山信手成時寄畫幅。未要玄亭哀逝早，即看丹穴又聲清。遺經獨抱惟傳女，此事還贏老伏生。

肯容里社戀枌榆，促駕匆匆秣我駒。小草何曾有遠志，家書枉自寄文無。相思幸不雙魚斷，同病應憐三葛粗。頭白天教成二老，固知吾道未全孤。

雪裁消後雨疏疏，一歲還能幾日餘。山聳兩肩仍覓句，椎縣十指罷鈔書。史評君合追公是君有《四史詮評》，賦手吾曾陋子虚。傳語亟來相就醉，甕頭春酒潑醅初。

次韻酬子履雪夜見懷

寒窗夜半鉼笙響，座客無言笑拊掌。忽聞窗紙颯有聲，朔風釀雪連夜成。聽雪煎茶催燭換，可惜隔窗看不見。山僮敢怒不敢言，何事伊吾不知倦？先生鶴骨病不肥，酒欲入務詩尋醫。乃逢扣擊彼一應，起予定許商言詩。詩成冉冉歲云暮，待來不來期屢誤。琉璃世界薝蔔林，吾與先生無去住。從來陶寫竹與絲，以詩相娛古亦稀。階前殘雪消未盡，走筆莫遣郵筒遲。

寄賓谷先生都門

問訊南城曾大夫，萬人如海一身孤。老來翻索東方米，歸去空思張翰鱸。服食可能無薏苡，幽憂聊用采蘼蕪。諸侯賓谷尤堪歎〔一〕，禿盡顛毛白盡須。

【校記】

〔一〕『谷』，許增本作『客』。

子履以歲晏避債四十韻見示次韻答之

垂老耽著書，未了文字債。結從多生習，量苦一世隘。土炭定何味，得之始爲快。滔滔念逝者，靡靡感行邁。學富家必貧，物莫能兩大。從來吾輩人，同此一世界。欲噉千秋名，甘湌百年糲。時於故簡中，芒角發光怪。雖悔已復然，既往知何奈。失笑後來人，膏馥望霑丐。先生導川手，視我如畎澮。豈有柱下史，同傳申不害？見示兩年詩，玉帛赴禹會。嗟我衰病久，尫羸未少瘥。庶逢九折醫，投以三年艾。自知非匹敵，何止論降殺。漫爾肆評量，但欲一名挂。洪河不擇流，大山豈讓簣。如何倚強大，成師賜屢拜。長篇極葳蕤，古貨賤鬻賣。璀璨海國珍，森列武庫械。珊瑚間木難，勁弩雜長鎩。平生羊叔子，雍容自裘帶〔一〕。在險不迫人，翳惟吾子賴。誰之此相窘，出奇乘我憊。伎癢未容已，血指尚爬疥。來詩雖苦語，豪氣時一喟。米鹽與蒜顆，久矣置畫外。酒媪子錢家，路遠當弗屈。若曹見何小，乃公事未敗。豐嗇况循環，否極定占泰。不見大厦居，先無把茅蓋。不見清道馳，先曾溷塵壒。龍蠖有屈信，蛇蟬有遺蛻。安用屢空憂，蚤服多藏戒。惟士與商賈，流别不同派。柳家一青衣，尚知恥駔儈。云何禦侮賢，愠色見陳蔡。含笑看牀頭，大瓮浮玉瀣。得此樂殘年，餘事等自鄶。

【校記】

〔一〕『裘』，底本作『求』，據許增本改。

今年四月中回家始知積逋甚多歲暮不歸又得子履疊韻詩再和一首〔一〕

周官列荒政，初不及己債。春秋乃有之，愈見生狹隘。當其賒貣初，但取一時快。謂言期尚遥，不悟日斯邁。折軸由輕叢，積小遂成大。詎意六十年，乃識此境界。身本窶人子，合族厭粢糲。少小雜庸保，鄰曲見不怪。讀書自家傳，一衿貧可奈？從此走四方，乞食等流丐。願望幸非奢，小雨溢溝澮。爾時堂上母，眉壽尚無害。拜慶歲一歸，了不知計會。詩狂憐呻吟，酒病問劇瘥。遽爾痛不辰，自是憂未艾。同産止兩人，親親那可殺。家督獨所當，朝籍各未挂。授書聊叩囊，賣藥始覆簣。龍鐘朱五經，迂緩方三拜。近爲鄉里嗤，遠被朋友賣。時時得譏嘲，往往觸機械。妄想驥足騁，頻遭鸞翮鎩。虀苦壁立家門，不絕僅如帶。虚名滿四方，有此亦何賴。年來游道廣，似可蘇疲憊。輦金塹墓諛，竊柎喜壁疥。聊從流俗賞，祇恐識者喟。聲聞患過情，所得况分外。果然如舟流，淠不知所屆。綢繆非我能，仓卒有物敗。今年四月歸，天君嬰不泰。屋券入質劑，米廩少藏蓋。錄中古金石，半已沒埃壒。廚中舊圖書，危不盡羽蜕。及身便質錢，何暇子孫戒。爲儒亦多端，分支各中派。與其夸雞尸，何如作牛僧。倚門塗青紅，一笑傾下蔡。靜女忍朝飢，呼吸飽沆瀣。從教地割秦，終不拏寄鄶。〔二〕

【校記】

〔一〕『歲暮』，底本作『藏暮』，據許增本改。

〔二〕許增本此卷末，有跋云：『戊戌八月十八日，小病初起，嫗人輩苦勸戒詩，不能拂其意，姑爲閣筆。偶閲此集，忍俊不禁，復成三律。弗令若單見也，命西孫錄稿本中，以老復丁爲題。未忘結習，大可發笑。時年七十五。』